本书受“中央高校基本科研业务费专项资金”资助

华裔文学及中国文学在西语国家的译介

La traducción de la literatura diaspórica china y de la literatura china a lengua española

王晨颖　著

对外经济贸易大学出版社
中国・北京

图书在版编目（CIP）数据

华裔文学及中国文学在西语国家的译介：西班牙文 / 王晨颖著. —北京：对外经济贸易大学出版社，2018.4
ISBN 978-7-5663-1908-1

Ⅰ. ①华… Ⅱ. ①王… Ⅲ. ①华人文学–西班牙语–文学翻译–研究②中国文学–西班牙语–文学翻译–研究
Ⅳ. ①I106②I206③H345.9

中国版本图书馆 CIP 数据核字（2018）第 054877 号

华裔文学及中国文学在西语国家的译介
La traducción de la literatura diaspórica china y de la literatura china a lengua española

王晨颖 著
责任编辑：邱蓓蓓

对 外 经 济 贸 易 大 学 出 版 社
北京市朝阳区惠新东街 10 号　　邮政编码：100029
邮购电话：010－64492338　　发行部电话：010－64492342
网址：http://www.uibep.com　　E-mail：uibep@126.com

北京九州迅驰传媒文化有限公司印装　　新华书店经销
成品尺寸：170mm×240mm　　17 印张　　324 千字
2018 年 4 月北京第 1 版　　2018 年 4 月第 1 次印刷

ISBN 978-7-5663-1908-1
定价：53.00 元

Prólogo: presente y futuro de la traducción de la literatura china en lengua española

Dra. M. Rosario Martín Ruano①
GIR Traducción, Ideología, Cultura, Universidad de Salamanca

En la aldea global mcluhiana que en las últimas décadas ha experimentado una acelerada transición al paradigma digital, sigue siendo aún palpable el gran predicamento de que gozan ciertas narrativas, ya ciberpesimistas, ya ciberutópicas, que, bien añoran un mundo ya inexistente dominado por los libros y asociado a formas de conocimiento verdadero, bien agrandan el mito del libre fluir de los productos y discursos culturales y ensalzan las ilimitadas posibilidades que se abren en la llamada Sociedad Red para el contacto intercultural. Efectivamente, como constata Michael Cronin en su clarificador *Translation in a Digital Age* (2013: 2-3), si para algunos la actual omnipresencia de lo cibernético y las posibilidades automatizadas de traducción existentes en la esfera digital en nuestra sociedad actual son preludio de lamentos catastrofistas sobre las pérdidas que trae consigo el avance hacia nuevos modelos de aproximación cultural caracterizados por la inmediatez pero también por una peligrosa superficialidad, para otros propicia una hiperbólica alabanza de las maravillas de Internet y de herramientas de traducción automática al servicio de la consecución de un ideal de inteligibilidad mutua entre todos los seres humanos. Abordar el estudio sistemático de las dinámicas interculturales, de todos los agentes e intermediarios implicados, de su funcionamiento y sesgos, así como de las relaciones de interacción que se dan hoy entre los distintos sistemas semióticos partiendo de una perspectiva que huya de ambos extremos -sin caer en el derrotismo pero sin poner en absoluto en duda los beneficiosos efectos que a la esfera cultural ha traído la omnipresente tecnologización e interconexión electrónica de las culturas- permite

① El presente texto se inscribe en el proyecto de investigación "Violencia simbólica y traducción: retos en la representación de identidades fragmentadas en la sociedad global" (FFI2015-66516-P; MINECO/FEDER), financiado por el Ministerio de Economía y Competitividad del Gobierno de España y el Fondo Europeo de Desarrollo Regional.

ofrecer un diagnóstico más atinado, menos desalentador pero también más escéptico, y demostrar, por un lado, que la actual sociedad digitalmente interconectada ha multiplicado las vías para acceder al Otro pero también, por otro lado, que en el acceso al capital cultural de otras realidades ejercen gran peso factores de orden macrológico como las relaciones de poder, radiales y asimétricas, que rigen los designios del universo cultural actual, la distancia social y cultural o la perniciosa influencia de las expectativas prejuiciadas y los estereotipos. Ciertamente, no hace falta decir que un diagnóstico certero es, sin duda, el mejor punto de partida para ofrecer remedios y medidas reparadoras que permitan ofrecer oportunidades alternativas para el conocimiento y reconocimiento mutuo, para avanzar en la intercomprensión cultural desde perspectivas inspiradas por las ideas de hospitalidad y respeto.

Por las razones expuestas, son especialmente necesarias las investigaciones rigurosas como la obra que el lector tiene en sus manos. En *La traducción de la literatura diaspórica china y de la literatura china a lengua española,* un volumen basado en la Tesis Doctoral realizada por su autora en la Universidad de Salamanca que tuve el inmenso honor y placer de dirigir, la Dra. Chenying Wang estudia la recepción en España y otros países hispanohablantes de la literatura diáspora china como parte del flujo de obras vinculadas a China y la literatura china que han sido trasvasadas al español. Entre los objetivos últimos que animan este comprehensivo estudio se encuentran el de identificar los patrones que subyacen a la selección de las obras traducidas y, en último extremo, los factores de todo tipo -desde económicos y socioculturales hasta políticos e ideológicos- que han condicionado la configuración de la representación de la identidad china en el mundo de habla hispana en los últimos tiempos, pero también el de ampliar el conocimiento sobre el panorama literario chino en el ámbito hispano y el de contribuir a la propuesta de nuevas fórmulas de traducción que, en el futuro, puedan participar en una representación más respetuosa de la experiencia de la diáspora y de la identidad y realidad chinas.

En un estudio tan documentado como valiente en sus planteamientos y aspiraciones, que construye un marco metodológico interdisciplinar en el que los acercamientos polisistémicos se combinan y enriquecen con las visiones críticas de las teorías poscoloniales y las aportaciones de los enfoques traductológicos adscritos al “giro cultural” y al “giro del poder”, la Dra. Wang analiza la evolución en la traducción a la lengua española de los títulos de literatura vinculada a China a fin de dar con las claves que explican el pronunciado interés que han despertado en el mundo hispánico los autores y autoras híbridos de ascendencia china que en muchos casos utilizan el inglés y otras lenguas occidentales en actos de creación literaria que a menudo son reflejo de su experiencia nomádica. A lo largo de los dos primeros capítulos, la obra examina la evolución histórica y explora las características de la producción literaria de este grupo de autores transculturales que viven inmersos en procesos de traducción constantes, tanto en el nivel textual -por cuanto escriben a caballo entre lenguas y culturas, utilizando determinado idioma para trasladar, sin embargo, el sustrato de varias realidades culturales, creando variantes lingüísticas también híbridas y desterritorializadas-, como en la dimensión sociocultural -por cuanto, aun desde la distancia y la lejanía con respecto a sus orígenes chinos, contribuyen a la creación de imágenes de China en la cultura receptora-. Ya en esta primera aproximación a este tipo de literatura que es en sí misma una instancia de traducción, se pone de manifiesto que la traducción, en todas sus acepciones, lejos de ser un proceso inocente e inocuo, desempeña un papel determinante en la construcción de las identidades culturales y, por tanto, es siempre un acto con importantes implicaciones éticas e ideológicas. En el tercer capítulo, la Dra. Wang calibra el peso que tienen estos autores diaspóricos de origen chino que fluctúan entre los polos de la autoorientalización y la antiorientalización y los escritores chinos en los flujos totales de literatura traducida a la lengua española. Así, trata de determinar los factores que explican la importancia, en términos relativos muy significativa, de estos colectivos de autores que son conocidos en el ámbito hispano y en general en el mundo occidental, que, en términos absolutos, sigue siendo aún escasa, algo que no viene sino a reafirmar la conclusión de Ming Dong Gu (2014: 1): que las relaciones de traducción entre China y Occidente son muy desiguales y construyen prácticamente un patrón unidireccional. En este sentido, es necesario destacar que el estudio realiza una aportación doble: no solo ofrece conclusiones muy interesantes que ponen de relieve los sesgos y factores que han tenido importancia en la selección de estos autores para su publicación por parte de las editoriales de habla hispana (entre ellos la búsqueda del beneficio económico, la identificación por parte de la cultura receptora con ciertos idearios o el prestigio añadido obtenido por diversos autores a partir de la concesión de premios internacionales o de la adaptación cinematográfica de las obras en un circuito cultural global en el que la cultura anglosajona ocupa un papel central), sino que también contribuye al conocimiento de todo lo que *no* ha sido seleccionado: la obra de la Dra. Wang colabora en la difusión en lengua española del inmenso repertorio cultural chino que aún está por descubrir en el ámbito hispano. De la misma manera, los últimos capítulos, que abordan la traducción en su dimensión de actividad de negociación transcultural de textos concretos, ponen de manifiesto las carencias que aún presentan los modelos de traducción actuales en la representación de unas identidades complejas y ambivalentes, pero también proponen alternativas para ayudar en el futuro a dar voz al Otro de una manera más ética, que procure su inteligibilidad a la par que le permita expresarse en sus propios términos. Así, con el estudio de las versiones existentes en lengua española de la afamada obra *The Joy Luck Club* de Amy Tan, el cuarto capítulo descubre que el trasvase concreto de los textos a menudo deja entrever en los textos traducidos la influencia de la ideología dominante en la cultura receptora, la fuerza de los estereotipos o las dificultades que acompañan al trasvase de realidades culturales distantes para el mundo hispánico. El quinto capítulo, por su parte, propone nuevos apoyos teórico-metodológicos que sacan partido de las propuestas poscoloniales con el fin de abogar por nuevas fórmulas de traducción concebidas desde una voluntad no impositiva, de hospitalidad lingüística y cultural. Con autores como Spivak o Bhabha, la Dra. Wang llama a unos modelos de traducción, que en el futuro pueden ser de gran utilidad para la traducción de las obras de autores chinos o de autores diaspóricos de ascendencia china, que fomenten el conocimiento mutuo a partir del reconocimiento de las diferencias y del diálogo con el Otro a partir de una voluntad de escucha a la singularidad.

Por todo lo expuesto, sin duda alguna, el presente volumen es una obra fundamental por cuanto, con gran rigor científico, revela y explica el funcionamiento de la traducción en nuestra época y muestra, más allá de los logros conseguidos por las traducciones existentes, los riesgos que conviene evitar; más importante aún, es también fundamental por cuanto contribuye a mejorar el conocimiento sobre el acervo cultural de la China actual y abre nuevos caminos para avanzar en el futuro en el trasvase de la producción cultural china a la lengua española desde una actitud respetuosa. Porque, si la traducción a menudo ha sido cómplice de versiones distorsionadas y estereotipadas del Otro, también puede y debe ser instrumento para la adecuada (re)expresión de las identidades, para el conocimiento de otras realidades culturales desde el reconocimiento de su diferencia y para la fusión de horizontes desde la aceptación de la diversidad.

Cronin, Michael. 2012. *Translation in a Digital Age*. Londres/Nueva York: Routledge.

Gu, Ming Dong. 2014. "Translating China for Western Readers in the Context of Globalization". En Ming Dong Gu y Rainer Schulte (eds.), *Translating China for Western Readers: reflective, critical, and practical essays,* Albany: State University of New York, 1-22.

ÍNDICE

Introducción

> Un 'nativo' que desconcierta por lo híbrido, encontrado en los confines de la tierra, extrañamente familiar y distinto, por esa misma familiaridad no procesada (Clifford 1999: 31).

La investigación a menudo parte de un deseo de desentrañar lo que nos intriga, desconcierta y fascina a la vez. Tal vez una simple anécdota permita condensar de manera sucinta todas las preguntas, motivaciones e intereses que hicieron germinar esta obra. En una ocasión casual, por recomendación de mi tutora doctoral, cayó en mis manos un libro, *Los buenos deseos* (la versión española de *A Thousand Years of Good Prayers*) de Yiyun Li, autora chinoamericana inmigrante recién emergida. Se trata de una colección en la que se incluyen diez cuentos cortos. Aunque en este libro Li narra historias chinas y las escenas están llenas de elementos chinos que me resultaban familiares, el punto de vista o el ángulo del que parte la autora y la lengua en la que se escribe me provocaron una fuerte sensación de extrañeza. Esta impresión, que vacilaba entre "lo cariñoso" y "lo extraño", me animó a descubrir más obras de la literatura diaspórica china y me sirvió de estímulo para ir explorando lo maravilloso y complejo del mundo *in-between* donde se hallan los autores de esta corriente literaria. Entre los autores diaspóricos chinos que esta obra se propone estudiar a fondo, tanto en su contexto original como en otros contextos culturales a los que ha viajado su producción literaria, como es el caso del mundo hispánico, cabe citar a Maxine Hong Kingston, Lisa See, o Amy Tan, cuya obra *The Joy Luck Club,* trasvasada al español como *El club de la buena estrella,* fue cobrando un interés especial, hasta el punto de convertirse en el principal estudio de caso de esta obra. De hecho, aparte de ser una obra conmovedora por su descripción de los estrechos lazos y complejos sentimientos entre madres e hijas que tienen vidas totalmente diferentes, y además de resultar de gran interés desde el punto de vista lingüístico por la expresividad de su lenguaje—sobre todo el interlenguaje que hablan las madres y que la autora "imita" con viveza—, destaca, en primer lugar, como un ejemplo muy representativo de unas producciones literarias que, se diría, parecen en principio requerir un lector bilingüe o multilingüe que sea capaz de descodificar este código híbrido y apreciar su originalidad y, en segundo lugar, dado que se ha trasvasado al español en dos versiones distintas, se erige como un ejemplo muy interesante con el que estudiar las complejidades del trasvase de esta literatura ya híbrida a otra cultura en la que, por otra parte, hay marcadas ideas preconcebidas sobre el colectivo diaspórico chino y sobre la cultura china en general, a la que por extensión la obra pasa a representar.

De hecho, con este libro también nos proponemos comprobar otra hipótesis que podía intuirse en la lectura de otras obras diaspóricas chinas: la continuidad de la tradición orientalista occidental mantenida tanto en los textos de esta corriente literaria como en las obras que se seleccionan para traducir a otras culturas. Si bien para el público chino que vive durante prácticamente toda su vida en la China continental (por ejemplo, en mi caso) la hibridación lingüística y cultural constituye un factor fascinante de las obras diaspóricas chinas, los estereotipos orientalistas sobre los chinos o las representaciones estereotipadas de la cultura china que se presentan en diferente medida en estas obras—por ejemplo, las costumbres supersticiosas, los pies vendados de las mujeres chinas, etc.—, pueden causar cierto rechazo, porque estas imágenes fosilizadas no solo niegan en cierto sentido el valor de la civilización china sino que también rechazan los logros que China ha obtenido a través de la modernización, hasta el punto de relegar a China a una posición inferior a Occidente. Si bien los elementos chinos que los autores diaspóricos chinos insertan en sus obras despiertan una sensación de cariño, a veces sus imágenes estereotipadas provocan en el público citado una sensación de alienación y extrañeza, que suscita otras preguntas que también conforman la base de este libro: ¿lo que describen estos autores como elementos chinos se corresponde realmente con lo que existía o existe en China?; ¿por qué nos sentimos cerca y al mismo tiempo lejos de lo que presentan los autores en sus obras?; ¿por qué lo que cuentan estas obras nos parece a veces familiar y a veces desconocido? Para el público chino la lectura de las obras diaspóricas chinas crea una sensación de profunda ambigüedad, causada por numerosos factores que se prestan a ser estudiados en profundidad.

Así, estas representaciones orientalistas también nos hacen reflexionar sobre cuestiones como las siguientes: ¿por qué hasta la actualidad siguen ejerciendo influencia los estereotipos orientalistas sobre los chinos en Occidente?, ¿por qué en una época que se caracteriza por la facilidad de los medios de comunicación modernos y la simultaneidad a escala global gracias a la informática, China sigue fosilizada en una imagen de un país atrasado, misterioso e incluso inescrutable y los chinos aún se conciben en Occidente como seres estancados en un estado incivilizado?; ¿por qué todavía existen tantos malentendidos entre Oriente y Occidente? Estas incertidumbres que asimismo nos provocaba la lectura de las obras diaspóricas chinas nos suscitaron el vehemente deseo de estudiar en profundidad esta corriente literaria y su difusión en el ámbito hispano, cuyo medio fundamental, sin duda, es la traducción.

Las literaturas híbridas, en las que se exploran profundamente cuestiones como la hibridación, la interrelación compleja entre lenguaje e identidad, las experiencias conflictivas de los seres traducidos, la negociación intercultural, etc., han pasado a ser un tema candente que suscita un interés particular en nuestra sociedad cada vez más interconectada y global. La literatura chinoamericana, sin duda, constituye el mayor representante de la literatura diaspórica china, si tomamos en consideración la cantidad y la calidad de sus autores y obras representativos surgidos a lo largo de diferentes periodos históricos. Por otra parte, la complejidad del contexto social y político donde se produjo esta literatura híbrida nos demostrará de manera ilustrativa la interacción entre política, cultura y literatura. Además, como la inmigración china hacia Estados Unidos se remonta a finales del siglo XIX y principios del siglo XX, esta integridad cronológica de las actividades migratorias con respecto a las producidas en otros países también se proyecta en el desarrollo de la literatura chinoamericana. Por todos los motivos arriba mencionados, en este libro tomaremos esta como ejemplo para adentrarnos en nuestro estudio sobre la literatura diaspórica china.

Al examinar la traducción de esta corriente literaria en el mundo hispano, notamos que pese a que esta ocupa aún una cuota limitada en el mercado de habla española, la situación resulta mucho más favorable y optimista en relación con la de la literatura china. Eso constituye otra motivación que nos orientó a estudiar cuáles serían los factores que dificultan o impiden la entrada de las obras de la literatura china en el mercado de habla española. Por lo tanto, en este libro, dedicaremos algunas páginas a observar la traducción de la literatura china en el mundo hispano en las últimas décadas, las cuales complementan de forma paralela la parte dedicada a la traducción de la literatura diaspórica china en el mismo ámbito cultural a fin de completar el estudio sobre la constitución de las representaciones de China y su cultura en España y otros países hispanohablantes por vía de la traducción.

***

Nuestro estudio de la literatura diaspórica china se realizará desde la perspectiva de la traducción y adoptando una metodología interdisciplinar con aportaciones de los estudios literarios, la sociología, la historiografía y la crítica poscolonial. De manera especial, los enfoques teóricos que en el marco de la traductología conceden más importancia a la relación entre lengua, cultura y poder formarán nuestro marco teórico. Más concretamente, nuestro estudio de la traducción de la literatura chinoamericana se desarrollará alrededor de los "giros" que se producen en las últimas décadas.

Así, tomaremos en primer lugar los presupuestos del "giro cultural" planteado por Bassnett y Lefevere, que libera la traducción de las rígidas posturas prescriptivistas anteriores para elevarla a una posición igual e incluso superior a la creación en el sistema literario, con la intención de reflexionar sobre cuestiones de ideología, poder y autoridad (Ortega Arjonilla 2007, Bassnett y Lefevere 1990). Tomamos asimismo las teorías de autores asociados a otro giro posterior, el "giro del poder" formulado por Tymoczko y Gentzler (2007 [2002]), que da prioridad a la función subversiva de la traducción en el contexto postcolonial, tomando en consideración las relaciones asimétricas de poder entre las culturas dominantes y las marginadas, cuyos representantes incluyen a autores como Venuti, Niranjana, etc. Por último, nos ayudarán las investigaciones que podríamos adscribir al que ciertos autores han denominado el "giro ecológico", que se hace eco de los movimientos ecológicos no-eurocéntricos que proponen los intelectuales tercermundistas, entre los cuales destacamos a Spivak ([1992] 2000; 1993; [1995]1996; 2005), que centra su atención en los estudios de los subalternos (y las subalternas), insistiendo en que la traducción debe formar parte del proyecto pedagógico postcolonial. Todos estos "giros" que tomamos como referentes metodológicos y que nos facilitan un ángulo crítico idóneo para conseguir los objetivos que se cifran en esta obra son consecuencia de un interés creciente en los estudios de traducción por situaciones que implican convivencia y conflicto de ideologías, diferenciales de poder y autoridad.

Esta obra se propone examinar, a través de análisis tanto en el plano macroscópico como en el microscópico, las diferentes estrategias traslativas que han probado los traductores para solucionar los problemas que han surgido en el proceso de traducción de estos textos híbridos. Cualquiera que sea la decisión adoptada o cualesquiera que sean los postulados de los que parten, gracias a sus esfuerzos constantes, muchas obras de la literatura diaspórica china, una corriente literaria que todavía está en el margen del mapa de las relaciones de poder, han logrado entrar en el mercado de habla hispana. Las traducciones existentes nos sirven como base para un estudio descriptivo a partir del cual nos plantearemos si existen nuevas estrategias alternativas que puedan demostrar ser eficaces para hacer frente a la complejidad, la multiculturalidad y la heterogeneidad cultural de la literatura híbrida.

Concretamente, con el apoyo de los enfoques teóricos expuestos y acogiéndonos a esa metodología interdisciplinar ya citada, los contenidos de este libro se estructuran en cinco capítulos. En el primer capítulo, titulado "**La formación y el desarrollo de la literatura diaspórica china: la literatura chinoamericana como ejemplo**", elaboraremos un estudio descriptivo y polisistémico de la literatura chinoamericana, en el que se repasarán la situación panorámica de esta corriente literaria, los diferentes periodos de su desarrollo, sus autores representativos y sus obras principales. El segundo capítulo, "**Las características de la literatura diaspórica china: el caso de la literatura chinoamericana**", basándose en las teorías y críticas literarias postcoloniales, tiene como objetivo estudiar las cuestiones que destacan como características en las obras de esta corriente literaria, tales como la identidad híbrida, el tercer espacio, los estereotipos orientalistas, la ambigüedad y la ambivalencia de la literatura chinoamericana, etc. "**La traducción de la literatura diaspórica china y de la literatura china a lengua española**" será el tema principal del tercer capítulo. En esta parte, nuestro análisis se desarrollará en el plano macroscópico con el fin de estudiar la situación general de la traducción de la literatura diaspórica y la de la literatura china en el mundo hispano y explorar la naturaleza manipulativa de la traducción. En el cuarto capítulo, **La traducción de *The Joy Luck Club* de Amy Tan,** haremos una descripción comparativa entre las traducciones castellanas existentes de la obra más representativa de la autora como paso previo a la consideración de teorías y métodos alternativos que sean capaces de arrojar nueva luz sobre los nuevos problemas que plantea la traducción de la literatura híbrida. En el último capítulo, **Nuevas vías en la traducción de los textos postcoloniales,** con la ayuda de las propuestas teóricas del estudio de la traducción que surgen después del "giro cultural", nos proponemos explorar nuevas vías traductoras alternativas que podrían resultar más eficaces a la hora de traducir los textos postcoloniales.

En esta obra, nuestra investigación se realiza a partir de los estudios que examinan la traducción de los textos postcoloniales desde la perspectiva literaria y los que analizan la literatura diaspórica china y la literatura china desde el punto de vista de traducción, los cuales son complementarios, se nutren y se benefician el uno del otro mutuamente. La adopción de las dos perspectivas en esta obra nos dará la oportunidad de conocer de manera integral el funcionamiento y la dinámica del polisistema de la literatura diaspórica china y el de la literatura china tanto en su contexto original como en su destino de viaje, en nuestro caso, en los países hispanohablantes.

Capítulo I. La formación y el desarrollo de la literatura diaspórica china: la literatura chinoamericana como ejemplo

> To be truly meaningful, any interpretation of Chinese American texts, I contend, ought to deal with the specificities of Chinese American history. Without knowledge of the political and cultural nexus in operation, the concept of a Chinese American literary tradition makes little sense (Li 1992: 319-320).

En este capítulo estudiaremos la formación y el desarrollo de la literatura chinoamericana partiendo de una perspectiva polisistémica, con el fin de analizar en profundidad las interrelaciones entre los factores literarios que componen el polisistema de esta corriente literaria y otros aspectos extraliterarios tales como la historia, la cultura, la política, la ideología, etc. Ciertamente, para salvar las limitaciones que ciertos autores han distinguido en la teoría de los polisistemas (que, a ojos de las nuevas tendencias, se percibe en cierto sentido restrictiva, abstracta y determinista; que pasa por alto las relaciones de poder y los factores concretos que participan en la producción, la circulación y el consumo de las obras literarias, tales como el mecenazgo y la ideología), complementaremos el marco metodológico de nuestro estudio adoptando también propuestas teóricas de la Escuela de la Manipulación. En la formación y el desarrollo de la literatura chinoamericana, destaca la influencia que ejerce la fluctuación de las relaciones políticas entre China y Estados Unidos y, a este respecto, partiremos de la teoría del "swinging pendulum", formulada por Amy Ling (1990). Además, al estudiar las obras y los autores chinoamericanos, las aportaciones teóricas de expertos académicos chinoamericanos y chinos que trabajan en esta línea (tales como King-Kok Cheung, Shirley Geok-lin Lim, Sua-ling Cynthia Wong, Bin Wu, Guiyou Huang, Xiaohuang Yin, Guanglin Wang, etc.) nos servirán para construir un marco teórico abarcador. Hay que destacar que para el repaso de los autores concretos y las correspondientes circunstancias donde se hallan, *Between Worlds: Women Writers of Chinese Ancestry*

(1990) de Amy Ling y *Chinese American Literature since the 1850s* (2000) de Xiaohuang Yin nos sirven como obras de referencia fundamentales.

La teoría de los polisistemas nos resulta especialmente sugerente como marco para el estudio de la literatura chinoamericana y su traducción al mundo hispánico por cuanto no toma las obras literarias simplemente como creaciones estéticas, con valores intrínsecos en sí mismas y libres de las circunstancias socioculturales específicas donde se encuentran, sino que las considera como "productos con funciones que dependen de muchos factores cambiantes de las prácticas sociales" (Sales 2004: 143). Las intersecciones (las transferencias intra/intersistemáticas) de los factores que entran en juego en la producción literaria y la complejidad en la estructuración del polisistema literario también nos revelan la naturaleza dinámica, abierta, heterogénea e incluso híbrida de la literatura. Aplicando la teoría de los polisistemas a nuestro estudio, intentaremos contextualizar diferentes autores y obras, así como analizar las interacciones complejas entre los factores socioculturales, políticos o ideológicos y los literarios con el fin de revelar la naturaleza dinámica, heterogénea e híbrida de la literatura chinoamericana.

1.1 Teoría de los polisistemas

La teoría de los polisistemas propuesta por Even-Zohar, que empezó a adquirir gran relevancia en el mundo académico a partir de los años setenta, explicita la naturaleza dinámica y heterogénea del sistema literario, pone énfasis en la gran complejidad de su estructuración jerárquica y sistémica y destaca la multiplicidad de intersecciones que tienen lugar en las dimensiones intracultural, intercultural y transcultural. Esta teoría propone un amplio marco descriptivo, pragmático y socio-cultural que complementa los enfoques previos en los estudios literarios y aporta nuevas ideas a los modelos anteriores a través de la reflexión sobre los contextos históricos, sociales y políticos que condicionan la producción y el consumo de la literatura. Para el estudio de la literatura diaspórica china, más allá de las reflexiones sobre el plano estético, el análisis del contexto en el que surgen y se legitiman las obras resulta vital, como veremos en apartados posteriores.

Según la teoría de los polisistemas, la cultura constituye "un sistema global, [...] un conjunto heterogéneo de parámetros con cuya ayuda los seres humanos organizan sus vidas" (Even-Zohar 1999a: 27). En este sistema, la literatura, aparte de ser un componente fundamental del sistema cultural junto con otros extraliterarios, en sí misma constituye "un sistema complejo, dinámico, heterogéneo, constituido por numerosos subsistemas y en el que, en cada fase de su evolución, coexisten numerosas tendencias diferentes, agrupando diferentes sistemas literarios de diferente nivel" (Hurtado 2001: 563). En el polisistema literario, todos los elementos están interrelacionados y son interdependientes; ninguno puede funcionar aisladamente.

Este esquema básico resulta muy ilustrativo para estudiar la consolidación de la literatura chinoamericana y su posterior viaje selectivo a otras culturas como la del mundo hispánico. Según Even-Zohar, los factores que componen el polisistema son: el productor, el consumidor, el producto, el repertorio, la institución y el mercado, entre los cuales el repertorio desempeña un papel de suma importancia. Es el repertorio el que regula la producción y el consumo de los productos literarios. A través de los repertorios, un producto logra establecer relación con otros factores, tales como la institución y el mercado. Cabe destacar que en nuestra era globalizada, en la que la competencia entre diferentes fuerzas políticas e ideológicas y la internacionalización comercial se hacen cada vez más intensas, los últimos dos elementos, la institución y el mercado, se convierten en factores predominantes que ejercen cada vez más influencia a la hora de condicionar la producción y el consumo de los productos literarios.

El *repertorio* es "un conjunto de reglas y materiales que regulan tanto la construcción como el manejo de un determinado producto, o, en otras palabras, su producción y su consumo" (Even-Zohar 1999a: 32). La formación de un repertorio es "resultado de una negociación dinámica entre opciones previamente conocidas y las características específicas de la situación en curso" (Even-Zohar 1999a: 40). Es preciso destacar que en distintos periodos históricos no solo operan diferentes repertorios sino que también en las mismas circunstancias socioculturales compiten y funcionan en paralelo repertorios heterogéneos. Es decir, un grupo social específico no corresponde necesariamente a un único repertorio. El auge de la literatura chinoamericana es analizable a la luz de estas dinámicas.

La competencia entre diferentes repertorios conduce inevitablemente a una jerarquización: los repertorios más accesibles a quienes ejercen el poder y ocupan una posición dominante o los que coinciden con la ideología dominante logran convertirse en "legítimos" y alcanzan una posición central; los que no están disponibles o están en contra de la ideología del poder se relegan a una posición marginada y periférica. Los repertorios dominantes mantienen su posición central a través de la canonización de ciertos modelos literarios y obras literarias y de la "institucionalización" de determinado grupo de escritores, los cuales naturalmente se convierten en "instrumentos del poder" y llegan a ser "los principales defensores y distribuidores del repertorio que el orden aprueba" (Sales 2004: 150). Mientras tanto, las obras que no encajan en los repertorios dominantes no pasan de ocupar una posición periférica y en ocasiones no reciben la atención que merecerían. Todo lo que hemos expuesto supone que "un texto literario es el producto, consciente o inconsciente, de una serie de selecciones y restricciones gobernadas por determinados códigos" (Gallego Roca 1994: 157). En esta obra nos proponemos desentrañar cuáles son esos códigos culturales e históricos que subyacen al éxito o la relegación de la literatura chinoamericana.

Hay que darse cuenta de que los repertorios no son deterministas sino dinámicos: siempre están sometidos a transformaciones constantes. Aunque el repertorio dominante tiende a excluir a los otros, los últimos pueden ser propuestos como alternativa por parte de los grupos que no están de acuerdo o rechazan el repertorio dominante. En ciertas ocasiones, se forman nuevos repertorios que son capaces de introducir modelos divergentes o innovaciones, e incluso de establecer nuevas legitimidades y criterios de canonización. En determinadas circunstancias sociales, el repertorio dominante podría quedar relegado a una posición marginada y otros periféricos llegarían a ocupar la posición central, lo que demuestra que las obras periféricas constituyen factores fundamentales a la hora de mantener la dinámica de un polisistema literario. Es decir, la evolución de un polisistema se debe a la competencia entre los repertorios canonizados y los periféricos. O sea, un repertorio canonizado se ve obligado a cambiar a causa de la presión que un repertorio periférico ejerce sobre él. El auge de la literatura chinoamericana y de otras literaturas étnicas sin duda ha variado también con el tiempo los parámetros de la literatura "dominante".

Aunque la producción y el consumo de un producto están íntimamente vinculados con el repertorio, éste no ejerce influencia directa en el proceso, porque la canonización y/o la periferización de una obra literaria se realizan a través de una serie de mecanismos de legitimación, por ejemplo, las instituciones. Además, para que una obra pueda llegar a los consumidores, el mercado también es un factor indispensable. Es decir, la legitimidad de un repertorio o la canonización de ciertas obras literarias, entre ellas las de la literatura chinoamericana, se logra por "la institución en correlación con el mercado" (Even-Zohar 1999a: 33).

La *institución* hace referencia a un "conjunto de factores implicados en el control de la cultura" (Even-Zohar 1999a: 49), que es capaz de regular las normas, remunerar/reprimir a productores y agentes y determinar qué tipos de productos se conservarán en una comunidad en determinadas circunstancias socioculturales. Dicho de otro modo, tanto la producción como el consumo de los productos dependerán de "las legitimaciones y restricciones hechas por secciones concretas y relevantes de la institución" (Even-Zohar 1999a: 50). Aquí hay que destacar el importante papel que desempeña la institución en el polisistema literario: no solo sirve para mantener la posición dominante de ciertos repertorios, sino también para perturbar en ocasiones los repertorios preestablecidos e incluso impulsar el establecimiento de nuevos repertorios. La institución en cierta medida funciona como el mercado, sirve como "la intermediaria entre las fuerzas sociales y los repertorios de la cultura, pero, a diferencia del mercado, tiene el poder de tomar decisiones que perviven durante mayor tiempo" (Even-Zohar 1999a: 49). Entre los agentes que pueden encarnar el concepto de "institución" se incluyen los siguientes: el ministerio de educación, academias, instituciones educativas, los medios de comunicación y muchas otras (Even-Zohar 1999a: 50).

En los siguientes apartados, veremos cómo, en efecto, algunos de estos agentes interaccionan y ejercen influencia en la formación y el desarrollo de la literatura chinoamericana. Por ejemplo, hay que destacar la función de las críticas, el papel desempeñado por las instituciones educativas (sin ir más lejos, mediante la inclusión de algunos episodios o fragmentos extraídos de ciertas obras literarias en los libros de texto) y la participación activa de la cinematografía en la canonización de la literatura chinoamericana. Como veremos también posteriormente, la producción textual que emana de las instituciones en muchos casos entronca con el concepto de *reescritura* de Lefevere. Aquí hay que aclarar que la institución literaria no solo abarca los organismos instituidos que se encargan de la promoción de cierto objeto, sino también las entidades que ejecutan el patronazgo en el proceso de la producción, la circulación y el consumo de un producto cultural. Como explicaremos, las ideas sobre la institución formuladas por Even-Zohar se relacionan con el concepto de mecenazgo (*patronage*) propuesto por Lefevere que comentaremos más tarde.

El mercado constituye un lugar mediador donde se lleva a cabo el encuentro entre un producto literario y un determinado repertorio o serie de repertorios que se desenvuelven en él. En otras palabras, el mercado constituye "el responsable de que los intentos se transformen en oportunidades reales" (Even-Zohar 1999a: 51). El hecho de que un producto prospere o fracase no solo depende de la institución, sino que también está íntimamente vinculado con su capacidad de establecer una interacción con el mercado donde se desenvuelve el repertorio cultural. Es decir, el volumen y la amplitud de un repertorio están sujetos a la correlación entre el mercado y las instituciones.

En muchas ocaciones, los factores de la institución y del mercado se entrecruzan en el mismo espacio. En la actualidad, las instituciones educativas y las editoriales son muy buen ejemplo de ello: mientras que las instituciones se encargan de mantener la posición central de las corrientes literarias dominantes promoviendo ciertos productos literarios que se adhieren a la ideología dominante tanto entre los estudiantes como en el mercado, las editoriales controlan y determinan qué obras pueden entrar en el mercado y qué obras quedan fuera de él, todo ello sujeto a las orientaciones ideológicas de las instituciones y al objetivo constante de conseguir los mayores beneficios económicos posibles. Es evidente que las instituciones y las editoriales se han convertido en mecanismos importantes que en cierta medida condicionan y limitan las posibilidades de evolución de un repertorio cultural.

Como hemos mencionado antes, la intervención de las instituciones que gozan de una posición de poder constituye un factor decisivo que a menudo garantiza el éxito de un producto. Sin embargo, el mercado cada vez desempeña un papel más destacado debido a su capacidad de condicionar la circulación de un producto literario. Esto podría ofrecer una explicación convincente en el caso de los *bestsellers*, incluidas las obras chinoamericanas que han conseguido esta condición, sobre todo las obras creadas por las escritoras chinoamericanas que parecen menos ofensivas para la sociedad americana y que, en cierta medida, se han convertido en "portavoces" de todos los autores chinoamericanos en Occidente. Even-Zohar explica este poder del mercado con las siguientes palabras:

> Una vez que el producto rompe el círculo inicial y consigue de algún modo entrar en el mercado, llega a un círculo más amplio, que en último término se constituye en la base de poder necesario para comenzar un proceso de transformación del actual estado de cosas. Entonces la situación cambia de manera drástica, convirtiendo a unos aparentemente inofensivos productores culturales en poderosos agentes de poder (1999b: 86).

Aunque la teoría de los polisistemas pone énfasis en la dinámica y la heterogeneidad del sistema literario, también establece una serie de oposiciones binarias, tales como lo canónico y lo periférico, el centro y la periferia, lo primario y lo secundario. A pesar de que estas dicotomías ciertamente hoy se hayan cuestionado, siguen siendo útiles para nuestro estudio sobre la literatura diaspórica china. La dinámica entre ellas se hace patente, sobre todo, en las sociedades multilingües, cuyo mayor representante es quizá Estados Unidos, porque "una nación que acoge diferentes grupos lingüísticos da cabida generalmente, pero no siempre, a prácticas literarias distintas, que constituyen diversos sistemas literarios" (Lambert 1999: 62). La coexistencia o la cohabitación de estos sistemas literarios dará lugar inevitablemente a la competición y la jerarquización entre ellos. Es decir, en las sociedades o naciones multilingües y multiculturales es natural que las distintas literaturas mantengan relaciones de hegemonía, subordinación e incluso exclusión.

Según Lambert (cf. 1999: 66, 68-70), la competición entre las comunidades lingüística y culturalmente diferentes que ocupan distintas posiciones sociales, políticas, económicas o literarias producirá fenómenos de *sincretismo* y de *descentralización* que, entre otras cosas, conducirán al surgimiento de un nuevo tipo de escritores, quienes, en lugar de permanecer exclusivamente ligados a los modelos y circuitos asociados a sus orígenes, se acercarán a los de los grupos de prestigio, adoptando su lengua, sus géneros literarios, sus circuitos de difusión, etc. Como veremos, así ocurre con muchos autores diaspóricos chinos, algo que no los deja exentos de críticas de otros grupos culturales. Más aún, estos "nuevos" escritores pueden no identificarse en exclusiva ni con su cultura de origen ni con su segunda patria, sino que crean y se postulan en un mundo intermedio; mejor dicho, un espacio de hibridación o tercer espacio, nociones asociadas de manera muy marcada a autores poscoloniales como Bhabha que veremos en el segundo capítulo. Sin duda alguna, estas reflexiones son pertinentes en relación con los autores que nos proponemos estudiar.

En resumen, la teoría de los polisistemas intenta estudiar el funcionamiento dinámico de la literatura en determinada cultura y sociedad examinando tanto los factores literarios como extraliterarios que condicionan o determinan la formación y el desarrollo de la literatura desde una perspectiva descriptiva. La formulación de esta teoría no solo desafía el modelo reduccionista y estático de las investigaciones que restringen el ámbito de los estudios literarios a las obras canónicas y estudian la literatura como un objeto preconfigurado e inamovible que cuenta con valores esencialistas, sino que también concede más importancia a las literaturas no canónicas y las obras traducidas, tomándolas como elementos indispensables que forman parte del sistema literario. Asimismo, esta teoría pone en cuestión la autoridad y autenticidad del concepto de la literatura nacional, en la medida en que revisa los vínculos entre lengua, literatura e identidad cultural. Además, dada su gran capacidad de estudiar la interrelación que tiene lugar entre diferentes (poli)sistemas, nos ayudará a analizar la formación y el desarrollo de una literatura como la chinoamericana en determinadas circunstancias socioculturales de manera integrada.

La literatura chinoamericana permaneció fuera del repertorio dominante durante mucho tiempo. Su producción y consumo circulaba en un repertorio periférico, principalmente en la comunidad asiáticoamericana o la chinoamericana. Sin embargo, debido a las transformaciones sociales que tuvieron lugar desde los años sesenta del siglo pasado, el repertorio en el que se encontraba la literatura chinoamericana se fue extendiendo tanto en volumen como en amplitud. En los años ochenta y noventa, esta corriente literaria logró convertirse en una nueva fuerza literaria que no solo llamó la atención del repertorio dominante norteamericano sino también de otros repertorios importantes del mundo. Esta corriente literaria, que al principio fue considerada desviación e incluso agresión a la autoridad de la sociedad blanca (sobre todo cuando surge el nacionalismo en la literatura chinoamericana, encabezado por Frank Chin, que critica violentamente la discriminación y los tratos injustos que sufre la etnia china en Estados Unidos) pero también como desviación y agresión a la autenticidad de la cultura tradicional china, introduce nuevos elementos tanto en la literatura americana como en la china.

1.2 La Escuela de la Manipulación

Basándose en la teoría de los polisistemas, André Lefevere (1997) presta más atención a los factores concretos que rigen la recepción, la aceptabilidad o el rechazo de las obras literarias, tales como el poder, la ideología, las instituciones y la manipulación. Según él, la literatura está en buena medida condicionada por distintas personas involucradas en diferentes posiciones de poder que actúan como *reescritores*, cuya actuación tiene componentes ideológicos y poéticos muy marcados. Según Lefevere, “la traducción, la edición y la compilación de textos, de historias literarias y de obras de consulta y la producción del tipo de crítica” (1997: 16) son *reescrituras*, y a la hora de redactar estos textos “los reescritores adaptan, manipulan, en cierta medida, los originales con los que trabajan, para hacer que se ajusten a la o las corrientes ideológicas y poetológicas de su época" (1997: 21).

Lefevere señala que en el sistema literario existe "un doble factor de control" (1997: 28) que sirve para vigilar si la producción literaria se desarrolla dentro de los parámetros establecidos en determinado contexto sociocultural. Este autor llama al factor que funciona desde el interior del sistema literario "el profesional", y concretamente hace referencia a "los críticos, los reseñadores, los profesores y los traductores" (1997: 29) que deciden la *poética* de la producción textual; al factor que ejerce influencia en el sistema desde el exterior "el mecenazgo", entendido como "algo similar a los poderes (personas, instituciones) que pueden impulsar o dificultar la lectura, escritura o reescritura de una literatura" (1997: 29). En otras palabras, se trata de un poder que tiene influencia en la configuración de la *ideología* dominante en la sociedad, algo parecido a un mecanismo que combina características de las figuras de la institución y el mercado formuladas por Even-Zohar. Hay que enfatizar que, aquí entendemos el "poder" en sentido foucaultiano: el poder no solo constituye una fuerza que constriñe la acción del ser humano, sino que también da forma a conocimientos y produce discursos. Asimismo, el concepto de "ideología" tiene un sentido amplio que no solo se restringe al terreno político sino que hace referencia a un "entrelazado de forma, convenciones y creencias que ordena nuestras acciones" (Jameson en Lefevere 1997: 30).

Según Lefevere, el mecenazgo, ejercido por personas que ocupan posiciones de poder o por las instituciones sociales o políticas, las editoriales o los medios de comunicación, intenta regular la relación entre el sistema literario y los otros sistemas que forman parte en su conjunto de una sociedad o de una cultura. Los centros académicos, las revistas especializadas o el sistema educativo son instituciones auspiciadas por el mecenazgo para controlar la producción, la distribución y la aceptación o rechazo de un trabajo literario. A menudo los profesionales y las instituciones trabajan y operan dentro de la órbita de la ideología dominante.

En cierto sentido, se puede decir que los autores también son reescritores, porque, como indica Said (1990), ningún texto existe en un espacio vacío carente de archivos; como veremos en el caso específico de la literatura chinoamericana, las convenciones de las generaciones precedentes y los estilos retóricos, etc. (unos elementos que en cierta medida coinciden con el concepto de poética formulado por Lefevere), ejercen presión en la producción textual. Tomando en consideración esta intertextualidad, se pueden entender las creaciones literarias como reescrituras diacrónicas de sus precedentes o como reescrituras sincrónicas de los textos paralelos que componen el contexto donde se hallan. De ahí que, en las páginas siguientes, nos dediquemos a hacer un repaso de los autores individuales y muy diferentes entre sí que poco a poco han ido configurando lo que posteriormente se ha recibido como un movimiento, el de la literatura chinoamericana.

Aparte de la influencia de esta intertextualidad, ningún escritor puede ser inocente, ni liberarse de las limitaciones que vienen impuestas por condiciones políticas, en ocasiones ocultas, que rigen la producción de cualquier conocimiento. La posición que adopta un autor determina sus motivos creativos, los temas tratados, el tono narrativo, la estructura textual, las estrategias creativas que adopta, etc. En este sentido, la creación literaria en cierta medida implica ya en sí misma una manipulación. En los apartados siguientes, veremos cómo los autores chinoamericanos "manipulan" los elementos culturales chinos en su proceso de creación literaria, tratando de mantener un equilibro entre los condicionamientos impuestos por las circunstancias donde se hallan y los intentos de fomentar sus propios motivos ideológicos.

La literatura chinoamericana, surgida en un contexto multicultural, constituye un caso destacado de interferencias entre sistemas lingüísticos y literarios muy diferentes. Con la ayuda de la teoría de los polisistemas y de la manipulación, así como de otras teorías posteriores que complementan o matizan sus postulados, podemos establecer un diálogo entre el sistema literario de la literatura chinoamericana y otros sistemas literarios u otros sistemas socioculturales.

1.3 La literatura chinoamericana

La literatura chinoamericana, formada y desarrollada en Estados Unidos por parte de autores chinoamericanos, sin duda alguna constituye uno de los ejemplos que más significativamente representan la narrativa transcultural, en la que se manifiestan de modo notable la fusión y los conflictos entre la cultura china y la americana. Esta literatura, como la afroamericana, la chicana, la judíoamericana, etc., nacida en Norteamérica, un espacio de encuentro multicultural donde se enfrentan, se complementan y conviven en contrapunto distintas etnias, diferentes idiomas y múltiples culturas, se caracteriza por su interculturalidad, heterogeneidad, hibridismo y mestizaje.

La historia de la literatura chinoamericana se remonta a finales del siglo XIX, va siendo aceptada por la comunidad dominante a partir de los años setenta del siglo XX y llega a su periodo de máximo florecimiento en las décadas de los ochenta y los noventa del siglo XX. Sin duda, constituye uno de los elementos mediadores más importantes entre la cultura étnica y la de raíces eurocéntricas, los espacios periférico y central, la sociedad dominada y la dominante. La literatura chinoamericana, que desafiaba (o sigue desafiando) el canon dominante establecido por la cultura hegemónica, aunque al principio sufrió rechazo y desatención, insiste a lo largo de sus diferentes periodos en buscar un camino para construir su propia identidad y luchar por una posición en pie de igualdad en la sociedad dominante y por el respeto que le corresponde en ésta.

1.3.1 El término *chinoamericano*

Para delimitar el ámbito de la literatura chinoamericana, es preciso dejar claro ante todo a qué se refiere el término "chinoamericano". Aunque la primera oleada de inmigrantes chinos entró en Estados Unidos alrededor de mediados del siglo XIX, el término "chinoamericano" apareció en los años sesenta del siglo XX cuando surgió el Movimiento de Panetnia Asiática Americana (*Asian American Panethnicity*) con el fin de reivindicar una solidaridad política y consolidar el nacionalismo cultural de las etnias minoritarias y marginadas en contra de la discriminación racista por parte de la sociedad dominante. Este término, escrito al principio como "chino-americano" (*Chinese-American*) y cristalizado al final como "chinoamericano" (*Chinese American*), que omite el guion entre los dos componentes y revela la integración indivisible entre ellos, pone de manifiesto que los chinos que viven en Estados Unidos siempre albergan el vehemente deseo de ser identificados como americanos.

En esta obra, adoptaremos la forma sin guion "chinoamericano". El *chinoamericano*, como el propio término indica, se refiere a "person of Chinese ancestry residing permanently in the United States regardless of nativity" (Wong 1997: 39). Wu Bin (2009a: 5) precisa esta definición para dejar claro que el término "chinoamericano" no solo se refiere a los descendientes chinos que nacen y crecen en EE. UU. (denominados como ABC, que significa "*American-born Chinese*") sino que también debe incluir a los nuevos inmigrantes (llamados FOB, que remite a "*Fresh-off-Boat*") que pasan a residir permanentemente en EE.UU. Además, los que solo tienen padre o madre de etnia china también pertenecen a esta etnia.

Con el cambio de la configuración migratoria y con la integración social y cultural en el país receptor, se ha elevado tremendamente la posición social que logran los inmigrantes chinos o los chinoamericanos que nacen y crecen en Estados Unidos. Las primeras oleadas de inmigrantes chinos fueron protagonizadas por trabajadores varones jóvenes. En general, se trata de una población de bajo nivel educativo que se dedicó principalmente a duros trabajos físicos en condiciones de servidumbre y esclavitud, que sufrió una violenta discriminación racial y vivió en los peldaños más bajos de la sociedad americana. Estos primeros grupos fueron considerados como *coolies*.

Durante unos sesenta años, el gobierno americano mantuvo una actitud negativa hacia los inmigrantes chinos dictando estrictas leyes para prohibir su entrada. Esta situación no cambió hasta que China se convirtió en aliado de Estados Unidos durante la Segunda Guerra Mundial. Sin embargo, el gobierno estadounidense no puso fin a las restricciones legislativas a los inmigrantes chinos hasta que se dictó la *Immigration Act of October 1965*. Durante estos veinte años, Estados Unidos no dejó de elaborar otras leyes que siguieron poniendo límites a la inmigración china. Por aquel entonces, los inmigrantes chinos eran considerados como "foreign –at best exotic, at worst terminally unassimilable" (Wong 1997: 39).

Cuando acabó la guerra, entraron en Estados Unidos muchos estudiantes y profesionales que tenían muy buena formación académica o profesional. En comparación con las primeras oleadas de inmigrantes, a éstos les resultó más fácil adaptarse a la sociedad americana. La mayoría de estos inmigrantes se instalaron en Estados Unidos, obtuvieron hasta cierto punto la simpatía de la sociedad americana y contribuyeron en cierto sentido a corregir los estereotipos negativos asociados a los chinos en la sociedad dominante. En esta época, los chinos, al contrario que los japoneses, que eran enemigos de Estados Unidos, se convirtieron en una "minoría modelo", fiel y obediente a su aliado.

Esta circunstancia prueba lo que últimamente recalcan diversos autores en la teoría de la traducción (Stallaert 2004; Vidal 2007 y 2010; Vidal y Martín Ruano 2013; Bartrina 2013): no cabe estudiar las relaciones entre identidades culturales como procesos binarios de asimilación u oposición entre dominantes y dominados; muchas veces los fenómenos de acercamiento, simpatía o aversión y distanciamiento vienen propiciados como efecto colateral de las relaciones entre identidades culturales cercanas, o simplemente por la comparación que éstas posibilitan, lo que también ejerce influencia a la hora de configurar el estado de las relaciones entre el par estudiado.

En el periodo comprendido entre finales de la década de los sesenta y principios de los setenta del siglo pasado, gracias a los movimientos en pro de los derechos civiles y de la liberación de las mujeres, los de los estudiantes universitarios y los de independencia que se vivieron en los distintos países del entonces llamado Tercer Mundo, junto con el surgimiento de corrientes culturales como el feminismo, el posmodernismo, el poscolonialismo, etc., los chinos en Estados Unidos fueron tomando conciencia de que había llegado el momento de reclamar un "verdadero" reconocimiento de la ciudadanía fundado sobre una base de igualdad y comprometido con la eliminación de la discriminación racista. En lugar de ser una minoría étnica colonizada en el país de acogida, se consideraba necesario insistir en la reivindicación de su plena integración en la sociedad estadounidense.

A partir de los años sesenta, la población china en Estados Unidos se duplicó en una sola década. En su mayoría, este nuevo grupo de inmigrantes que procedía no ya del campo y las zonas rurales sino de las zonas urbanas se adaptaba con más facilidad a la sociedad americana. A mediados del siglo XX, debido a las nuevas tensiones entre China y Estados Unidos provocadas por la victoria del comunismo y la Guerra de Corea, los inmigrantes chinos se reducían. Esta situación se mantuvo hasta los años setenta y ochenta, mostró el gobierno chino empezó a aplicar políticas de apertura hacia el exterior: así, mostró más interés por el aprendizaje de las tecnologías avanzadas de los países occidentales, sobre todo de Estados Unidos, y dio prioridad a la formación de estudiantes y profesionales cualificados. Con estas medidas aumentó significativamente el número de inmigrantes procedentes de la China continental. A partir de los años ochenta, el perfil que comenzó a predominar fue el de comerciantes, estudiantes, intelectuales y profesionales con un alto nivel educativo. En su mayoría, los miembros de este grupo migratorio trabajaban como informáticos, ingenieros, médicos, abogados e incluso políticos, lo que permitió el surgimiento de una clase media que alcanzó un estatus social y económico relativamente superior en la sociedad americana.

En las últimas dos décadas, son numerosos los chinoamericanos que han conseguido grandes éxitos en los círculos políticos, lo que constituye un ejemplo contundente que muestra la elevación del estatus social de los chinoamericanos en Estados Unidos. En este sentido, podemos citar, por ejemplo, a Elaine Chao, la primera miembro de origen chino del gabinete de George W. Bush y la primera mujer asiáticoamericana en la historia estadounidense que asumió el cargo de secretaria de Trabajo, desde 2001 hasta 2009; Gary Locke, que fue el primer gobernador de origen chino del Estado de Washington desde 1997 hasta 2005 y ejerció como secretario de Comercio de EE.UU. entre 2009 y 2011, además de ser el primer embajador de Estados Unidos en China de ascendencia china entre 2011 y 2014 durante la administración de Barack Obama; Steven Chu, perceptor del Premio Nobel de Física en 1997 junto con Claude Cohen-Tannoudji, y William Daniel Phillips, que fue designado secretario de Energía de los Estados Unidos en 2009, etc. La contribución de los chinoamericanos a los Estados Unidos en todos los terrenos ha transformado radicalmente su posición social general.

Según los datos de la Oficina Estadounidense del Censo (U.S. Census Bureau), en 2008 la población chinoamericana ascendía a 3,62 millones, lo que constituía un 23,2 % de la población asiáticoamericana[①], el segundo grupo étnico de mayor crecimiento detrás del hispano. Tanto en términos cuantitativos como socioculturales, el grupo chinoamericano ha llegado a ser una etnia de importancia capital en la sociedad americana. Por lo tanto, estudiar la historia de los chinoamericanos y la formación y el desarrollo de la literatura chinoamericana no solo nos ayudará a entender mejor la situación actual de la etnia china en Estados Unidos sino también a conocer en profundidad fenómenos como la heterogeneidad y la hibridación cultural.

1.3.2 Desarrollo panorámico de la literatura chinoamericana

Según Lefevere, la literatura es "un sistema 'artificial' porque está formado por textos (objetos) y agentes humanos que leen, escriben y reescriben textos" (1997: 26) y no es "un sistema determinista, no es 'algo' que 'arrebatará el poder' y 'gobernará las cosas', anulando la libertad del lector, el escritor y el reescritor" (1997: 27) sino que "actúa mediante una serie de 'limitaciones', en el más amplio sentido de la palabra, sobre el lector, escritor y reescritor" (1997: 27). La literatura chinoamericana también constituye un sistema con cambios continuos, que evoluciona gracias a los impulsos atribuibles a escritores, lectores y reescritores a través de su cooperación, competencia e incluso enfrentamiento en el mismo o en diferentes sistemas literarios. En general, la literatura chinoamericana se refiere a las obras creadas por los autores chinoamericanos. Con los cambios experimentados en

① Los datos provienen de las estadísticas del Oficina del Censo de los Estados Unidos (United States Census Bureau). Fecha de consulta: 10-11-2011. http://www.census.gov/newsroom/releases/archives/facts_for_features_special_editions/cb10-ff07.html; http://www.census.gov/newsroom/releases/archives/population/cb09-75.html.

los flujos de migración y en la situación de los inmigrantes durante medio siglo, las connotaciones y la extensión de este sistema literario se han ampliado, dadas las estrechas interrelaciones e interconexiones que cabe ver entre los diferentes subsistemas que componen la literatura chinoamericana y otros sistemas, ya sea por su naturaleza histórica, social y/o cultural.

En los años cincuenta y sesenta, la literatura chinoamericana principalmente se refería a las obras creadas por los chinoamericanos nacidos en EE.UU., los descendientes de las primeras oleadas de inmigrantes chinos. La mayoría de estas obras se escribieron en inglés y los temas principales abordados en ellas se centraban en el contraste cultural, el choque generacional, el sexismo, el patriarcado chino, la búsqueda de la nueva identidad, la asimilación en la sociedad dominante, etc. Esta delimitación de la literatura chinoamericana no es en absoluto casual. Antes de los años sesenta del siglo XX, a causa de la restrictiva legislación vigente, la inmigración que llegaba a los EE. UU. prácticamente se estancó y, por lo tanto, la mayoría de los autores cuyas obras se incluyen dentro de esta tendencia eran chinos que vivían en Norteamérica, entre los cuales los chinoamericanos ya nacidos en Estados Unidos sin duda constituían la mayoría; naturalmente, fueron estos perfiles de inmigrantes los que pasaron a convertirse en los representantes o portavoces de los chinoamericanos.

En esa época, ciertos autores, entre los que cabe citar a Frank Chin, Jeffery Paul Chan, Lawson Fusao Inada, Shawn Wong, etc., pusieron especial énfasis en el hecho de haber nacido en tierras americanas, llegando en ocasiones a afirmar sin rodeos que a esa circunstancia se debía la sensibilidad de los chinoamericanos. Estos autores insistían en el establecimiento de una identidad chinoamericana que negaba la duabilidad de su identidad y desacreditaba la tensión bicultural que se ponía de manifiesto en ciertas obras de chinos americanizados, por ejemplo, Lin Yutang. Esta reclamación por el establecimiento de una identidad relativamente independiente es

> un procedimiento común en los grupos humanos el extraer ciertos elementos destacados de un repertorio predominante para delimitar el grupo en cuanto entidad inconfundible e inequívoca. Mediante tal proceso se logra crear un 'sentido de sí mismo' o una 'identidad colectiva' (Even-Zohar 1999a: 42).

A partir de 1965, el año que se toma como punto de inflexión en las relaciones entre EE. UU. y China por la abolición de la *Ley de inmigración y nacionalidad* (*Immigration and Nationality Act*), aumentó drásticamente el número de inmigrantes chinos, y a partir de ese momento, como indica Cheung (1997: 3), el hecho de nacer en territorio americano fue perdiendo su importancia como condición *sine qua non* que debía estar en el origen de la sensibilidad de los chinoamericanos. En los años setenta, periodo histórico de suma importancia en el que concurrieron grandes cambios demográficos, sociales y políticos, tanto la extensión como las connotaciones de la literatura chinoamericana experimentaron un gran cambio. Las obras de los nuevos inmigrantes empezaron a atraer la atención de la sociedad americana en general. No en vano, en aquel entonces, la mayoría de estas obras se escribían en inglés para poder llegar a más lectores y entrar en el repertorio dominante. Es decir, en los primeros periodos del desarrollo de esta corriente literaria, escaseaban las obras creadas en chino.

En la actualidad, con el fenómeno de la globalización, sobre todo con el desarrollo de la tecnología avanzada que mejora la facilidad en los medios de transporte y la rapidez de la transmisión de información, fundamentalmente a través de Internet, se han complicado cada vez más la construcción de la inmigración y los fenómenos de diáspora. Los inmigrantes han dejado de responder únicamente al perfil de personas que se ven obligadas a salir de su tierra materna y se instalan en un mundo totalmente desconocido, donde permanecen encerrados en un rincón aislado a causa de los problemas derivados de las diferencias en los planos de la lengua y la cultura. Al contrario, hay ocasiones en las que los nuevos inmigrantes se "exilian" por su propia voluntad, se trasladan frecuentemente entre su país de origen y su país de acogida, y actualizan los conocimientos sobre su patria constante y simultáneamente con la ayuda de Internet. Todo eso ha tenido gran influencia en el desarrollo de la literatura chinoamericana, que ha experimentado un proceso de desterritorización, por decirlo con el término de Deleuze y Guattari que explora un reciente artículo de África Vidal (2012). En el contexto que nos ocupa, el discurso de la diáspora va ocupando un puesto importante en esta corriente literaria:

> The shift from the discourse of the immigration to the discourse of diasporas is one example of the dynamics of an evolving global technology capable of transmitting information simultaneously through mass media to geographically separate yet culturally related peoples (Lim 1997: 297).

Gracias al intenso contacto multicultural, muchos escritores migrantes insisten en la nacionalidad de su país de origen y vuelven a adoptar su lengua materna como idioma de creación, con el objetivo de reanudar el vínculo con su cultura de origen y de dirigirse directamente a los lectores de su cultura étnica. Así, por ejemplo, han aparecido muchos autores bilingües que escriben tanto en chino como en inglés y con temas variados que no solo se limitan a las experiencias en el extranjero; en otras obras, los autores, aunque crean en inglés, narran historias chinas, etc. Aquí cabe destacar que, si bien en estas obras se narran historias de China o sus experiencias en tierras extranjeras en su lengua materna, se postulan desde una perspectiva especial; en otras palabras, estos autores ven las dos culturas desde una posición *in-between* y viajan desde una cultura a otra poniendo en pleno juego su doble personalidad y su especial sensibilidad. Parafraseando a Cheung (1997), bajo la influencia del multiculturalismo, no solo los escritores llegados como inmigrantes, sino también muchos otros nacidos en Estados Unidos, que al principio trataban de distanciarse de su cultura étnica, empiezan a interesarse por su legado chino. Y esta tensión entre la reclamación de la identidad americana y el mantenimiento de los lazos con su cultura étnica les sirven también de inspiración para sus creaciones literarias.

Tomando en consideración estos cambios producidos en la comunidad chinoamericana, Wu (2009a: 3) delimita en qué consiste la literatura chinoamericana hoy en día: no solo incluye las obras creadas y publicadas en inglés por autores chinoamericanos nacidos en Estados Unidos, sino también las escritas en chino que relatan experiencias estadounidenses y las redactadas en inglés creadas por escritores inmigrantes que narran cuestiones relacionadas con China. En las tres últimas décadas, la literatura chinoamericana ha logrado atraer cada vez más atención a escala mundial por los sobresalientes éxitos que ha ido obteniendo en la esfera internacional. Muchas obras han conseguido premios importantes en Occidente; algunas han sido seleccionadas para incluirse o citarse en libros de texto universitarios o en antologías literarias en calidad de obras maestras y ejemplares.

Al mismo tiempo, esta emergente corriente literaria ha despertado gran interés tanto entre los lectores comunes y corrientes de China como entre los eruditos radicados en China, donde se han establecido sucesivamente centros académicos con el fin de fomentar los estudios sobre este nuevo fenómeno cultural. Desde los años ochenta y sobre todo durante los noventa, se han publicado en China muchos trabajos investigadores, tesis doctorales y obras críticas de relevancia en este terreno innovador, lo que implica que la literatura chinoamericana ha pasado a constituirse como un ámbito de estudio relativamente independiente que integra a su vez prácticas literarias y traductoras, estudios críticos y estudios de orientación teórica. Con la profundización de los estudios que tienen como objeto de interés esta literatura, la investigación ha trasladado su interés hacia los fenómenos diaspóricos, la hibridación y la heterogeneidad cultural.

1.3.3 Características generales de la literatura chinoamericana

Con Wu (2009a: 18-23) repasamos los rasgos más destacados que, diferenciándose de otras literaturas étnicas que nacen en tierras americanas, caracterizan la literatura chinoamericana:

En primer lugar, en la literatura chinoamericana se ve claramente el compromiso social de los escritores no solo con la reivindicación de un verdadero reconocimiento de la ciudadanía de las etnias minoritarias sino también con la recuperación del honor de los antiguos inmigrantes chinos (tanto por parte de autores nacionalistas como de autoras con inclinación feminista). Los autores chinoamericanos, en este sentido, parecen sentir siempre la responsabilidad de revelar y dar a conocer al público occidental la enorme contribución realizada por los antiguos inmigrantes chinos a los Estados Unidos, sobre todo durante el periodo de la expansión y consolidación del capitalismo, una circunstancia que habitualmente es silencianda e incluso se pasa por alto en la historia americana, así como la de denunciar las políticas injustas que aplicó el gobierno de Estados Unidos en determinados periodos históricos a los inmigrantes chinos y registrar las experiencias amargas y dolorosas que sufrieron los chinoamericanos.

En segundo lugar, aunque China ha experimentado muchas vicisitudes políticas y culturales, en general ha sido un país unificado a lo largo de la historia. Por lo tanto, a diferencia de otras literaturas étnicas, la continuidad de la cultura china y el mantenimiento de los lazos filiales serían una característica destacada de la literatura chinoamericana.

Por último, la cultura china que se refleja en las obras de los escritores chinoamericanos es una "recreación" o una "representación" de la cultura china en el continente asiático. La mayoría de los elementos culturales chinos que transmiten los autores ABC en sus obras son los que han heredado de sus padres o abuelos principalmente a través de narraciones orales o mediante los medios de comunicación, los libros de texto en las escuelas, etc. Estos autores interpretan y adaptan las tradiciones, leyendas y ejemplos de la literatura clásica china para sus propios fines y, en cierto sentido, estas interpretaciones o adaptaciones culturales son *creaciones personales* que no resultan suficientemente representativas para un entendimiento profundo de la cultura china. Wu comenta este fenómeno con las siguientes palabras:

Chinese American literature also represents China. However, since it is fiction, it is not to be read as true Chinese history, life, customs and/or society. Chinese American writers make use of Chinese history and culture to tell their own Chinese American stories, not Chinese stories (2008: 33).

1.3.4 Diferentes periodos de la literatura chinoamericana

En este apartado, estudiaremos las interrelaciones entre el sistema literario de la literatura chinoamericana y otros sistemas sociales siguiendo un orden cronológico. Con esta clasificación diacrónica, analizaremos, en concreto, la fluctuación que han sufrido las relaciones políticas entre China y Estados Unidos a lo largo de más de doscientos años, que ha ejercido gran influencia en el desarrollo de la literatura chinoamericana. Amy Ling denomina este fenómeno metafóricamente como un "swinging pendulum", un péndulo oscilante:

> One of the major external conditions affecting the writers of Chinese ancestry in the United States is the social and political climate between the United States and China. [...] Throughout America's 200-year history, the attitude of Americans toward China has vacillated dramatically between admiration and contempt; alternately, China has been embraced as an ally and friend, only to be later rejected as a dangerous enemy (1990: 18).

En cuanto a la clasificación de los periodos de la literatura chinoamericana hay muchas opiniones diferentes (Lu 2005; Cheng *et al.* 2010), entre las cuales la más aceptada diferencia las siguientes tres etapas:

a. Etapa de surgimiento (desde finales del siglo XIX hasta finales de la década de los sesenta del siglo XX);

b. Etapa de florecimiento (desde los años setenta hasta finales del siglo XX);

c. Etapa de desarrollo multidimensional, en la que no solo aparecen obras con temas variados sino que también empieza a construirse una aproximación teórica y crítica desde perspectivas multidisciplinares (desde los años ochenta del siglo pasado hasta la actualidad).

Aunque esta división es aceptada por la mayoría de los académicos y críticos literarios, nos parece un poco sintética y no lo suficientemente eficaz para reflejar la influencia que ha ejercido la fluctuación de las relaciones políticas entre China y Estados Unidos en el desarrollo de esta corriente literaria. Por lo tanto, en esta obra, adoptamos una clasificación cronológica más específica. Dividimos el desarrollo de la literatura chinoamericana en los siguientes periodos:

a. Periodo de silencio (desde finales del siglo XIX hasta principios del siglo

XX);

b. Periodo de surgimiento (desde principios del siglo XX hasta el establecimiento de la China Nueva);

c. Periodo de frustración (durante los años 1950 y 1960);

d. Periodo de prosperidad (durante los años 1970 y 1980);

e. Periodo de nuevo desarrollo multidimensional (desde finales de los años ochenta hasta hoy en día).

Nuestro objetivo al comentar sucintamente estos periodos en las páginas siguientes será analizar el contexto social del que surgen las principales obras chinoamericanas y repasar los principales logros literarios. Esto nos permitirá tener una visión más completa de la literatura chinoamericana en su contexto original a fin de que, posteriormente, podamos detectar los procedimientos de selección y exclusión que han guiado el trasvase intercultural de esta literatura a la realidad española. No olvidemos que, a la hora de analizar las traducciones, y como frecuentemente recalcan los autores adscritos a los estudios descriptivos de traducción, es tan importante ver qué y cómo se ha traducido como qué se ha dejado sin traducir; qué obras no han sido objeto de trasvase intercultural. Comenzamos, pues, con el primero de los periodos citados.

a. Periodo de silencio (desde finales del siglo XIX hasta principios del siglo XX)

La primera oleada de inmigrantes chinos hacia EE. UU. se produjo durante los años cincuenta y sesenta del siglo XIX, cuando se necesitaba urgentemente introducir gran cantidad de mano de obra en el mercado estadounidense para el sector de las plantaciones de azúcar en Hawái, la explotación del mineral de oro en California y la construcción de las vías férreas transcontinentales. En la segunda mitad del siglo XIX, la China, gobernada por la corte manchú, había iniciado un periodo de declive. Con respecto a las relaciones exteriores, el gobierno manchú aplicaba una política conservadora que trajo como consecuencia que China se quedara atrás del mundo occidental en casi todos los terrenos. Dentro del país, junto con las catástrofes naturales, el despilfarro de recursos por parte de la familia real y la corrupción de los cortesanos sumieron al pueblo en el hambre y la miseria.

Entre 1840 y 1860, Gran Bretaña provocó las dos guerras del opio, cuyos resultados catastróficos (entre ellos, la apertura de los puertos a los países occidentales, la exención de impuestos a los extranjeros, la concesión de territorios a los colonizadores, el aumento de impuestos nacionales, etc.) agravaron en gran medida la pobreza del pueblo. Durante este periodo, en todo el país se produjeron sucesivamente levantamientos de los campesinos que no podían soportar el incremento de impuestos, la opresión cruel de la corte y la invasión extranjera. Entre ellos, el más famoso y de más relevancia es la Rebelión de Taiping (1851-1864) que tuvo lugar en la provincia de Guangxi. En este contexto turbulento, para escapar de la difícil situación en busca de una vida mejor, la emigración se veía como una salida atractiva. Durante las últimas dos décadas del siglo XIX, el número de inmigrantes chinos en EE.UU. aumentó drásticamente.

Esta gran afluencia de mano de obra barata, resistente y obediente, a quien se llamaba humillantemente "Chinese coolie", produjo gran tensión, en la medida en que entraba en competencia con los obreros blancos. Además, durante los años setenta del siglo XIX, Estados Unidos sufrió una gran recesión económica que agravó la agitación social. Para atenuar la tensión social y proteger su mercado interior, el gobierno estadounidense culpó de la situación a los inmigrantes chinos, que se convirtieron en el "chivo expiatotio" de todos estos males.

El gobierno estadounidense promulgó una serie de leyes① contra los chinos, por ejemplo, la *Ley de exclusión de los chinos* de 1882 (*The Chinese Exclusion Act*)②, establecida en 1882 y abolida en 1943, que es la más rígida de las promulgadas y que no solo cerró rotundamente la puerta a los trabajadores chinos sino también a las familias de chinos que ya vivían en Estados Unidos. Estas leyes

① Veánse el capítulo "The laws" en *China Men* (1980) de Maxine Hong Kingston, en el que la autora ha enumerado las principales leyes promulgadas por el gobierno norteamericano desde 1868 hasta 1978.

② La *Ley de exclusión de los chinos* de 1882, junto con muchas otras legislaciones, impuso rígidas restricciones a la inmigración y la naturalización de los chinos que vivían en Estados Unidos en aquel entonces y negó derechos básicos de libertad personal; por ejemplo, los chinos no tenían derecho a votar ni a denunciar a los blancos ante los tribunales; existía la prohibición del matrimonio interracial, etc. Fue la única ley federal promulgada en la historia americana que tuvo el objetivo de excluir a un determinado grupo étnico. En 2012, gracias a los esfuerzos constantes de la Alianza de los Ciudadanos Chinoamericanos (Chinese American Citizens Alliance) y de Judy Chu, primera diputada de origen chino del Congreso estadounidense, Estados Unidos pidió perdón oficialmente a los chinoamericanos por esta ley discriminatoria, expresando: [EE. UU.] "deeply regrets passing 6 decades of legislation directly targeting the Chinese people and the wrongs committed against Chinese and American citizens of Chinese descent", lo que supone un momento histórico para la comunidad chinoamericana y abre una etapa nueva en la historia de los chinoamericanos. El perdón oficial implica que los chinoamericanos ya pueden "heal historical wounds that have been festering for over 100 years, and move forward." (cf. http://english.cntv.cn/program/newshour/20120619/111689.shtml y http://news.xinhuanet.com/english/world/2012-06/19/c_131662522.htm. Fecha de consulta: 09-12-2012).

produjeron grandes daños no solo físicos sino también psicológicos en la primera generación de inmigrantes chinos, entre los cuales el más directo fue el desequilibrio entre los sexos y la formación de sociedades de solteros (*bachelor societies*) en Chinatown. Desde aquel entonces, estos inmigrantes que tanto habían contribuido a América, país que alardeaba de la libertad e igualdad de todos los ciudadanos, empezaron a sufrir la cruel opresión y discriminación racistas y pasaron a ser concebidos como forasteros, exóticos e incluso inaccesibles por la sociedad dominante.

En esta época, solo podemos encontrar un número escaso de obras publicadas, pues, por una parte, la mayoría de los inmigrantes eran trabajadores analfabetos y, por otra, la cruel opresión que sufrían los obligó a mantener el silencio. A diferencia de los inmigrantes que vivían sumidos en la pobreza, desgracia y humillación, los chinos cultivados, en términos de Yin (2000), compuestos principalmente de estudiantes, intelectuales o diplomáticos que pertenecían a una clase social alta, recibían un tratamiento relativamente "amable" por parte de la sociedad americana. En 1909, salió a la luz *My Life in China and America*, obra autobiográfica de Yung Wing (1828-1912), que fue el primer chino que se graduó en el Yelu College (predecesor de la Yelu University) y se nacionalizó estadounidense en 1852. En esta obra, como partidario firme de la reforma y la modernización, el autor rendía culto a la civilización occidental y criticaba duramente los atrasos de la China bajo la gobernación de la dinastía Qing. Así, denunciaba las lacras de que adolecía el regimen manchú, insistiendo en que la democracia y la educación occidentales eran las únicas medidas que salvarían a China de la miseria. En esta obra se demuestra el vehemente deseo que el autor albergaba de sacar a China de la postración y de la agresión de las potencias imperialistas occidentales.

Entre las obras que se publicaron durante este periodo, también cabe mencionar otras importantes: *Leaves from the Mental Portfolio of an Eurasian* (1909), colección de ensayos autobiográficos y *Mrs. Spring Fragrance* (1912), que es una colección de 37 cuentos cortos de Edith Maud Eaton (1865-1914). Esta autora euroasiática escribió bajo el seudónimo de Sui Sin Far, "la flor de narciso" en chino, que simboliza la nobleza, la elegancia y la nostalgia por la tierra natal. Sus obras son consideradas como el verdadero comienzo de la literatura chinoamericana.

Confirmando la relevancia de este repaso para el análisis crítico de los procesos de traducción cultural, vemos que *My Life in China and America* de Yung Wing y *Leaves from the Mental Portfolio of an Eurasian* de Sui Sin Far son dos obras de carácter autobiográfico y se publicaron en el mismo año. No deja de resultar significativo comprobar que la segunda obra, que se centra en describir la complejidad y la dualidad de la identidad híbrida, logró despertar el interés del círculo editorial del mundo hispánico en los años noventa del siglo pasado cuando el feminismo y la cuestión de identidad se convirtieron en enfoques de relevancia tanto en el ámbito literario como en el de la traducción; al contrario, la primera, que no encaja con estas orientaciones poéticas ni ideológicas, sufre una desconsideración rotunda hasta la fecha.

b. Periodo de surgimiento (desde principios del siglo XX hasta el establecimiento de la China Nueva)

Por efecto de los desórdenes interiores y las invasiones exteriores, de la dinastía Qing no quedó más que el nombre. No solo los cañones occidentales abrieron la puerta de China, sino que también los pensamientos liberales y democráticos entraron y despertaron a los intelectuales chinos. La Revolución de 1911, de carácter democrático dirigida por Sun Yat-sen, gran revolucionario y fundador del Partido Nacionalista Chino, derrotó al gobierno feudal de los manchúes. Así, se estableció en China la República en 1912. En la década de los veinte del siglo XX, Chang Kai-chek, sucesor de Sun Yat-sen, poco a poco fue asumiendo el poder del del Estado. Durante su mandato, estalló la guerra entre los nacionalistas y los comunistas, un conflicto que se prolongaría entre 1927 y 1949, y los japoneses emprendieron la invasión plena (1937-1945)① de China. Frente a esta circunstancia delicada, Chang insistió en adoptar políticas favorables a EE.UU. e intentó lograr el apoyo económico y la amistad del gobierno estadounidense. Durante este periodo, el gobierno americano mostró una actitud de amabilidad hacia China.

En cuanto a las circunstancias internacionales, la Segunda Guerra Mundial sirvió como punto de viraje para mejorar las relaciones entre China y EE.UU. El bombardeo de la base naval de Pearl Harbor lanzado por los japoneses en 1941 exasperó a los estadounidenses. Frente a la maldad de los japoneses, los chinos llegaron a ser "asiáticos ejemplares" y China se convirtió en un firme aliado de EE.

① Desde los años setenta del siglo XIX, los japoneses continuamente provocaron guerras invasoras contra China. En la dinastía Qing, entre China y Japón se produjo la guerra naval Jia Wu en el Océano Pacífico durante 1894 y 1895, que aceleró la derrota de la corte manchú. En los años veinte del siglo XX (durante la Républica China), los japoneses fueron ampliando la invasión militar y desde 1937 desencadenaron la invasión plena en todo el territorio chino. Por lo tanto, normalmente se toma este año como el comienzo de la guerra antijaponesa.

UU. La narrativa pública sobre China, por decirlo en términos adoptados por la teoría de la traducción (cf. Baker 2006), varió sustancialmente. Para mostrar la simpatía hacia el pueblo chino, por una parte, y fortalecer las relaciones estratégicas entre China y EE.UU., por otra, el gobierno estadounidense empezó a aplicar una serie de políticas favorables a los chinos. En este contexto histórico, los chinos lograron hacer oír su voz, reprimida y ahogada durante más de treinta años. Entre las obras publicadas, se cuentan media docena de memorias y novelas sobre China en la guerra, escritas en su mayor parte por inmigrantes recién llegados. Otras, escritas por chinos nacidos en EE.UU., eran autobiografías en las que se narraban las experiencias de su crecimiento en América.

Lin Yutang (1895-1976), uno de los autores asiáticoamericanos más leídos en los años treinta y cuarenta del siglo XX en Norteamérica, pasó a ser considerado como "an exponent of China and Chinese civilization in the West" (Yin 2000: 171). Este escritor prolífico tiene más de treinta obras escritas en inglés, entre las cuales la más popular es *My Country and My people*, publicada en 1935, en la que se hace una introducción acerca de pensamientos filosóficos, arte y cultura chinos. Durante la primera mitad del siglo XX, se produjo la publicación de varias novelas escritas en inglés, tales como *Moment in Peking* (1939), *A Leaf in the Storm* (1941), *Between Tears and Laughter* (1945), *Chinatown Family* (1948), etc., y varias colecciones de ensayos sobre filosofías chinas, por ejemplo, *The Importance of Living* (1937), *The Wisdom of Confucius* (1938), *The Wisdom of China and India* (1942), *The Wisdom of Laotse* (1948), etc. Estas obras hasta hoy en día aún sirven como medio fundamental para que los extranjeros conozcan la civilización china. Durante este periodo, también escribió muchas obras en chino. Como escritor que goza de gran fama internacional, fue nominado dos veces para el Premio Nobel de Literatura en 1940 y 1950. Hay que destacar que hasta hoy en día Lin es el autor que tiene más obras traducidas al español (cf. Capítulo III y el Anexo I).

En 1941, se publicó el diario *Dawn Over Chungking,* escrito por las tres hijas de Lin Yutang, en el que se describía la vida difícil en China durante la invasión japonesa. Este libro, que se ha comparado con el diario de Anne Frank, *Diary of a Young Girl,* fue "the work of intelligent, sensitive young girls in extreme times when life is pared to its essentials and nightmares are everyday realities" y constituyó el "testimony to physical and spiritual strength all the more touching because of the tender ages of their authors" (Ling 1990: 60). Como veremos, y como expone Venuti en su artículo "Translation, Community, Utopia" (2000), las obras literarias situadas en la periferia de ciertos sistemas culturales tejen a menudo conexiones en cierto modo inesperadas con obras de otros sistemas.

En cuanto a las obras de los autores nacidos en Estados Unidos, destacan *Father and Glorious Descendant* (1943) de Pardee Lowe y *Fifth Chinese Daughter* (1950) de Jade Snow Wong. En la primera obra, el autor estaba deseoso de justificar su americarización y no vacilaba en negar su identidad china y en romper absolutamente con su país de origen, e incluso en degradar en cierta medida la cultura tradicional china; en la segunda, obra autobiográfica de Jade Snow Wong, se narraba cómo una chica chinoamericana logró conseguir grandes éxitos y el reconocimiento en la sociedad americana valiéndose de sus esfuerzos constantes y al mismo tiempo luchando contra el yugo del patriarcado del confucianismo. Según Kim (2006: 61), a pesar de que los dos autores adoptaran actitudes diferentes hacia la cultura china, en sus obras se ve obviamente el anhelo de la segunda generación de los chinoamericanos de integrarse en la sociedad y cultura dominantes, y se muestra el fuerte deseo de convertirse en verdaderos ciudadanos americanos. Hay que destacar que, una vez publicado, *Fifth Chinese Daughter* se convirtió en un *bestseller* en Estados Unidos y también fue muy bien acogido en Inglaterra y en Alemania. Al contrario, *Father and Glorious Descendant* de Pardee Lowe no despertó mucho interés en la sociedad americana.

Aunque el principal motivo de escribir *Fifth Chinese Daughter*, como indicaba la propia autora en el prefacio, era "creating better understanding of the Chinese culture on the part of Americans" (Wong [1950] 2002: 41), esta obra sirvió como una herramienta de propaganda política del gobierno americano, porque apareció en una época en la que Estados Unidos promovía el "sueño americano": la idea de que todos los ciudadanos americanos, cualquiera que fuera su etnia, podrían conseguir lo que persiguieran a través de sus propios esfuerzos. Con este objeto, el Departamento de Estado estadounidense incluso patrocinó la traducción de esta obra a muchas lenguas asiáticas, por ejemplo, el japonés, el chino, el tailandés, el urdu (de Pakistán), el bengalí, el myanmariano, etc., y una gira de Jade Snow Wong por los países asiáticos para que diera una serie de conferencias en las que explicara sus experiencias exitosas (cf. Wu 2009c: 88). Mientras tanto, *Fifth Chinese Daughter*, elegida como lectura obligatoria para los jóvenes, fue utilizada ampliamente en las escuelas estadounidenses, e incluso hoy en día esta obra sigue reimprimiéndose.

El gran éxito, tal vez inesperado, obtenido por Jade Snow Wong pone plenamente de manifiesto el importante papel que desempeña el mecenazgo, institución que hemos visto con Lefevere (1997), en este caso encarnado por el gobierno americano, que toma conciencia de la necesidad de actuar deliberadamente para crear un repertorio cultural "a través de sus propias acciones" (Even-Zohar 1999a: 47). *Fifth Chinese Daughter* fue la primera obra que describía las experiencias personales, las tensiones sociales y los conflictos culturales en un determinado periodo histórico. También constituyó una obra ejemplar que sirvió de inspiración a otras escritoras de generaciones posteriores como Kingston, Amy Tan, Gish Jen, etc. En este sentido, Kingston adora a Jade Snow Wong como "Mother of Chinese American literature" (Ling 1990: 120). De esta manera, el ejemplo pone de manifiesto la complejidad de las dinámicas culturales en contextos de hibridación cultural: el mecenazgo de la cultura dominante puede "ayudar" a reafirmar identidades periféricas con cierta intención implícita.

c. Periodo de frustración (durante los años 1950 y 1960)

Después de la Segunda Guerra Mundial, las relaciones entre China y EE.UU. se volvieron tensas a causa de la victoria socialista conseguida en China. La situación empeoró cuando China pasó a formar parte del Bloque Comunista encabezado por la Unión Soviética al empezar la Guerra Fría. Debido al distanciamiento ideológico entre los dos países, la hostilidad entre China y EE.UU. se fue incrementando y llegó a su apogeo cuando estallaron la Guerra de Corea y la de Vietnam, en las que los dos países lucharon en posiciones totalmente opuestas. En este periodo, el gobierno americano cambió rotundamente de actitud hacia los chinos, quienes volvieron a ser "asiáticos malos" e incluso "enemigos", hacia los cuales la comunidad dominante mostraba una actitud de aversión. Sin embargo, en el plano de la literatura, esta actitud negativa hacia los chinos generó un ambiente político que fue propicio para las obras que mostraban una enemistad hacia la Nueva China. Aquí queda patente que el cambio del componente ideológico del mecenas ha ejercido una influencia directa en el cambio de la poética de una literatura.

Sin embargo, en la década de los sesenta, con el fortalecimiento de la URSS, EE.UU. se fue dando cuenta de la importancia estratégica de China para contrarrestar el poder de la Unión Soviética y empezó a ajustar su política exterior. Por ejemplo, en 1965 se promulgó la *Ley de inmigración y nacionalidad*, gracias a lo cual una gran cantidad de asiáticos pisó la tierra americana. En 1961, se publicó la novela *Eat a Bowl of Tea* de Louis Chu, ambientada en la sociedad de solteros de Chinatown, en la que se reflejaba vivamente la discriminación racista que sufrían los chinoamericanos, la "castración" masculina y la situación social causada por las trabas legales impuestas por el gobierno americano a los inmigrantes chinos. En esta obra, el autor creó un lenguaje singular mediante el que transcribía casi literalmente el vocabulario y la sintaxis del dialecto cantonés al inglés, una decisión que dificultaba la interpretación de los lectores que pertenecían a la audiencia dominante.

Durante los años cincuenta y sesenta, la autobiografía se convirtió en un género canonizado en las literaturas étnicas, donde aún no había despuntado la narrativa. Evidentemente, el rotundo fracaso que sufrió *Eat a Bowl of Tea* es totalmente previsible, porque "it departed so sharply in style from the novels of Chinatown that had preceded it" (Shih 2001: 46). Es decir, tanto la ideología como la poética de la obra no encajaban en absoluto con los criterios canónicos de la literatura chinoamericana de aquella época. Chu no solo creó una lengua vernácula en contraposición a la estándar que prevalecía en las obras canónicas, sino que también optó por temas que se desviaban de la idealización de la sociedad americana. En consecuencia, no consiguió los favores de los mecenas ni tampoco atrajo la atención de un público con expectativas muy establecidas.

Esta obra estuvo descatalogada hasta los años setenta, cuando empezó a surgir el movimiento del nacionalismo cultural, encabezado por Frank Chin y otros escritores asiáticoamericanos, quienes en 1974 y en 1991 la incluyeron en las antologías *Aiiieeeee! Anthology of Asian American Literature* y *The Big Aiiieeeee!: An Anthology of Chinese American and Japanese American Literature*[①], donde se recuperaron muchas obras de los autores asiáticoamericanos que apenas habían recibido atención. Según Frank Chin y otros editores de esta antología, *Eat a Bowl of Tea* es "the first Chinese-American novel set in Chinese America" (Chan *et al.* 1974: ix), que no solo "represents the affirmation of a male literary tradition, an emblem of incorruptible Chinese American cultural integrity" (Wong 1997: 48), sino que también sirve como un punto de viraje para el desarrollo de la literatura chinoamericana, porque

> it departs from the autobiographical imperative as well as the mediational cultural stance prevalent in many previous tales of Chinatown; provides a narrative of community life at a critical historical moment; and employs a 'Chinatown English' without overtones of

① Los otros editores son: Jeffery Paul Chan, Lawson Inada y Shawn Wong. En adelante, nos referiremos a estos escritores como el grupo de *Aiiieeeee!*

caricature (Wong 1997: 48).

Gracias a esta revalorización abanderada por los defensores del nacionalismo cultural, esta novela pasó de sufrir un rechazo casi absoluto a convertirse en una obra canónica de la literatura chinoamericana y a incluirse en el listado de lecturas académicas obligatorias. Si comparamos la buena acogida obtenida por Jade Snow Wong y el rechazo rotundo sufrido por Louis Chu, llegamos a la conclusión de que para conseguir la aceptación del mecenazgo el autor no solo ha de trabajar dentro de los parámetros establecidos por los mecenas, sino que también debe ser capaz tanto de legitimar el estatus de esos mecenas como de garantizar su poder.

d. Periodo de prosperidad (durante los años 1970 y 1980)

En la década de los setenta, en el contexto de competición y crisis entre Estados Unidos y la Unión Soviética, EE.UU., líder de los países capitalistas, considerando el importante papel estratégico que desempeñaba China a la hora de contrarrestar el poder de la URSS, mostró su voluntad de reconocer la Nueva China y restablecer las relaciones diplomáticas con el gobierno chino. Así, EE.UU. asumió otra vez una actitud positiva hacia China. En ese momento, la audiencia americana volvió a estar preparada para oír voces favorables a este país y admirar los brillantes y magníficos logros de su milenaria civilización.

i) El nacionalismo cultural en la literatura chinoamericana

Durante los años setenta tuvieron lugar muchos acontecimientos importantes en el mundo (por ejemplo, los movimientos de independencia surgidos en los países asiáticos, africanos y latinoamericanos, el desarrollo de un bloque de países que daría en llamarse de No Alineados, el surgimiento de los países en desarrollo, etc.) que fueron rompiendo el orden mundial polarizado entre la hegemonía de los Estados Unidos y la Unión Soviética. Mientras tanto, en EE.UU. surgieron también en esos momentos una serie de movimientos civiles, tales como el de los derechos civiles, el de protesta contra la Guerra de Vietnam, el feminismo y el de la liberación de las mujeres, los movimientos estudiantiles, etc.

En virtud de estos cambios nacionales e internacionales, en los años setenta en EE.UU., un país donde convivían diferentes etnias, se despertó la conciencia de identidad étnica y aumentó el sentido de orgullo étnico. En este momento, la literatura chinoamericana experimentó un viraje: por un lado, dejó de lado la tradición orientalista que servía para satisfacer la curiosidad antropológica y las expectativas sólitas de los lectores occidentales; por otro, emprendió su propia agenda política que concedía más importancia a la etnicidad e intentó corregir las representaciones deformadas relacionadas con lo chino.

Frank Chin, sin duda alguna, es el máximo representante del nacionalismo cultural en auge en este periodo. Este autor abogó vehementemente por la búsqueda de la autenticidad de la cultura tradicional china y se esforzó por impulsar la literatura chinoamericana como discurso en sentido foucaultiano, reclamando el establecimiento de una identidad chinoamericana. Frank Chin creó una variedad lingüística especial con el fin de reforzar la identidad de los chinoamericanos en su intento de rebelarse contra el racismo institucionalizado y la hegemonía de la cultura americana, introduciendo en el inglés la cadencia del dialecto cantonés. Chin toma suma conciencia de la importancia del lenguaje, insistiendo en que "language is the medium of culture and the people's sensibility, including the style of manhood. [...] Without a language of his own, he no longer is a man but a ventriloquist's dummy at worst and at best a parrot" (Chin y Chan 1972: 77).

Chin también fue un firme partidario de abordar en su obra literaria la reconstrucción de las imágenes masculinas heroicas de las obras clásicas chinas y propugnarlas como una esencia cultural auténtica digna de heredarse y cultivarse entre los chinoamericanos. En 1971, publicó su pieza teatral *The Chickencoop Chinaman,* que se considera la primera obra teatral escrita por un autor asiáticoamericano y que llegó a situarse entre las creaciones más importantes de Nueva York; tres años después salió a luz su segunda obra teatral, *The Year of the Dragon*. En 1971, con *The Chickencoop Chinaman*, Chin se alzó con el premio East West Players Playwriting Contest. En la década de los ochenta, obtuvo otros muchos: el premio al Mejor Libro Estadounidense (American Book Award), el de la Fundación Rockefeller, el de la Fundación San Francisco, etc. En los años noventa, publicó dos novelas: *Donald Duk* (1991) y *Gunga Din Highway* (1994).

Aquí cabe destacar que, aunque Frank Chin obtuvo muchos premios importantes en Estados Unidos, sus obras no lograron despertar mucho interés entre los lectores americanos por su actitud agresiva hacia la sociedad dominante y su lenguaje "áspero", al menos en comparación con otras autoras chinoamericanas, por ejemplo, Kingston, Amy Tan, etc. Tomando en consideración su escasa repercusión comercial en su contexto original y las dificultades que pueden preverse en el proceso de traducción, es lógico que las editoriales del mundo hispánico no quieran correr el riesgo de dedicar más tiempo y recursos económicos a este tipo de obras que podrían resultar estériles en el mercado español. Por lo tanto, hasta la actualidad, los lectores españoles todavía no conocen las obras de Louis Chu, Frank Chin y las de otros autores afines a ellos.

ii) Feminismo

En los años setenta, llegaron a su apogeo el movimiento feminista y de liberación de las mujeres. Estos movimientos sociales también ejercieron mucha influencia en el desarrollo de la literatura chinoamericana. Sin duda alguna, Maxine Hong Kingston fue una de las figuras más destacadas que introdujeron el feminismo en esta corriente literaria. Esta autora siempre procuró romper la imagen de "minoría modelo" que imponía la sociedad estadounidense a los chinoamericanos. En lugar de recurrir a las imágenes estereotipadas de las mujeres orientales (obedientes, dóciles, silenciosas, etc.), en *The Woman Warrior* (1976), ficción autobiográfica, la autora plasmaba una figura de "guerrera" que se enfrentaba a las dificultades para aclimatarse a su nuevo entorno social y que luchaba por liberarse de las ataduras impuestas tanto por la cultura tradicional china como por una sociedad marcada por el racismo.

Estrictamente, *The Woman Warritor* no es una autobiografía (se publicó como autobiografía a petición de la editorial) sino una obra híbrida a caballo entre la ficción y la realidad, donde se entremezclan historias reales de la autora, de su madre y de otras mujeres de su familia, y leyendas y folclore chino, etc. En 1976, Kingston ganó el Premio del Círculo de Críticos Nacional del Libro (National Book Critics Circle Award) y *The Woman Warrior* se incluyó en el listado de la revista *Time* entre los diez mejores libros de los años setenta. La aceptación de la sociedad dominante y los numerosos premios obtenidos pusieron de manifiesto el sobresaliente talento de la autora a la hora de demostrar la belleza del mundo periférico y los misterios de la condición ambigua del *entre*.

En 1980 y 1989, Kingston publicó respectivamente otros dos libros, *China Men* y *Tripmaster Monkey: His Fake Book*, ambos inspirados tanto en la literatura clásica china como en la tradición literaria occidental con el fin de conciliar las posiciones opuestas y conflictivas entre la tradición masculina y la feminista. Con *China Men*, ganó el Premio Nacional del Libro por no ficción (National Book Award for Nonfiction). En esta obra, la autora rindió homenaje a sus antepasados masculinos, quienes contribuyeron a la prosperidad de Estados Unidos como mano de obra en la construcción del ferrocarril transcontinental y en las plantaciones de azúcar en

Hawái. Así, en este libro registra sus experiencias dolorosas y revela la discriminación racista sufrida por varias generaciones de varones de inmigrantes chinos. Las obras de Kingston abrieron camino a la actividad creativa de las escritoras chinoamericanas de las generaciones posteriores, por ejemplo, en lo referente a las relaciones entre madre e hija, que sigue siendo un tema central.

En 1997, el presidente Bill Clinton le otorgó a Kingston la Medalla Nacional de Humanidades por haber sacado a la luz la experiencia asiáticoamericana "for millions of readers and [inspiring] a new generation of writers to make their own unique voices and experiences heard."① En 2008, se le concedió la Medalla por Contribución Distinguida a Letras Americanas de la Fundación Nacional del Libro. *The Woman Warrior*, su obra paradigmática, no tuvo traducción española hasta el año 2009, y esta fecha de publicación parece estar ligada a la concesión de dicho premio. La publicación de esta obra en España quizás también se deba en parte a la recomendación de la traductora, Begoña Simal González, cuya principal línea de investigación es la obra literaria de minorías étnicas. En este caso, se puede decir que la traductora ha desempeñado el papel de *protraductor*, concepto formulado por Peña (1997). Según este autor, el *protraductor* puede ser un experto con grandes aportaciones académicas en el ámbito académico relacionado con las obras, que suscita el interés por algún original o presenta el contexto cultural del original en la cultura de llegada (cf. Peña 1997: 26). De nuevo, estos ejemplos muestran la gran importancia de factores extraliterarios en las dinámicas de traducción cultural.

iii) Multiculturalismo y diversidad creativa en los años ochenta

En los años ochenta, Estados Unidos experimentó una segunda oleada de inmigración. A diferencia de los primeros inmigrantes europeos, la mayoría de estos recién llegados provenían de los países de lo que entonces se llamaba Tercer Mundo, por ejemplo, los países del sur o del este de Asia y los países latinoamericanos, que se caracterizaban por una gran diversidad en cuanto a orígenes culturales. En el contexto de la diversificación cultural, el multiculturalismo avanzó como una tendencia irreversible. No obstante, tenemos que darnos cuenta de que el término *multiculturalismo* está en buena medida asociado al concepto de tolerancia, porque, al amparo del multiculturalismo, parece que los seres de diferentes género y raza, los miembros de diferentes clases sociales o de diferentes circunstancias culturales

① http://www.berkeley.edu/tour/students/famous_alumni.html. Fecha de consulta: 28-04-2013.

pueden convivir feliz y armoñosamente. O, mejor dicho, aparentemente la sociedad dominante demuestra su tolerancia y su gran generosidad hacia las diferentes culturas que traen los distintos grupos marginados, dejando totalmente abierto su abrazo a esta heterogeneidad cultural producida por los complicados fenómenos de la diáspora. Sin embargo, en realidad, debido a esta idea que daría la impresión de que todas las culturas gozan de posiciones iguales y se comunican o se intercambian con toda libertad, se pasaría por alto el hecho de que no todas las diferencias pueden ser asimiladas o pueden ser entendidas sin violentos choques o negociaciones. La implicación subyacente reside en que los grupos minoritarios no podrían ser socialmente iguales a menos que sus experiencias específicas y sus contribuciones sociales y culturales fueran reconocidas oficialmente.

En este contexto sociocultural, cada vez más escritores chinoamericanos se interesaron por los problemas sociales de Estados Unidos, la situación de las minorías étnicas y la interacción entre diferentes etnias, y empezaron a abordar en profundidad las condiciones políticas, económicas y socioculturales de diferentes comunidades. En esta época, apareció una tendencia a la diversificación en el desarrollo de la literatura chinoamericana. No solo los temas tratados se ampliaron más allá de los tradicionalmente abordados, sino que también estilísticamente se aplicaron técnicas creativas cada vez más diversas, lo que sin duda es el resultado de la hibridación cultural y estética entre Occidente y Oriente. Esta nueva generación de escritores chinoamericanos, que se dedicaron a investigar la interacción, el mutuo entendimiento y la integración entre las diferentes culturas étnicas, atrajo sobre sí la atención del mundo editorial y crítico occidental.

David Henry Hwang, en su obra teatral *FOB*, describió la tensión entre los chinoamericanos que nacen en América y los inmigrantes recién llegados. Con esta pieza dramática obtuvo el premio Obie en 1980. Su obra más famosa y exitosa será *M. Butterfly,* una creación teatral de corte subversivo representada en 1988 y publicada en 1989, año en el que consiguió el premio Tony al mejor guion. *M. Butterfly* narra una historia protagonizada por un diplomático francés que durante 20 años mantuvo una relación amorosa con un actor travestido de la ópera de Beijing sin saber que era hombre ni que trabajaba como espía para la Nueva China. En *M. Butterfly*, el autor intercaló escenas de la famosa ópera italiana *Madama Butterfly* y dejó que la historia fluyera entre las escenas del teatro y la realidad. De manera irónica, el autor intentó combatir las contraposiciones binarias establecidas por Occidente, según las cuales Oriente se identificaba con lo femenino y lo sumiso, y, en cambio, Occidente se vinculaba a lo dominante y lo masculino. En 1993, se estrenó la película también titulada *M. Butterfly* basada en esta obra, dirigida por el director canadiense David Paul Cronenberg.

Desde su estreno, esta obra suscitó mucha polémica. Un sector de la crítica se sentía confundido porque esta pieza teatral no se correspondía absolutamente con las nociones preconcebidas sobre los que se consideraban temas típicamente orientales; otro reconocía su originalidad y sus aspectos innovadores, porque se trataba de una obra en la que el autor intentaba destruir las construcciones de género y de la sexualidad establecidas por Occidente, a la par que criticaba con tono irónico la historia imperialista de Europa y de Estados Unidos. Aunque, en opinión de los críticos asiáticoamericanos, *M. Butterfly* en cierto sentido promovía una visión exótica de los asiáticos y perpetuaba la imagen afeminada de los hombres asiáticos, lo que coincide con los criterios que mantienen las editoriales occidentales a la hora de seleccionar las obras chinoamericanas, esta obra no ha logrado editarse en España. Quizá, para los lectores que están profundamente inmersos en la cultura occidental, esta historia de carácter subversivo resultaría muy rídicula e incluso irritante.

e. Periodo de nuevo desarrollo (desde finales de los años ochenta hasta hoy en día)

En este periodo, tanto en el ámbito político como en el económico se producen enormes cambios en China, que emerge como una nueva potencia entre los países en desarrollo. En este contexto, EE.UU. ha de ajustar su política exterior respecto a China y las relaciones entre los dos se vuelven cada vez más complejas, caracterizadas tanto por la competición como por la cooperación. Además, en los años ochenta y noventa, con el desarrollo de la globalización y la internacionalización en el ámbito de lo comercial, el componente económico de los mecenas gana cada vez más peso frente a los factores ideológicos y de estatus. El desarrollo de grandes cadenas de distribución, la incorporación de nuevos agentes literarios, la aparición de miles de formas de promoción por Internet o a través de los medios de comunicación, junto con la activa participación de Hollywood a la hora de llevar las obras literarias a la gran pantalla, aceleran la creación y la circulación de los *bestsellers*. Todo eso ha propiciado un ambiente favorable para el desarrollo de la literatura chinoamericana. A principios de la década de los noventa, el desarrollo de esta corriente literaria alcanzó otro momento de apogeo. Aparte de Amy Tan y David

Henry Hwang, cabe citar entre los mayores representantes de esta época a Gus Lee, Gish Jen, See Lisa, David Wong Louie, etc.

En esta época se notó un gran cambio en lo tocante tanto a la ideología como a la poética del sistema de la literatura chinoamericana. En los años ochenta y noventa, gracias al surgimiento de la clase media y el aumento del estatus social medio de los chinoamericanos, la ideología dominante de la literatura chinoamericana no primó simplemente la reivindicación de la autenticidad de la cultura nacional ni el rechazo total de la cultura de origen, sino que abogó por la reclamación de una identidad híbrida, que, por una parte, insistía en la plena integración en la sociedad americana y, por otra, abogaba por recuperar el orgullo étnico sacando partido de la condición de *in-between*. Bajo esta orientación ideológica, la poética de esta literatura experimentó gran cambio. Los temas tendieron a ser más variados y abarcaron casi todos los aspectos de la vida social: no solo trataron de la vida y las experiencias de los chinoamericanos sino también las de diversas comunidades étnicas; en lugar de destacar los conflictos entre diferentes grupos sociales, pusieron énfasis en la interacción y la interrelación tanto entre los grupos étnicos como entre la sociedad dominante y las minorías.

i) Redescubrimiento del orgullo étnico

Amy Tan, sin duda alguna, es una escritora de máxima influencia, y desempeña un papel sin parangón en la historia de la literatura chinoamericana. *The Joy Luck Club*, su primera novela, publicada en 1989 y traducida a más de 30 lenguas, es una obra que ha conseguido un éxito sin precedentes. Siguiendo los pasos de Kingston, Amy Tan continúa explorando las relaciones problemáticas entre madre e hija, si bien con un tono menos agrio y a veces humorístico, y de igual valor estético y poético. Amy Tan es una escritora prolífica y publicó sucesivamente varias novelas y lecturas infantiles. Puesto que, desde otro prisma, volveremos a analizar en los capítulos posteriores las obras de esta autora, aquí no nos adentraremos más en sus aportaciones.

Gus Lee, escritor y etnólogo, estudió en la Academia Militar de West Point y obtuvo el Doctorado en Derecho por la Universidad de California. Sus primeras novelas, *China Boy* (1991) y *Honor and Duty* (1994), de carácter autobiográfico, se convirtieron inmediatamente en *bestsellers* en la década de 1990. La primera fue incluida en la primera selección de One City One Book de San Francisco; la segunda fue elegida como una de las diez mejores novelas recomendadas en "The

Book-of-the-Month Club" del *Chicago Tribune* y se estipuló como lectura obligatoria para los estudiantes de la Academia Militar de West Point. Sus otras dos novelas, *Tiger's Tail* (1996) y *No Physical Evidence* (1998), se dedican a corregir los estereotipos que ligaban y ligan a los chinoamericanos a una "minoría modelo". En 2006, el autor publicó *Courage: The Backbone of Leadership,* obra de no-ficción con la que ganó el premio Golden Quill en 2007. Gus Lee, en términos de Yu (2009b: 198), ha sido considerado un escritor que describe la vida de los chinoamericanos al estilo de Dickens. En sus novelas, las historias no siempre se desarrollan en Chinatown y el autor presta atención casi a todas las etnias que conviven en Estados Unidos.

No deja de ser significativo que, a pesar de que este autor se haya contado entre los escritores chinoamericanos masculinos más representativos en las últimas dos décadas, con unas obras caracterizadas por temas variados y reflexiones sobre la heterogeneidad y la hibridación cultural, etc., no haya conseguido llamar la atención de las editoriales del mundo hispánico. Hasta la fecha, todavía no se ha publicado ninguna obra suya en el mercado de los países hispanohablantes. Este hecho viene a confirmar la hipótesis de que durante las últimas dos décadas las editoriales del mundo hispano han mantenido una actitud relativamente conservadora a la hora de decidir cuáles son las obras que van a ser introducidas. Tomando en consideración los éxitos literarios y los beneficios comerciales que han obtenido las escritoras étnicas, sobre todo las que están fuertemente marcadas por la ideología feminista, es lógico que las editoriales extranjeras les concedan más importancia.

Además de estos autores, en este periodo histórico también han surgido muchas autoras chinoamericanas exitosas, entre las cuales cabe citar a las siguientes: Gish Jen, que es la autora de *Typical American* (1991), *Mona in the Promised Land* (1996) y *Who's Irish?* (1999). Las dos primeras obras son novelas y la última, una colección de cuentos cortos, entre los cuales *Birthmates* fue incluido en *The Best American Short Stories of the Century* por John Updike; Lisa See, autora euroasiática, a pesar de no tener apariencia facial asiática, como Sui Sin Far, se identifica como china y la mayoría de su obra tiene temas relacionados con la cultura china. Sus principales obras son: las memorias *On Gold Mountain: The One-Hundred-Year Odyssey of My Chinese-American Family* (1995) y las novelas *Flower Net* (1997), *The Interior* (1999), *Dragon Bones* (2003), *Snow Flower and the Secret Fan* (2005), *Peony in Love* (2007), *Shanghai Girls* (2009) y *Dreams of Joy* (2011). *Peony in Love* y *Snow Flower and the Secret Fan* se centran en el amor y las vidas de las mujeres chinas que vivían en los siglos XVII y XIX respectivamente. Muchas de sus obras fueron incluidas en las listas importantes de *bestsellers* de Estados Unidos. Como vemos, también confirmando la frecuente correlación entre la condición de *bestseller* y su posterior difusión internacional, muchas de estas obras están traducidas al español.

Aunque los éxitos que han conseguido autores como Gus Lee, Gish Jen, Lisa See, etc., se deben en gran medida a los pasos dados por autores como Maxine Hong Kingston, Amy Tan, David Henry Hwang, etc., que fueron despertando el interés de las editoriales importantes de la cultura dominante, no se puede pasar por alto el papel decisivo que desempeña el cambio de las circunstancias socioculturales a la hora de condicionar la producción y el consumo de los textos literarios. La expansión del multiculturalismo, como veremos en posteriores capítulos, también es una clave para entender el trasvase de algunas de estas obras adscritas a lo que suele considerarse "literatura étnica" a otras culturas, entre ellas la hispánica.

ii) Literatura de escritores inmigrantes

En este periodo, también llama la atención el gran éxito obtenido por los autores inmigrantes. En primer lugar, cabe citar a Ha Jin, cuyos relatos han recibido notables galardones internacionales, por ejemplo, sus novelas, *Waiting* (1999) consiguió el Premio Nacional del Libro y el Faulkner y *War Trash* (2004) fue vencedora en los premios Faulkner y finalista del Pulitzer en 2005, etc. La concesión de premios con repercusión internacional, de nuevo, parece un factor que determina la publicación de las obras en otros contextos culturales, que hoy prestan atención a todo cuanto acontece en la órbita estadounidense.

Qiu Xiaolong, poeta, escritor y traductor literario, desde la primera década del siglo XXI, publicó sucesivamente una serie de novelas policíacas que componen la serie del detective Chen: *A Loyal Character Dancer* (2002), *A Case of Two Cities* (2006), *Red Mandarin Dress* (2007), *Don't Cry, Tai Lake* (2012), etc. Aunque sus novelas son de suspense, la principal preocupación que subyace a la trama remite a la China moderna. En sus obras, abundan citas de poetas antiguos y modernos chinos y de filósofos como Confucio, así como conocimientos ligados a la cocina, la medicina, la arquitectura, la historia, la política. Si, por lo expuesto, la obra original se puede considerar ya una traducción, el trasvase de todos estos elementos con una fuerte carga cultural e intertextualidad a otras lenguas y contextos culturales sin duda se perfila como un interesante tema para otros proyectos de investigación futuros.

Anchee Min, escritora, pintora y fotógrafa, inmigró a Estados Unidos en 1984 y en la actualidad viaja constantemente entre Estados Unidos y China. Sus principales obras son: las memorias *Red Azalea* (1994), que llegó a ser un libro destacado por el *New York Times*, y las novelas históricas *Katherine* (1995), *Becoming Madame Mao* (2001), *Wild Ginger* (2002), *Empress Orchid* (2004), *The Last Empress* (2007) y *Pearl of China* (2010), etc. Sin duda, para los lectores occidentales, las últimas tres obras, ambientadas en la dinastía Qing, destilan un fuerte sabor orientalista.

Yiyun Li, autora joven y recién surgida, ha llamado la atención del mundo occidental con su colección de cuentos cortos *A Thousand Years of Good Prayers* (2005). Todos estos relatos, escritos en inglés, ya habían sido publicados en *The New Yorker* y en *The Paris Review* y le han valido a Yiyun Li para alzarse con varios premios como el Frank O'Connor de relatos, el Whiting Prize al mejor libro del año y el de Guardian First Book. En 2009, publicó su primera novela *The Vagrants (Las puertas del paraíso*, 2010).

Hay que destacar a otra figura importante de esta categoría: Yan Geling, autora y guionista bilingüe, que escribe, no obstante, la mayoría de sus obras en chino. Sus extraordinarias experiencias le han otorgado una capacidad creativa especial gracias a la cual ha escrito gran cantidad de obras ingeniosas que han obtenido durante los últimos años mucho éxito tanto en China como en el extranjero. Diversas obras suyas han sido adaptadas a la gran pantalla, tanto en formato de serie como en el de película. El año 2011 fue para esta autora un año especialmente fructífero: en colaboración con el afamado director Zhang Yimou, su obra *The 13 Flowers of War* (2007) fue llevada a la gran pantalla, titulada como *The Flowers of War* (ahora ya se puede encontrar la versión española de esta novela, *Las flores de la guerra*, en las librerías), y su obra *Di Jiu Ge Guafu* (2006) logró publicarse en versión española como *La novena viuda.*

Por todo lo que hemos dicho anteriormente, vemos que a pesar de que la tensión y los conflictos que surgen entre las dos culturas no se muestren de modo tan destacado en las obras firmadas por los escritores inmigrantes como en las que escriben los autores ABC, que abordan como temas principales los conflictos culturales entre dos generaciones, la condición de vivir entre dos mundos, la búsqueda de la identidad, etc., no quiere esto decir que las obras de los autores inmigrantes no reflejen la condición *in-between*, porque resulta inevitable que los factores ideológicos y poéticos de la cultura americana ejerzan una gran influencia en estos autores inmigrantes: así, les permite ver o representar China y su cultura de manera diferente a los escritores chinos. Además, a diferencia de los chinoamericanos que nacen en Estados Unidos, los inmigrantes siempre han de enfrentarse con situaciones paradójicas: por un lado, albergan la esperanza de "comenzar una nueva vida en un nuevo mundo" fomentando "la sustitución de lo viejo por lo nuevo" y procurando "autentificar los elementos adquiridos, para que no sean considerados 'extranjeros' por parte de los miembros de la comunidad receptora" (Even-Zohar 1999c: 185) y, por otro, les "resulta difícil el abandono, total o parcial, de la cultura originaria cuando la cultura receptora no logra convertirse en una alternativa" (Even-Zohar 1999c: 185). Para mantener el equilibrio entre la cultura de origen y la de acogida, les es imprescindible inventar un espacio intermedio que está estrechamente vinculado con ambas a pesar de que no coincida totalmente con la cultura de origen ni con la receptora. En cierto sentido, como recalca Malena en la presentación del número monográfico *Traduction et (im)migration* de la revista TTR (2003, 16: 2, pp. 9-13.), se puede decir que estos autores siempre están en un proceso de traducción cultural, transfiriendo los elementos de la cultura de origen a la receptora y viceversa. Sus obras constituyen una hibridación transcultural en la que se mezclan, en nuestro caso, lo chino y lo americano.

En este capítulo, hemos hecho un recorrido que, sin ánimo de exhaustividad, rastrea las principales etapas en el proceso de formación y desarrollo de la literatura chinoamericana. Con la ayuda de la teoría de los polisistemas y las aportaciones teóricas de la Escuela de la Manipulación, hemos trazado un marco panorámico de las circunstancias históricas y socioculturales en las que se encuadran los autores y las obras de esta corriente literaria. Puesto que en la actualidad en el mundo hispano la literatura chinoamericana todavía no despierta excesivo interés tanto en el mercado de consumo literario como en el de la traducción literaria, esperamos que nuestro estudio panorámico pueda ayudar a las editoriales o los traductores que se interesen por introducir más aportaciones de esta literatura a la hora de seleccionar obras para su importación. A la par, el recorrido nos sirve para advertir de los peligros implicados en que los agentes en el mundo editorial actúen como cómplices del poder y para adelantar una apuesta por un ambiente verdaderamente "ecológico" (un concepto sobre el que abundaremos en capítulos posteriores de esta obra) en el que todas las culturas puedan entenderse e interaccionar recíprocamente en pie de igualdad y con respeto mutuo.

En todo caso, y una vez hecho este repaso en el que damos cuenta de la gran diversidad de tipos de identidad transcultural, tomando en consideración la gran influencia que ejercen las obras de los autores chinoamericanos ABC en la comunidad internacional y la condición *in-between* manifiestamente destacada en estos autores, en los siguientes capítulos nos centraremos específicamente en analizar las características y la traducción de esta literatura híbrida.

Capítulo II. Las características de la literatura diaspórica china: el caso de la literatura chinoamericana

> Blacks and Chicanos often write in unconventional English. Their particular vernacular is recognized as being their own legitimate mother tongue. Only Asian-Americans are driven out of their tongues and expected to be at home in a language they never use and a culture they encounter only in books written in English (Chan *et al.* 1974: xliii-xliv).

En este capítulo, estudiaremos esta corriente literaria desde una perspectiva postcolonial, analizando sus caracterísitcas fundamentales y las estrategias creativas empleadas por los autores chinoamericanos. En primer lugar, empezaremos con la teoría del tercer espacio, la hibridación y la traducción cultural formulada por Homi Bhabha para "recontextualizar" la literatura chinoamericana en un espacio *in-between*. En segundo lugar, estudiaremos con detenimiento la configuración de la identidad chinoamericana, el tema central que penetra casi todas las obras de esta corriente literaria. Por último, pasaremos a analizar las estrategias traductoras creativas empleadas por los autores chinoamericanos para revelar plenamente la hibridación lingüística y cultural, y la condición de *entre* de los seres postcoloniales, con un énfasis especial en el interlenguaje o el tercer código que inventan estos escritores.

Aunque en este capítulo nuestro estudio se desarrolle desde una perspectiva literaria, intentaremos elaborar un análisis específico sobre la complejidad, la originalidad y la hibridez de esta corriente literaria, que será capaz de ayudar a los traductores, sobre todo a los que operan desde el Primer Mundo, a acercarse de manera responsable a los autores chinoamericanos y a adentrarse de una manera íntima en sus obras literarias. Tratamos, en este sentido, de contribuir a que estos puedan liberarse de los modelos cognitivos tradicionales que se establecen dentro del marco ontológico y epistemológico occidental. En resumen, este capítulo sirve como un estudio preparatorio, a partir del cual abordamos la dimensión traductora de la literatura chinoamericana.

2.1 Las características de la literatura chinoamericana

2.1.1 La postcolonialidad de la literatura chinoamericana

Sin duda, la literatura chinoamericana constituye una rama de relevancia dentro de la literatura postcolonial. Para conocer bien esta corriente literaria, es preciso aclarar ante todo en qué consiste esta postcolonialidad. Cronológicamente, la era postcolonial se refiere al "periodo del tiempo que sigue inmediatamente a la colonización o a la independencia de una colonia de la autoridad imperial y del control metropolitano" (Vega 2003: 17). En este sentido, como destaca esta autora, el prefijo "post-" se usa para indicar la posterioridad temporal. Sin embargo, hay que tener en cuenta que en una época que se caracteriza por los sucesivos movimientos de emancipación y de resurrección nacionalistas de los países del llamado "Tercer Mundo", las masivas oleadas de inmigrantes hacia los países desarrollados e industrializados, el rápido desarrollo de la informática, la hibridación lingüística y cultural, etc., las connotaciones del prefijo "post-" han ido más allá de su sentido tradicional.

En primer lugar, la fuerza duradera del colonialismo sigue ejerciendo influencia en los factores económicos, políticos, culturales e ideológicos de los países excolonizados. Por ejemplo, hoy en día, la globalización, que en cierto sentido puede ser una nueva forma del colonialismo, intenta insertar los países excolonizados en el sistema capitalista globalizador, lo cual no solo conduce al deterioro del ecosistema económico global sino también a la homogeneización cultural e ideológica que tiende a extinguir diferentes tradiciones y modos de vida minoritarios y negar otras formas de pensar y otros conjuntos de valores y visiones del mundo. En este sentido, se puede decir que el postcolonialismo constituye un continuo proceso de resistencia al poder (neo)colonial y un esfuerzo constante para la reconstrucción de las identidades perdidas, la recuperación de las voces silenciadas y la subversión de los cánones occidentales y las imágenes deformadas y estereotipadas de los marginados establecidos en beneficio de Occidente. En este contexto, se puede entender el prefijo "post-" como "un sustituto eufemístico de *anti-*" (Vega 2003: 24).

Sin embargo, la globalización no solo constituye un proceso de homogeneización sino también un proceso de diversificación o heterogeneización. Es decir, aunque la globalización incrementa las desigualdades económicas y políticas, y margina aún más a los grupos subordinados, también provoca un "desacoplamiento del lazo 'natural' entre lenguas y naciones, lenguas y memorias nacionales, lenguas y literaturas nacionales" (Mignolo 2003: 370), porque las sucesivas migraciones transnacionales de los grupos de diáspora logran realizar la relocalización o reinscripción de las lenguas y culturas tanto mayoritarias como minoritarias en nuevos contextos temporales, espaciales y culturales. En consecuencia, en este mismo proceso generalizador también surgen "pensamientos disidentes, pensamientos otros, historias otras" (Mignolo 2003: 30-1). Sin duda, estas historias y experiencias fragmentarias que surgen de las rupturas y discontinuidades temporales y espaciales traen consigo una heterogeneización cultural.

En este proceso globalizador y a la vez diversificante, se intensifican cada vez más la interdependencia, la interpenetración y la transgresión entre el centro y las periferias. Es decir, la globalización no constituye un movimiento unidireccional que se da solo desde los fuertes hacia los débiles o desde el centro hacia las periferias, sino también desde los débiles hacia los fuertes o desde el margen hacia el centro. Las interacciones y las influencias mutuas entre el centro y las periferias contribuyen directamente a la hibridación cultural o la transculturación. Sin duda, en este proceso de transculturación, el gran avance conseguido en las nuevas tecnologías, en los medios de transporte y en la informática no solo impulsa un contacto cada vez más frecuente entre diferentes culturas, entre lo global y lo local, sino que también complica los fenómenos híbridos. En este sentido, la globalización da forma a un espacio multidimensional y multicultural donde se superponen distintas identidades culturales y se van disolviendo los límites entre el centro y las periferias.

Bhabha amplía aún más la extensión del prefijo "post-". Según él, el prefijo "post-" de postcolonialismo delimita un espacio "beyond", que es expandido y excéntrico y constituye un intersticio que posteriormente Bhabha denomina tercer espacio o espacio *in-between*. De esta manera, el prefijo "post-" del término postcolonialismo "introduce una suerte de indeterminación cronológica, o de apertura temporal" y supone un concepto temporal que "nunca concluye" (Vega 2003: 23). En este sentido, el prefijo "post-" sería capaz de quebrantar las oposiciones binarias tales como colonizador/colonizado, centro/periferias, dominante/dominado, Oriente/Occidente, etc., poniendo énfasis en el desplazamiento del continuum en que se compiten y se complementan los componentes dicotómicos. Esta función descentralizadora y subversiva en contra del orden geográfico, político, cultural e ideológico que Occidente estableció y estuvo al servicio del poder colonial e imperialista, en cierto sentido, implica la inestabilidad y la dinámica de la postcolonialidad.

Tomando en consideración las connotaciones complejas del prefijo "post-", la literatura postcolonial "no es únicamente la que viene después de la descolonización o del desmembramiento de los imperios; es la que examina críticamente el hecho imperial y la relación colonial o bien la que intenta resistir o subvertir activamente la perspectiva colonizadora" (Vega 2003: 17-8). Según Hernández (2007: 2), dentro de esta corriente literaria, se pueden clasificar las obras en dos categorías en general: "la contra-escritura *al* centro", que hace referencia a las obras escritas por los autores provenientes de los países sometidos al régimen colonial o los países excolonizados, y "la contra-escritura *desde* el centro", que son las obras de los autores periféricos, expatriados o inmigrantes residentes en las metrópolis o minorías étnicas que están en una posición marginada y tienen un origen cultural ajeno al metropolitano y de menor repercusión. En este tipo de literatura, son temas comunes la hegemonía y la subversión, la lengua de poder y las marginadas, la cuestión de identidad, los fenómenos (en términos de los autores de *The Empire Writes Back*①) de *placement* y *displacement*, la hibridación cultural, etc. Obviamente, la literatura chinoamericana pertenece a la segunda categoría. Esta literatura étnica, como indican los autores de EWB que toman la *négritude* como ejemplo, reclama "a distinctive African [and Asian or Chinese] view of time-space relationships, ethics, metaphysics, and an aesthetics which separated itself from the supposedly 'universal' values of European taste and style" (1989: 21).

Teniendo en cuenta las connotaciones que contiene la postcolonialidad, la literatura chinoamericana sin duda constituye una "contraescritura" (Vega 2003: 235) o un contra-discurso mediante el que los autores chinoamericanos desafían el antiguo orden imperialista y abanderan la resistencia en el plano simbólico y conceptual, diferenciándose de los cánones americanos o en general occidentales para reestructurar sus realidades en beneficio de sus propios própositos culturales, políticos e ideológicos. Mejor dicho, esta literatura no solo sirve para refutar las

① En adelante, llamamos a esta obra relevante EWB.

imágenes y representaciones generadas por el discurso orientalista occidental, sino que también funciona para subvertir los mitos de la superioridad y autoridad de Occidente con el fin de reestructurar y reconstruir simbólica y epistemológicamente la sociedad americana.

En resumen, en la literatura chinoamericana siempre está implicada una fuerza resistente y subversiva que nos obliga a revisar, reescribir y desafiar la autoridad de la sociedad americana con el fin de liberar o rescatar las identidades ignoradas, olvidadas o silenciadas. Esta fuerza antihegemónica se lleva a cabo principalmente a través de la traducción cultural, que trae como consecuencia la hibridación y la heterogeneidad que se ponen de manifiesto en este tipo de obras literarias. A continuación, pasaremos al concepto de "traducción cultural".

2.1.2 La naturaleza traducida de la literatura "original" chinoamericana

Partiendo de la inestabilidad de la cultura postcolonial, Bhabha usa la traducción cultural como una metáfora para destacar el proceso de *othering* que se produce en la construcción de una cultura o en la configuración de las identidades. La traducción, que sirve para reconstruir el texto original en otra cultura, inevitablemente constituye un proceso tanto de imitación como de alienación del original. Sin embargo, según Bhabha, en el proceso traductor, la imitación no se realiza de manera mecánica sino en sentido subversivo: no imitar el original para reforzar su prioridad sino para desafiar su autoridad, revelando que el original "*can* be simulated, copied, transferred, transformed, made into a simulacrum and so on" (en Rutherford 1990: 210), lo que da la razón a la opinión de Walter Benjamin de que la traducción garantiza la supervivencia del original. En este sentido, la obra original nunca es un producto acabado; se va complementando por las infinitas traducciones: "the 'original' is never finished or complete in itself. The 'original is always open to translation so that it can never be said to have a totalised prior moment of being or meaning –an essence'" (Bhabha en Rutherford 1990: 210).

Esta negación del esencialismo cultural deja claro que una cultura que se consolida con respecto al Otro en sí misma es híbrida. En la era postmoderna, las experiencias migratorias de los seres *in-between* incrementan la complejidad de esta traducción cultural. El sujeto postcolonial es un "ser traducido" que vive simultáneamente en diferentes sistemas lingüísticos y culturales, de ahí que la traducción cultural ya forme parte de su vida cotidiana y le sirva como un medio necesario para construir su identidad híbrida. Naturalmente, para los escritores postcoloniales, la traducción de su cultura étnica a la dominante también constituye una estrategia creativa. En otras palabras, los textos postcoloniales en sí mismos ya constituyen una traducción.

Aunque, estrictamente, este proceso creativo y traslativo no es igual que la traducción "real" porque se trata de una transferencia hermenéutica de su cultura étnica, que sirve como un metatexto que no existe físicamente, sino que es un constructo mental que se moldea con las memorias y experiencias colectivas y personales, igual que el traductor, el escritor postcolonial ha de enfrentarse con la incompatibilidad cultural entre dos sistemas diferentes. Por ejemplo, los escritores-traductores postcoloniales no solo tienen que solucionar problemas en el nivel léxico, sino también otros más complicados que se producen al transmitir los mitos, creencias, costumbres y tradiciones, proverbios, metáforas, etc. que llevan una gran carga cultural. En este proceso de la traducción cultural, las diferencias culturales que no son totalmente asimilables ni tampoco pueden ser transmitidas de manera transparente entran en el sistema cultural meta a través de la "hibridación", lo que no solo da lugar a realidades disyuntivas y desplazadas que interrumpen e interrogan la homogeneidad y la unicidad que promueve Occidente sino que también genera nuevas posiciones enunciativas para los seres *in-between* y acaba con las ideas utópicas tanto asimilacionistas como puristas.

Para llevar a cabo este proceso de hibridación, los escritores postcoloniales han de recurrir a las medidas que toma el traductor para que la información con enorme carga cultural e ideológica pase al lector meta con la menor pérdida posible (las veremos más adelante en este capítulo). En resumen, la originalidad de estas obras literarias reside en la estética híbrida, el lenguaje mixto y la heterogeneidad cultural confluidos en un solo texto que aparentemente es monolingüe.

Hay que destacar que la traducción no es un acto neutral, como tampoco lo es la traducción cultural empleada por los escritores postcoloniales, porque los factores que condicionan las actividades traslativas están profundamente enmarcados en una red de relaciones asimétricas de poder. En ciertas ocasiones, los autores postcoloniales toman la traducción cultural como un recurso subversivo para descentralizar los cánones occidentales y desafiar la autoridad de las lenguas "estándares"; en otras, la usan para añadir a su obra un color étnico. Es decir, la selección de las estrategias traslativas no es inocente; por ejemplo, la exageración o la omisión de ciertos elementos de su cultura étnica está notablemente marcada por determinados motivos políticos o ideológicos. Por lo tanto, el traductor interlingüístico ha de ser lo suficientemente sensible a la agenda política que está detrás de las estrategias de los autores postcoloniales al tomar decisiones traslativas. Si ignora sus motivos creativos, sobre todo las estrategias subversivas con que ellos oponen resistencia a la hegemonía cultural, la traducción corre el riesgo de convertirse en una herramienta con la que hacer invisible la cultura ética.

La literatura chinoamericana va penetrando la literatura occidental, erosionando sus cánones tradicionales y desconstruyendo la "pureza" de los valores ordotoxos angloamericanos. En este proceso, esta corriente literaria "ya no puede leerse como una reconstrucción de valores tradicionales [chinos] 'puros', ni como un ataque frontal al discurso canónico [angloamericano], sino como un texto híbrido que recoge ambas posturas y las supera" (Caramés *et al.* 1997: 117).

La literatura chinoamericana, al hacer suyos tanto los elementos tradicionales chinos como los americanos, no solo crea una lengua nueva en la que sobrevive lo étnico y que acarrea el mensaje identitario de los chinoamericanos, sino que también establece un género literario novedoso donde se combinan la tradición literaria occidental y la oralidad étnica popular. En la era postcolonial que se caracteriza por la heterogeneidad cultural, esta literatura étnica sirve como "engarce mediador, dialogante, punto de encuentro, trasvase y traducción entre culturas" (Sales 2004: 8), habita en un espacio que Bhabha define como *tercer espacio* y destaca por la hibridación cultural.

2.1.3 La hibridación de la literatura chinoamericana

Desde una perspectiva de migración, Homi Bhabha profundiza en los estudios de la transculturación, poniendo énfasis en el papel fundamental que desempeña la diferencia cultural en la configuración de una cultura y en la identificación de un sujeto, porque la formación de los símbolos, mitos, metáforas y otras formas de representación que construyen una cultura requiere al Otro; además, la identificación de un sujeto requiere tanto la imitación como la alienación de las características propias del grupo al que pertenece. Según Bhabha, el proceso de la identificación no se produce en su propio territorio ni tampoco en el del Otro sino en un espacio liminal que puede ser un "tercer espacio", donde se da forma a nuevas estructuras de autoridades y nuevas iniciativas políticas. En este tercer espacio, que surge de la relación dialéctica entre el centro y las periferias y de la tensión dinámica y compleja entre la similitud y la diferencia, se producen fenómenos híbridos que tienen funciones subversivas: la descanonización de los criterios europeos y la ruptura con las dicotomías y las oposiciones binarias y polarizadas que están al servicio de la dominación colonial.

En el proceso de hibridación, surgen culturas, identidades y posiciones nuevas. En este proceso de hibridación, las culturas implicadas no son unitarias ni independientes, sino que se negocian, intercambiándose entre sí diferentes valores y experiencias colectivos. En las representaciones artísticas e intelectuales de una cultura que surgen de este espacio siempre se ven huellas de otras culturas y de otras identidades. En otras palabras, la hibridación cultural da forma a algo novedoso que es "neither One nor the Other but *something else besides, in-between*" (Bhabha [1994] 2004: 313). La hibridación se ha convertido en una de las características fundamentales de la era postcolonial y sirve como una estrategia eficaz de resistencia, conservando la heterogeneidad y el carácter dinámico de las identidades y denunciando la hipocresía del multiculturalismo y la diversidad cultural que se plantean desde una perspectiva universalista. Sin duda alguna, la literatura chinoamericana llega a ser una de estas agencias intersticiales y los autores chinoamericanos se convierten en agentes híbridos y de condición *in-between*.

En resumen, el carácter subversivo, la naturaleza traducida y la hibridación e heterogeneidad cultural constituyen las principales características de la literatura chinoamericana. Para llevar a cabo una traducción ética de las obras de esta corriente literaria en la que no se oculte ni se exagere su otredad, hay que tener en cuenta estas singularidades. En el siguiente apartado, pasaremos a la configuración de la identidad chinoamericana, explorando en profundidad su ambivalencia y ambigüedad mostrada de manera destacada en la actitud que mantienen los autores chinoamericanos hacia los estereotipos orientalistas y la coexistencia de la tendencia de antiorientalismo y la de autoorientalización.

2.2 La ambivalencia de la identidad chinoamericana

2.2.1 La cuestión de identidad

La identidad siempre constituye el tema eterno de las literaturas étnicas y la literatura chinoamericana no es una excepción. Por lo tanto, nos parece necesario estudiar ciertos factores clave de la cuestión de identidad. Como seres humanos, siempre necesitamos confirmar nuestra propia existencia a través de reflexiones sobre nosotros mismos, sobre el entorno donde nos hallamos, sobre las relaciones con lo que nos resulta diferente y extraño, etc. Estamos obsesionados con la pregunta: ¿quién soy yo?, la cual nos provoca una inquietud que nos estimula a buscar un "refugio" donde encontrarnos con un grupo de gente que comparte con nosotros, por ejemplo, un origen común, características físicas similares o el mismo conjunto de valores, tradiciones, creencias, modo de ser, etc. Así se establece una sensación de solidaridad y lealtad a esta comunidad. En este mismo proceso de autodefinición, aunque se excluye al Otro y a lo diferente, también se necesita de él, porque sin ese *Otro* o lo que a uno le falta no es posible definir exactamente qué es el *yo*. En otras palabras, la configuración de una identidad se fundamenta en la percepción de uno mismo en relación con el otro. En este sentido, la identificación, desde un principio, es ambivalente.

Para los chinoamericanos, esta ambivalencia de la identificación se muestra de manera destacada en la actitud ambigua que mantienen hacia todo lo relativo a la etnia, o, mejor dicho, lo chino, porque para ellos, sobre todo, para los que nacen y crecen en tierras americanas, lo chino constituye lo propio y al mismo tiempo algo remoto. En el proceso de identificación de los chinoamericanos, para distinguirse de los blancos, lo chino que llevan biológica y culturalmente se convierte en algo propio; sin embargo, en comparación con los "autóctonos" chinos, entienden lo chino como algo exótico que proviene de un mundo lejano y lo perciben desde una perspectiva occidental o a través de la imaginación. En resumen, en el proceso de identificación de los chinoamericanos coexisten una tendencia de acercamiento y otra de alienación de lo chino.

La identidad es, en sí misma, un concepto polisémico y polifacético, con infinitas dimensiones y expresiones; de ahí que el ser humano constituya una entidad compleja que no existe individual y aisladamente, sino más bien en una red de relaciones que dan forma a un contexto específico presidido por determinadas condiciones económicas, sociales, políticas y culturales que interactúan entre sí. Una persona tiene múltiples lealtades y se puede definir y describir a sí misma de diferentes maneras. En este sentido, la identidad no es algo estático, sólido o inmutable que se puede heredar, sino algo construido que es dinámico, cambiante y siempre en tránsito. En términos de Hall, la configuración de la identidad es "a construction, a process never completed –always 'in process'" (1994: 392; 1996: 2). Homi Bhabha también insiste en que la identidad es "never an a priori, nor a finished product; it is only ever the problematic process of access to an image of totality" ([1994] 2004: 73).

Tradicionalmente se ha entendido la identidad como un signo que remite a una unidad monolítica y constituida de manera natural, que es "an-inclusive sameness, seamless, without internal differentiation" (Hall 1996: 4). Según estas concepciones, la identidad se considera algo ontológicamente determinado, que está prefijado y que, según esta lógica, tiene un carácter hereditario. En otras palabras, existiría un núcleo estable o intrínseco propio que resistiría cualquier alteración. Dicho de otra manera, esta visión da la impresión de que existe algo esencial que se transmite de generación en generación y que cierto grupo de gente puede trasladar consigo allá donde vaya.

Esas ideas esencialistas explican de forma clara la discriminación racista que sufren las minorías étnicas por parte de los miembros de la sociedad dominante en razón de sus características físicas, porque la sociedad dominante tiende a considerar que la construcción sociocultural o psicológica de los seres humanos, igual que las características genéticas biológicas, es algo esencial y hereditario que se puede transmitir de generación a generación. A continuación, como material de reflexión, citaremos un episodio extraído de *The Joy Luck Club* de Amy Tan, en el que se registra el trato injusto recibido por Rose, la protagonista, por parte de su futura suegra, la señora Jordan, cuando las dos se ven por primera vez en una fiesta celebrada en la casa de los Jordan. En razón del color de piel, o, dicho de otro modo, a causa de la etnicidad de Rose, la señora Jordan la toma como vietnamita y está muy preocupada por los prejuicios que tendrían los clientes de su hijo, Ted, si los dos se casaran:

> She assured me she had nothing whatsoever against minorities; she and her husband, who owned a chain of office-supply stores, personally knew many fine people who were Oriental, Spanish, and even black. But Ted was going to be in one of those professions where he would be judged by a different standard, by patients and other doctors who might not be as understanding as the Jordans were. She said it was so unfortunate the way the rest of the world was, how unpopular the Vietnam War was.
>
> "Mrs. Jordan, I am not Vietnamese," I said softly, even though I was on the verge of shouting (Tan 1998: 118).

Obviamente, la protagonista se siente despreciada y ha de enfrentarse a una situación delicada: se convierte en extranjera en su propia tierra. Aunque no se identifica a sí misma como china, no es aceptada por la sociedad blanca como americana. Este episodio solo viene a poner una vez más de manifiesto que los *no blancos*, entre los que se incluye a los pueblos dominados y a las minorías étnicas que viven en los países dominantes, han sufrido y siguen sufriendo una discriminación racista. Parafraseando a Simal G. (2000: 52), por una parte, las características físicas les hacen visibles y los convierten en objetivos de tratos discriminatorios; por otra, también son estas características físicas las que los dejan social y políticamente invisibles, exotizándolos eternamente y negándoles la plena ciudadanía americana.

La etnicidad, se quiera o no, forma parte inseparable de nuestra identidad y es crucial a la hora de determinar quiénes somos. A pesar de que ella es parte inherente de todos los seres humanos, en muchas ocasiones, cobra un sentido especial solo cuando se usa para referirse a los 'grupos minoritarios' que están en el margen, y no a la etnia blanca que goza del poder y la hegemonía. En este sentido, (re)establecer una identidad étnica no supone simplemente establecer un sentido de pertenencia que nos ayuda a liberarnos de la incertidumbre, sino que más bien constituye una reivindicación para lograr hacer audible la voz silenciada de los marginados y para conseguir ocupar un lugar político y cultural que esté en pie de igualdad.

En el proceso de la configuración de la identidad chinoamericana, se pone de manifiesto de manera destacada la tensión entre múltiples lealtades, especialmente entre la lealtad a la familia y a la cultura étnica y la fidelidad a la sociedad dominante donde los chinoamericanos reciben su educación y llevan a cabo su vida social, o en términos de Simal González (2000: 160), la tensión entre la fuerza "centrípeta" que refuerza los lazos filiales y la "centrífuga" que les estimula a seguir sus propios valores y conseguir la independencia personal. Además, no se puede pasar por alto el hecho de que estas lealtades siempre están condicionadas por las circunstancias culturales, históricas, políticas, etc., que cambian constantemente. En este sentido, la identidad chinoamericana nunca es un producto acabado que contiene un núcleo hereditario, sino que constituye una construcción que evoluciona incesantemente gracias a la constante negociación entre las diversas fuerzas socioculturales e ideológicas.

Ciertamente, el establecimiento de una identidad unificada en las luchas postcoloniales, sobre todo en el seno de movimientos nacionales que han surgido en contra del imperialismo y la colonización, también ha desempeñado un papel crucial, porque en muchos casos esta identidad unificada se propugna como la principal fuerza motriz que da lugar a representaciones positivas de los pueblos marginados y que impone una coherencia o unión imaginaria entre las experiencias dispersas y fragmentadas. Sin embargo, justamente es ese "universal and transcendental spirit" (Hall 1994: 395) el que mantiene la continuidad, la unicidad (*uniqueness*), la integridad (*oneness*) y la estabilidad de una identidad cultural, concediéndola autoridad y autenticidad mediante el desprecio de otras. Los defensores de un nacionalismo fundamentalista y los puristas también abogan por una identidad unificada y auténtica, en su caso mediante la insistencia en un retorno a la pureza del origen, lo que siempre implica negar la diversidad y la complejidad de las configuraciones identitarias. En el caso de la literatura chinoamericana, como veremos, los autores del grupo de *Aiiieeeee* se esfuerzan por reivindicar una identidad chinoamericana auténtica, privilegiada frente a otras: así, lanzan duras críticas a otros escritores que, según ellos, "falsean" la cultura china. A pesar de que estas ideas esencialistas hayan desempeñado un papel positivo en la consolidación de la identidad chinoamericana, en cierto sentido se oponen al proceso de hibridación y heterogeneización cultural.

Aunque hayamos puesto énfasis en la provisionalidad, inestabilidad, flexibilidad, movilidad y heterogeneidad de la identidad en nuestra era postmoderna, queremos declarar que no abogamos por un nihilismo, porque, como dice Hall, la identidad no es un *fantasma*: "It has its histories –and histories have their real, material and symbolic effects" (Hall 1994: 395). Según el mismo autor, por una parte, la historia no cesa de dejar marcas en la configuración de la identidad; a su vez, las identidades culturales son puntos inestables de la identificación o ruptura, porque se construyen dentro de los discursos de la historia y la cultura. Por otra, la identidad, a pesar de su naturaleza transitoria, en un periodo determinado mantiene características relativamente estables, que constituyen las huellas que forman parte de sus rutas (*routes*).

En resumidas cuentas, en una época como la nuestra, de tanta complejidad, las identidades no están unificadas sino cada vez más fragmentadas y fracturadas; no son singulares sino múltiples, y se construyen mediante diferentes discursos, prácticas y posiciones que muchas veces son antagónicos, especialmente en la era postcolonial, en la que la migración, ya voluntaria, ya forzada, se ha convertido en un fenómeno global. La configuración de identidad, siempre expuesta a contingencias, es condicional y está sujeta radicalmente a las prácticas evolutivas específicas que han producido perturbaciones en las características relavitamente estables de muchos pueblos y culturas. Se trata de un proceso de cambios y transformaciones constantes. Hay que abandonar, pues, cualquier tipo de esencialismo, reflexionar sobre las culturas de manera dinámica y primar "una concepción flexible, relacional y múltiple de las identidades" (Martín Ruano 2007b: 15), lo que supone "un paso de la *etnicidad a la etnogénesis*" (Stallaert en Martín Ruano 2007b: 15).

Ciertamente, en el caso de los chinoamericanos este paso está marcado por una profunda ambigüedad. Los escritores étnicos siempre asumen una posición fronteriza: la de vivir en la intersticialidad, la de encontrarse "entre dos mundos y dos actitudes, de orgullo y vergüenza, frente a dos culturas", la de debatirse entre los conflictos entre "Este/Oeste, pasado/futuro, deber filial/libertad individual, Insider/Outsider, Chinatown/mundo exterior" (Simal G. 2000: 159, 160). Aunque estas experiencias liminales, transitivas y viajeras producen sentimientos dolorosos de ruptura, inseguridad y alienación, lo cierto es que también otorgan a estos escritores una gran creatividad artística y los situan en un espacio abierto donde se encuentran diferentes culturas y desde donde observarían tanto la cultura de origen como la del país de acogida desde cierta distancia crítica, descubriendo sus defectos y absorbiendo lo bueno de ambas, como destaca y solicita Simal G.: hay que "extraer ventajas de su condición de entremundos y vivir lo bueno de las dos culturas" para construir "una identidad compuesta, híbrida y multicultural" (2000: 173, 175).

2.2.2 La ambigüedad de la identidad chinoamericana

La ambigüedad de la identidad chinoamericana se manifiesta en la actitud que mantienen los chinoamericanos hacia lo chino y lo americano. Esta actitud que siempre vacila como un péndulo de reloj conduce a que este grupo étnico no pueda identificarse completamente con ningún lado. En este apartado, analizaremos sutilmente a algunas figuras literarias chinoamericanas representativas, lo que no solo nos ayudará a conocer mejor los papeles que han desempeñado en la historia de la literatura chinoamericana, sus intenciones creativas, las circunstancias históricas en que se hallan y los factores ideológicos que determinan las características poéticas de sus obras sino también la complejidad y la heterogeneidad de la identidad chinoamericana que se muestran en sus escritos, etc. Esto constituye un paso necesario que nos orientará a valorar las estrategias traslativas adecuadas a la hora de realizar las prácticas traductoras.

a. Sui Sin Far, figura representativa de los euroasiáticos

Sui Sin Far (1865-1914), seudónimo de Edith Maud Eaton, fue hija de padre inglés y madre china. En la época en que vivía Sui Sin Far, la mayoría de los americanos creían que los chinos eran "inferior to any race God ever made", "uncivilized, unclean, and filthy beyond all conception" (Yin 2000: 59). El profundo amor que sentía hacia su madre y el contacto frecuente que mantenía con la comunidad china, junto con los prejuicios y la discriminación que había sufrido su familia por el matrimonio interracial de sus padres le permiten acercarse a los chinoamericanos comunes y corrientes y conocer en profundidad su vida real.

Al contrario de los chinos cultivados, provenientes de una clase social alta y que se consideraban responsables de difunidr la cultura china y mejorar la imagen de los chinos en Estados Unidos, Sui Sin Far dedicó toda la vida a luchar contra la injusticia que sufrían los chinoamericanos comunes y corrientes, protestando por los tratos inicuos que recibían los trabajadores chinos y por la doble discriminación con que padecían las mujeres chinas en la sociedad blanca. Es una autora que "gave to American letters the Chinese perspective on racial prejudice, economic harassment, and discriminatory immigration regulations" (Ling 1990: 42).

Aparte de los temas sociales, en sus obras también se ven las reflexiones sobre la cuestión de identidad. Aunque hubiera podido integrarse bien en la sociedad blanca con su cara occidental, Sui Sin Far declaró oficialmente su identidad china, etnia que era "despreciada" en aquel entonces en la sociedad americana. En su obra autobiográfica, *Leaves from the Mental Portfolio of an Eurasian*, destaca su identidad china en varias ocasiones, por ejemplo, "I'd rather be Chinese than anything else in the world", "the white blood in our veins fights valiantly for the Chinese half of us" (Sui [1909] 1991: 113), "[b]ehold, how great and glorious and noble are the Chinese people" (Sui [1909] 1991: 115), etc. Aunque Sui Sin Far siempre estuvo al lado de los chinos, en ciertas ocasiones sufría la exclusión o el rechazo de la comunidad china por su mestizaje de sangre. Por lo tanto, en sus obras, sobre todo en su autobiografía, se ve la perplejidad que tenía a la hora de identificarse:

> When I am East, my heart is west. When I am West, my heart is East. [...] I give my right hand to the Occidentals and my left to the Orientals, hoping that between them they will not utterly destroy the insignificant "connecting link" (Sui [1909] 1991: 123).

Con su gran aportación a la etnia china y a la literatura chinoamericana, Sui Sin Far es considerada como una de los fundadores de esta corriente literaria. Esta autora no solo ha recibido la admiración de autores de *bestsellers* como Kingston, David Henry Hwang, sino también de autores nacionalistas como Frank Chin, quien incluye su obra autobiográfica en la antología *The Big Aiiieeeee!* (1991). En términos de los editores de *The Big Aiiieeeee!*, Sui Sin Far fue "one of the first to speak for an Asian-American sensibility that was neither Asian nor white American" (Chan *et al.* 1974: xxi).

b. Lin Yutang, representante de los "chinos americanizados"

Por su parte, Lin Yutang, durante los años treinta y cuarenta del siglo XX, fue considerado como "cultural eye-opener on China" (Yin 2000: 172). En su obra *My Country and My people*, el autor les transmitió a los americanos el concepto de que el colectivo chino era "loyal, reserved, modest, obedient to elders, and respectful of authority" (Yin 2000: 171). En sus obras de reflexiones filosóficas que explican el taoísmo y el confucianismo, promovió principios que abogaban por la paz y la armonía para destacar el carácter "pacífico" de los chinos. En sus libros, el autor evitó los problemas sociales, sobre todo la discriminación racista y la castración masculina que sufrían los chinos inmigrantes comunes y corrientes.

Mientras que la sociedad americana otorgó a Lin un honor sin precedentes, los críticos asiáticoamericanos, sobre todo el grupo de *Aiiieeeee!*, negaron su sensibilidad como chinoamericano y le etiquetaron de "chino americanizado" y lo acusaron de valerse del exotismo oriental para complacer a la sociedad blanca. De acuerdo con el grupo de *Aiiieeeee!*, el Chinatown que describía Lin en su obra *A Chinatown Family* (1948) no se correspondía con la realidad, sino que era un "euphemized portrait" (Chan *et al.* 1974: xxxi), porque Lin ocultó factores que pudieran irritar los ojos de los blancos, tales como la prostitución por la prohibición legislativa de la entrada de mujeres chinas, los juegos de azar, el inglés anómalo que hablaban los chinos, etc. En opinión de estos autores, Lin "come[s] from a white tradition of Chinese novelty literature, would be Chinese writing about American for the entertainment of Americans" (Chan *et al.* 1974: x).

Hemos de admitir que, en cierto sentido, la acusación a Lin por parte del grupo *Aiiieeeee!* está fundada. Lin nunca perdió su legado étnico y siempre se sintió chino en su interior. En comparación con sus obras escritas en inglés que introducen filosofías chinas, el arte y la sabiduría de la vida, personajes históricos, etc., con un tono mucho más moderado, las obras creadas en chino se caracterizan por las agudas críticas políticas dirigidas directamente al gobierno chino de aquel entonces. Aunque esta diferencia en el estilo creativo y en la elección del tema en las obras escritas en diferentes idiomas se debería en parte a factores editoriales o del mercado, en cierto sentido, se pone de manifiesto su orgullo étnico chino: así, prefiere difundir lo bueno y lo positivo de la cultura china y ocultar lo anticuado y lo negativo ante un público ajeno.

Tomando en consideración que Lin se desplazaba constantemente entre China y Estados Unidos, no es adecuado clasificarlo estrictamente entre los escritores chinoamericanos. A pesar de todo, no se puede negar que Lin es un autor altamente americanizado y un gran conocedor de la cultura occidental. Justamente son su doble identidad y su actitud ambigua hacia la cultura china las que le conducen al gran éxito y reconocimiento obtenido en Occidente. En este trabajo, dado el prestigio que consigue a escala mundial y la gran cantidad de obras traducidas a otras lenguas extranjeras, sobre todo al español, lo consideramos como un escritor que cruza constantemente la cultura occidental y la china, y desempeña un papel de "embajador cultural" entre los dos mundos.

c. Pardee Lowe, el rechazo rotundo a las raíces étnicas

A partir de la década de los veinte del siglo XX, empezó una época en la que se ponía de relieve la americarización y la lealtad de los chinoamericanos a Norteamérica. La mayoría de la segunda generación participó activamente en este proceso de asimilación y fue etiquetada como "Orientals in appearance but not in reality" (Yin 2000: 118) o "seres de banana" (amarillo por fuera, blanco por dentro, carentes del mínimo 'orgullo' étnico) (Simal G. 2000: 158; Yin 2000: 129). Aunque esta generación presenta un alto grado de asimilación a la sociedad americana, siempre se sentía muy molesta por la equiparación generalizada por parte de la sociedad americana con chinos residentes en China o con otros asiáticos que no eran ciudadanos americanos y sufría prejuicios raciales simplemente por sus características físicas.

Aparte de las presiones sociales, la segunda generación vivía entre continuos conflictos culturales e intergeneracionales: por una parte, luchaba por la libertad y autonomía personal; por otra, se sentía perpleja y dividida entre la lealtad a las raíces culturales que le exigía su familia y la gran aspiración a conseguir la plena integración en la sociedad dominante, estimulada por la educación recibida. Al contrario de la reacción de desasimilación acrítica adoptada por la primera generación de inmigrantes, la mayoría de la segunda generación optaba por "buscar un lugar de 'emplazamiento' en la cultura americana dominante" (Simal G. 2000: 147). Para lograr integrarse plenamente en la sociedad americana, muchos no dudaron en negar sus rasgos culturales heredados. En las obras de la segunda generación, la afirmación de la "Americanness" y la ansiedad de demostrar el patriotismo como una "minoría leal" son obvias. Pardee Lowe fue el mayor representante de los autores que optaron por negar absolutamente su legado cultural de origen. Lowe, quien aspiraba ansiosamente a ser aceptado como ciudadano americano, rindió tributo incondicionalmente a la cultura americana, poniendo la parte americana y la china en posiciones totalmente opuestas. Según él, China era un país remoto que implicaba retraso e inaccesibilidad; mientras tanto, la educación china que le imponía su familia constituía el mayor obstáculo que le impidió la adaptación americana.

Cuando se publicó la autobiografía de Lowe, los prejuicios acerca de los chinos predominaban entre el público americano. Por lo tanto, esta obra no fue muy bien acogida en Estados Unidos. Quizá su admiración ciega por la civilización occidental también fuera una de las causas de esta impopularidad. En ese contexto histórico tan desfavorable para los chinos, esta actidud servil o asimilacionista, que se consideraría como una adulación a la sociedad americana, lejos de complacer al amo blanco, acentuaba su aversión hacia esta etnia indeseada. Cabe destacar que, aunque la mayoría de autores de la segunda generación de los chinoamerincanos nunca pisa las tierras de China, no se puede pasar por alto la fuerza de las memorias colectivas y las asociaciones filiales, como indica Gentzler: "these memories and associations, however unacceptable or repressed, are still part of his [their] identity, no matter how much the Anglo-American culture of the present might wish them not to be" (2008: 184).

En este sentido, el abandono absoluto de las raíces étnicas o la actitud asimilista trae consigo necesariamente una sensación de estar *fuera de lugar*: por una parte, la negación absoluta de su parte étnica produce una alienación de la cultura y la comunidad chinas; por otra, el rechazo y los prejuicios racistas por parte de la sociedad americana los impiden integrarse enteramente en la sociedad americana. Por lo tanto, la combinación y la transgresión mutua de al menos dos culturas parece ser un camino imprescindible en el proceso de identificación de los chinoamericanos.

d. Jade Snow Wong, autora que decidió "promover" la cultura china

La autobiografía de Jade Snow Wong, *Fifth Chinese Daughter*, salió a la luz en 1950, un momento histórico en el que las circunstancias políticas estaban cambiando radicalmente. Cuando acabó la Segunda Guerra Mundial y los japoneses se entregaron, los chinoamericanos volvieron a obtener la simpatía de la sociedad americana por su diligencia, laboriosidad y, sobre todo, su lealtad a Estados Unidos. Aprovechándose de las circunstancias favorables, en lugar de negar su parte étnica, Wong intentó "promover" su etnicidad y convertir su legado étnico en una ventaja que le ayudaría a lograr la aceptación de la sociedad dominante. En esta obra, Jade Snow Wong dedicó mucho espacio a la descripción de las costumbres y la comida chinas, lo que sirvió para satisfacer la curiosidad de los estadounidenses por la extraña, exótica y misteriosa vida de los chinoamericanos de Chinatown. Muchos críticos denominan este tipo de literatura como "autobiography as guided Chinatown tour" (Wong 1997: 46), que intenta manifestar "the greatness of America in that even a minority woman much repressed by her family could attain the American Dream" (Ling 1990: 120). En la obra, Wong también se esforzó por establecer estereotipos positivos de los chinoamericanos como 'minoría modelo'. Aunque la autora consiguió gran éxito, la ausencia de cuestiones sociales en su obra, tales como la discriminación racista, se convirtió más adelante en motivo de crítica por parte de los activistas chinoamericanos contemporáneos, quienes atribuyeron a Wong la etiqueta de 'Chinese Uncle Toms' y 'whitewashed' (Yin 2000: 120).

En esta obra, se ve obviamente que la autora mantenía una actitud ambigua hacia la cultura china: por un lado, criticaba la misoginia y el patriarcado chinos y expresaba una apasionada admiración por la vida fuera de Chinatown; por otro, no negaba la cultura china, se sentía orgullosa de la civilización china e incluso creía que la cultura china, en cierto sentido, era superior a la occidental. Por ejemplo, al hablar de las técnicas culinarias, la autora comentaba: "A Chinese can cook foreign food as well as, if not better than, the foreigners, but a foreigner cannot cook Chinese food fit for the Chinese" ([1950] 2002: 114). Aunque el gran éxito que obtuvo Wong con *Fifth Chinese Daughter* se debe a muchos otros factores, en comparación con el fracaso que sufrió Lowe, la afirmación de la etnicidad, sin duda alguna, desempeñó un papel crucial.

e. Maxine Hong Kingston, creadora de mitos chinoamericanos

Kingston describe en sus obras de manera sutil los conflictos entre el intento de superar el sentimiento de estar *fuera de lugar* y la ansiedad de buscar la libertad personal en el proceso de la contrucción de su identidad chinoamericana, para lo que pone énfasis en la especificidad de la sensibilidad chinoamericana. En *The Woman*

Warrior la autora teje una red de historias reales y leyendas folklóricas que protagonizan diferentes personajes femeninos. Como su obra que se desarrolla entre la imaginación y la realidad, Kingston creció en un ambiente familiar lleno de fantasías y leyendas creado por los relatos orales de su madre, mientras participaba en la vida social americana que le parecía prosaica y trivial. En este espacio intersticial donde operan simultáneamente diferentes fuerzas contradictorias, Kingston estaba atrapada irremisiblemente en una situación ambigua. Para no perderse en este mundo *entre*, la autora tuvo que hacerse fuerte para poder abrazar todas las ambigüedades a las que se enfrentaba, como afirma la protagonista del capítulo titulado "White Tiger" de *The Woman Warrior*: "I learned to make my mind large, as the universe is large, so that there is room for paradoxes" (Kingston 1989: 29).

La reescritura de las leyendas e historias chinas constituye una estrategia primordial que adopta la autora para construir su identidad chinoamericana. Esta técnica creativa también es el punto clave que provoca los "ataques" feroces de los nacionalistas chinoamericanos, quienes la acusaron de falsear las experiencias chinoamericanas. Por ejemplo, en *The Woman Warrior*, en el capítulo "White Tiger", la autora reescribe la historia de Fa Mulan, protagonista de una leyenda popular de la dinastía Wei del Norte, que suplantó a su padre en la guerra contra la invasión de las minorías del Norte ocultando su condición de mujer. Kingston inserta en este relato una escena trasplantada de la historia del general Yue Fei: antes de que partiese hacia la guerra, su madre le inscribió en sus espaldas tatuajes de carácteres chinos, "精忠报国" (servir a la patria con toda lealtad), como declaración de determinación; en *China Men*, reescribe un episodio sacado de la novela china de la dinastía Qing *Jin Hua Yuan* (*Flores en el espejo*): Lin Zhiyang y Tang Ao se aventuraron a navegar por el mar y un día llegaron al Reino de las Mujeres. Lin Zhiyang fue capturado y elegido como "concubino" de la reina y sufrió torturas que las mujeres sufrían habitualmente, por ejemplo, la perforación en las orejas, el vendaje de los pies, etc. Kingston sustituyó al protagonista Lin por Tang y comparó la navegación realizada por los protagonistas con el viaje de los chinos que intentaban buscar fortuna en la "Montaña de Oro" (Gold Mountain, San Francisco de Estados Unidos); las torturas que sufrió el protagonista también establecen una analogía con la castración que sufrían los hombres chinos en la sociedad americana.

Kingston insistía en que era necesario revisar y adaptar los mitos culturales atendiendo al contexto chinoamericano. Según ella, su reescritura de las historias tradicionales chinas "is not a Chinese legend but a Chinese American allegory" o "a Chinese myth 'transformed by America'" (Kingston 1982: 57). Hay críticos que indican que la denuncia a la misoginia y al patriarcado chino que se ponen de manifiesto en las obras de Kingston, sobre todo en *The Woman Warrior*, agravaría la oposición entre hombre y mujer. Sin embargo, lo que intenta conseguir la autora es reclamar una identidad chinoamericana en la que "sexual identity, racial identity, and national identity come together when the claim is laid on America" (Kim 2006: 199).

f. Frank Chin, partidario fiel de la autenticidad de la cultura china

Frank Chin se siente muy molesto por la homogeneización[①] de los chinos por parte de la sociedad americana, revelando que su verdadera intención consiste en excluir a los chinoamericanos de la sociedad y cultura americanas y negar su gran aportación a la historia americana. Constatando que los chinoamericanos nacidos en Norteamérica siempre sufrían e incluso sufren hoy la errónea equiparación con los chinos del continente asiático o con los chinos inmigrantes recién llegados, Chin afirma que son grupos muy diferentes: "[t]here is no cultural, psychological bridge between me and the Chinese immigrants" (en Kim 2006: 175). Este autor también distingue a los chinoamericanos nacidos en Norteamérca de los chinos americanizados que pertenecen a la clase de élite. Con esta diferenciación, Chin pone énfasis en una supuesta "verdadera" sensibilidad chinoamericana.

Chin opta por un modelo *neither/nor*: no es chino ni americano sino chinoamericano. Jeffery Paul Chan aboga por este modelo de construir la identidad; defiende, en este sentido, que hay que "throw out what's Chinese amd what's white and then try to get even. What's left will be Chinese American" (en Kim 2006:175). Según Chin y sus partidarios, en el largo proceso de la configuración de la identidad chinoamericana se mantiene el modelo "either/or"[②]: un individuo se vuelve chino o

① En realidad, la sociedad dominante no solo homogeneiza a los chinos sino también a las diferentes comunidades asiáticas. Por ejemplo, cuando se publicó "No Name Woman" de Kingston (un capítulo de *The Woman Warrior*) en la revista *Viva*, la ilustración que acompañaba a este capítulo era una pintura de "Japanese maidens at the window" en la que "they wear kimonos, lacquered hair-dos, and through the window is lovely, snow-capped Mt Fuji" (Kingston 1982: 61). Esta homogeneización también se muestra en la portada de la versión española de *The Woman Warrior*, *La mujer guerrera*, que se publicó en 2009. Aunque la protagonista de esta obra es una chica chinoamericana, en la portada se ve la imagen de una *samurai* japonesa de kimono que sostiene en la mano una espada.

② También lo denominan con la metáfora "spaghetti–chow-mein": "I am American because I eat spaghetti and Chinese because I eat chow mein" (Chan *et al.* 1974: xi, xiv).

se hace americano, lo que genera una doble personalidad. Este doble legado cultural conduce directamente a un rechazo tanto por los chinos como por los americanos.

Aunque Chin y sus partidarios nunca disimulan su intento de distinguir a los chinoamericanos de los chinos, no niegan los valores de la cultura tradicional china y recurren a las obras literarias clásicas, tomándolas como su principal arma para luchar contra los autores que, según ellos, "falsean" la cultura china y "distorsionan" las experiencias de los chinoamericanos. En opinión de Chin, obras tales como *The Woman Warrior* de Kingston, *The Joy Luck Club* y *The Kitchen God's Wife* de Amy Tan, *M. Butterfly* de David Henry Hwang, etc., están ancladas en la distorsión de las leyendas y mitos tradicionales y las falsas interpretaciones de la historia y la cultura chinas, lo que, en cierto sentido, 'exotiza', o, en términos de Said, orientaliza el lado chino de los chinoamericanos. Aunque Maxine Hong Kingston y Frank Chin están en oposición absoluta, coinciden en la intención de reclamar una identidad específica y una especial sensibilidad chinoamericana, desafiando los estereotipos impuestos por la sociedad americana sobre los chinos:

> Rather than presenting a portrait of humble, loyal, Americanized, and law-abiding immigrants or an image of passive, obedient, disciplined, and hardworking American-born Chinese, Chin and Kingston demonstrate ethnic pride as they recount and redefine the Chinese American experience" (Yin 2000: 230).

g. Amy Tan, Gus Lee, Gish Jen, el retorno a los orígenes culturales

Desde los años sesenta y setenta del siglo XX, gracias al despertar de la conciencia étnica, el desarrollo del multiculturalismo y las lecciones aprendidas desde las generaciones anteriores, muchos autores son conscientes de que ni la asimilación total ni el rechazo absoluto de las raíces étnicas pueden salvarlos de la situación de estar *fuera de lugar*. A diferencia de las generaciones anteriores, al mismo tiempo que reivindican su identidad americana, no renuncian a sus raíces culturales. En otras palabras, estos escritores intentan crear un espacio más abierto en el que cabrían lo tradicional y lo novedoso, lo chino y lo americano, por lo cual extenderían la definición de la etnicidad, la historia y la cultura basándose en sus experiencias transculturales e híbridas.

Sin duda alguna, Gus Lee es uno de los mayores representantes de esta generación y se define a sí mismo como "a typical American with strong Chinese roots" (en Wang 2008: 232). Gish Jen también intenta explorar y estudiar a fondo las cuestiones sociales de interés común, aunque los protagonistas son chinoamericanos y las historias se desarrollan entrelazadas con las experiencias migratorias, como indica ella misma: "I've tried to be someone who really thought about the American project, and what it means, what this nation is... I try to use my vantage point from the margins to kind of illuminate the larger questions"①. Igual que Gus Lee, al mismo tiempo que enfatiza su "Americanness", Gish Jen no niega su origen étnico, señalando: "I don't think that you need to erase all the particulars of the Chinese-American experience in order to capture the essential American experience"②. En las obras de Amy Tan, también se aprecia un retorno a la cultura china, como veremos en los apartados posteriores.

Al analizar casos concretos, se hace evidente que, a lo largo de una historia de más de cien años, los autores chinoamericanos han probado diferentes modos de identificación en el proceso de construir la identidad chinoamericana. Vemos que no se trata de un proceso pacífico. Esta ruta identitaria está llena de conflictos y negociaciones entre la cultura china y la americana. Ninguna opción identitaria se puede realizar en el lado de una cultura, la original o la de acogida, sino en el intersticio que se encuentra entre las dos. Además, la identidad es una cuestión política, de ahí que la elección de identidades no sea voluntarista sino históricamente condicionada. Parafraseando a Clifford (1999: 64, 25), no es una elección binaria ni un conjunto abierto de alternativas sino un procesamiento de elementos históricamente determinados, por ejemplo, la raza, la cultura, la clase, el género y la sexualidad, que se produce en los encuentros conflictivos y los diálogos con el otro.

A pesar de ello, las opciones que pueden adoptarse son múltiples: o bien optar por mantener los ritos, costumbres y valores de la cultura china, como las madres de *The Joy Luck Club*, o bien elegir la asimilación total, como Pardee Lowe, o bien decidir "traducir" lo bueno de la cultura china a la sociedad americana como Lin Yutang, o bien intentar destacar la sensibilidad chinoamericana, como Maxine Hong Kingston y Frank Chin, o bien retornar al legado ancestral chino, como Amy Tan, Gus Lee y Gish Jen. Los autores o los personajes de sus obras, condicionados por las circunstancias históricas donde se hallan, se ven obligados a elegir lo que más les convenga. Además, en cualquier caso, las actitudes tanto hacia China como hacia Norteamérica no pueden ser iguales que las de un chino o de un norteamericano monocultural, puesto que estas actitudes se configuran en los incesantes encuentros,

① http://news.harvard.edu/gazette/2002/01.24/11-gishjen.html. Fecha de consulta: 20-11-2011.

② http://www.pbs.org/becomingamerican/ap_pjourneys_transcript1e.html. Fecha de consulta: 20-11-2011.

conflictos y diálogos entre diferentes culturas.

Tomando en consideración el papel crucial que desempeña la cuestión de identidad en la literatura chinoamericana, no es exagerado decir que todas las estrategias creativas traductoras que emplean los autores chinoamericanos están al servicio de su construcción identitaria. Por lo tanto, conocer bien los diferentes modos de construir la identidad chinoamericana y sus circunstancias históricas nos ayudará a localizar diferentes obras que se corresponden con diferentes poéticas e ideologías y a determinar las estrategias traductoras adecuadas a la hora de traducir estas obras literarias.

2.3 Dentro de la tradición orientalista o en su contra

La identidad, materializada a través del lenguaje, o, mejor dicho, a través del discurso, es una construcción social, cultural y política que está profundamente arraigada en una red de relaciones asimétricas de poder. Las identidades que ocupan una posición dominante intentan "construir" al Otro en su beneficio y pretenden perpetuar su supremacía a través de las prácticas discursivas. Mientras tanto, las marginadas, relegadas a una posición inferior, o bien se ven obligadas a aceptar pasivamente los valores y criterios dominantes hasta el punto de despreciarse a sí mismas, o bien se levantan a luchar para romper y fracturar las identidades homogéneas establecidas por la dominación del poder.

Teniendo en cuenta el gran poder con que cuenta el discurso a la hora de construir la realidad, se puede decir que las personas conocemos el mundo a través de las representaciones producidas por las prácticas discursivas. En este sentido, parafraseando a Hall, las identidades se constituyen dentro, no fuera, de las representaciones (1996: 4). Entre los estudios sobre el gran poder del discurso colonial a la hora de construir las representaciones del colonizado, sin duda alguna, la obra *Orientalismo* de Said, uno de los textos fundamentales de los estudios postcoloniales, nos da claves para un análisis en profundidad.

2.3.1 Orientalismo

Según Said, Occidente representa o construye Oriente mediante el discurso orientalista a lo largo de la historia colonial. El discurso orientalista incluye una serie de textos occidentales de índole diversa, por ejemplo, los textos filológicos, sociológicos, antropológicos, historiográficos, documentos políticos, obras estéticas y artísticas, etc. El orientalismo, compuesto de estas prácticas discursivas, constituye "un estilo de pensamientos que se basa en la distinción ontológica y epistemológica que se establece entre Oriente y –la mayor parte de las veces– Occidente" (Said 1990: 21) y en realidad es "una institución colectiva" que tiene el poder de "hacer declaraciones sobre él [Oriente], adoptar posturas con respecto a él, describirlo, enseñarlo, colonizarlo y decidir sobre él" (Said 1990: 21). En pocas palabras, el orientalismo es "un estilo occidental que pretende dominar, reestructurar y tener autoridad sobre Oriente" (Said 1990: 21).

Mediante el discurso orientalista, Occidente produce una serie de representaciones estereotipadas de Oriente en beneficio de Occidente y en función de las normas culturales y políticas occidentales. Estas representaciones, en cierta medida, son "formaciones" y "deformaciones" (Said 1990: 323) de una realidad, que tiende a presentarse como "eternamente estática, congelada y fija", negando a Oriente "incluso la más mínima posibilidad de desarrollo, de transformación, de movimiento humano" (Said 1990: 251). En este sentido, el discurso orientalista también se puede denominar como un "conjunto de representaciones y –lo que es más importante– de *reglas de representación* que permiten pensar, conceptualizar o administrar culturalmente las relaciones coloniales" (Vega 2003: 16). De esta manera, Oriente, descrito por Occidente, no es un Oriente "natural" sino un Oriente "artificial" y se convierte en una entidad inmutable y radicalmente diferente de Occidente, que solo existe para ilustrar de forma particular su excentricidad y extravagancia. En términos de Said, para Occidente, "su Oriente no es Oriente tal y como es, es Oriente tal y como ha sido orientalizado" (1990: 135).

Con este discurso orientalista, se colocan Oriente y Occidente en posiciones opuestas de manera irreductible. El establecimiento de este dualismo trae consigo la distinción incuestionable entre la superioridad occidental y la inferioridad oriental. De diferentes maneras, Occidente se describe a sí mismo como dominante, desarrollado y superior, y se sitúa en el centro del poder; al contrario, Oriente pasa a ser dominado, subdesarrollado e inferior y se relega a la periferia. En resumen, el proceso de orientalización no es "ingenuo, ni apolítico, ni responde únicamente a la fantasía exótica y al escapismo europeo" (Vega 2003: 88), porque una oposición binaria nunca supone una "coexistencia pacífica" sino una "jerarquía violenta" (Vidal 2007b: 33). Aquí Said analiza el discurso orientalista en sentido foucaltiano indicando que "[l]a relación entre Occidente y Oriente es una relación de poder, y de complicada dominación: Occidente ha ejercido diferentes grados de hegemonía sobre Oriente" (1990: 24). Como el discurso orientalista se produce en una red de relaciones asimétricas de varios tipos de poder (político, intelectual, cultural, moral, etc.), Occidente "ha sido capaz de manipular –e incluso dirigir– Oriente desde un punto de vista político, sociológico, militar, ideológico, científico e imaginario a partir del periodo posterior a la Ilustración" (Said 1990: 21).

A pesar de que Said ponga énfasis en las relaciones jerárquicas entre Oriente y Occidente, también destaca la reciprocidad entre ellos. Está claro que si no existiera un Oriente extraño como el "Otro", tampoco tendría sentido la existencia de un Occidente familiar como el "yo". En el mismo proceso en el que se promueven los estereotipos negativos de Oriente también se propagan los positivos de Occidente; la degradación de Oriente coincide con la elevación de Occidente. Al revisar los dogmas del orientalismo, se ve con claridad que sus principales motivos residen en "reducir a la esencia y despojar de humanidad a otra cultura, a otro pueblo y a otra región geográfica" (Said 1990: 140). Una de las consecuencias más directas que trae consigo el orientalismo consiste en la creación de una serie de estereotipos que representan a Oriente y que reducen o neutralizan los rasgos diferenciados de Oriente de manera homogeneizada y estática. Gracias al gran poder del orientalismo, Oriente se ha convertido en una unidad monolítica.

En las obras que abordan temas relacionados con China escritas por autores occidentales, se ve claramente la tradición orientalista y abundan estereotipos sobre los chinos. En las obras de la literatura chinoamericana, corriente literaria que toma forma y se desarrolla en Occidente, también se muestra en diferente medida esta tradición orientalista. Sin embargo, en estas obras el orientalismo se pone de manifiesto de una manera más compleja: los autores mantienen una actitud ambigua hacia las representaciones y los estereotipos orientalistas; en sus obras se ven tanto el rechazo como el refuerzo de ellos y tanto la tendencia de antiorientalismo como la de autoorientalización.

2.3.2 Antiorientalismo y autoorientalización en la literatura chinoamericana

Aunque, en parte gracias a los movimientos ideológicos que intentan recuperar el orgullo étnico, los autores chinoamericanos se van liberando de los yugos del silenciamiento colonial y empiezan a reivindicar su subjetividad étnica, están profundamente inscritos en la tradición orientalista occidental y no están exentos de las influencias de los estereotipos étnicos establecidos por Occidente. En otras palabras, es inevitable que estos autores étnicos, consciente o inconscientemente, escriban dentro de la tradición orientalista occidental. En cierto sentido, se puede decir que para los miembros de los grupos minoritarios, abrazar los estereotipos aceptables constituye una de las medidas más eficaces para sobrevivir en la sociedad blanca.

Además, la globalización no solo inserta los países excolonizados en el sistema capitalista, sino que también pone en marcha una comercialización de representaciones o estereotipos exóticos que son capaces de "inferiorizar" a los pueblos periféricos y a las minorías étnicas. En este contexto, los estereotipos del Otro sirven como "a bazaar for non-Western artifacts, pandering to the needs of the late capitalist global market and producing more reified versions of 'other' worlds" (Wang 2004: 128). En este proceso de comercialización de la otredad, la reacción del mercado y las expectativas de los editores y lectores siempre ejercen una influencia en la elección de las estrategias creativas que adoptan los autores étnicos.

En el caso de los autores chinoamericanos, la cultura china, sin duda, sirve como una base sólida de la que ellos extraen materias primas, y los elementos chinos que utilizan constituyen uno de los mayores atractivos para la sociedad dominante. Con el fin de que sus obras puedan despertar el interés de la sociedad dominante, los autores étnicos han de construir representaciones de la cultura china que en cierta medida encajan con los estereotipos orientalistas occidentales preestablecidos y que satisfacen las expectativas de los lectores de la sociedad dominante o, mejor dicho, su interés cultural o antropológico por las etnias minoritarias. En este sentido, esta tendencia autoorientalista no es simplemente un deseo de retornar a las raíces perdidas sino más bien el resultado necesario de la mano invisible pero omnipresente del mercado. En este sentido, se puede decir que la prosperidad de la literatura chinoamericana en el mundo angloamericano es el resultado de "the Western Orientalist gaze" y de "the marketing of ethnic Chinese texts as fetishised commercial products" (Ma en Wang 2004: 148). En general, esta tendencia de autoorientalización se muestra en mayor o menor medida en todas las obras chinoamericanas, especialmente en las que se han convertido en *bestsellers*, tales como las de Maxine Hong Kingston, Amy Tan, David Henry Hwang, Lisa See, etc. A continuación, citaremos algunos ejemplos para ilustrar esta característica ambivalente de la literatura chinoamericana.

Kingston titula el tercer capítulo de *The Woman Warrior* "Shaman"①. Según las creencias y tradiciones antiguas de Asia del Norte, por ejemplo, Mongolia, *shaman* es la persona capaz de comunicarse con el mundo de los espíritus, un término que evoca el ambiente de misterio que va a permear este capítulo. Brave Orchid, cuyo prototipo es la madre de Kingston, construye a través de sus relatos orales un mundo lleno de espíritus, tales como "Wall Ghost", "Frog Spirit", "Eating Partner", "Broom Ghost", "Fox Spirit", "Bag Ghost", etc. El clímax de este capítulo llega cuando Brave Orchid, una de las representantes de las "woman warriors", hace rendirse al "Sitting Ghost". Estas "fantasías" creadas por Kingston por una parte contribuyen al éxito que obtiene la autora y, por otra, refuerzan los estereotipos de los chinos como inescrutables y misteriosos. Así se percibe en algunas de las críticas sobre esta obra: "No other people have remained so mysterious to Westerners as the inscrutable Chinese. Even the word China brings to mind ancient rituals, exotic teas, superstitions, skilks and fire-breathing dragons" (*Peninsula Herald*); "In fact, this book seems to reinforce the feeling that 'East is East and West is West and never the twain shall meet'" (*News-Free Press*) (Kingston 1982: 56). En una entrevista que le hizo Simal G. a Kingston, la autora confesó que le resultaba muy difícil resistirse a la seducción y la facinación de ciertos misterios exóticos:

> I am aware there has been this criticism and I am also aware of the use and fascination of 'exotica'. I may be exoticizing through the use of peculiar magic and myth, but I also think that you cannot dismiss the essential and the mysterious by calling it exotic, not yours. There are some wonderful mysteries about being alive, and I can't deny myself writing about them out of fear about being seen as exotic (en Simal G. 2000: 96).

Las obras de Amy Tan nos ofrecen otro ejemplo magnífico. Las novelas de Amy Tan siempre se desarrollan en la China del pasado y la Norteamérica de la actualidad, entre madres o hermanas mayores que tienen experiencias dolorosas en China e hijas o hermanas menores que nacen y crecen en Estados Unidos. Así, China siempre permanece estática en el pasado y los chinos parecen seres sin almas a los que se priva de autonomía y que se dejan llevar por la corriente; al contrario, América da impresión de ser el lugar donde una persona es capaz de controlar su propio destino y convertir su sueño en realidad a través de sus propios esfuerzos. Este

① El chamanismo también es una tradición que mantenía la etnia manchú. En la dinastía Qing, muchas familias nobles e incluso la familia real tenían sus propios chamanes en casa. Algunos académicos afirman que la palabra "shaman" viene directamente del idioma manchú.

distanciamiento temporal y espacial hace posible la exotización de las madres chinas u otras mujeres de la primera generación emigrante, quienes siempre buscan refugio en las memorias del pasado, mantienen costumbres exóticas, supersticiosas y a veces deleznables y se oponen a la asimilación a la sociedad americana. Obviamente, en cierto sentido, el gran éxito que ha logrado Tan se debe a su "ethnicizing of the primitive Other" (Wang 2004: 144). Por ejemplo, en el capítulo "Scar" de *The Joy Luck Club,* traducido como "Cicatriz" en la versión castellana, la autora describe una escena con fuerte color orientalista: la madre de An-Mei se corta un trozo de carne de su brazo con el que hace una poción como medicina para curar a su abuela. Sin duda, esta escena horrible confirma la supuesta inescrutabilidad e irracionalidad de China a ojos de Occidente. En cuanto al sabor orientalista que se detecta en *The Joy Luck Club*, veremos más ejemplos en el capítulo IV.

The Hundred Secret Senses y *Saving Fish from Drowning* son dos novelas en las que el orientalismo ha llegado a su apogeo. En la primera, la autora adopta el concepto budista de *samsara* (transmigración o reencarnación), que tiñe la trama de un fuerte color místico orientalista. La autora vuelve a contraponer y conectar a la vez el pasado y el presente, lo místico y lo racional. La historia se desarrolla entre la vida actual y americana y otra pasada y china, entre dos hermanas de dos generaciones. Olivia, la protagonista, de padre chino y madre blanca, en un viaje a China acompañada por su hermanastra, Kwan, que tiene ojos de *yin* y es capaz de ver a los que murieron y habitan el mundo de *yin*, se encuentra por casualidad con su "vida anterior". En la segunda novela, descrita como una "novela de fantasmas" por la crítica occidental, el protagonista es el "espíritu" de Bibi Chen, una chica chinoamericana que muere misteriosamente cuando apenas empieza la exploración cultural en las selvas de Birmania organizada por ella misma. Esta protagonista fantasma omnipresente, sin duda, hace que la historia se desarrolle jalonada por suspense y misterios que están por descifrar. Además, esta novela está ambientada en el sur de China y en Birmania, cuyos paisaje primitivo y tribu inescudriñable y temible se convierten en una otredad llena de sabor exótico que estimula la curiosidad o la ilusión de aventuras de los lectores occidentales.

Otra manifestación autoorientalista de las obras de Amy Tan puede ser la inserción de caracteres chinos, sobre todo las explicaciones de ciertos nombres chinos compuestos por caracteres que tienen sentidos especiales. Por ejemplo, en *The Joy Luck Club*, destacan en este sentido los nombres de las protagonistas Suyuan y Jingmei; los nombres de los niños de la madre de Pearl que murieron en

China en *The Kitchen God's Wife*: Mochou, nombre de la primera hija, que falleció cuando todavía estaba en el vientre de su madre, significa "[s]orrowfree, because she had never known even one sorrow" (Tan 1991: 306); Yiku, nombre de la segunda hija, que perdió la vida por culpa de su marido, tiene el sentido de "pleasure over bitterness" (Tan 1991: 326) y Danru, nombre del hijo que murió víctima de la peste, significa "nonchalance" (Tan 1991: 339); en *The Bonesetter's Daugher*, en lugar de emplear el chino transcrito en letras, la autora denomina los capítulos con caracteres chinos y sus correspondientes traducciones al inglés: "真 Truth", "心 Heart", "变 Change", "命运 Destiny", "道 Effortless", "骨 Character" y "香 Fragrance".

En *Snow Flower and the Secret Fan,* Lisa See narra las historias de cuatro mujeres. Dos de ellas son una pareja unida por un vínculo de Laotong①, "Old sames", traducido al español como "mi otro yo" o "alma gemela"②, que es un tipo de vínculo sentimental y espiritual entre dos chicas que nacen el mismo día del mismo año. Se trata de una tradición antigua de la provincia de Hunan, situada en el sur de China. Esta relación en realidad es un tipo de apoyo mutuo entre mujeres que las ayuda a sobrevivir en los tiempos difíciles. En este libro, la tradición Laotong se describe como una relación fiel que dura toda la vida e incluso tiene más importancia que el matrimonio. Lily y Snow Flower, quienes vivían en la dinastía Qing, se intercambiaron mensajes en *nushu*③ escritos en los abanicos durante casi toda la vida. Obviamente, en este libro abundan signos orientalistas, por ejemplo, los pies vendados, la escritura enigmática, las relaciones misteriosas entre mujeres chinas, etc., los cuales han llamado con éxito la atención a los lectores occidentales.

Este libro fue muy bien acogido en Occidente e incluso en España y muchos lectores occidentales muestran un intenso interés por su sabor exótico y lo toman como una guía mediante la que conocer la cultura china y la amistad profunda entre las mujeres chinas. Así lo demuestran algunos comentarios de lectores españoles sobre este libro, que citamos a continuación: "Emotiva y conmovedora historia de amistad que se hace más cercana al estar contada en primera persona y que nos enseña sobre el papel de la mujer en la cultura china, escalofriante la parte del vendado de los pies"; "Precioso y conmovedor. Aparte de ser una gran lección en la

① cf. http://en.wikipedia.org/wiki/Laotong. Fecha de la última consulta: 02-05-2013.

② cf. http://www.lecturalia.com/libro/3464/el-abanico-de-seda. Fecha de la última consulta: 02-05-2013.

③ *Nushu* es un tipo de códigos simplificados de los caracteres chinos que se usa exclusivamente entre las mujeres. Esta escritura solo tiene circulación en el sur de China en tiempos clásicos.

cultura china de las mujeres, la historia es impresionante, bonita, dura y triste"; "Libro conmovedor, que cuenta la historia de dos amigas de la antigua china, con sus costumbres y tradiciones duras e injustas para la mujer, que ellas llevan con resignación, como una cosa natural, como una obligación"[①], etc. Por estos comentarios, vemos que la mayoría de los lectores occidentales presta atención a las tradiciones y costumbres exóticas y a los sufrimientos que experimentaban las protagonistas como mujeres en la China antigua.

En 2011, cuando el director chinoamericano Wayne Wang llevó esta novela a la gran pantalla, numerosos espectadores chinos empezaron a conocer a Lisa See y sus obras. Sin embargo, esta película no fue muy bien acogida en China, porque muchos espectadores chinos perciben las tradiciones y costumbres antiguas y regionales, sobre todo la tradición de Laotong, como muy lejanas para ser atendidas. No faltan quienes entienden la película como un drama que toca el tema del lesbianismo. Las reacciones totalmente diferentes entre los lectores/espectadores occidentales y los chinos ponen de manifiesto que, en cierto sentido, la China que plasma la pluma de Lisa See es claramente una representación contruida por la autora desde una perspectiva orientalista.

Aquí cabe destacar que, ya cuando los autores de etnia china se aprovechan de la autoorientalización como una estrategia para entrar en la sociedad dominante o cuando adoptan la visión orientalista deliberadamente con el fin de subvertirla, no se puede negar que, en cierto sentido, las obras de la literatura chinoamericana son productos de Occidente y las representaciones orientalistas y las percepciones occidentales sobre China y la cultura china inevitablemente ejercen gran influencia en ellas. Dicho de otro modo, en cierta medida, la literatura chinoamericana se crea dentro de la tradición orientalista occidental.

Lo que hemos citado anteriormente explica por qué en las obras chinoamericanas se ve a menudo una China retrasada, retrato propio de un periodo lejano, un pueblo con una imagen menos halagüeña, y por qué se seleccionan las costumbres que resultan más exóticas, tales como el matrimonio de conveniencia, los pies atados, la poliginia, el *fengshui*, la vida caótica de Chinatown, etc. Estas imágenes orientalistas confirman y refuerzan la mentalidad orientalista occidental que considera China como un país misterioso e irracional. A pesar de que los autores étnicos a menudo esperan que la sociedad dominante pueda evaluar sus obras por su

① http://www.lecturalia.com/libro/3464/el-abanico-de-seda, fecha de consulta: 03-03-2013.

valor estético y no por la etnicidad, consciente o inconscientemente, al celebrar su "Chineseness", sirven como informantes de autenticidad y autoridad, que representan a toda su etnia; mientras tanto, la aceptación de sus obras en la sociedad dominante depende, en gran medida, de la promoción de cierto tipo de estereotipos exóticos. Sin embargo, cabe resaltar que no solo los autores étnicos sino también otros agentes, tales como editores, instituciones, mecenas e incluso lectores con determinadas expectativas, intervienen en este proceso comercializado de los estereotipos exóticos de los chinoamericanos. En este sentido, estas imágenes estereotipadas realmente son productos del racismo por parte de Occidente.

Al estudiar los estereotipos orientalistas sobre los chinos y las tendencias de autoorientalización y antiorientalización, nos damos cuenta de que las representaciones de China y su cultura establecidas en las obras de la literatura chinoamericana en realidad son diferentes versiones "inventadas" o "reformadas" por los autores chinoamericanos que toman por base el legado cultural heredado de su familia o el conocimiento obtenido a través de las instituciones educativas o los medios de comunicación de la sociedad dominante. Se trata de reescrituras en las que están implícitos unos propósitos políticos e ideológicos propios. En este sentido, a la hora de determinar las obras a introducir en la cultura meta, sería deseable que las editoriales saltasen de la tradición orientalista y no solo seleccionaran las obras que se inclinan a la autoorientalización; también lo sería que los traductores asumieran la responsabilidad de advertir a los lectores del peligro de homogeneizar la "chinidad" y ayudaran a revelar la heterogeneidad de las identidades diaspóricas chinas y la diferencia que existe entre la cultura diaspórica china y la tradicional y autóctona.

2.4 Las estrategias creativas empleadas por los autores chinoamericanos

En EWB, los autores (1989: 59-77) enumeran una serie de estrategias creativas que emplean los autores postcoloniales, a saber: el uso de glosas, la inserción de términos no traducidos, el interlenguaje, la fusión sintáctica, la transcripción fonética de la lengua vernácula y el cambio de código lingüístico (*code-switching*), etc. Tomando en consideración que los autores postcoloniales al mismo tiempo son traductores de su cultura étnica y el proceso creativo también constituye un proceso de autotraducción, o en términos de Bhabha, de traducción cultural, en muchas ocasiones tienen que recurrir a estrategias traslativas para ofrecer información extra y dar explicaciones a los términos o a fenómenos culturales que extrañarían a los lectores occidentales, como pueden ser, por ejemplo, notas a pie de página, el glosario, el prefacio, el epílogo, etc. Basándonos en las clasificaciones arriba mencionadas, repasaremos a continuación las principales estrategias que usan los autores chinoamericanos.

2.4.1 La inserción de términos chinos en inglés

Hernández denomina esta estrategia como la introducción de "xenismos". Con ella hace referencia a "la inclusión de palabras o expresiones pertenecientes a las lenguas nacionales como modo de introducir en el discurso de la lengua colonial su propia cultura y su propio pueblo y reivindicarlos como entes diferenciados y autónomos frente a la colonización" (Hernández 2007: 41). Normalmente, los autores marcan los términos de la cultura china a través de cambios tipográficos, por ejemplo, poniéndolos en letra cursiva o negrita, entre paréntesis o entre comillas, etc., para que se distingan del resto del texto.

Los términos propios que provienen de la cultura china, que para los lectores occidentales monolingües constituyen un neologismo o extranjerismo, sirven como una marca que siempre recuerda a los lectores la hibridación y la heterogeneidad culturales manifestadas en las obras chinoamericanas. Hay que destacar que a pesar de que muchos autores chinoamericanos, sobre todo los que pertenenecen a la segunda generación, no tengan la capacidad de hablar chino, desde muy pequeños están vagando y debatiéndose entre diferentes mundos lingüísticos y culturales, entre el ambiente familiar chino y el laboral y académico americano. Por lo tanto, el idioma chino y la cultura china nunca dejan de ejercer influencia en ellos. Consciente o inconscientemente, el idioma chino que escuchan desde la niñez ya forma parte de su "emotional make-up" (Rao en Ashcroft, Griffiths y Tiffin 1989: 61) y en muchas ocasiones sienten que solo pueden expresar bien ciertos sentimientos íntimos con palabras chinas. En cuanto al uso de esta técnica, veremos muchos ejemplos en el capítulo IV cuando analicemos la traducción de las obras de Amy Tan.

2.4.2 La inserción de glosas

La glosa a menudo es el acompañante de los xenismos y constituye una de las intervenciones más comunes que hacen los autores. Esta técnica también es la que usan con frecuencia los traductores para "cubrir" la laguna que existe entre dos culturas a la hora de traducir. Cuando la glosa intratextual no basta para recuperar la pérdida semántica o comunicativa, los autores postcoloniales recurren a otras formas extratextuales, o, mejor dicho, los paratextos, por ejemplo, notas a pie de página, glosarios, prefacios, epílogos, etc. *As the Earth Turns Silver*, la novela de Alison Wong publicada en 2009, escritora chinoneozelandesa, nos da un buen ejemplo del uso de los paratextos. En esta novela, la autora elabora notas para dar información adicional que presenta la situación general de la inmigración de los chinos a Nueva Zelanda.

Cabe destacar que en el contexto postcolonial, aunque la inserción de glosas, sobre todo en forma intratextual, da una impresión de que se intenta establecer una equivalencia entre las dos culturas, en ciertas ocasiones también sirve como una marca que revela el abismo psicológico y cognitivo o la distancia cultural infranqueable que existe entre las dos culturas. Los términos no traducidos que los autores han dejado en las obras también tienen una función parecida, a través de los cuales se intenta instalar una laguna que pone énfasis en ciertos conceptos culturales minoritarios. Estas estrategias, que en realidad constituyen un "acto político", dan prioridad a la cultura autóctona.

2.4.3 El interlenguaje o tercer código

Sin duda alguna, el lenguaje es la herramienta más poderosa para construir identidades, porque está cargado de experiencias personales y colectivas, visiones del mundo y posiciones a partir de las cuales uno conoce y construye el mundo. El lenguaje en sí mismo constituye un discurso que sirve como vehículo que transporta la información de cierta identidad. En este sentido, la identidad de cierto grupo de personas se proyecta en el lenguaje que emplea. En otras palabras, la lengua que uno usa forma parte de su identidad de manera indisoluble. Respecto de esta íntima relación entre la lengua y la identidad, Anzaldúa hace la siguiente declaración: "[e]thnic identity is twin skin to linguistic identity –I am my language" (1987: 59).

Sin embargo, tengamos en cuenta que la lengua nunca es neutral e inocente, sino que sirve como "medio de poder" (Ashcroft, Griffiths y Tiffin 1989: 7) y constituye la base sobre la que se asientan discursos culturales, políticos e ideológicos. El lenguaje siempre está profundamente inscrito en una red compleja de relaciones asimétricas de poder, lo que conduce inevitablemente a la jerarquización de diferentes lenguas: mientras que las lenguas del colonizador que se asocian al poder funcionan como "norma privilegiada" y gozan de autoridad y superioridad, las lenguas del colonizado o las variantes "incorrectas" se relegan a una posición periférica.

Aunque con la resurrección de la conciencia étnica los grupos marginados empiezan a reclamar que sus lenguas no son variantes incorrectas de los idiomas "estándares" sino que constituyen nuevas formas expresivas o nuevas expresiones particulares verdaderamente capaces de transmitir sus experiencias fragmentadas e híbridas, la hegemonía lingüística sigue ejerciendo influencia. Sirva como ejemplo reciente el hecho de que la reina de Gran Bretaña dijera en su *twitter* el 29 de mayo de 2012: "For the avoidance of doubt, there is no such thing as 'American English'. There is the English language and there are mistakes." Obviamente, esta afirmación lleva un fuerte color imperialista. Por lo tanto, hay que estudiar la cuestión del lenguaje "en función de las asimetrías complejas de poder, de los procesos de aculturación y de la desigual convivencia de tradiciones que se produce en las situaciones coloniales y postcoloniales" (Vega 2003: 163). Ashcroft, Griffiths y Tiffin (1989: 8) proponen que es necesario distinguir los ingleses que hablan los grupos marginados del inglés estándar que usan los países de poder, por ejemplo, Gran Bretaña y Estados Unidos, denominando los primeros *englishes* y el segundo *English.*

Tomando en consideración la interacción y la interferencia entre el colonizador y el colonizado en el contexto (post)colonial, las lenguas que se hablan tanto en las metrópolis como en las excolonias presentan una forma compleja e híbrida. En este sentido, ya no existe una lengua "pura" que pueda funcionar como forma estándar y ocupar permanentemente una posición central. Sin duda, la formulación de *Inglés* e *ingleses* pone de manifiesto la intención de eliminar la relación jerárquica y asimétrica entre las lenguas coloniales y las colonizadas, de descentralizar el centro y de reafirmar los márgenes, como indica Ashcroft:

> *All language is 'marginal'*, all language emerges out of conflict and struggle. The post-colonial text brings language and meaning to a discursive site in which they are mutually constituted, and at this site the importance of usage is inescapable (1995: 300; énfasis mío).

En este sentido, las llamadas incorrecciones, desviaciones o agramaticalidad, características negativas que las lenguas de poder atribuyen a las minoritarias, en realidad no son "defectos" de que adolecen éstas sino que constituyen rasgos propios de una forma lingüística nueva que corresponde a la lógica de los seres *in-between*, que surge como subversión o contestación a la tensión entre las lenguas y las culturas implicadas en este contexto postcolonial. Este código híbrido, a pesar de que surja y se nutra de ambos sistemas lingüísticos y culturales, no coincide con ningún lado ni pertenece en exclusiva a ninguno; se convierte en un "third code" (Bandia 2006: 354) que es "*bi-langue* (bi-language) rather than *bilingue* (bilingual), *bi-culture* (bi-culture) rather than *biculturel* (bicultural)" y constituye "the locus of the co-existence of languages in an equal relationship free of hierarchy" (Bandia 2006: 356). Estudiaremos estos aspectos con detenimiento en el capítulo IV.

Este lenguaje híbrido e *in-between* sirve como una de las herramientas eficaces con las que los autores postcoloniales resisten la hegemonía lingüística y cultural de las lenguas dominantes. Por ejemplo, el *inglés* que emplean los autores chinoamericanos no puede ser igual que el *Inglés* que hablan los estadounidenses blancos. Se trata de un tipo de inglés en que se insertan características lingüísticas y sintácticas del chino o elementos culturales chinos: es "chinglish" o en cierto sentido la chinización del inglés. Este lenguaje híbrido que proyecta la condición *in-between* de los autores chinoamericanos sirve para desafiar la posición privilegiada de las lenguas de poder y los puntos de vista dominantes y eurocéntricos. Con este tercer código, los autores postcoloniales "fabrican" con múltiples técnicas y estrategias textos híbridos que se encuentran en un espacio intercultural o *in-between*, donde se manifiestan el multilingüismo y el multiculturalismo.

Los autores de EWB creen que, generalmente, la apropiación y la abrogación son dos medidas complementarias por las cuales se transforman las lenguas dominantes para reinscribirse en nuevas circunstancias contextuales. En concreto, la abrogación hace referencia a "a refusal of the categories of the imperial culture, its aesthetic, its illusory standard of normative or 'correct' usage, and its assumption of a traditional and fixed meaning 'inscribed' in the word" (1989: 38); la apropiación se refiere a "the process by which the language is taken and made to 'bear the burden' of one's own cultural experience" (1989: 39).

En este proceso de "construir" *ingleses*, la apropiación tiene una importancia primordial. Mediante esta estrategia, por una parte, se garantiza la inteligibilidad del texto postcolonial y la infiltración de las obras literarias en la sociedad dominante. Es decir, las obras escritas en cierto tipo de inglés, en comparación con otras escritas en lenguas marginadas, pueden llegar a un público más amplio y ejercer así más influencia en la audiencia dominante; y por otra, se transforma la lengua e incluso la cultura metropolitana de forma creativa, pues en ella se introducen estructuras sintácticas, sonidos, términos propios, etc., de otra lengua o se dejan solapar dos sistemas lingüísticos en un solo texto, con el fin de indicar la brecha entre las culturas implicadas. Esta otredad lingüística marcada por los *ingleses* tiene una función metonímica o de sinécdoque (Ashcroft, Griffiths y Tiffin 1989: 50) que recuerda constantemente la diferencia irreducible que existe entre la cultura metropolitana y la periférica. Estas formas lingüísticas híbridas, aunque en ciertas ocasiones establecen un puente entre el centro y las periferias, revela de manera relevante que existe una "zanja" infranqueable entre las culturas implicadas. En suma, la creación literaria postcolonial es un doble proceso en el que, por una parte, se rechaza el *Inglés* estándar y, por otra, se lo transforma en *ingleses* que sirven como discursos cultural e ideológicamente diferentes.

En cuanto a la elección de lenguas por parte de los autores postcoloniales, Vega formula cuatro "modelos posibles", a saber: 1) la aculturación absoluta o la mimetización total, que es "la adopción de la tradición literaria europea y la aceptación del postulado de que la lengua metropolitana puede expresar la cultura autóctona con ninguna o con mínimas modificaciones sintácticas y léxicas" (Vega 2003: 173); 2) el modelo asimilacionalista, por el cual los escritores escriben en la lengua metropolitana y "acuden al doble proceso de explicación y contextualización de los referentes autóctonos, de tal manera que la cultura local... quede incorporada o inscrita verbalmente en el texto" (Vega 2003: 174); 3) el modelo subversivo o transformador, que prima las cualidades o características de las lenguas periféricas sobre las de las dominantes; 4) el rechazo radical del uso de las lenguas dominantes para restaurar la identidad étnica o nacional.

La primera y la última opción son dos maneras extremas que acaban con la posibilidad de mostrar la heterogeneidad cultural y el plurilingüismo en un solo texto. Aunque el rechazo radical de lenguas europeas, en cierto sentido, sobre todo en el periodo en el que se intentaba reestablecer una identidad nacional, tenga una función relevante para fomentar la consolidación de las culturas periféricas, es inevitable que las literaturas creadas en lenguas marginales solo se dirijan a un público limitado y no constituyan un instrumento suficientemente fuerte para que el mundo dominante oiga su voz; con respecto al modo asimilacionista, hay que mantener una actitud prudente, porque, en cierto sentido, la información "extra" que sirve para explicar o contextualizar los elementos minoritarios, por una parte, puede reforzar los prejuicios preexistentes sobre las culturas marginadas, a menudo vistas como inescrutables e inaccesibles, y por otra, tendría la posibilidad de convertir la obra en una guía con conocimientos enciclopédicos y antropológicos que da acceso a la cultura étnica; el modelo transformador, que es muy parecido a lo que propone Venuti: "create a minor literature within the major language" (1997: 11) o "put[ting] the major language to minor uses" (1992: 207). En resumen, este último modelo intenta transformar, manipular y subvertir las lenguas dominantes en beneficio de los grupos marginados.

Quizá el segundo y el tercer modo sean los más eficaces para crear un espacio intermedio en el que se combinan los elementos metropolitanos y los periféricos, lo que fomentaría la hibridación y la heterogeneidad culturales. Lo importante reside en cómo controlar el grado de asimilación y de subversión. En cuanto a este factor, no es adecuado alterar la lengua metropolitana hasta el punto de que impida la comunicación transcultural ni tampoco se puede convertir el texto en un diccionario enciclopédico de cierta cultura marginada. Se diría que los escritores de talento son capaces de encontrar un equilibrio en sus textos y de adoptar diferentes estrategias creativas para ajustar la carga cultural e ideológica a fin de evitar que la audiencia meta se pierda ante tantos elementos oscuros y difíciles de entender.

Los autores de EWB denominan este tercer código *interlenguaje* (1989: 66), que es un sistema intermedio que está formado a través de la combinación de características sintácticas de ambos sistemas lingüísticos en un solo texto. Por ejemplo, en el caso de la literatura chinoamericana, cabe citar la introducción del ritmo de la voz vernácula, el uso del sustantivo como verbo, el (ab)uso de conjunciones, formas singulares y plurales de verbos, tiempos verbales, etc. Con este código híbrido, la obra final capta un "*momento intermedio*" (Vega 2003: 188) entre la cultura marginal y la metropolitana. El interlenguaje o tercer código, que constituye una de las fuentes de la creatividad y dinámica de la literatura postcolonial, no solo forma parte de un sistema lingüístico peculiar y genuino, sino que también sirve como base sobre la que se asienta una "intercultura" o una cultura intermediataria. Además, este interlenguaje también da forma a una sensación de ambivalencia en la que siempre se ponen de manifiesto las fuerzas complementarias y controvertidas que dan a luz las identidades híbridas.

2.4.4 El cambio de código lingüístico (*code-switching*)

El cambio de códigos lingüísticos se refiere a la operación mediante la cual en el mismo texto se usan dos sistemas lingüísticos alternativamente. Normalmente los autores postcoloniales emplean esta estrategia en las conversaciones mantenidas entre personajes que pertenecen a diferentes circunstancias socioculturales o en monólogos de seres *in-between*. Según Hepworth (1999: 175), el cambio de código lingüístico se produce en las siguientes dos situaciones: a veces, el hablante suelta unas palabras o una frase en su lengua materna instintivamente al ser incapaz de decirlo en lengua metropolitana; en otras ocasiones, el hablante sabe perfectamente cómo se dice lo que quiere expresar en lengua metropolitana pero opta por este cambio intencionadamente para poner enfásis en el tono o el estilo de hablar de cierto personaje o para producir cierto efecto contextual.

Al estudiar las obras de la literatura chinoamericana, notamos que el cambio de código lingüístico se lleva a cabo en dos modalidades: 1) modo *explícito*: el autor introduce la transcripción fonética del chino a través de letras romanas; 2) modo *implícito*: el autor no introduce el chino sino su traducción correspondiente. En el último caso, los autores suelen indicar la inserción con frases aclaratorias. Por ejemplo, en *The Joy Luck Club*, se añaden comentarios del tipo "she [my mother] says in Chinese". Hay que destacar que, en ciertas ocasiones, al traducir lo que dicen los personajes en chino, los autores siempre imitan el ritmo del chino reconstruyendo un inglés "chinizado" con una estructura simplificada y corta, y a veces con formas gramaticalmente "irregulares". En este caso, los traductores de estas obras postcoloniales tienen que ser plenamente conscientes de la función pragmática y la intención creativa que portan estas formas lingüísticas especiales. Aparte de las estrategias que hemos mencionado anteriormente, también son técnicas muy usadas por los autores chinoamericanos la alusión intertextual, por ejemplo, la alusión a poemas antiguos chinos, la inserción de *chengyu*, proverbios y refranes, leyendas o mitologías, etc., y la reescritura de leyendas y mitos tradicionales.

Los dos primeros capítulos de esta obra nos sirven como "paratextos" en los que se documentan datos textuales y contextuales de las obras literarias adscritas a la literatura chinoamericana, lo que nos ayudará a evaluar los criterios de selección por parte de los diferentes agentes implicados en la producción y la circulación de los originales y las traducciones. En los siguientes capítulos, estudiaremos con detenimiento no solo una serie de aportaciones relevantes de los últimos enfoques de los estudios de traducción, que nos ayudarán a analizar mejor las estrategias que usan los traductores a la hora de trasvasar a otros idiomas las obras de la literatura chinoamericana, sino también las prácticas traslativas producidas a nivel macroscópico y microscópico.

Capítulo III. La traducción de la literatura diaspórica china y de la literatura china a lengua española

> Who makes the text in one's own culture "represent" the text in the foreign culture? In other words: who translates, why, and with what aim in mind? Who selects texts as candidates to "be represented?" Do translators? And are those translators alone? Are there other factors involved? (Lefevere 1992: 1)

En este capítulo, estudiaremos la traducción de la literatura diaspórica china y de la literatura china a lengua española con la ayuda de las teorías descriptivas y las relacionadas con la ideología, el poder y la traducción, basándonos principalmente, pues, en autores como Even-Zohar, Hermans, Lefevere, Venuti, Tymoczko, Niranjana, etc. De acuerdo con Hermans, quien indica que "[b]ibliographies of translations may suggest preferences and exclusions in selecting texts for translation" (1999: 85), nuestro estudio toma la bibliografía de las obras de la literatura diaspórica china y de la literatura china traducidas en los países de habla española de 1980 a 2015 como punto de partida, la cual nos ayudará a analizar las orientaciones poéticas e ideológicas que determinan y condicionan la selección de las obras, las expectativas de la audiencia, la posición y el papel que desempeñan estas traducciones en el sistema literario de llegada y las interrelaciones entre el sistema original y el de destino.

En cuanto a la traducción de la literatura china, adoptaremos para su explicación, entre otras, la teoría de la traducción de los textos marginados como "metonimia" de Tymoczko y el concepto de "interferencia cultural" de Salvador Peña. Además, hay que destacar algunos estudios que nos ayudan a tener un panorama relativamente completo de la traducción de la literatura china en España o en general en el mundo hispánico: *La literatura china traducida en España* (Idoia Arbillaga, 2003), "La traducción de la literatura femenina china y la construcción cultural de género[①]" (Rovira-Esteva y Sáiz López, 2005), "La traducción indirecta de la narrativa china contemporánea al castellano: síndrome o enfermedad[②]" (Maialen Marín Lacarta, 2008) y *Mediación, recepción y marginalidad: las traducciones de literatura china moderna y contemporánea*[③] (tesis doctoral de Maialen Marín Lacarta, 2012). A partir de estos estudios, intentaremos poner de manifiesto cómo representan o construyen estas obras traducidas, tanto las diaspóricas chinas como las chinas, la imagen de China o de la cultura china en el mundo hispánico.

Por último, quisiéramos destacar que los análisis comparativos que estudian la traducción a lengua española de la literatura china y de la diaspórica china, así como la interferencia del círculo editorial angloamericano y francés en la toma de decisiones por parte de las editoriales de los países hispanohablantes a la hora de introducir obras de otras culturas extranjeras, también revelan las relaciones desiguales de poder entre China y el mundo hispánico, entre los hispanohablantes y los angloamericanos o entre España y Francia.

3.1 La literatura diaspórica china y la literatura china traducidas al español

Durante mucho tiempo, la traducción se asociaba con lo secundario, lo marginal, lo infiel, lo invisible e incluso, como señalaron a partir de los ochenta del siglo pasado los enfoques de género, con lo femenino; en cambio, el texto original siempre se ha vinculado con lo primario, lo central, lo legítimo y lo masculino. Las traducciones eran "les belles infidèles" y el traductor, un traidor. La pasividad históricamente impuesta sobre la traducción la ha relegado a un plano secundario y la ha privado de autoridad y creatividad. En los años setenta del siglo XX, la formulación de la teoría de los polisistemas supuso un importante paso para poner en tela de juicio estos conceptos tradicionales sobre la traducción y el papel del traductor.

Según la teoría de los polisistemas, la traducción es parte integrante de la

① http://www.fti.uab.es/interasia/documents/Saiz-La%20traducci%F3n%20de%20la%20literatura%20femenina%20china%20y%20la%20construcci%F3n%20cultural%20de%20g%E9nero.pdf.

② http://www.traduccionliteraria.org/1611/art/marin.htm.

③ http://tdx.cesca.cat/handle/10803/96261?show=full. Fecha de consulta: 04-04-2013.

cultura meta y en sí misma constituye un sistema que desempeña un papel fundamental a la hora de impedir o impulsar la evolución del polisistema de esta cultura. El acto de traducir no es una actividad secundaria y la literatura traducida no siempre tiene un estatus subordinado y periférico. Aunque, en ciertas ocasiones, la literatura traducida sirve para reafirmar ciertos géneros y estilos preestablecidos y mantener o reforzar su posición central en un polisistema literario, en otras es capaz de producir cambios y transformaciones en los géneros existentes, introducir nuevos elementos e incluso crear nuevos modelos literarios en la cultura receptora, los cuales pueden desafiar la posición dominante de las obras canónicas. Estas propuestas teóricas, sin duda, subvierten la jerarquía preestablecida entre el original y la traducción. Apoyándonos en ellas, podemos afirmar que la literatura diaspórica china y la literatura china traducidas al español también forman parte del polisistema literario de llegada. Aunque todavía ocupan una posición marginada, suponen una vía de entrada en la literatura hispánica de innovaciones tanto en el plano de los géneros literarios como en lo relativo a factores poéticos y estéticos.

La traducción no es un acto inocente, porque en todos los niveles del proceso de la traducción existen actos de elección: "from the selection of a text to be translated, via the overall orchestration at macro-level, down to individual sentence constructions, word choice, punctuation marks and even spelling" (Hermans 1999: 73). En este proceso de toma de decisiones, no solo el traductor sino también otros agentes (por ejemplo, los editores, mecenas, críticos, censores, etc.) intervienen en la selección de las obras, y cada uno adopta cierta posición ante las expectativas previamente existentes; el traductor ha de privilegiar ciertos factores o parámetros e ignorar o excluir otros negociando entre estos agentes de poder. En otras palabras, el producto definitivo de la traducción es el resultado de una serie de enfrentamientos y concesiones, competiciones y cooperaciones entre diferentes tipos de expectativas. Como veremos en los siguientes apartados de este capítulo y en el capítulo IV, al traducir las obras de la literatura diaspórica china y de la literatura china, desde la selección de obras hasta la toma de decisiones en el proceso de la traducción, intervienen diversos agentes y diferentes factores poéticos e ideológicos.

Estos procesos selectivos y manipulativos de traducción, junto con la ayuda de otro tipo de reescrituras, categoría en la que cabe inscribir también la labor de la antropología, la historiografía, la crítica o las antologías, la adaptación cinematográfica, etc., no solo construyen la representación de las culturas extranjeras sino también los cánones literarios para los textos traducidos en la cultura meta. En este sentido, la traducción constituye una de las principales herramientas literarias con que las instituciones sociales "manipulan" según sus necesidades cierta sociedad o cultura con el fin de construir ciertas representaciones "deseadas". En este sentido, el proceso de la inclusión/exclusión de ciertas obras de la literatura diaspórica china o de la literatura china ejercerá gran influencia en cómo construir la representación de la cultura china en el mundo hispánico.

Por todo lo que hemos dicho anteriormente, vemos que estudiar la traducción de la literatura diaspórica china y de la china en el sistema literario hispano no solo ayuda a descubrir las interrelaciones entre los factores que pertenecen a diferentes subsistemas literarios y los extraliterarios que condicionan en diferentes niveles la actividad traductora, sino que también permite revelar de manera destacada la relación recíproca entre la cultura diaspórica china, la tradicional china y la hispánica.

3.2 La traducción de la literatura diaspórica china al español①

Si damos un recorrido por la bibliografía de las obras diaspóricas chinas traducidas al español, notaremos que una gran mayoría de estas han sido traducidas por los traductores españoles y publicadas por las editoriales españolas y muy pocas se han editado en América Latina (cf. Anexo I y II: las obras marcadas por **). Por lo que respecta a la publicación de las obras de la literatura de China en toda la comunidad hispana, hasta la actualidad, España sigue encabezando la industria editorial. Se ven escasas obras chinas editadas en América Latina, entre las cuales la mayoría son colecciones de cuentos o poemas② u obras acerca de las filosofías chinas o del maoísmo y existe una gran carencia de obras narrativas③. Con respecto

① Una versión adaptada de este apartado se publicó en la revista *Clina* en 2015 con el título de "La traducción de la literatura diaspórica china en España".

② cf. 赵振江，滕威，《中外文学交流史——中国与西班牙语国家卷》, pp. 45-66; 314.

③ El Colegio de México siempre ha asumido un papel activo y pionero en los estudios y la traducción de la literatura china en América Latina. En la revista *Estudios de África y Asia*, editada por esta institución académica mexicana, se conserva una sección para traducciones de textos en lenguas asiáticas o africanas. En esta parte, se publican traducciones de cuentos cortos o ensayos escritos por autores chinos tanto modernos como contemporáneos. Marín Lacarta (2012: 113) ha enumerado varias obras chinas publicadas en volumen por esta institución mexicana en su tesis doctoral y en el Anexo II de este libro, hemos incluido la información bibliográfica de las obras citadas por ella y otras piezas literarias traducidas al español publicadas en esta revista en los últimos años.

a esta situación desequilibrada[1] del mercado editorial en el ámbito hispánico, Marín Lacarta comenta con las siguientes palabras:

> A pesar de que durante la dictadura franquista se hizo posible una emergencia de editoriales en América Latina, hoy en día predominan los grandes grupos editoriales españoles. Esto significa que lo que se publica en España a menudo también llega a distintos países de América Latina (a través de las sedes de las editoriales), mientras que no es fácil encontrar en las librerías españolas libros de literatura china traducidos y publicados en Latinoamérica (2012: 113).

Teniendo en cuenta el liderazgo que mantienen las editoriales españolas en el mundo hispano, los análisis sobre los factores que condicionan la introducción de las obras de la literatura diaspórica china y de la de China en España nos van a dar un ejemplo ilustrativo que nos ayudará a entender bien la situación panorámica de la traducción de las obras de estas corrientes literarias en los países hispanohablantes.

Aunque España es un país que tiene una fuerte tradición literaria, con el desarrollo de la globalización, otras culturas, sobre todo la angloamericana, se "infiltran" en diferente medida en la cultura española por diversos canales, entre los cuales la traducción, sin duda, constituye uno de los más eficaces. Vemos que en las listas de los libros más vendidos ocupan una cuota importante las obras traducidas,

---

① Sin embargo, cabe enfatizar que a pesar de la actual situación pasiva y dependiente que sufren los países iberoamericanos en el mercado editorial en relación con España, recientemente se ve una tendencia al alza en cuanto a la publicación de las obras de la literatura china en América Latina, lo cual se debe a los siguientes aspectos: Por una parte, con el establecimiento de las relaciones estratégicas colaboradoras entre China y los países latinoamericanos y el incremento de los intercambios culturales entre ambas partes, los pueblos de esta comunidad están cada vez más interesados en conocer China y su cultura de manera directa, lo que se manifiesta en los siguientes factores: las editoriales de este gigantesco continente están formando sus propios criterios para la selección de las obras chinas introducidas; en esta tierra han empezado a surgir cada día más sinólogos y traductores que se dedican a la divulgación de la literatura china, entre los cuales cabe mencionar a la sinóloga mexicana, Liljana Arsovska, investigadora del Colegio de México y traductora de muchas obras de la literatura china contemporánea. Por otra, gracias a la política de "salir al exterior" de la cultura china, el gobierno chino ha financiado una serie de proyectos para la difusión de la literatura china, por ejemplo, el proyecto de "la divulgación de las obras selectas de la literatura china contemporánea en el extranjero", encargado por la Editorial Internacional de China. A partir de 2011, la Editorial viene organizando la traducción de más de treinta obras literarias chinas contemporáneas en diferentes lenguas, cuyas versiones españolas son realizadas por expertos chinos o sinólogos españoles y de otros países hispanohablantes y se dirigen directamente a la comunidad hispánica. Hasta la actualidad, se han vendido los derechos de la versión española de unas veinte obras no solo a las editoriales de España sino también a las de Colombia, Cuba, Argentina, México, etc. Es previsible que en un futuro cercano cada vez más obras de la literatura china se publiquen en el mundo hispano no solo a través de las editoriales españolas sino también por las de otros países hispanohablantes.

lo que pone de manifiesto que la literatura traducida ya llega a ser un componente de relevancia que "erosiona" o fomenta la evolución del sistema literario español. A pesar de que en las últimas décadas en España se ha visto un gran aumento en la introducción de la literatura diaspórica china y la literatura china, la traducción de las obras pertenecientes a estas dos corrientes literarias todavía está en una posición periférica. Quizá los siguientes factores conduzcan a esta falta de interés:

> the chances of their being translated will depend on whether there is a tradition of scholarship in the field, whether the subject of the text is of interest to the progress of the studies in the field, and whether there will be a fair number of works sold to a number of potentially specialized readers. The question of 'interest' is often related to, for example, national links with that culture or [...] an element of exotic attraction not very far from colonialist attitudes (Carbonell [1996] 2007: 87).

En la actualidad en España o en general en el mundo hispano todavía son pocos estudios sistemáticos sobre la traducción de la literatura diaspórica china. De hecho, se puede decir que este terreno aún es una "tierra virgen" que está por explorar. Esto puede deberse a diferentes factores: la enorme disparidad cultural entre el mundo hispánico y China, o tal vez el escaso interés popular y académico en este terreno o el menor desarrollo de la sinología en España, por ejemplo, en comparación con el experimentado por los estudios de traducción centrados en otras literaturas étnicas (por ejemplo, las obras de autoras chicanas, tales como Sandra Cisneros, Gloria Anzaldúa, las de escritoras puertorriqueñas, por ejemplo, Rosario Ferré y Esmeralda Santiago, y las de escritores indios, como Salman Rushdie, Vikram Chandra, etc.), quizás en virtud, respectivamente, de su parentesco lingüístico y cultural o por la gran influencia que ejerce en España la cultura de Gran Bretaña, la anterior metrópoli de India.

Sin embargo, cabe decir que esta importación "limitada" de la literatura diaspórica china y de la china, en cierto sentido contribuye, a pesar de todo, a despertar el interés por la cultura china entre los lectores del mundo hispánico: sirve de puente que facilita la comunicación entre la cultura hispánica y la china e introduce elementos novedosos o sangre fresca en la literatura de habla española. Considerando el papel cada vez más importante que desempeña la etnia china en el mundo, la situación migratoria de los chinos y otros factores como la alta tasa de adopción de menores chinos en España, nuestro estudio resulta de indudable relevancia académica y social, y esperamos que pueda hacerse un hueco en los estudios de la traducción sobre las literaturas étnicas a lengua española.

Al examinar los materiales que hemos conseguido, relativamente escasos, notamos que la clasificación de distintos autores es muy confusa. En muchas ocasiones, se establece una equivalencia que iguala a los autores diaspóricos chinos con los chinos. Aunque tenemos que admitir que a veces la clasificación de algunos autores no resulta tan fácil por los fenómenos cada vez más complejos de la diáspora, los dos grupos tienen grandes diferencias en factores tanto poéticos como ideológicos. En este apartado y en el siguiente, intentaremos hacer un repaso que adopta un punto de vista descriptivo y sistémico sobre la traducción de la literatura diaspórica china y de la literatura china en España a fin de deducir los criterios de la selección y la exclusión de las obras, tomando como punto de partida algunas bibliografías consolidadas. Las obras y los autores que están incluidos en nuestra bibliografía general se basan en la lista de los principales autores chinoamericanos ordenada por el historiador chinoamericano Him Mark Lai y completada por otros estudiosos chinos que trabajan en esta línea (cf. Apéndice I Wu y Wang 2009: 560-568); también incluimos a autores importantes de ascendencia china que residen en otros países, tales como Gran Bretaña, Francia, Canadá, Nueva Zelanda, etc., para demostrar las relaciones asimétricas entre diferentes lenguas y la interferencia cultural de las lenguas y culturas "fuertes" en el mercado de la traducción. Nuestro estudio investigará en general la traducción de la literatura diaspórica china pero con un enfoque específico en la traducción de la literatura chinoamericana.

Al examinar la bibliografía[①], se advierte que en España la publicación de la literatura diaspórica china empieza en los años ochenta y alcanza su apogeo durante el periodo comprendido entre 1990 y 2000. Desde la perspectiva del género literario, las narrativas, sobre todo la autobiografía y la novela, son las favoritas de las editoriales; en cuanto a las obras de otros géneros, por ejemplo, poesía y teatro, localizamos pocas. En general, en comparación con la traducción de otras literaturas, la de la literatura diaspórica china todavía está en una posición marginada en el mercado de la traducción en España.

En total, localizamos 105 obras de 39 autores, entre los cuales 22 viven en Estados Unidos, 6 en Gran Bretaña, 4 en Francia, una en España y 6 en otros países. Entre las 105 obras apuntadas, encontramos 4 autobiografías[②], 3 biografías, 4

① Véanse el Anexo I.

② Como hemos analizado en el primer capítulo, a pesar de que *The Woman Warrior* de Kingston se publique como autobiografía, en realidad no lo es. Precisamente, es una ficción autobiográfica. En este trabajo la tomamos como ficción.

memorias, 8 antologías de ensayos críticos, 2 colecciones de reportajes o entrevistas y 86 obras de ficción (en esta categoría, más de 5 son novelas autobiográficas). Entre estos autores, la mayoría crea en inglés; algunos que se instalan en Francia escriben en francés, tales como Dai Sijie, Ya Ding y Shan Sa y Wang Lulu, que reside en Holanda, escribe en holandés; también hay algunos autores que son bilingües y crean tanto en inglés como en chino, por ejemplo, Lin Yutang, Yan Geling, etc. Enfocando en los autores y las obras registradas en la bibliografía, se han puesto en evidencia unos factores decisivos que determinan la introducción de las obras extranjeras en España. A continuación, los analizaremos con detenimiento.

3.2.1 *Bestsellers* y premios importantes

Al examinar las obras de los autores de ascendencia china publicadas en España, se nota que el *bestseller* siempre es la etiqueta más llamativa que atrae la atención de las editoriales. Venuti dedica un capítulo de su libro *The Scandals of Translation* a la traducción de los *bestsellers* analizando las causas de este fenómeno:

> Since the 1970s, furthermore, the drive to invest in bestsellers has become so prevalent as to focus the publisher's attention on foreign texts that were commercially successful in their native cultures, allowing the editorial and translating process to be guided by the hope of a similar performance in a different language and culture (1998a: 124).

Lin Yutang y Amy Tan son dos casos excepcionales. Lin es el único autor chinoamericano que vio su obra publicada en España en los años sesenta del siglo pasado (*Pekin imperial,* 1961). Aunque Lin compuso muchas obras narrativas que se publicaron en América Latina durante los años cincuenta y sesenta del siglo pasado, en España se introducen pocas de ellas y las editoriales han concedido más atención a *La importancia de vivir*, colección de ensayos con reflexiones filosóficas sobre la vida, que ocupó el primer lugar de la lista de los *bestsellers* de no ficción en Estados Unidos durante 52 semanas seguidas en 1938.

Otro caso que llama la atención es el de Amy Tan. Casi todas las obras de Amy Tan se encuentran registradas en las más prestigiosas listas de *bestsellers* de Estados Unidos①. Por ejemplo, sus cinco novelas—*The Joy Luck Club* (*El club de la buena estrella*), *The Kitchen God's Wife* (*La esposa del dios del fuego*), *The Hundred Secret*

---

① cf. http://www.dijkstraagency.com/bestsellers.html. Fecha de consulta: 16-05-2012.

Senses (*Los cien sentidos secretos*), *The Bonesetter's Daughter* (*La hija del curandero*), *Saving Fish from Drowning* (*Un lugar llamado nada*)—se hallan en las listas de *bestsellers* de *Los Angeles Times*, *New York Times*, *Publishers Weekly*, y las últimas tres también están incluidas en las listas de los libros más vendidos de *USA Today*. Su primera obra, *El club de la buena estrella*, desde que salió a la luz estuvo en la lista de *bestsellers* de *The New York Times* durante 9 meses, se vendieron más de 4 millones de ejemplares en rústica y 275.000 ejemplares de tapa dura, cuyos derechos de edición ascendieron a 1,23 millones de dólares[①]. Sin duda alguna, Amy Tan ha llegado a ser la autora de *bestseller* más exitosa entre los escritores chinoamericanos o, mejor dicho, entre los de la literatura diaspórica china, lo que también se ha comprobado por las numerosas versiones reeditadas de sus obras en España. Este hecho justifica en buena medida que en el próximo capítulo elijamos una de sus obras para descender al nivel microscópico y estudiar allí los condicionantes de la traducción y las repercusiones que pueden derivarse de esta.

Aparte de estos dos autores representativos, también ocupan mucho espacio en la bibliografía los libros de otros autores como Lisa See y Anchee Min. Entre las obras de Lisa See, *Snow Flower and the Secret Fan* (*El abanico de seda*), *Peony in Love* (*El pabellón de las peonías*) y *Shanghai Girls* (*Dos chicas de Shanghai*) se hicieron un hueco en las listas de *bestsellers* de *Los Angeles Times*, *New York Times*, *Publishers Weekly*, *USA Today*, *Washington Post*, etc. La primera y la tercera han recibido menciones de honor en los premios Asiático/Pacífico Estadounidense de Literatura (Asian/Pacific American Awards). Como hemos dicho en el segundo capítulo, *Snow Flower and the Secret Fan* fue traducida al chino y en 2010 fue adaptada y llevada a la pantalla grande. Anchee Min destaca por sus narrativas históricas y también se encuentra entre los autores de *bestsellers*. Su novela autobiográfica *Red Azalea* (*Azalea roja*) está incluida en las listas de *bestsellers* de *Chicago Tribune* y de *San Francisco Chronicle*; su novela histórica *Becoming Madame Mao* (*Madame Mao*) se hizo un hueco entre los *bestsellers* de *Book Sense* y de *Los Angeles Times*.

En cierto sentido, la etiqueta de "*bestseller*" está íntimamente vinculada con los beneficios comerciales que podrá traer una obra. Nos hemos dado cuenta de que entre las obras que tratan de temas parecidos, las editoriales prefieren elegir las que han obtenido más beneficios comerciales en su cultural original. Así, Gish Jen y

① cf. http://www.achievement.org/autodoc/page/tan0bio-1. Fecha de consulta: 16-05-2012.

Amy Tan son autoras del mismo periodo, cuyas obras se publicaron alrededor de los años noventa y tocan temas parecidos. Sin embargo, casi todas las obras de Amy Tan fueron introducidas en el mercado español; al contrario, hasta el día de hoy no podemos encontrar ninguna obra de Gish Jen traducida al español. Las causas principales quizá estriben en la diferencia demostrada en los beneficios comerciales dados por una y otra en el mundo angloamericano.

Otro factor de plena relevancia que ejerce influencia en los criterios de selección por parte de las editoriales españolas es la concesión de premios de importancia. En 2000, otorgaron a Gao Xingjian el Premio Nobel de Literatura, lo que, sin duda alguna, despertó el interés de las editoriales por la introducción de sus obras. Desde 2001, se han publicado sucesivamente en España versiones castellanas de sus obras. La concesión del galardón literario a Gao no solo abre la puerta en España a sus propias obras sino también a las de otros autores de origen chino que viven en Francia, por ejemplo, Dai Sijie, Shan Sa, etc.

Balzac y la pequeña costurera china de Dai Sijie logró encontrar un lugar entre las novelas de la categoría *bestseller* de Francia en 2000 y gozó de mucha popularidad en varios países europeos. En 2002, el mismo autor dirigió la producción de la película adaptada de la obra, que ganó muchos premios internacionales. Entre los autores afincados en Francia, también hay que destacar a Ya Ding, escritor y traductor, quien ganó los premios franceses Prix Lazes y Prix de l'Asie en 1988 con su novela autobiográfica *El sorgo rojo*, lo que podría ser una de las causas que explican por qué sus obras se publicaron ya en los años ochenta en España. Por la gran contribución que hizo a los estudios literarios y a la traducción literaria, el gobierno francés le otorgó la medalla de la Legión de Honor en 2010.

3.2.2 Factores ideológicos que condicionan la selección con vistas a la traducción

Al examinar los autores chinoamericanos que tienen obras publicadas en España, nos damos cuenta de que el número de autoras (28/39) es la mayoría, lo que supone que, por una parte, el surgimiento de la conciencia feminista y el interés cada vez más acentuado por el pluralismo y la diversidad culturales en las últimas décadas han ejercido mucha influencia en las decisiones editoriales; por otra, el poder (neo)colonial o hegemónico que manipula la aceptación y el rechazo de una traducccción también desempeña un papel de suma importancia.

Las mujeres étnicas o minoritarias, "víctimas" de una doble marginación en la sociedad dominante, en nuestro caso, las autoras chinoamericanas, "víctimas" tanto de la fuerte tradición misógina del confucianismo como de la discriminación racista de la sociedad americana, suponen una amenaza menor a la autoridad y a la supremacía de la sociedad dominante; además, los éxitos editorales que han obtenido las escritoras chinoamericanas pueden entenderse como una manifestación de la tolerancia cultural y del multiculturalismo que propaga la sociedad dominante. Por lo tanto, las obras escritas por autoras, especialmente autoras étnicas, llegan a ser las favoritas de las editoriales. En otros términos, el público de la sociedad/cultura dominante se interesa más por los temas menos irritantes, tales como las relaciones entre madre e hija, la vida "exótica" de los chinoamericanos o las luchas por la igualdad de género, etc., que por otros temas como el racismo, la reconstrucción de la masculinidad, etc., en los que se muestra una hostilidad hacia la sociedad dominante.

En consonancia con lo expuesto, en España se pueden encontrar las obras de Maxine Hong Kingston, Amy Tan, Lisa See, etc., pero las de autores masculinos como David Henry Hwang y Gus Lee, etc., que también están incluidas en las listas de *bestsellers*, todavía no tienen versiones castellanas hasta la fecha. Tampoco encontramos traducciones de las obras de Louis Chu, Frank Chin, quienes insisten en la innovación lingüística y la canonización de la tradición heroica masculina, lo que probablemente se deberá bien a su lenguaje "chinizado" bien a la alusión de temas sociales delicados, sobre todo, la discriminación racista.

Vemos que esta preferencia que ha dado la sociedad dominante a las autoras étnicas también llega a ser una de las principales causas que agravan y agudizan el debate producido entre los autores chinoamericanos nacionalistas y las feministas, encabezados respectivamente por Frank Chin y Maxine Hong Kingston, durante los años setenta y ochenta del siglo pasado. Según Chin y sus partidarios, por causa de estas escritoras, cuyas obras han sido manipuladas por la ideología dominante, se vuelve a someter a los hombres chinoamericanos a la emasculación y la feminización. Además, estos se sienten traicionados por aquellas, porque la denuncia que han hecho las mujeres chinoamericanas contra la tradición misógina que ellas mismas sufren en su propia comunidad étnica pone en evidencia a sus homólogos, convirtiéndolos en el objeto al que se dirigen los reproches procedentes de la sociedad dominante. Sin embargo, sabemos que esta enemistad que han sufrido los hombres chinoamericanos en realidad se debe al Poder, que ejerce influencia en las lenguas y las culturas. Al respecto Yin comenta de la siguiente manera:

> It is mainstream culture rather than Chinese women writers that should be blamed for perpetuating the images of effeminate Chinese males or of exotic, mysterious, and erotic stereotypes of 'Oriental' customs in American culture (Yin 2000: 239).

Esta orientación ideológica también se pone de manifiesto en el hecho de que tampoco todas las autoras ni todas las obras de una misma autora consiguen atraer la atención del círculo editorial. Por ejemplo, obviamente, entre las obras de Sui Sin Far, la colección de ensayos autobiográficos, *Leaves from the Mental Portfolio of an Eurasian*, en el que destaca el tema de la construcción de su identidad étnica, resulta más atractivo que la antología de cuentos cortos, *Mrs. Spring Fragrance,* que describe la vida de los chinoamericanos comunes y corrientes que vivían en tierras estadounidenses y plasma, desde una perspectiva realista, las experiencias dolorosas y las humillaciones que sufrieron los inmigrantes chinos en la sociedad dominante; en el caso de Kingston, a pesar de que la autora tenga varias obras que se convirtieron en *bestsellers*, la única que tuvo publicada en España es *The Woman Warrior* (1976), su ficción autobiográfica feminista. Al contrario, *China Men* (1980), obra que trata de la injusticia y la discriminación racista que sufren sus antepasados masculinos, y *Tripmaster Monkey: His Fake Book* (1989), que intenta explorar en profundidad temas tales como la etnicidad, los prejuicios, etc., aún no tienen versión española hasta la fecha.

Aparte de las obras que entrañan la ideología feminista, cabe citar a otros autores tales como Bei Dao[①], Ha Jin y Qiu Xiaolong. Bei Dao, el representante más notable de los poetas "brumosos" u "oscuros", ha sido nominado varias veces como candidato al Premio Nobel de Literatura. Su novela *Olas* (*Waves*) salió a la luz en España en 1990. Las obras de Qiu Xiaolong siempre están ambientadas en determinada época histórica china y tocan temas relacionados con lo político, cultural y artístico de China, lo cual constituye un aspecto llamativo que atrae la atención de las editoriales occidentales. Sin embargo, por establecer un contraste, un ejemplo apuntado por Zhao (2008) nos ilustra la influencia de los factores ideológicos. *Chinese Opera*, una obra de Alex Kuo que habla de la gran transformación social que ha experimentado China en los últimos años de la década

---

① Aquí cabe destacar que, como el fenómeno de la diáspora se complica cada vez más en la era globalizada, la clasificación de los autores también resulta difícil. Por ejemplo, Bei Dao ha vivido sucesivamente en siete países, tales como Inglaterra, Alemania, Noruega, Suecia, Dinamarca, Holanda, Francia, Estados Unidos y ahora reside en Hong Kong. Por lo tanto, es difícil clasificarlo según su país de acogida; por ello, lo categorizamos en "otros autores".

de los ochenta del siglo pasado, sufrió un rechazo rotundo en el círculo editorial americano, lo que naturalmente le cierra la puerta al mercado de la traducción. El mismo autor se quejó con las siguientes palabras de la irremediable actitud de intolerancia que mantenían las editoriales de la sociedad dominante:

> Major trade houses in the U.S. have this perception that the American buying public is only interested in a couple of forms of narrative. If you talk, say about the Asian American experience, it has to be about immigration or an ancient left-behind feudalism... It's racist. It's cultural hegemony (en Zhao 2008: 246).

De todos estos ejemplos parece desprenderse que tanto las obras de los escritores que nacieron en Estados Unidos como las de los inmigrantes que consiguen suscitar el interés de las editoriales de la cultura dominante "should not only tell China stories but tell a particular type of China stories" (Zhao 2008: 244). En otras palabras, el contenido de las obras es altamente selectivo y este proceso de incluir/excluir se pone en marcha bajo la orientación de determinada ideología. En resumidas cuentas, las obras que parecen menos agresivas para la sociedad dominante, las que refuerzan la imagen estereotipada de una China atrasada e inescrutable y las que transmiten actitudes críticas hacia lo chino, resultan más aceptables en el mercado occidental.

3.2.3 Autobiografías, memorias y ficciones autobiográficas

Desde la perspectiva del género literario, al revisar las obras registradas en la bibliografía, vemos que las autobiografías, las memorias y las novelas de carácter autobiográfico ocupan un lugar importante en la literatura diaspórica china. A diferencia de lo que ocurre con las autobiografías o las ficciones autobiográficas comunes que narran la vida de personajes prominentes, la autobiografía étnica, en cierto sentido, tiene la misma función que la "biografía comunal" o "autobiografía simbólica" en la que "el *yo individual* se une con *el nosotros simbólico*" o en la que "la vida de un pequeño grupo o de una pequeña comunidad representa la historia de una comunidad mayor y, preferentemente, la de la nación" (Vega 2003: 224). En términos de Tymoczko, estas autobiografías o novelas autobiográficas sirven metonímicamente como representantes de la etnia china y de la cultura china. La audiencia que presta atención a este género literario, en lugar de conceder importancia a su valor estético, siempre mantiene un fuerte interés cultural y antropológico. En esta categoría podríamos citar, por ejemplo, *Páginas del archivo mental de una euroasiática* de Sui Sin Far, *La mujer guerrera* de Maxine Hong

Kingston, o las novelas autobiográficas *El club de la buena estrella* de Amy Tan, *La montaña de las nubes* de Aimee E. Liu, *El sorgo rojo* de Ya Ding, etc.

Dentro de la corriente literaria chinoamericana las obras de Kingston y Amy Tan se convirtieron en los grandes hitos del canon de la literatura chinoamericana. Con el gran éxito cosechado, *The Woman Warrior* se convirtió en un modelo que las editoriales proponían a los escritores jóvenes. Los que se desviaban del "modelo Kingston" correrían el riesgo de sufrir un rechazo rotundo. Por otro lado, la fórmula narrativa de Amy Tan, denominada por Zhao como "bitter-China-plus-sweet-America" (2008: 244), parece haberse convertido en el rasero con el que se mide el posible éxito o fracaso de las novelas de autores chinoamericanos. Y eso también pone de manifiesto lo siguiente:

> [t] he publishers' expectation might be understood as compliments for the artistic accomplishment of Kingston and Tan, but it is more likely to mean that the publishers expected the young writers to write China stories, as Kingston and Tan did (Zhao 2008: 244).

Eso también daría una buena explicación a por qué *Fifth Chinese Daughter*, autobiografía de Jade Snow Wong, aunque se encontró asimismo en las listas de *bestsellers* y se hizo un hueco en la historia de la literatura chinoamericana, no logró despertar el interés de las editoriales españolas, porque parece que, en la actualidad, la autobiografía "as guided Chinatown tour" (Wong 1997:46) ya no ocupa una posición central en la literatura chinoamericana.

Vega (2003: 205) también describe otra característica de este tipo de literatura, que incluye "la autobiografía o la novela autobiográfica, la historia oral, la memoria, la confesión, el diario, el informe, la entrevista, la novela *de no ficción* o la ficción documental", etc., como narración del *testimonio*. Este tipo de literatura presenta un alto grado de veracidad y de representatividad que "concede voz a los sin voz, o mejor aún, que concede voz 'literaria' al pueblo anónimo o colectivo" (Vega 2003: 210). Los narradores se presentan como testigos de ciertos acontecimientos históricos y revelan lo que auténticamente subyace a estos hechos históricos. Sin embargo, no hay que pasar por alto la intervención y la manipulación realizadas por el narrador o por la persona que se encarga de ordenar los relatos orales.

En resumen, este tipo de discurso siempre entraña una fuerte implicación política e ideológica y la elección del contenido es altamente selectiva y manipuladora, muy dependiente de los respectivos propósitos del narrador y del mediador. En cuanto a las obras chinoamericanas que pertenecen a esta categoría, podemos encontrar autobiografías de autores inmigrantes, en las que destacan como temas principales los recuerdos de la China del pasado, los sufrimientos en determinadas épocas históricas, etc.

3.2.4 El Orientalismo y los estereotipos en las obras traducidas

Aunque las listas de *bestsellers* y los premios literarios de prestigio constituyen dos factores decisivos que determinan y condicionan la publicación y la traducción de las obras, no todas las obras que se convierten en *bestseller* ni todas las premiadas despiertan de la misma manera el interés de las editoriales españolas. En el caso de la traducción de la literatura diaspórica china en España, las editoriales dan prioridad a las obras que están inmersas en un fuerte ambiente orientalizado y refuerzan los estereotipos orientalistas de los chinos o la cultura china.

Tomando en consideración la influencia de los estereotipos orientalistas, la obra *The Woman Warrior* de Maxine Hong Kingston y las de Amy Tan, entre las cuales cabe mencionar especialmente *The Joy Luck Club*, *The Kitchen God's Wife* y *The Hundred Secret Senses*, que se han reeditado repetidas veces en España, siempre son las preferidas del mercado occidental. Otros ejemplos se pueden ver en las obras de See Lisa, en las que suele aparecer la imagen misteriosa de la China antigua, los Chinatowns caóticos, el matrimonio impuesto, las mujeres obedientes con los pies vendados, etc.; en las novelas históricas de Anchee Min, que están ambientadas en la dinastía Qing y se narran los aconteceres de personajes históricos que provocan fácilmente la asociación con estereotipos exóticos como el del "diabolical Chinese" Fu Manchu y con otros personajes que protagonizan la famosa película *El último emperador*, dirigida por el director Bernardo Bertolucci en 1987.

Naturalmente, las obras que no coinciden con esta tradición orientalista sufren un rechazo rotundo. Lógicamente, si estas obras no logran ser publicadas en las culturas dominantes, no tienen oportunidad de circular en el mercado de la traducción. Por ejemplo, *Pieces of Gold* (1999), una novela de Nancy Young Mosny, otro caso fracasado registrado por Zhao (2008: 244), que habla de la experiencia de una chica chinoamericana que intentaba conciliar en su vida la responsabilidad de cuidar de sus hijos y de su madre hospitalizada, no fue tan bien acogida como las novelas de Amy Tan publicadas más o menos en el mismo periodo, por ejemplo, *The Hundred Secret Senses* (1995) y *The Bonesetter's Daughter* (2001), porque según el editor, "sadly, this light (the elders's past) is far too dim and what might have been the more interesting of the two stories goes nowhere...the reader is ultimately frustrated by not knowing enough about the character..." (en Zhao 2008: 244-5).

3.2.5 Participación de la industria cinematográfica

En la actualidad la activa participación de la televisión y del cine en la adaptación de obras literarias también impulsa la comercialización y la divulgación de ciertas obras. Por ejemplo, la película *A Thousand Years of Good Prayers*, adaptación de la obra del mismo nombre (2005), escrita por Yiyun Li, ganó el premio de la Concha de Oro y el de la Concha de Plata al mejor actor en el festival de San Sebastián en 2007; ese mismo año su versión española, *Los buenos deseos*, se publicó en España. Otro ejemplo es la novela *The Flowers of War* de Geling Yan, autora que tiene muchas obras que se han convertido en las preferidas para la producción del cine y telenovelas. En 2011, la adaptación cinematográfica de esta obra, dirigida por el famoso director chino Yimou Zhang, fue nominada a la Mejor Película en Lengua Extranjera en los Globos de Oro. En 2012, salió a la luz en España la versión castellana de esta novela, *Las flores de la guerra*. Vemos que la adaptación cinematográfica y la traducción de las dos obras arriba citadas encajan en el concepto de "reescrituras" y, como advertía Lefevere (1985, 1997), las distintas reescrituras que están íntimamente interrelacionadas, se coordinan y se apoyan mutuamente para crear una determinada imagen de un autor, un género, un movimiento literario o una identidad.

A partir de los análisis que hemos hecho anteriormente, se ven coincidencias y divergencias entre los cánones literarios de la publicación y la traducción. Vemos que en general las editoriales españolas de traducción mantienen una actitud conservadora hacia la introducción de las obras y tienden a dar prioridad a las que han conseguido más éxito comercial. Es decir, el mercado y las expectativas moldeadas de los lectores siempre son los dos factores decisivos que toman en consideración los editores. En otras palabras, las editoriales tienden a seleccionar las obras en las que la representación de otras culturas cumple más con las inclinaciones de los lectores; por el contrario, no quieren arriesgarse a elegir las que intentan subvertir estas representaciones estereotipadas o las que están lejos de la imagen "familiar" de lo Otro.

En los apartados anteriores hemos estudiado la traducción de los autores diaspóricos chinos en general. Consideramos necesario dedicar un párrafo a hablar de los autores de origen chino que residen en España[①]. En comparación con los éxitos que ha obtenido la literatura diaspórica china en Estados Unidos, en Francia y en otros países occidentales, tales como Gran Bretaña, Canadá, etc., en España la creación literaria por parte de los escritores de ascendencia china todavía está en una fase inicial. Aunque no faltan los hispanistas, traductores, escritores y poetas, tales como Eduardo Mo, Chen Guojian, Ambrosio Wang An-po, Wang Xidu, Zhang Qin, etc.[②] que trabajan con constancia en su propio terreno de estudios, la mayoría de sus obras se dedican a la introducción de la cultura china o son traducciones de algunas obras literarias españolas al chino. En cuanto a la creación literaria, la mayoría son colecciones de ensayos y de poemas escritos en chino, que se publican en China o en España, en el último caso por agentes que aúnan el papel de autor y editor o en los periódicos o semanales dirigidos a la comunidad china. Muy pocas tienen versión castellana. El terreno de la ficción todavía muestra un vacío. Sin embargo, teniendo en cuenta la adopción de niños de origen chino en España y la situación migratoria de los chinos, sobre todo el aumento de los inmigrantes intelectuales, es previsible que surjan escritores de talento en un futuro cercano en estos grupos. Además, con la integración en la sociedad española, el acceso a la educación superior de la segunda generación de los inmigrantes y la toma de conciencia de una identidad étnica por parte de los individuos de ascendencia china, es muy posible que la búsqueda o el retorno a la raíz cultural de estos grupos se convierta en una fuente inagotable de inspiración como la que nutre a los escritores étnicos. En este sentido, estudiar la literatura diaspórica china desarrollada en otros países nos resultará sumamente ilustrativo.

3.3 La traducción de la literatura china al español[③]

En general, España y los países hispanohablantes no tienen una tradición sólida

① La situación de los autores de origen chino afincados en América Latina es mucho más complicada que la de España. Huei Lan Yen (2016) en su libro, *Toma y Daca: Transculturación y presencia de escritores chino-latinoamericanos*, estudia los autores latinoamericanos de primera y segunda generación de ascendencia china y analiza sus obras caracterizadas por una compleja estética que muestra las tensiones del proceso de la transculturación producida entre la cultura china y las de diferentes países latinoamericanos y revela las fuerzas contradictorias en el proceso de la construcción de estas identidades híbridas.

② Zhang, Qin. "La literatura china en España" en http://blog.sina.com.cn/s/blog_4b04c2590100lwmk.html. Fecha de consulta: 16-05-2012.

③ Una versión adaptada de este apartado se publicó en la revista *Estudios de traducción* en 2016 titulada como "La traducción de la literatura china en España".

en los estudios orientales ni en la sinología. Aunque desde los años noventa del siglo pasado esta situación empieza a mejorar gracias al establecimiento de centros dedicados a los estudios orientales en Madrid, Barcelona, Granada, Alicante y Salamanca y a los esfuerzos de sinólogos y traductores tales como Anne-Hélène Suárez, Laureano Ramírez, Joaquín Beltrán, Taciana Fisac, Dolors Folch, Lola Díez Pastor, etc., en comparación con otros países europeos, tales como Gran Bretaña, Francia y Alemania, tanto los intercambios culturales entre España y China como la traducción de la literatura china en España todavía no llegan a un nivel satisfactorio. Según los datos del Index Translationum de la UNESCO (1979-2016), del grupo de países occidentales que traducen más obras chinas, Francia (1430), Estados Unidos (1386), y Alemania (1063) ocupan las tres primeras posiciones. Aunque España ocupe el quinto lugar, la cantidad de las publicaciones traducidas (470) todavía no llega a la mitad de las de Alemania[①].

En la primera mitad del siglo XX, en España casi no existían obras narrativas chinas traducidas. Durante los años setenta y ochenta, entre los libros chinos editados en España predominaban antologías de poesías antiguas (de la dinastía Tang, sobre todo, de poetas como Li Bai y Tu Fu), colecciones de cuentos populares chinos, recopilaciones de ensayos sobre la filosofía antigua de Laocio, Confucio, Mencio, Zhuangzi o Suzi, así como obras que presentaban la cultura china (por ejemplo, la medicina, la gastronomía, la arquitectura, manuales de refranes, etc.). Durante las tres últimas décadas, sobre todo los años noventa del siglo pasado, se ve claramente una tendencia al alza en la traducción de las narrativas chinas, no solo clásicas sino también modernas y contemporáneas.

Aquí cabe destacar que, a pesar de que la lengua japonesa tampoco asuma una posición favorable en el mercado mundial de la traducción, la introducción de la literatura japonesa en España está mucho más desarrollada. Así, según los datos del Index Translationum de la UNESCO, durante las últimas décadas (1979-2016), en total, en España se traducen del chino 470 libros y del japonés, 1128[②]. Sin duda alguna, esta situación tiene mucho que ver con las estrategias aplicadas a la difusión de la cultura japonesa en España por parte del gobierno japonés. Pese a que China, en los últimos años, haya empezado a conceder más importancia a la promoción cultural en el extranjero, sobre todo con el establecimiento del Instituto Confucio a

① http://www.unesco.org/xtrans/bsstatexp.aspx. Fecha de consulta: 25-11-2017.

② http://www.unesco.org/xtrans/bsstatexp.aspx. Fecha de consulta: 25-11-2017.

escala mundial[①], que está impulsando con grandes esfuerzos la divulgación de la lengua y la cultura chinas, la "exportación" de las obras literarias y la aceptación de ellas mismas en el extranjero todavía están lejos de llegar a un nivel satisfactorio. En otras palabras, en la actualidad en España o en general en el mundo hispanohablante la sinología todavía no llega a ser una disciplina sólida que cuente con un nivel de desarrollo en el plano de estudios tanto académicos como críticos. Arbillaga describe esta deficiencia en una nota a pie de página en su monografía, que estudia la traducción de la literatura china en España:

> La literatura china solo aventaja en traducciones españolas a la literatura japonesa en lo que tiene que ver con obras de pensamiento –Mao, budismo y confucianismo, especialmente–, de paremiología [...] o de narrativa corta. Por el contrario, puede decirse que la literatura japonesa ha sido mucho más traducida en general, y ello se aprecia particularmente en la poesía [...] o la novela, la cual por otra parte posee una reducida tradición en la cultura china. Además, de la literatura japonesa se han efectuado estudios historiográficos y críticos en España, así como estudios lingüísticos o de otro orden, mientras que la literatura china carece casi completamente de investigaciones de este carácter (2003: 17).

3.3.1 Dificultades específicas de la traducción de la literatura china al español

En su artículo "The Metonymics of Translating Marginalized Texts" (1995) Maria Tymoczko analiza cuáles son los obstáculos que impiden o dificultan la traducción de los textos marginados en las culturas dominantes. En este trabajo, la autora denomina literatura marginada a la que pertenece a las culturas periféricas y minorizadas; en sus propias palabras, son "texts that have been excluded or omitted from the canon –or, more properly speaking, canons– of world literature as defined by a Western perspective" (Tymoczko 1995: 12). Según esta definición, se puede clasificar la literatura china dentro de esta categoría.

Según la autora, cada texto literario está íntimamente vinculado con otros previamente existentes y depende en gran medida de ellos, porque las convenciones lingüísticas, los géneros literarios o la estilística de los autores anteriores nunca

① Hasta el año 2017, el Instituto Confucio ya cuenta con 26 sedes en los países hispanohablantes, entre las cuales 6 están en España (Madrid, León, Granada, Valencia, Las Palmas de Gran Canaria y Barcelona) y el resto se distribuye en diez países latinoamericanos: Argentina (2), Bolivia (1), Chile (2), Colombia (3), Costa Rica (1), Cuba (1), Ecuador (1), México (5), Perú (4) y Venezuela (1).

dejan de ejercer influencia en la creación literaria posterior. Además, los textos literarios también se relacionan con otros modelos paralelos que los sostienen o compiten con ellos. En resumen, una nueva producción textual no está exenta de las "interferencias" provenientes de otros textos que existen diacrónica y sincrónicamente. En este sentido, la intertextualidad ya constituye una característica inherente de un texto y cualquier creación es *recreación* y cualquier escritura es *reescritura* de los textos previos:

> There are not only text and context, but a fabric of intertextuality that links texts to other literary works, both textual predecessors and contemporaries. A literary work like a translation depends on previous texts: neither is an 'original semantic unity,' both are 'derivative and heterogeneous.' Every writing is a rewriting (Tymoczko 1995:12).

Esta intertextualidad también contribuye a una remisión mutua, que aumenta la cantidad de informaciones políticas, culturales, ideológicas, etc., encerradas en un texto literario. En este sentido, se puede decir que, en muchas ocasiones, un texto literario de una cultura serviría metonímicamente como el representante del sistema literario de esta cultura e incluso como el portavoz de toda la cultura, porque para un lector tradicional que está profundamente inmerso en esta cultura la lectura de este texto literario activará inmediatamente su capacidad de asociación. Es decir, todas las informaciones con carga cultural tanto implícita como explícita le hacen relacionarlo con los textos previos y paralelos donde ya han aparecido las mismas. Según Tymoczko, esta función metonímica de los textos literarios constituiría uno de los obstáculos que impiden la traducción de los textos marginados en las culturas dominantes:

> The way in which a literary text metonymically represents features of its literary system and ultimately features of its whole culture is what makes translating a text of a marginalized culture so difficult. A translator assumes a large responsibility in undertaking to produce a text that will become representative of the source literature and, indeed, of the entire source culture for the receptor audience (Tymoczko 1995:17).

Desde una perspectiva cognitiva, en la comunicación los interlocutores tienden a sentirse atraídos por las informaciones que les resultan más accesibles, es decir, las informaciones que están asociadas a los conocimientos ya existentes. Además, las personas tienden a asimilar informaciones nuevas o no familiares a los modelos que han reconocido o con los que han estado familiarizadas. Sin embargo, como a los lectores de la cultura de destino no les resultan familiares ni el contenido ni tampoco el marco intertextual de estas obras marginadas, para ellos la traducción de este tipo de creaciones se convierte en un texto aislado que los dejará fracasar a la hora de suscitar asociaciones necesarias. Cuanto más remotas entre sí se encuentren la cultura original y la de destino, más difícil resultará establecer esta intertextualidad. En este caso, la carga cultural que llevan estos textos marginados parece formidable e incluso intolerable y la aceptación de su traducción resulta poco exitosa en las culturas dominantes:

> it is in large measure the lack of familiarity with the metonymic aspects of the literary texts of marginalized cultures that makes it difficult for the audiences of dominant cultures to integrate marginalized texts into their canons, irrespective of any linguistic barrier (Tymoczko 1995:13).

La traducción de la literatura china sería un ejemplo representativo que muestra plenamente lo que analiza Tymoczko. Como la cultura española y la china están tan alejadas, la traducción de la literatura china a lengua española se convierte en un proceso de contar "historias completamente nuevas", las cuales constituyen productos costosos tanto en el proceso de la producción (traducción) como en el del consumo. Dada la falta de narradores competentes y cualificados, es decir, de especialistas al respecto, se produce cierta desconfianza entre el editor y el traductor. En lugar de aceptar las recomendaciones del traductor, la editorial prefiere recurrir a los catálogos planteados por las editoriales de las culturas fuertes y se inclina a hacer traducciones desde otras versiones ya existentes en lenguas cercanas. En relación con estos factores, Maialen Marín Lacarta también apunta dos comentarios, el primero relacionado con la parte editorial y el segundo con la del traductor:

> Si tradujéramos directamente a partir del chino tendríamos que creer ciegamente en el traductor. En ese caso no podríamos revisar la traducción y no tendríamos más remedio que pensar que el traductor siempre tiene razón (en Marín Lacarta 2008)

> Otro factor sería la desconfianza. Un traductor propone un libro a los editores y piensan: ¿Quién es este? ¿Quién se cree que es? No confían en nosotros (G. G. N. en Marín Lacarta 2008).

3.3.2 La traducción de la narrativa literaria china (1980-2015)

En los párrafos anteriores, hemos hecho un breve resumen de la situación general de la traducción de la literatura china a lengua española. A continuación, nos centraremos en la introducción de la narrativa china en las últimas tres décadas

(1980-2015) en España[①]. Esta delimitación temporal se debe a los siguientes aspectos: 1) el principal motivo de nuestro estudio consiste en hacer un análisis comparativo con la traducción de la literatura diaspórica china a lengua española. Teniendo en cuenta que la mayoría de las obras traducidas de esta corriente literaria son del género narrativo y se publicaron durante este periodo, este marco temporal facilitará nuestra investigación comparativa; 2) desde la perspectiva de la literatura diaspórica china, como todavía es una corriente literaria joven que empezó su época más próspera en los años ochenta del siglo pasado, esta delimitación nos ayudará a concentrarnos en torno a los autores y obras más representativos; 3) desde el punto de vista de la literatura china, aunque tiene una historia milenaria, su divulgación y promoción a escala mundial empezó en los años ochenta cuando el gobierno chino aplicó políticas de reforma y apertura hacia el exterior; 4) los años ochenta también constituyen un periodo de suma importancia para España, porque empezaron entonces a hacer efecto en la sociedad española muchas transformaciones sociales que se produjeron en los años setenta, por ejemplo, la caída del régimen de Franco y la elaboración de la Constitución, la transición democrática, etc. Además, la incorporación a la Comunidad Económica Europea y la política de revitalización del multiculturalismo por parte del gobierno democrático permitieron una mayor apertura de la sociedad española hacia el mundo, reforzando los intercambios culturales con el resto del planeta.

En nuestro estudio se incluyen en el género literario *narrativa* novelas, cuentos, ensayos y biografías o autobiografías, dejando fuera del alcance de la investigación poesías y otros como libros de texto para el aprendizaje del idioma chino, guías turísticas, textos científico-técnicos (por ejemplo, sobre la medicina china, el masaje y la acupuntura, la arquitectura, la jardinería, etc.) u obras filosóficas, etc. Además, nos limitaremos a estudiar las obras publicadas en España y América Latina sin tomar en consideración las traducciones realizadas y publicadas en China y atenderemos solamente a las editadas en castellano excluyendo las traducidas al catalán u otras lenguas oficiales de España. Las fuentes por las que localizamos los datos son: la base de datos de libros editados en España fundada por el Ministerio de

① Como la mayoría de las obras de la literatura china traducidas al español se han publicado en España, en este apartado solo estudiamos los factores que condicionan el mercado editorial español, pero en la bibliografía incluimos la información bibliográfica de las obras editadas en América Latina.

Cultura de España (ISBN)[①] y el Index Translationum de la UNESCO[②].

A diferencia de lo que ocurre con las obras de la literatura diaspórica china (la mayor parte de la cual es narrativa), a pesar de que la traducción de la literatura china en España haya aumentado ostensiblemente en los últimos años, la introducción de las obras narrativas sigue ocupando una cuota limitada en el mercado de la traducción. Tomemos el año de 2009 como ejemplo, aunque según la base de datos del Ministerio de Cultura, en este año la narrativa china editada en España experimentó un pequeño auge, entre las 31 obras publicadas solo se encuentran 8 narrativas. En cuanto a la lengua de partida, en lugar de recurrir a las versiones hechas en inglés, en francés, etc., se ve una tendencia de aumento de la traducción directa. Sin embargo, también nos damos cuenta de que antes de que se publicaran las versiones castellanas, casi todas estas obras ya tenían traducciones al inglés, al francés o al italiano. Es decir, no se puede pasar por alto la intermediación de las lenguas de poder que entra en juego en el proceso que sigue el trasvase de la literatura china en España.

Rovira-Esteva y Sáiz López, en su artículo "La traducción de la literatura femenina china y la construcción cultural de género", enumeran los factores principales que determinan la elección/exclusión de las obras de la literatura china en España, a saber: el espacio intertextual europeo (intermediación de las culturas inglesa, francesa y, en los últimos años, la americana), la concesión de premios importantes, temas polémicos tocados y los valores intrínsecos estéticos y culturales (nuevas técnicas creativas). A continuación, analizaremos unas obras concretas vertidas al español con el fin de observar detenidamente cómo ejercen influencia estos factores en la introducción de la tradición literaria china.

En el corpus[③] que hemos examinado, localizamos en total 71 obras creadas por 42 autores[④], entre las cuales 6 pertenecen a la literatura clásica, 14 corresponden a la

① http://www.mcu.es/libro/CE/AgenciaISBN/BBDDLibros/Sobre.html.

② http://portal.unesco.org/culture/en/ev.php-URL_ID=7810&URL_DO=DO_TOPIC&URL_SECTION=201.html.

③ Véanse el Anexo II.

④ Debido a las limitaciones de la base de datos del Ministerio de Cultura en cuanto a su método de localización de datos, solo se pueden registrar los libros traducidos directamente del chino. Por lo tanto, no podemos encontrar por esta fuente las obras publicadas por traducción indirecta de otras lenguas. Hemos extraído información acerca de algunas obras de esta categoría recurriendo a otros recursos, como el artículo de Rovira-Esteva y Sáiz López "La traducción de la literatura femenina china y la construcción cultural de género", el de Maialen Marín Lacarta "La traducción indirecta de la narrativa china contemporánea al castellano: síndrome o enfermedad" y su tesis doctoral. Tal vez ciertas obras chinas traducidas al castellano se escapan a nuestro registro.

moderna y 51 son obras contemporáneas[1]. En el primer grupo, se encuentran *Viaje al Oeste: las aventuras del Rey Mono* y *Sueño en el pabellón rojo: memorias de una roca*, los cuales se cuentan entre las cuatro obras canónicas tradicionales; *Jin Ping Mei,* novela de estilo realista cuyo autor no identificado escribió bajo el seudónimo "Erudito de las carcajadas"; *Cuentos de Liao Zhai* de Pu Songling, antología de cuentos fantásticos; *Los mandarines,* novela realista en torno a la vida de los literarios y cortesanos chinos de la dinastía Qing; *Los viajes del buen doctor Can*, una de las cuatro novelas críticas que aparecieron a finales de la gobernación manchú.

En la segunda agrupación, entran los autores más importantes e influyentes de la literatura moderna china, cuyas obras se han convertido en canónicas dentro de esta corriente literaria, los cuales son: Lu Xun, escritor, traductor y representante máximo del Movimiento del Cuatro de Mayo y miembro de la Liga de Escritores de Izquierdas, que abogó por el uso de la lengua vernácula en lugar del chino clásico escrito y fue considerado como padre de la literatura china moderna; Lao She, gran maestro en cuanto al manejo del lenguaje, creó a lo largo de toda su vida una gran cantidad de novelas extensas, numerosas piezas teatrales, así como cuantiosos poemas de estilo tradicional; Shen Congwen, gran literato moderno chino, novelista y ensayista, fue incluido en la lista de los candidatos al Premio Nobel de Literatura en 1988; Qian Zhongshu, escritor y traductor que manejó perfectamente varios idiomas (entre ellos el inglés, el francés, el alemán, el español e incluso el latín) y fue una de las personalidades pioneras que lideraron la introducción de los conocimientos occidentales en China. Hoy en día, muchos premios literarios chinos de prestigio toman los nombres mencionados [2]. Entre las obras de estos autores, *El*

① Aquí dividimos la literatura china en tres categorías según el orden cronológico: La literatura china clásica (antes de 1917), la literatura china moderna (1917-1949) y la literatura china contemporánea (después de 1949). Durante 1915 y 1923, en China empezó el Movimiento de la Nueva Cultura, encabezado por Chen Duxiu, Lu Xun, Hu Shi, etc. quienes, en lugar de emplear el chino clásico, insistieron en utilizar el *baihua* (chino vernáculo) en sus creaciones literarias. Con el gran impulso que dio este movimiento cultural, después del año 1917 surgió una gran cantidad de obras literarias escritas en *baihai*. Por lo tanto, muchos académicos chinos toman este año como línea demarcatoria del comienzo de la literatura moderna china. En 1949, se fundó la Républica Popular China, acontecimiento histórico que constituye otra marca temporal importante. A partir de este año, China entró en un nueva era histórica, de modo que muchos estudiosos lo consideran una delimitación entre la historia moderna china y la contemporánea.

② Los premios literarios chinos más privilegiados son: el Premio Lu Xun de Literatura, el Premio Mao Dun de Literatura (para novelas extensas), el Premio Lao She (dirigido a los autores pekineses) y el Premio Cao Yu de Teatros.

camello Xiangzi de Lao She y *La fortaleza asediada* de Qian Zhongshu son las más traducidas de la literatura moderna china en el mundo.

Al examinar a los autores que pertenecen a la literatura china contemporánea, nos damos cuenta de que los premios nacionales e internacionales obtenidos que garantizan su posición prestigiosa en el círculo literario chino operan como un factor decisivo que condiciona la producción de las correspondientes versiones españolas. Desde otra perspectiva, se puede decir que lo que llama la atención de las editoriales españolas reside en el éxito conseguido por un autor en su mercado tanto nativo como internacional, de ahí que, en nuestra era altamente mercantilizada, en muchas ocasiones los premios estén íntimamente vinculados con los intereses comerciales que pueden conseguir. En resumen, los premios otorgados a una obra se convierten en su mejor carta de presentación cuando entra en un mercado, tanto nacional como internacional. Aparte de los libros premiados, también se ven en esta agrupación otros que han suscitado polémicas en China.

En esta categoría, se hallan las siguientes cinco autoras más representativas de la literatura femenina contemporánea. Zhang Jie, que pone de relieve el despertar de la conciencia femenina desde el punto de vista de las mujeres intelectuales, fue ganadora del Premio Mao Dun en 1985 y en 2005. Debido a sus aportes literarios, le otorgaron el Premio Malaparte de Literatura de Italia en 1989. Quizá por esta razón su obra *Faltan palabras* primero tuvo la versión italiana, tras la cual se realizó la traducción castellana; Xu Xiaobin, destacada con el galardón literario Lu Xun y el de la Literatura Femenina de China, tuvo la novela *La niña de papel* (《羽蛇》), que se convirtió en la única obra china incluida en el proyecto internacional de difusión encargado por la famosa editorial Simon & Schuster; Tie Ning, ganadora de los premios Lu Xun y Lao She, es actual presidenta de la Asociación de los Escritores de China. La película *La muchacha vestida de rojo*, adaptación cinematográfica a partir de su novela *La blusa roja sin botones*, cosechó los galardones más prestigiosos del cine de China, el Gollo de Oro y el Cien flores, en 1985. Quizá gracias a la cooperación de su reescritura cinematográfica, esta obra llegó a ser la única de esta autora que logró entrar en España; Chi Li, ganadora del Premio Lu Xun, es una de los autores más traducidos en Francia (hasta 2014 ya tuvo más de 20 obras publicadas en este país). Su novela *Triste vida*, obra representativa del neorrealismo chino, fue traducida al español y se publicó en España en 2007; Wang Anyi, considerada como una de los autores más importantes de la era nueva y ganadora del premio Mao Dun, es experta en asociar la vida de personas comunes y corrientes con las grandes transformaciones sociales producidas en la ciudad de Shanghai. Su famosa trilogía de amor, que toca temas eróticos y provocó pólemicas en China, ya tiene versión española.

Igualmente entre el colectivo de los autores contemporáneos, se apuntan Gu Hua, Mo Yan, Wang Gang, Bi Feiyu y A Lai, a los cuales los distinguieron con el Premio Mao Dun. Entre ellos cabe destacar a Bi Feiyu, quien, aparte de este galardón prestigioso, obtuvo dos veces el premio Lu Xun y además llegó a ser el tercer escritor de China que ganó "The Man Asian Literary Prize" en 2011 después de que Jiang Rong, autor de *Tótem Lobo*, obtuviera este galardón literario asiático en 2007. Al estudiar a los autores pertenecientes a esta categoría, descubrimos que los criterios literarios de las editoriales francesas siempre ejercen influencia en las de otros países europeos; España no es una excepción. Por ejemplo, muchas obras de Bi Feiyu primero consiguieron éxito en Francia y después empezaron a gozar de popularidad en otros países europeos. Hacemos notar que la versión castellana de su obra *Las feroces aprendices Wang* se tradujo del francés.

También hay otros autores que, aunque no sean tan premiados nacional o internacionalmente, se convertirán en escritores muy bien acogidos en Europa una vez que se les otorgue la medalla "Ordre des Arts et des Lettres" por parte del gobierno francés. Por ejemplo, Han Shaogong (uno de los principales propulsores del movimiento Xun Gen), Xu Xing y Yu Hua (el primer representante del vanguardismo chino) recibieron este honor especial respectivamente en 2002, 2003 y 2004, y a partir de ahí sus obras se convirtieron en *bestsellers* primero en Francia y luego en otros países europeos. El caso del autor Xu Xing muestra de nuevo y con claridad la dependencia de la que otras culturas europeas adolecen en relación con la francesa. En 1995, Xu Xing fue incluido entre los 240 novelistas más sobresalientes del mundo recomendados por *Le Nouvel Observateur,* y su novela *Aventuras y desventuras de un pícaro chino* empezó a obtener éxito en Francia y Alemania a partir de 2003. Muy pronto, al año siguiente, se publicaron sus versiones castellana e italiana. Por otra parte, otros autores como Mo Yan (que también obtuvo el "Ordre des Arts et des Lettres" en 2004), escritor muy premiado y de mucha popularidad en China, no despertó el interés de los lectores europeos hasta que consiguió éxito en Francia (volveremos a estudiar más adelante a este autor que ha obtenido el Premio

Nobel de Literatura de 2012). Feng Jicai, a pesar de ser un escritor prolífero, solo tiene versión castellana de una única obra, *Ganxie Shenghuo* (*Que broten cien flores*), la cual le valió a Feng el "Prix Sorcière" de Francia en 1991.

En esta comunidad quisiéramos destacar al autor Wang Shou, el máximo representante de la literatura "bribona" ("痞子文学"). Se trata de una nueva corriente literaria surgida en los años noventa del siglo pasado, que describe con un lenguaje vívido, humorístico y a veces irónico la vida de las personas comunes y corrientes que ocupan una escala social baja, burlándose de la cultura de la élite. Muchas de sus obras fueron adaptadas al cine y para la televisión en China. Gracias a la industria cinematográfica, Wang Shou se convirtió en un autor que no solo consiguió beneficios comerciales sino que también gozó de una popularidad sin precedentes en China. Quizá ello sea una de las principales causas por las cuales este autor ha despertado el interés de las editoriales españolas. Sin embargo, curiosamente, la obra traducida de este autor no es precisamente la más representativa; cabe suponer que los criterios de elección se forman quizá por preferencias del editor o traductor o quizá por la intervención de otros factores, tales como las influencias de las editoriales de otros países europeos.

Adiós a mi concubina, novela creada por Lilian Lee, escritora y guionista de Hong Kong, fue adaptada y llevada a la pantalla grande por el director Chen Kaige en 1993 y llegó a ser ganadora de muchos premios internacionales, tales como el premio de la Palma de Oro del Festival de Cannes en 1993, el de la mejor película extranjera de "Boston Society of Film Critics" y de "Los Angeles Film Critics Association" ese mismo año. También fue en 1993 cuando se publicó en España la versión castellana de esta novela. Sin duda, la participación de la industria cinematográfica en la adaptación de obras literarias o, en términos de Venuti, esta estrategia de promoción en forma de "tie-ins" (1998: 153), también constituye un factor decisivo que condiciona la selección de los autores y obras para ser traducidos por parte de las editoriales.

Aparte de la fama y el prestigio que tienen los autores y sus creaciones, los temas tocados en las obras también constituyen un factor importante que interfiere en la toma de decisiones por parte de las editoriales. Se nota que las obras "polémicas" suelen llegar a ser las preferidas de los países occidentales. De esta serie mencionaremos tres obras: *La mitad del hombre es la mujer* de Zhang Xianliang, *Servir al pueblo* de Yan Lianke y *Shanghai Baby* de Wei Hui. La primera que se considera la pionera en descripciones eróticas publicada en China en los años ochenta del siglo pasado, la segunda que trata del adulterio entre la mujer de un oficial militar y su subordinado y la tercera que cuenta numerosos hechos eróticos suscitaron mucha polémica tanto en el círculo literario como en el de la crítica en el país.

En las últimas décadas, con el desarrollo del feminismo, las escritoras "marginadas" también llaman la atención de las editoriales. Chun Sue, seguidora fanática del *punk*, fue considerada como la típica representante de los escritores nacidos en los ochenta del siglo pasado. En 2002, se publicó su novela autobiográfica *La muñeca de Pekín*; un año después la versión española ya se encontraba en las estanterías de las librerías. En febrero de 2004, esta autora protagonizó la portada de *Time* y fue calificada por la misma revista de representante de "The New Radicals", término con que se define la nueva generación de autores chinos que nacieron en los años ochenta del siglo pasado.

A partir de todo lo expuesto en las páginas anteriores, se nota que hasta cierto punto los criterios que rigen la selección de las obras clásicas y modernas en España coinciden con los cánones literarios chinos. Sin embargo, en cuanto a la literatura china contemporánea, se percibe que los premios otorgados, o, mejor dicho, los galardones internacionales u occidentales, que se adecuan a la orientación ideológica occidental, en cierto sentido son más capaces de garantizar la circulación de ciertas obras en el mercado internacional. Además, la etiqueta "pólemica" parece funcionar como criterio de elección, ya que en muchas ocasiones supone que el autor mantiene una actitud crítica hacia los valores tradicionales chinos. Aunque no podamos perder de vista los valores estéticos intrínsecos de las obras, hemos de hacer notar que los beneficios económicos siempre son un factor decisivo que prevalece sobre otros en la circulación.

3.3.3 La interferencia cultural y la traducción indirecta

Como hemos dicho anteriormente, a la hora de verter la literatura china al español, la traducción indirecta ha desempeñado un papel de suma importancia. La doctora Maialen Marín Lacarta (2012) estudia detenidamente este fenómeno y nos ofrece documentaciones específicas y fiables sobre las lenguas intermedias a través de las que se realiza la versión española de las obras de la literatura china. Entre los 71 libros publicados en España, 35 fueron traducidos del chino directamente, 21 del inglés, 9 del francés, 1 del italiano, 1 del alemán, 1 del inglés y francés, 2 del inglés y chino y 1 con lengua de partida desconocida①. Obviamente, las versiones que se hicieron a partir de otras traducciones anteriores superan la mitad de todas las publicadas, lo que supone que en muchas ocasiones la comunicación o los intercambios culturales entre China y España, dos países que ocupan posiciones relativamente periféricas o semiperiféricas con respecto a otros occidentales, se llevan a cabo a través de lenguas y culturas de poder. Está muy claro que "los sistemas literarios francófono y anglófono son hoy en día los filtros mediadores de algunas literaturas consideradas marginales o periféricas" (Martín Lacarta 2008). Esta idea de "filtros mediadores" coincide con la teoría del protraductor y la intermediación de lenguas y culturas planteadas por Salvador Peña (1997).

Según Peña, aparte del editor, la editorial o las instituciones que han promovido en última instancia la traducción de ciertas obras, también existen varios tipos de *protraductor* que desempeñan un papel decisivo a la hora de determinar qué obras van a ser introducidas en un país. Parafraseando a Peña, este *protraductor* puede ser una persona o una institución, bien alguien que ocupa una posición de autoridad, bien con grandes aportaciones académicas en el terreno relacionado, que está interesado por algún original o presenta el contexto cultural del original en la cultura de llegada. Cabe recalcar que este *protraductor* no siempre está dentro del ámbito cultural de la cultura de llegada:

> puede resultar de trascendencia el hecho de que el protraductor esté situado fuera del ámbito de la cultura de llegada, esto es, siempre que una traducción esté mediatizada por traducciones anteriores a otras lenguas, o cuando el interés por un texto determinado venga impulsado desde otra comunidad cultural (casi siempre de lengua inglesa o francesa en esta segunda mitad de siglo) (Peña 1997: 26).

Peña también acuña el término "macrotraducción", que se refiere al "espacio

① Hemos de indicar que la información ofrecida por la base de datos ISBN sobre las lenguas de partida de ciertas obras es muy confusa. Los estudios específicos sobre los paratextos de las versiones españolas de las obras literarias chinas realizados por Maialen Marín Lacarta *se han convertido un referente* en la comunidad académica. Por lo tanto, nuestra estadística se realiza a partir de su investigación. La misma autora, en su artículo "La traducción indirecta de la narrativa china contemporánea al castellano: síndrome o enfermedad" (2008) y en su tesis doctoral *Mediación, recepción y marginalidad: las traducciones de literatura china moderna y contemporánea* (2012), también estudia las traducciones indirectas "camufladas". Por ejemplo, según ella, *Grandes pechos, amplias caderas* de Mo Yan y *Casada con Buda* de Wei Hui son traducciones indirectas camufladas, es decir, "son traducciones indirectas que, una vez realizadas, han sido supuestamente cotejadas con el original chino". Sin embargo, en la página de créditos no se indica el texto intermedio, por lo que da la impresión de que se traduce directamente del chino.

intertextual más inmediato a una versión dada" (1997: 37). Es decir, una traducción "aparece siempre en un marco previo constituido por otras versiones anteriores (o la ausencia de ellas)" (1997: 37). Aquí se pone de relieve la función intermediadora de las lenguas y culturas: no solo ejercen influencia en la toma de decisiones lingüísticas e ideológicas del traductor sino que también revelan la relación jerárquica que se establecen entre ellas. En términos de Peña, esta intermediación cultural se refiere a "todos aquellos procesos por medio de los cuales una cultura (en la actualidad normalmente la de habla inglesa) centraliza los contactos entre otras culturas" (1997: 39-40). En el caso de la traducción de la literatura china en España, puede afirmarse que a la hora de determinar qué obras van a ser vertidas la toma de decisiones editoriales siempre se lleva a cabo bajo la influencia de la cultura angloamericana y la francesa. Es decir, "la decisión última en cuanto a lo que se traduce al castellano de lenguas más o menos remotas y asociadas a culturas no hegemónicas se toma en el seno de la cultura centralizadora" (Peña 1997: 39-40). Algunos casos que hemos estudiado en el apartado anterior pueden servir como un buen ejemplo que demuestra plenamente la "interferencia" que ha realizado Francia al respecto.

Maialen Marín Lacarta (2008) destaca que la traducción indirecta ha desempeñado un papel vital en la recepción de la narrativa china en España. Según ella, los siguientes factores impulsarían la promoción de la traducción indirecta de la narrativa china: presión del mercado, falta de especialistas y traductores, desconfianza de los editores hacia los traductores, petición del autor y el proceso de *editing*. En cuanto al último factor, a veces los autores confían en versiones ya hechas, por cuanto estas ya son resultados de un proceso concreto de *editing*, es decir, es el resultado de una colaboración entre el autor y un editor concreto.

En nuestra era, que se caracteriza por el consumo globalizado, el tiempo y los intereses económicos son factores decisivos que determinan la aceptación o el rechazo de una obra. Sin embargo, en España, por una parte, la búsqueda de traductores cualificados del chino al español no resulta fácil y por otra, una traducción directa del chino tardará más tiempo que la realizada a partir de otras versiones en lenguas cercanas ya existentes. Por lo tanto, la segunda manera se ve más factible y productiva. Por ejemplo, en muchas ocasiones, la concesión de premios importantes, y de manera paradigmática el Premio Nobel de Literatura, siempre hace que las editoriales precipiten la publicación de las obras de los autores premiados. Gao Xingjian fue galardonado con el Premio Nobel de Literatura en

2000 y sin duda alguna, este acontecimiento literario provocó que las editoriales tuvieran que traducir y publicar sus obras lo más pronto posible. Tomando en cuenta los factores que hemos analizado anteriormente, traducir estas obras a partir de versiones ya existentes resulta a todas luces más práctico. Sin embargo, a veces las limitaciones de tiempo producen problemas y hacen que la traducción adolezca de muchos defectos. En línea con lo expuesto, Arbillaga comenta la traducción de las obras de Gao Xingjian con las siguientes palabras:

> Lamentablemente, las prisas por editar alguna traducción de alguna obra de Gao Xingjian han impedido que la edición de su única obra publicada en España ofrezca ningún dato referente al autor, a su obra o siquiera al origen de la versión presentada. Como es de suponer, teniendo en cuenta la presión de los intereses del mercado editorial, la intención que determinaba dicha edición tenía más que ver con la pronta divulgación de cualquier texto del último Premio Nobel de Literatura que con el proyecto de ofrecer una edición cuidosa de la brillante novela de Gao (2003: 57-8).

El proceso de la intermediación cultural no solo se deja ver en la traducción indirecta de la literatura china sino también en las versiones hechas directamente del chino. Aunque se ve un aumento de la traducción directa en la narrativa china publicada en español, hemos de indicar que en muchas ocasiones las versiones intermedias, o, mejor dicho, las anteriormente hechas en lenguas de poder siguen ejerciendo impacto en las traducciones directas. Si nos fijamos en el principal participante en la traducción, el traductor, notamos que, con mucha frecuencia, las versiones anteriores en otras lenguas forman parte de su documentación; de ahí que le resulte más fácil traducir un texto de una cultura lejana a partir de otras versiones anteriores en otras lenguas cercanas o que al menos las tome como referencia. A este respecto, Marín Lacarta apunta un ejemplo interesante: *Triste vida* de Chi Li, incluida en un catálogo de una editorial francesa, logró despertar el interés de una editora española, quien decidió introducir este libro a través de una traducción directa. A pesar de que las prácticas traslativas se realizaron a partir del chino, la traductora admitió que la versión francesa le fue de gran utilidad:

> No tuve contacto ni con la autora ni con ningún otro traductor de Chi Li durante la realización de la traducción, pero pude comparar la traducción con la versión francesa y la verdad es que me fue muy bien para solucionar algunas dudas (en Marín Lacarta 2008).

También hemos de darnos cuenta de que, durante el proceso de revisión, los editores o correctores prefieren cotejar la versión castellana con la inglesa o francesa ya existente con el fin de formular sugerencias para la modificación por parte del traductor. Sin embargo, esos procedimientos revisores a veces traen consigo consecuencias negativas, por ejemplo, se correría el riesgo de introducir errores que se han cometido en otras traducciones previas en la versión castellana. A pesar de que por vía indirecta las versiones castellanas de las obras literarias chinas en cierto sentido adolezcan de defectos, esta manera intermedia ha permitido que la literatura china circule en España y ha incrementado el interés del público español por la cultura china. Por lo que respecta a la difusión de la tradición cultural china, no podemos negar que la traducción indirecta ha hecho una contribución imborrable.

Obviamente, en comparación con la traducción de la literatura china en España, la aceptación y la introducción de la literatura diaspórica china gozan de una situación más favorable, especialmente en los años noventa, cuando la literatura étnica experimentó un pequeño auge tanto en el contexto internacional como en Europa. Como hitos de este auge, por ejemplo, cabe citar el gran éxito conseguido por la autora de *bestsellers* Amy Tan con la publicación de su primera novela *The Joy Luck Club* en 1989 y la concesión del Premio Nobel de Literatura a Gao Xingjian en 2000. Sin duda alguna, la entrega de este mismo galardón literario a Mo Yan en 2012 también ha servido de punto de inflexión para la introducción de más obras de la literatura china en España.

Creemos que esta posición propicia que ocupa la literatura diaspórica china traducida al español en relación con la creación literaria autóctona de China se debería a los siguientes dos factores: por una parte, desde una perspectiva de poder, este fenómeno pone de manifiesto la fuerte interferencia de las lenguas y culturas dominantes, porque las obras diaspóricas chinas están más cerca tanto de la poética como de la ideología occidentales; por otra, en lo que respecta al proceso cognitivo, la narrativa china suele acarrear una intensa carga de información cultural implícita u opaca que se sobreentiende, lo que dificulta la comprensión de los lectores occidentales. Sin embargo, en los textos escritos en inglés o francés, o bien los autores se aprovechan de los estereotipos preestablecidos que les resultan familiares a los lectores occidentales, o bien añaden paratextos que proporcionan explicaciones correspondientes a los términos empleados y a las costumbres tradicionales, etc. De esta manera, la información cultural se hace más transparente.

En resumen, los temas tratados en las obras, los premios obtenidos, la adaptación de las creaciones literarias para la televisión o el cine y los beneficios económicos constituyen los factores fundamentales que han de tomar en consideración los diferentes agentes involucrados en el proceso de la traducción. En muchas ocasiones, las editoriales, instituciones que desempeñan un papel decisivo a la hora de condicionar la entrada de las obras procedentes de otras culturas, siempre hacen prevalecer los beneficios comerciales que provienen del mercado sobre los valores intrínsecos y estéticos de las obras literarias.

3.4 La literatura diaspórica china: una reinscripción en el mundo dominante

La traducción de la literatura diaspórica china, aunque en cierta medida refuerza los estereotipos de los chinos y de la cultura china, sirve como una contraescritura en términos de Vega o como una contrafuerza que funciona desde *dentro* de las culturas dominantes, desplazando los movimientos de reivindicación de las identidades marginadas de la periferia al centro. Said define esta literatura postcolonial como un proceso de "*voyage in*" (1993: 244), poniendo de relieve que esta corriente literaria sirve como "un signo de la internacionalización aversa" en una era en que las estructuras imperialistas siguen haciendo efecto. Es decir, la literatura diaspórica china, una rama de la corriente postcolonial, se ha convertido en una infiltración o incursión *dentro* de las culturas dominantes y "erosiona" el poder hegemónico desde *dentro*.

Este movimiento antagónico logra desmantelar las presuposiciones monoculturales por las que se caracteriza el pensamiento dominante. Esta práctica contradiscursiva en realidad constituye una reclamación reivindicada contra la imposición occidental tanto en el plano estético como en el simbólico. Además, esta contraescritura no solo hace que la cultura china vaya penetrando en las dominantes sino que también la deja atravesar el *centro* para su futura infiltración en otras semiperiféricas o periféricas. En torno a esta función mediadora del *centro* para fomentar los intercambios entre las partes marginadas, Peña comenta con las siguientes palabras:

> Cada vez estamos más cerca de vivir en un sistema de relaciones radiales, como una rueda de carro cuyo centro está ocupado por el núcleo de la cultura occidental, de modo que, para que pase un elemento cultural periférico a otro espacio también periférico, no hay más remedio que atravesar el centro (Peña 1999: 182).

3.5 Las relaciones asimétricas entre lenguas y culturas

Lo que acabamos de explicar permite entrever por qué la traducción de la literatura china todavía no llega a un nivel satisfactorio y muchas obras de gran valor estético y artístico siguen sumidas en el desconocimiento en el mundo hispánico. También nos damos cuenta de que la traducción de la literatura china al castellano, sobre todo, la realizada por vía directa, es decir, del chino, todavía queda relegada a una posición marginal en el mercado de la traducción. Aunque la situación de la literatura diaspórica china traducida al español resulte más favorable, vemos que, en comparación con los flujos de traducir las obras occidentales al español, especialmente las de Gran Bretaña, Francia y Estados Unidos, la traducción de aquellas todavía ocupa una cuota reducida. En esta situación desequilibrada se muestra claramente la relación asimétrica entre diferentes lenguas y culturas.

Después de la Segunda Guerra Mundial, la cultura angloamericana fue avanzando paulatinamente hasta ocupar una posición predominante y al mismo tiempo el inglés pasó a convertirse en *lingua franca* tanto en los ámbitos político, econónimo y cultural como en los estudios académicos. En el terreno de la traducción, con la hegemonía que impone la cultura de habla inglesa, sin duda el inglés se convierte en la lengua más traducida en el mundo, pero con mucho menos frecuencia actúa como lengua de llegada. Johan Heilbron (2010) señala que el sistema mundial de la traducción se puede jerarquizar en cuatro niveles: el inglés, que ocupa una posición predominante (entre todas las versiones publicadas en el mundo, un 55% o 60% tiene el inglés como lengua de partida); el francés y el alemán, que a pesar de no alcanzar el nivel del inglés también cuentan con prestigio (cada uno ocupa una cuota del 10% en el mercado mundial de la traducción); el español, el italiano, el ruso, etc., que gozan de una posición semicentral (cada uno asume una cuota de 1%-3%); otras lenguas, tales como el chino, el árabe, el japonés, etc., que, aunque disponen de numerosos hablantes, están relegadas a una posición periférica y ocupan una cuota inferior al 1% en el sistema mundial de la traducción. Estas cifras ponen plenamente de manifiesto lo que afirma Mignolo:

> Aquí la relación entre lengua y civilización no se refiere al número de 'hablantes', sino al número de 'lectores'. La cuestión no es cuántos hablantes se expresan en determinada

lengua, sino cuál es la tasa de alfabetización en cada lengua y cuál es la relación existente entre las lenguas habladas en determinado país y las utilizadas en los medios de comunicación. ¿Cuáles son las lenguas en las que se publica y distribuye el conocimiento? (2003: 373)

Según las estadísticas procedentes del Ministerio de Cultura de España en 2016, las tres primeras lenguas más traducidas en España son: el inglés (6646), el francés (1396) y el italiano (627). Entre los idiomas asiáticos, solo el japonés (591) figura en los datos estadísticos[①]. Esta situación carencial de la traducción de la literatura china en España supone que el flujo de los intercambios culturales siempre va del Norte al Norte o del Norte al Sur y muy pocas veces del Sur al Norte o del Sur al Sur, en nuestro caso, de una cultura periférica (cultura china) a otra semiperiférica (la española). En cuanto a esta situación desequilibrada de la comunicación transcultural que se produce entre culturas dominantes y marginadas, Jacquemond comenta con las siguientes palabras:

> A political economy of translation is consequently bound to be set within the general framework of the political economy of intercultural exchange, whose tendencies follow the global trends of international trade. Thus it is no surprise that the global translation flux is predominantly North-North, while South-South translation is almost nonexistent and North-South translation is unequal: cultural hegemony confirms, to a great extent, economic hegemony (1992: 139).

Venuti (1998b) también toma en consideración la relación asimétrica de poder que se establece entre lenguas, distinguiéndolas entre *major languages* y *minor languages*. El concepto de *major language* se refiere a las lenguas que corresponden a los grupos dominantes y sirve también para denominar a la forma estándar, canónica y relativamente homogénea que domina una realidad lingüística; la *minor language* hace referencia a las de los grupos dominados y a las que presentan una mayor diversificación interna, vistas como variantes o formas irregulares de las *major languages*.

Cabe resaltar que estos dos conceptos no son absolutos sino relativos, cuyo alcance varía según cambia el punto de referencia. Por una parte, los dos pueden hacer referencia a las diferentes variantes de una misma lengua, por ejemplo, el

① cf. Estadística de la Edición Española de Libros con ISBN (2016). p. 14. Fecha de consulta: 25-11-2017. http://www.mcu.es/culturabase/pdf/Estadistica_de_la_Edicion_Espanola_de_Libros_con_ISBN.pdf. Las cifras representan la cantidad de libros inscritos en ISBN traducidos de los correspondientes idiomas.

inglés estándar que se habla en Inglaterra o en Estados Unidos se puede considerar como *major language*, mientras que sus variantes "irregulares" o híbridas que hablan los inmigrantes constituyen *minor languages*, lo cual es parecido a la distinción entre Inglés e ingleses planteada por los autores de EWB que hemos estudiado en el segundo capítulo; por otra, si analizamos la relación entre diferentes idiomas, las lenguas habladas en los países que asumen el poder o por parte de los grupos dominantes son *major languages* y las que se hablan en los países dominados o por parte de los grupos marginados fuera o dentro de las fronteras de los países centrales son *minor languages*. En nuestro caso, con respecto al inglés estándar, el híbrido que usan los escritores diaspóricos chinos puede calificarse de *minor language*; pero en comparación con el chino, y al observarlo en la economía lingüística global, se convierte en realidad en una *major language*, que está más cerca de Occidente.

Teniendo en cuenta esta desigualdad que existe entre diferentes lenguas, se ve obviamente una jerarquización de las obras elegidas para ser traducidas en Occidente: se da prioridad a las diaspóricas escritas en inglés o francés; entre las escritas en chino, que incluyen tanto las de la corriente diásporica como las de la literatura china, las primeras gozan de privilegio, porque ideológicamente están más cerca de Occidente; desafortunadamente, las pertenecientes a la literatura china permanecen relegadas en una posición desfavorable y marginal. A causa de esta relación asimétrica de poder, la traducción siempre tiende a ser unidireccional, porque los subordinados se ven obligados a traducirse a sí mismos a lenguas dominantes para que su voz sea oída. Mientras tanto, los dominantes, gozando de una supremacía absoluta, tratan las versiones "defectuosas" con "simpatía" sin darse cuenta verdaderamente de lo diferente del Otro ni probablemente querer conocerlo con sinceridad.

3.6 La imagen de la cultura china construida por la traducción

Como hemos dicho anteriormente, para la audiencia que no tiene acceso a la lengua original, la traducción actúa como el original en la cultura de destino. En este sentido, se puede decir que "translations construct or produce their originals; speaking from a postcolonial perspective Tejaswini Niranjana says translations 'invent' their originals" (Hermans 1999: 95). A través de la jerarquización de las obras diaspóricas chinas y las chinas traducidas en el mundo hispánico, se ve con claridad la tendencia a la hora de representar la cultura china o de China en la comunidad hispánica.

Como han mostrado los materiales que hemos analizado anteriormente, en el periodo comprendido entre 1980 y 2015 en España se publicaron 105 obras de la literatura diaspórica china y 71 de la china. Estas cifras ponen de manifiesto que la literatura diaspórica china ha desempeñado un papel fundamental en cuanto a la representación de China o la cultura china en el mundo hispánico. Tomando en consideración las características de esta corriente literaria, se podría resumir que la imagen de lo chino establecida en la comunidad hispánica sigue siendo estereotipada y estática. Por un lado, la preferencia por las obras chinoamericanas o en general la narrativa diaspórica china con un fuerte color orientalista pone de manifiesto que las palabras clave que caracterizan a China en el contexto cultural hispánico son: atrasado, misterioso, supersticioso, misógino, patriarcal, etc.

Esta imagen estereotipada de China mantenida en Occidente también ha sido culpa de la homogeneización de la chinidad. En muchas ocasiones, los lectores occidentales tienen por equivalentes las obras diaspóricas chinas y las creadas en China. A pesar de que esta homogeneización se deba en parte a la falta de conocimiento para la distinción, en cierto sentido, demuestra la tendencia reduccionista y simplista que intenta mantener la posición superior de Occidente y perpetuar la representación estereotipada de China. Según Spivak, este proyecto imperialista, que intenta construir el sujeto colonial como un Otro homogéneo, es una manifestación de la "violencia epistémica" (1993: 76), cuyo verdadero objetivo reside en "the asymmetrical obliteration of the trace of that Other in its precarious Subject-ivity" (Spivak 1993: 76). Volviendo a nuestro caso de estudio, se advierte que la actitud acrítica hacia la heterogeneidad de la chinidad es muy peligrosa, porque, como hemos visto en los capítulos anteriores, la imagen de la cultura china y de China construida en la literatura diaspórica china en muchas ocasiones solo es un reflejo refractado de la cultura china o una invención creativa detenida en determinado periodo histórico traumático, que ni siquiera es capaz de representar metonímicamente la cultura china.

Esta tendencia homogeneizadora también es la consecuencia de la desatención que sufren los autores chinos en España o ampliamente en el mundo hispánico. En cuanto a este aspecto, el concepto de *subalterno/a* planteado por Spivak nos parece pertinente al fenómeno. Este término, en el sentido amplio, se puede referir al colectivo colonizado, el dominado o el sujeto colonial o, mejor dicho, a todos los grupos excluidos en el plano político, económico e intelectual. Aunque con respecto a los autores blancos, los chinos diaspóricos así como los chinos pertenecen a esta categoría, si tenemos en cuenta la prioridad que da la sociedad occidental a los primeros, los segundos se convierten en los únicos que se quedan en este orden.

Tomando en consideración las relaciones asimétricas y desiguales de poder en el contexto postcolonial, Spivak se pregunta: "¿Pueden hablar los subalternos/as?" Según ella, la respuesta es no, porque tanto la voz como la conciencia de los subalternos son irrecuperables, porque "no hay, ni puede haber, una historia alternativa que pueda escribirse desde la posición del subalterno" (Vega 2003: 289). El grupo subalterno no está en condición de hablar ni razonar por sí mismo porque no existe una posición enunciativa desde la que pueda expresarse. En otras palabras, el grupo subalterno no deja ni voz ni huellas textuales sino representaciones o posiciones construidas o asignadas por otros grupos, sobre todo, por el grupo dominante o la élite local. Aunque hable, no será escuchado. Cuando sea oído, deja de ser subalterno. Esto es lo que ocurre con los autores diaspóricos chinos, que están ideológica y poéticamente más cerca del mundo occidental y se han convertido en portavoces de los chinos en Occidente. En otras palabras, en comparación con los autores chinos del continente asiático, a los chinos diaspóricos les resulta más fácil ser escuchados, pues han dejado de pertenecer a la escala subalterna exterior, formando parte de la sociedad próxima a la dominante y hablando a partir de un punto de vista occidental. En este sentido, la preferencia que les da Occidente en cierto sentido silencia la propia voz de los chinos y los relega a una posición periférica y a una situación desfavorable. En otros términos, los autores chinos sufren una doble marginación en Occidente.

Si tenemos en cuenta todas las razones anteriormente expuestas, los traductores han de ser muy prudentes y responsables a la hora de traducir las literaturas provenientes de las culturas marginadas. Por ejemplo, los traductores de la literatura chinoamericana o de la literatura china, sobre todo los que se postulan en la cultura dominante o pertenecen a ella, han de ser muy conscientes de las constricciones a las que están sujetos y del peligro que corren de actuar como cómplices del poder. De esta manera pueden evitar la tendencia a la manipulación y la reescritura de los textos originales según los conceptos epistemológicos preexistentes, lo que es paso previo a un intento de crear una representación relativamente objetiva de esta cultura étnica.

Aparte de la situación desfavorable que sufre la literatura china en los países de habla española, los estudios sobre esta corriente literaria y su traducción están también sufriendo una doble marginación. En el ámbito de la crítica literaria y en los estudios de la traducción, notamos que, quizá en virtud de lazos históricos, Occidente ha concedido más importancia a las literaturas escritas por autores de origen africano, por escritores indios o por autores que provienen de los países de habla portuguesa o española. Sin embargo, los estudios sobre la literatura diaspórica china y la china todavía no despiertan mucho interés en el mundo occidental. Eso también es una manifestación de las relaciones asimétricas del poder.

Sabido es que la India estuvo bajo el poder colonial británico durante casi un siglo; América Latina también fue víctima de la colonización europea durante muchos siglos. Este lazo de "parentesco" establecido entre los países excolonizados y sus metrópolis se convierte en un poder que da a estos países en Occidente una posición superior a la que tiene China. Es decir, en comparación con China, los países excolonizados están más cerca de los países del poder. Además, aunque China también sufrió la invasión de los colonizadores occidentales a mediados del siglo XIX, nunca se convirtió en una "verdadera" colonia de ninguna fuerza conquistadora, de modo que la cultura china mantiene relativamente una independencia y continuidad histórica. De esta manera, a los occidentales la cultura china les resulta muy alejada y menos accesible. En consecuencia, la literatura china y la literatura diaspórica china se ven relegadas a una posición marginada. Sin embargo, como ya hemos señalado anteriormente, si tomamos en consideración la prioridad que da Occidente a la literatura diaspórica china frente a la creada en la tierra china, no resulta difícil notar que la segunda sufre una doble marginación.

3.7 El efecto del Nobel: el caso de Mo Yan

Teniendo en cuenta que Mo Yan[①] es el ganador del premio Nobel, vale la pena dedicar más espacio a este autor. En sus libros siempre se percibe el profundo amor que siente el autor hacia su tierra natal y muchas de sus obras están inmersas en un

① Para más información biográfica, consúltese el Capítulo V: *Mo Yan: el autor, la obra y su recepción* de la tesis doctoral de Maialen Marín Lacarta (2012: 351-356).

ambiente de fuerte colorido local. Entre ellas, *Honggaoliang Jiazu* (《红高粱家族》, *Sorgo rojo*, 1987) se reconoce como una de las obras más representativas de la corriente literaria "Xun Gen" (literalmente traducida como "la búsqueda de raíces"), que surgió a finales de los años ochenta del siglo pasado. Esta manifestación literaria pone de relieve la importancia de reconstruir las culturas locales y minoritarias olvidadas y de recuperar la diversidad cultural destruida.

Las obras más importantes de Mo Yan son: *Honggaoliang Jiazu*, *Tiantang suantai zhige* (《天堂蒜薹之歌》, *Las baladas del ajo*, 1988), *Jiuguo* (《酒国》, *La república del vino*, 1992), *Fengru feidun* (《丰乳肥臀》, *Grandes pechos, amplias caderas*, 1996), *Sheng si pilao* (《生死疲劳》), *La vida y la muerte me están desgastando*, 2006), etc. En su discurso de aceptación del premio Nobel, el autor se definió a sí mismo como narrador de relatos. En sus escritos, no solo suele mezclar la realidad y las leyendas fantásticas que ha escuchado desde la niñez, sino que también a veces se rompe la distinción entre el presente y el pasado, entre la vida y la muerte. Por ejemplo, en su novela *Sheng si pilao*, Mo Yan emplea el concepto budista de "reencarnación" y observa o reflexiona sobre los acontecimientos históricos chinos que se produjeron durante cinco décadas a través del protagonista, que se reencarnó seis veces en cuerpos de diferentes animales. Muy influido por autores como Gabriel García Márquez y Faulkner, Mo Yan también es conocido como el mejor representante del realismo mágico chino.

Antes de que le concedieran el premio Nobel, según nuestra observación, se habían publicado ocho obras suyas en español, a saber: *Sorgo rojo* (1992/2002/2009), *La vida y la muerte me están desgastando* (2009), *Las baladas del ajo* (2008), *Grandes pechos, amplias caderas* (2007), *La república del vino* (2010), *Rana* (2011), *Shifu, harías cualquier cosa por divertirte* (2011), *Cambios* (2012). Notamos que la concesión del premio internacional ha ejercido mucha influencia en el mercado y en la aceptación de sus obras en España. Las ventas de las obras de Mo Yan "se han triplicado, dos meses después de que fuera proclamado ganador del Premio Nobel de Literatura 2012"①. Gracias a este efecto del Nobel se publicaron sucesivamente en español otros libros de este autor en los últimos tres años: *¡Boom!* (2013), *El suplicio del sándalo* (2014) y *Trece pasos* (2015).

Hemos visto que la mayoría de las obras de Mo Yan han sido publicadas por

① http://www.rtve.es/noticias/20121207/efecto-nobel-descubre-chino-mo-yan-lectores-espanoles-triplica-ventas/582481.shtml. Fecha de consulta: 04-04-2013.

la editorial Kailas. Con el gran éxito que consiguió Mo Yan, la editorial llegó a ser el mayor beneficiario en los países de habla española. Según manifestó el responsable de la editorial, estaba muy satisfecho con la apuesta que hizo por Mo Yan, dado que la publicación de las versiones castellanas de las obras de este autor chino "ha despertado un interés extraordinario"[①] no solo en España sino también en América Latina. Además, no resulta arriesgado aventurar que la concesión del premio Nobel también abrirá camino a la publicación de más obras del mismo autor y quizá también de otros autores chinos que se vinculan de una manera u otra con Mo Yan.

El papel de suma importancia que desempeña el mercado en la era de la globalización comercial también se demuestra en el hecho de que el portal de Casa del Libro siempre se actualiza más rápido que la base de datos de libros editados en España en lo que respecta a la localización de los libros más "llamativos". En una época que se carateriza por la globalización y la comercialización, la literatura también se ha convertido en un producto de consumo. Ciertamente, esta tendencia consumista hace que en muchas ocasiones los lectores compren libros bien solo por la promoción de los medios de comunicación, bien porque son obras ganadoras de ciertos premios importantes, bien para una lectura superficial que no busca una interpretación profunda. En este caso, los lectores generalmente ya se sienten satisfechos cuando encuentran en estas obras voces e imágenes que corresponden a sus expectativas previamente existentes. Este tipo de lectura no sería una forma de aceptar y respetar verdaderamente al Otro ni tampoco resultaría favorable para subvertir los estereotipos de una cultura establecidos en otra ajena.

En este capítulo, hemos trazado una situación panorámica de la traducción de la literatura diaspórica china y de la china a lengua española, analizando la jerarquización aplicada a las obras seleccionadas antes de someterlas a la traducción en consonancia con las relaciones asimétricas entre las lenguas. Vemos que la posición marginal que ocupan tanto la literatura diaspórica china como la china en el mundo hispánico es muy obvia. Esperamos que nuestro estudio pueda ofrecer ciertas sugerencias útiles a las editoriales o a los traductores a la hora de seleccionar obras para su futura traducción y a la hora de tomar decisiones en la propia práctica

① http://www.rtve.es/noticias/20121207/efecto-nobel-descubre-chino-mo-yan-lectores-espanoles-triplica-ventas/582481.shtml. Fecha de consulta: 04-04-2013.

traductora. Sostenemos que en estos procesos operativos de la traducción hay que evitar la homogeneización de la cultura china. Como contrapunto, así el editor como el traductor deben insistir de nuevo en el valor estético de las obras literarias; tienen que rendirse completamente a los originales, como indica Spivak ([1992] 2000), respetando sinceramente su particularidad cultural.

Capítulo IV. La traducción de *The Joy Luck Club* de Amy Tan[①]

> It is essential to know what the translator has added, whtat he has left out, the words he has chosen, and how he has placed them. Because behind every one of his selections there is a voluntary act that reveals his history and the socio-political milieu that surrounds him; in other words, his own culture (Álvarez y Vidal [1996] 2007: 5).

En este capítulo, nos adentraremos en el análisis de la traducción de la novela más exitosa de Amy Tan, *The Joy Luck Club*. Adoptaremos un modelo "top-down", es decir, "from the general to the particular and back again to the general" (Hermans 1999: 66), con el fin de demostrar plenamente la compleja red de interrelaciones entre los elementos que componen el polisistema sociocultural donde se encuadra la actividad de la traducción. Primero, estudiaremos los factores institucionales e ideológicos que determinan y condicionan la selección de nuestro objeto de estudio, por ejemplo, por qué elegimos a esta autora y su obra *The Joy Luck Club* para nuestros objetivos. Segundo, compararemos las dos versiones españolas de esta obra para descubrir los factores poéticos e ideológicos que condicionan la selección de estrategias traslativas por parte de los traductores. Por último, terminaremos este capítulo reflexionando sobre las limitaciones de las teorías tradicionales de traducción, que en buena medida manejan conceptos binarios, en aras de solucionar los problemas inherentes al proceso de traducción de los textos postcoloniales. Esperamos plantear así ciertas nuevas propuestas de utilidad. En este capítulo adoptaremos las teorías de Venuti, Tymoczko, Bandia, Spivak, Vidal, Sales, Vidal Claramonte, Martín Ruano, etc., y otros autores vinculados a las teorías postcoloniales y críticas de la traducción.

---

① Parte de este capítulo se publicó en la revista *Sendebar* en 2014, titulada "La traducción de la literatura chinoamericana: Análisis comparativo de las dos versiones castellanas de *The Joy Luck Club* de Amy Tan". Los ejemplos 6, 7, 45, 46, 50, 54, 61, 62, 65, 67, 68 y 70 se han empleado en este artículo.

4.1 Amy Tan y su obra *The Joy Luck Club*

4.1.1 Éxitos obtenidos por Amy Tan

Los sorprendentes éxitos que ha obtenido Amy Tan en el mundo occidental (en los países angloamericanos y en los europeos), tanto en el aspecto comercial como en el plano estético y académico, pueden calificarse como un milagro en la historia de la literatura chinoamericana e incluso como una piedra angular en la historia de la literatura diaspórica china. Muchos críticos consideran su primera novela, *The Joy Luck Club*, una obra canónica que ya forma parte de la esfera literaria dominante americana. Gus Lee ha comentado que fue Amy Tan quien logró abrir la "compuerta" de la publicación a otras obras de la literatura chinoamericana en el mundo occidental y que fue ella quien consiguió que una serie de editoriales de prestigio de Estados Unidos y de los países del mundo occidental volvieran a depositar su atención en la literatura chinoamericana (en Wang 2009a: 244). *The Joy Luck Club* (*El club de la buena estrella*), la obra más representativa de Amy Tan, no solo fue un éxito sin precedentes en el mercado sino que también recibió una alabanza unámine por parta de la crítica procedente de la comunidad occidental. Esta novela fue seleccionada como finalista del Premio Nacional del Libro (National Book Award), del galardón del Círculo Nacional de Críticos de Libros (National Book Critics Circle Award) y del L.A. Times de Libro en 1989 y premiada con el Premio de Oro de la Mancomunidad de Naciones (Commonwealth Gold Award) y el Premio de Bay Area Book Reviewers en 1990.

The Joy Luck Club tiene dos traducciones castellanas diferentes, realizadas por distintos traductores, que fueron reeditadas 16 veces en España durante 20 años (1990-2009). Aparte de esta primera novela, la segunda de Amy Tan, *The Kitchen God's Wife*, y la tercera, *The Hundred Secret Senses*, también tienen dos versiones españolas distintas realizadas por diferentes traductores. Según hemos comprobado, a pesar de que otras obras de ciertos autores chinoamericanos o de la diáspora china, tales como Aimee Liu, Lisa See, etc., también se reediten muchas veces en España, estas solo cuentan con una sola versión castellana. El caso de Amy Tan es poco frecuente, aunque quizá la retraducción de sus novelas se deba a una supuesta disputa por los derechos de edición. Además de la gran influencia que ha ejercido esta obra en el mundo occidental, también ha despertado el interés de lectores y académicos chinos en la literatura chinoamericana.

Por todo lo que hemos mencionado anteriormente, vemos que *The Joy Luck Club* constituye un hito en la historia de la literatura chinoamericana y además es una obra de gran valor, que despierta el interés tanto de la crítica y del público como del ámbito académico en todo el mundo. Por lo tanto, elegir esta obra como objeto de estudio dará efecto tanto ilustrativo como representativo: en ella se reflejan cuestiones comunes que se abordan en las obras diaspóricas chinas y problemas relativos a la construcción de sentido que se plantean en la traducción de este tipo de obras literarias.

4.1.2 Breve biografía de Amy Tan

Indudablemente, el enorme triunfo que ha conseguido Amy Tan está íntimamente relacionado con sus experiencias personales. Amy Tan, hija de padres chinos emigrantes a Estados Unidos, nació el 19 de febrero de 1952 en Oakland (California, Estados Unidos) y creció notablemente marcada por la influencia de la cultura china y la americana. El padre de Amy Tan, John Tan, creció en una familia de fuertes creencias cristianas y desde muy pequeño empezó a aceptar la educación occidental. No solo hablaba perfectamente cantonés y chino mandarín sino que también manejaba bien el inglés. La madre de Amy Tan, Daisy Tan, proveniente de una familia rica de Shanghai y educada conforme a la manera tradicional china, vivió una vida trágica y fue víctima del feudalismo y del patriarcado chinos. Aunque se convirtió al cristianismo tras llegar a Estados Unidos, el confucianismo, el taoísmo y el budismo dejaron claras huellas en ella. Desde muy pequeña, Amy Tan vivió entre la fe de su padre y el fatalismo de su madre, entre el espíritu santo que le influía por parte paterna y los fantasmas que provenían de la parte materna. La autora describe de la siguiente manera estas dos fuerzas conflictivas y complementarias que la acompañaban desde pequeña:

> in my family, there were two pillars of beliefs: Christian faith on my father's side, Chinese fate on my mother's. Picture these two ideologies as you might the goalposts of a soccer field, faith at one end, fate at the other, and me running between them trying to duck whatever dangerous missile had been launched in the air (Tan 2003: 11).

Daisy Tan, aunque creció en una familia rica, tuvo una vida angustiosa, llena de tragedias traumáticas que tuvieron que experimentar las mujeres de su entorno, muchas de las cuales fueron adaptadas por Amy Tan en *The Joy Luck Club*. Los relatos orales de Daisy han constituido siempre la fuente principal de inspiración para la creación literaria de Amy Tan. La vida en China de Daisy estuvo marcada por la tristeza: a los nueve años de edad, fue testigo del suicidio de su madre y, en su juventud, se casó con un hombre agresivo y violento que la condujo a un matrimonio infeliz, rozando el horror. Divorciada de su marido y despojada de la custodia de sus tres hijas, se decidió a abandonar su tierra natal y llegó a Estados Unidos albergando la esperanza de rehacer allí su vida. Por todo ello, en la memoria de Daisy, la China que dejó atrás siempre aparece como un lugar lleno de tristeza, dolor y desesperanza. Esta China sirve como el contexto histórico donde se ambientan las historias de Amy Tan. Fue el cuento *Waiting Between the Trees*, que más tarde se convirtió en un capítulo de *The Joy Luck Club*, el que impresionó a Sandra Dijkstra, la agente literaria que animó a Amy Tan a escribir un volumen entero de cuentos. Otro factor importante que la impulsó a crear esta obra fue la recuperación milagrosa de su madre de una enfermedad grave, que le permitió darse cuenta de cuánto la quería y del miedo que tenía a perderla. Al mismo tiempo, se percató de que nunca la había conocido realmente bien, así que se propuso escribir un libro para verter sus historias.

En 1987, Amy Tan acompañó a su madre en un viaje a China con el fin de reunirse con sus "medio hermanas", que aquélla había dejado en su país de origen hacía cuarenta años. Para Amy Tan, este supuso un viaje de "autoexploración" o "autorevelación" que no solo removió sus genes y sangre chinos sino que también le dio una nueva perspectiva desde la que reflexionaba sobre la difícil relación entre madre e hija. Este retorno a la raíz étnica fue uno de los mayores impulsos que animaron a Tan a componer sus creaciones literarias. En 1989, la publicación de *The Joy Luck Club* impresionó al público de Estados Unidos. Cuatro años después, la adaptación cinematográfica de esta novela, dirigida por Wayne Wang, famoso director chinoamericano, también cosechó un triunfo redondo.

Como prodigiosa productora de *bestsellers*, después de *The Joy Luck Club*, Amy Tan publicó sucesivamente otras cuatro novelas: *The Kitchen God's Wife* (1991), *The Hundred Secret Senses* (1995), *The Bonesetter's Daughter* (2001), *Saving Fish for Drowing* (2005) y una colección de ensayos titulada *The Opposite of Fate: A Book of Musings* (2003). Aparte de novelas y cuentos, Tan escribió dos libros infantiles, *The Moon Lady* (1992) y *Sagwa, The Chinese Siamese Cat* (1994), y numerosos artículos para revistas tales como *The New Yorker*, *Harper's Bazaar* y *National Geographic*. Casi todos sus libros llegaron a ser *bestsellers* y obtuvieron nominaciones a premios de prestigio. En 2013, se publicó otra de sus novelas, *The Valley of Amazement,* cuya versión española salió a la luz en 2015. Como puede comprobarse, casi todas las novelas y cuentos infantiles de Amy Tan cuentan con versiones en castellano.

4.1.3 Acerca de *The Joy Luck Club*

The Joy Luck Club se divide en cuatro partes, cada una de las cuales está compuesta por cuatro capítulos. En esta novela, ocho historias están narradas por siete narradoras, tres madres y cuatro hijas, provenientes de cuatro familias distintas. La primera y la última parte tratan de las historias de las madres, situadas en el pasado y en China, y la segunda y la tercera parte cuentan la vida de las hijas, enmarcadas en la actualidad y en Estados Unidos. En cada capítulo, las madres e hijas relatan sus propias historias en primera persona y el enfoque narrativo se traslada de una familia a otra según el turno de "los vientos" en la mesa del *mah jong*. Siguiendo una estructura circular, la novela empieza con la historia de Suyuan, fallecida de un aneurisma cerebral, relatada por Jing-mei, su hija, que también la sustituye en la mesa del *mah jong*, y termina con la reunión de Jing-mei con sus dos medio hermanas en China, deseo que Suyuan albergó toda su vida. En la novela, la autora se aprovecha de la ausencia de Suyuan para crear una sensación de desequilibrio, como ella misma reveló: "I deliberately chose to have three at the mah jong table to create a sense of imbalance, a feeling that something or someone was missing. To me, that's what the stories are about: the search for balance in my life" (Tan 2003: 302). Esta búsqueda del equilibrio también se manifiesta en el desarrollo de la relación entre madre e hija, que empieza siendo conflictiva y termina conciliándose a través de constantes negociaciones.

Con su mano maestra, Amy Tan teje un texto complejo en el que se oyen múltiples voces femeninas que son capaces de llevar a los lectores a un mundo maravilloso donde se mezclan la realidad y la leyenda, se ponen en paralelo el pasado y el presente, y se solapan dos continentes, Asia y América. En esta novela se ven con claridad características de la literatura postcolonial: "tiene de testimonial, de presuntamente espontáneo y popular, de mezcla de oralidad, de nostalgia y de memoria" (Vega 2003: 229). Además, también se nota en esta novela la influencia ejercida por la americana Louise Erdrich, que "se apoya en el frecuente uso de *flash backs*, la técnica del relato enmarcado y el uso del misterio". ① Se puede decir que la clave de su triunfo consiste en su fantástica narración transespacial, transtemporal

① http://www.mcnbiografias.com/app-bio/do/show?key=tan-amy. Fecha de consulta: 28-04-2013.

y transcultural.

La relación paradójica entre madre e hija y la cuestión de identidad son los temas principales de la novela. Las madres, cuyas historias traumáticas tuvieron lugar en China durante la Segunda Guerra Mundial, crecieron y vivieron en una sociedad en la que regía el patriarcado confuciano. Al contrario, las hijas que crecieron en EE.UU., donde las ideas que se propagan son la libertad y la democracia, son capaces de controlar su propio destino luchando por su independencia y autonomía. Estas diferencias producen una relación paradójica entre las dos generaciones: por una parte, las madres esperan que en sus hijas no se repitan las tragedias que ellas sufrieron y que puedan luchar por su propia felicidad; por otra, quieren que sus hijas sean "buenas" según los criterios chinos, entre los cuales constituyen dos factores fundamentales la obedencia a los mayores y el cumplimiento de los deseos familiares.

Amy Tan, perteneciente a la segunda generación de los inmigrantes chinos, no escapa a esta situación llena de dualidades, confusiones y conflictos. Aunque crecía inmersa en la cultura americana, estaba muy unida a la cultura de su origen en medio de la vida y la educación familiares. Siempre se encuentra atrapada en un abismo entre la cultura china tradicional y la cultura americana contemporánea, debatiéndose entre las obligaciones familiares y los deseos que los padres imponen sobre ella por un lado y, por otro, la aspiración a la independencia y la autonomía. Esta ambivalencia no solo genera una sensación de incertidumbre e indeterminación sino también numerosas dificultades y confusiones en el proceso de autodefinición. En sus obras, se plasma fielmente el itinerario que sigue la construcción de la identidad chinoamericana: desde el rechazo total de la cultura china y la aceptación incondicional e indiscriminada de la norteamericana hasta la toma de conciencia acerca de los vínculos inseparables con su herencia étnica y el retorno a sus raíces étnicas y culturales.

Hay que destacar que este retorno no es un regreso ciego a la cultura china ni tampoco supone el abandono de la parte americana, sino que constituye un proceso híbrido en el que se confrontan, se negocian y finalmente se reconcilian las dos culturas. A través de este proceso de autorredescubrimiento, la autora o las protagonistas de su novela se dan cuenta de que, para escapar de esta situación conflictiva, buscar un punto de encuentro o conciliar correctamente los elementos de múltiples procedencias es quizá la única vía adecuada, es decir, han de convertirse en "seres obligados a caminar siempre entre dos aguas sin reposar en ningún destino, camaleones sociales que, por pertenecer a varias culturas y en realidad a ninguna, tienen el corazón doble, o tal vez roto, dividido" (Martín Ruano 2007b:16-7). Amy Tan también comenta su identidad híbrida con las siguientes palabras: "I see my conception, my father's and mother's DNA combination into a hybrid form of fate and faith held together by a suspension of disbelief" (Tan 2003: 37).

Aunque la gran maestría en el manejo de la lengua ha sido uno de los factores fundamentales que explican el triunfo de Amy Tan, las circunstancias socioculturales y la aportación de otros autores chinoamericanos y, sobre todo, de las autoras chinoamericanas, también han desempeñado un papel de suma importancia. Las obras de Amy Tan aparecieron en un momento histórico (los años 80) en el que la sociedad americana era testigo de múltiples movimientos sociales y culturales que condujeron al despertar de la conciencia étnica. Otros factores como las relaciones interraciales, la movilidad ascendente en la escala social de las minorías y los vínculos con las raíces étnicas se convirtieron en temas que atrajeron cada vez más la atención de la ciudadanía. Todo ello confirma, como ya hemos dicho anteriormente, que el multiculturalismo se ha instalado como una tendencia irreversible. Por todo lo que hemos visto, los éxitos que ha obtenido Amy Tan no son nada casuales.

4.2 La extranjerización y la domesticación mostradas en las versiones de *The Joy Luck Club* y sus traductores

4.2.1 La extranjerización y la domesticación

Antes de revisar las versiones de *The Joy Luck Club*, es preciso estudiar las dos estrategias dicotómicas de la traducción, la extranjerización y la domesticación, formuladas por Schleiermacher y desarrolladas por muchos otros teóricos posteriores, pues estas dos tendencias se muestran en diferente medida en las distintas traducciones de esta obra canónica de la literatura chinoamericana.

Hace ya dos siglos, Schleiermacher teorizó sobre el "doble movimiento" de la traducción. Según él, existen dos tipos de traducción: la traducción que va orientada hacia el lector de la cultura meta y la traducción que acerca al lector al autor del texto original. Esta doble fórmula, revitalizada en el siglo XX por autores como

Venuti, suscita pólemicas por plantearse como una más de las dicotomías binarias que abundan en los estudios de traducción. Como Schleiermacher, Venuti aboga por la traducción orientada hacia el autor, insistiendo en que en el texto traducido hay que mostrar lo extraño del Otro. Durante mucho tiempo e incluso hasta la actualidad, la transparencia y la fluidez constituyen los criterios predominantes con los cuales se evalúan las traducciones en la cultura angloamericana, lo que trae como consecuencia la invisibilidad del traductor.

Esta tendencia de reducir o eliminar lo extranjero en la cultura angloamericana en realidad pone de manifiesto una actitud monolingüe y narcisista de las culturas dominantes y constituye una "ethnocentric violence" (Venuti 1995: 20) que intenta construir el texto extranjero y sus representaciones culturales según los criterios, valores y creencias de la cultura meta, lo que sirve para mantener las jerarquías preestablecidas de dominación y marginalidad que controlan la producción, la circulación y la aceptación de los textos. Venuti define este tipo de traducción como *traducción domesticadora*. Esta estrategia traslativa que busca una inteligibilidad inmediata y evita lo extranjero en el plano del significado tiende a eliminar las particularidades lingüísticas y culturales del texto original a través de la aculturación y la domesticación de los elementos propios del texto extranjero y oculta la intervención crucial del traductor. Esta domesticación genera la ilusión de que el texto traducido es igual que el original y puede reflejar fielmente las intenciones creativas del autor. Sin duda, esta estrategia no solo conduce a la autoaniquilación del traductor sino también a la marginalización cultural y la expropiación económica de los pueblos de las *minor languages*. En resumen, este tipo de traducción está al servicio de un poder colonial o neocolonial que propaga un anglocentrismo o eurocentrismo con el fin de mantener su primacía étnica y cultural.

Oponiéndose a la traducción domesticadora, Venuti pone de relieve la visibilidad del traductor y hace hincapié en la traducción exotizante, que, según él, puede realmente manifestar la otredad de las culturas minoritarias. Venuti (1992) destaca que el carácter extranjero que se muestra en la traducción exotizante no puede interpretarse como una representación transparente de lo esencial de la cultura foránea sino como una "construcción estratégica" que es contingente y varía según el contexto de la lengua meta. Venuti también define este tipo de traducción como estrategias *resistentes*, cuyos objetivos consisten en reproducir la fragmentación y la discontinuidad del texto extranjero, revelar la yuxtaposición de diferentes significados, obligar a los lectores a cambiar las expectativas preconcebidas y liberarlos de los estereotipos preestablecidos que gobiernan su interpretación de las obras traducidas.

Venuti es partidario firme de la exotización, porque esta estrategia traductora intenta llevar al lector a viajar por el ambiente que ha creado el texto original y sentir lo extraño de esa cultura extranjera. En otras palabras, la versión siempre está recordando al lector que no está leyendo un texto original sino una traducción. En ciertas ocasiones, este tipo de traducción deja a los lectores perderse en su propia lengua, porque el traductor se apropia de la lengua dominante insertándole características sintácticas de lenguas minoritarias e incluso elementos culturales de las culturas marginadas, lo que se aleja de la ética asimilacionalista y revela la heterogeneidad y las diferencias lingüísticas y culturales desde dentro de las *major languages*.

4.2.2 Las diferentes versiones de *The Joy Luck Club*

The Joy Luck Club tiene dos versiones castellanas, ambas tituladas *El club de la buena estrella*. La primera apareció por primera vez en 1990, publicada por la editorial Tusquets Editores, S. A. y traducida por Jordi Fibla; la segunda traducción, una nueva edición de bolsillo traducida por Miguel García Solá, se editó por primera vez en la editorial Random House Mondadori en 2001. Hasta 2013, *The Joy Luck Club* se ha reeditado un total de 16 veces en España. La traducción de Miguel García Solá solo se publicó en 2001, 2002 y 2003 por la editorial Random House Mondadori y por Plaza & Janés Editores; el resto corresponde a la primera traducción[①]. En general, la versión española de Jordi Fibla se realiza bajo la orientación de la ética de la diferencia o la ideología que promueve la autonomía y tiene como objetivo permitir que la otredad de la cultura chinoamericana se infiltre en la española; al contrario, la versión castellana de Miguel García Solá se lleva a cabo partiendo de la ética de lo mismo o de la ideología de asimilación con el fin de producir un texto fluido, lo que en cierto sentido mantiene el canon literario español, evitando la "contaminación" lingüística y cultural del Otro.

Igual que los escritores, los traductores no son capaces de liberarse del condicionamiento de las circunstancias socioculturales donde se encuentran, de sus

① Cuando analicemos las dos versiones castellanas de *The Joy Luck Club* en los apartados posteriores, utilizaremos la traducción de Jordi Fibla publicada en la Editorial Planeta en 2009 y la de Miguel García Solá publicada en la editorial Plaza & Janés Editores en 2001.

compromisos con una clase o posición social, ni tampoco pueden mantener actitudes neutras ni estar completamente libres de las influencias que ejercen las fuerzas políticas, institucionales e ideológicas de la sociedad en la que se integran. En este sentido, conocer las circunstancias en las que viven los traductores, su formación y su trayectoria personal es de gran ayuda a la hora de estudiar en profundidad los factores poéticos e ideológicos que condicionan o determinan la elección de estrategias traslativas en el proceso de traducción.

Jordi Fibla, el traductor de la primera edición española de *The Joy Luck Club*, también ha traducido otras obras de Amy Tan, tales como *La esposa del dios de fuego, Los cien sentidos secretos, La dama de la luna,* y las obras de otro escritor chinoamericano, Ha Jin, por ejemplo, *En el estanque, La espera,* y *Sombras del pasado.* Aparte de estas, también es el responsable de las versiones españolas de muchas obras de otros autores étnicos, tales como Philip Roth, autor judíoamericano, Fritz Leiber, escritor americano de extracción alemana, Danielle Steel, autora americana cuyo padre es inmigrante judío de Alemania, Toni Morrison, autora africoamericana, etc. Además, Jordi Fibla también ha realizado la versión española de la obra clásica de la literatura japonesa *La historia de Genji*, de Murasaki Shikibu, del inglés, y ha transvasado muchas obras de autores japoneses, tales como Daisetz Teitaro Suzuki, Kenzaburo Oe, Fumiko Enchi, etc. Aunque la información sobre este traductor es escasa, a través de las obras que ha traducido vemos que tiene mucha experiencia en verter a autores étnicos y es gran conocedor de la cultura asiática oriental. Al estudiar su versión de *The Joy Luck Club*, vemos que en el proceso de traducción siempre es consciente de la carga cultural e ideológica que conllevan las estrategias creativas adoptadas por los autores. En cuanto a Miguel García Solá, desafortunadamente no hay apenas disponible información de utilidad.

4.3 Implicaciones en la traducción de *The Joy Luck Club*

4.3.1 Factores extratextuales

Gerard Genette, en su libro *Paratexts: Thresholds of Interpretation*, analiza sistemáticamente diferentes tipos de paratextos y sus fuerzas ilocucionarias. Según este autor, los paratextos son una serie de producciones verbales o de otro tipo, tales como nombres de los autores, títulos, prefacios, ilustraciones, etc., que pertenecen a un texto o lo rodean con el fin de extenderlo o presentarlo (1997: 1). Este tipo de recursos se pueden describir como un "threshold" (Genette 1997: 2), que constituye mediaciones liminales que sirven para conseguir una mejor aceptación y una lectura más amplia de un texto. Estos paratextos, según el mismo autor, se dividen en dos categorías: los "peritextos" y los "epitextos". Los paratextos de la primera categoría se refieren a los que se incluyen en el mismo volumen del texto principal, por ejemplo, portadas, títulos, dedicatorias, prefacios o notas, epílogos, glosarios, etc.; los de la segunda categoría hacen referencia a los que se hallan fuera del libro, por ejemplo, comentarios, entrevistas con los autores, cartas, diarios o memorias de los autores, etc.

El concepto de "epitexto" tiene muchas concomitancias con la definición de "reescritura" de Lefevere. Según Bassnett y Lefevere ([1998] 2001: 10), las reescrituras de las obras originales, tales como la crítica, la historiografía literaria, la producción de los textos de referencia, las adaptaciones en otros productos culturales como películas, etc., también junto con la traducción, se apoyan o se contradicen entre sí para construir de manera coordinada la imagen de los autores y de sus obras tanto en la cultura original como en la de destino. Los paratextos constituyen un elemento indispensable que participa activamente en la construcción de la representación de un autor y sus obras en la cultura meta.

Como indican muchos teóricos de adscripciones muy diferentes, tales como Bassnett y Lefevere, Tymoczko o Said, etc., ningún texto es totalmente original, porque es una reescritura de textos anteriores y paralelos. La traducción de un texto tampoco puede ser eterna ni invariable. Es contingente y se produce en determinado periodo histórico y en determinadas circunstancias socioculturales. En este sentido, para estudiar con detenimiento la o las traducciones de cierta obra, es preciso contextualizar tanto el texto original como sus traducciones. Sin duda, los paratextos constituyen un recurso eficaz para tal fin. En esta parte, comenzaremos nuestro estudio con los peritextos que acompañan a la obra original y sus traducciones.

a. Diseño de portadas[①]

Empezaremos mirando el diseño de las portadas de las diferentes ediciones de

① Las fotos marcadas por "O" se refieren a las portadas de la obra original y las señaladas por "T" hacen referencia a las portadas de las versiones españolas.

la obra original y de las distintas versiones. Puesto que tanto la obra original como las traducciones se han reeditado muchas veces por diferentes editoriales, no es posible incluir toda esta gran variedad. Solo elegimos las portadas más representativas de las ediciones que hoy en día siguen circulando en el mercado. Primero, veremos el diseño de las diferentes portadas de la obra original.

O (1)

O (2)

O (3)

O (4)

Las dos primeras portadas son parecidas: en ellas se ven dos dragones que están surgiendo del mar, acompañados de nubes de color, que en la cultura china simbolizan la buena suerte. El título de la obra y el nombre de la autora aparecen en el centro. En la segunda, que obviamente es una edición posterior a la publicación de la tercera novela de Amy Tan, *The Hundred Secret Senses*, aparte del título y del nombre de la autora, se añade, en la parte superior, una línea que reza "Nine months on the *New York Times* bestseller list" y, en la inferior, una serie de comentarios de los medios de comunicación importantes, que sirven a modo de etiquetas llamativas para atraer la atención de los potenciales consumidores. A primera vista, daría la impresión de que se trata de una obra de estilo muy oriental e incluso un poco misteriosa, capaz de trasladar al lector a un mundo lejano y antiguo. Sin embargo, la imagen del dragón, de las nubes y del mar tienen poco que ver con el contenido de la obra y la intención creativa de la autora. Se puede decir que estos dos diseños tienen un fuerte sabor orientalista, confirmando lo que comenta Said en *Orientalismo*.

En la tercera portada, al lado derecho se destacan unos "elementos chinos" sobre un fondo rojo; en la parte superior, se ven un fragmento de una carta escrita en chino y dos dibujos de paisajes de dos ciudades que aparecen en el libro (uno de las montañas y los ríos de Guilin y otro de la Pagoda de las Seis Armonías que está en Hangzhou); en la parte inferior, se aprecia la imagen de una mano con signos que simbolizan la quiromancia china; a la izquierda se colocan el título y el nombre de la autora junto con el comentario de Alice Walker, escritora afroamericana y autora de *The Color Purple*. Sin duda esta alusión certifica la vigencia de los lazos coyunturales entre miembros heterogéneos de las "imagined communities" que teje la literatura y la traducción (Venuti 2000). Esta portada no solo muestra los elementos chinos que aparecen en la obra, sino que también logra atraer la atención de un lector occidental que se interesa por la cultura oriental. La cuarta usa como fondo una foto de la marcha de invasores japones tomada en China, contexto histórico en el que vivían las madres de *The Joy Luck Club*; en el centro, no solo aparece el título en inglés sino también unos caracteres chinos, "母", madre, "樂(乐)", alegría (*joy*), y, más abajo, "福", fortuna (*luck*), que se hacen eco del tema principal de la obra y también aluden al título original del libro; en la parte superior, se ven la imagen de una moneda antigua china y una foto de estilo occidental que produce en su conjunto una sensación transespacial y de contraste cultural. Este diseño no solo se vincula con el contenido de la obra sino que también puede despertar el interés de los lectores en los elementos "exóticos".

O (5)

O (6)

O (7)

La quinta portada alude a la estructura de la novela, en la que se organizan las historias según el turno de "los vientos" en la mesa de *mah jong*. En el centro del dibujo, las fichas de este juego enmarcan el título del libro y el nombre de la autora; fuera de la muralla de *mah jong* se ven tres piezas de *feng*, indicadores de las direcciones con caracteres inscritos encima. En la parte superior se incluyen varios comentarios sobre la novela y, en la inferior, aparte de la pieza de *mah jong*, también se ve un dragón dorado. Aunque ese diseño coincide con la estructura de la novela, a través de esta portada al lector le resultaría difícil adivinar el contenido de la obra. La séptima simplemente presenta una foto moderna en la que se ve el perfil de una niña china con vestido tradicional chino de color rojo cogiendo de la mano a su madre. Quizá el diseñador o la diseñadora quisiera destacar el tema principal de la novela, esto es, la relación entre madre e hija. En comparación con la sexta portada, quizá la más neutra, en el sentido de que no usa elementos “exóticos” ni tampoco incluye comentarios de *bestsellers*, el diseño de las otras en cierta medida está revestido de un color orientalista que se asocia al misterio en Occidente.

T(1)

T(2)

T(3)

T(4)

En comparación con la obra original, aunque visualmente el diseño de las portadas de las versiones castellanas parece más sencillo, sin tantos adornos “orientales”, se puede detectar un color exótico que sirve para crear fascinación en los lectores de habla española. La primera corresponde a la versión publicada por la editorial Planeta, en la que se ve el perfil de una señora que está bailando con un abanico de seda y a lo lejos se advina un rascacielos. Con este diseño quizá se quiera destacar el contraste entre lo moderno y lo tradicional, las circunstancias conflictivas en las que crecen la autora y sus protagonistas. En la segunda portada, editada por la editorial Salvat, se usa la figura de Jing-mei, procedente de la película estrenada en 1993 como adaptación de la obra, junto con dos perfiles femeninos oscuros. Esto recuerda lo que ya comenta André Lefevere (1997): la traducción no puede estudiarse al margen de otras reescrituras, en este caso fílmicas.

La tercera y la cuarta son de la editorial Tusquets. La tercera ostenta un óleo que representa a una chica de una etnia minoritaria china del sur, ataviada con un vestido tradicional, imagen exótica que no tiene nada que ver con la novela; en la cuarta se adopta la última escena de la película, en la que Jing-mei y su “medio hermana” se abrazan cuando Jing-mei llega a China para cumplir el último deseo de su madre. Aunque quizá las caras asiáticas constituyen las etiquetas más llamativas que despiertan el interés de los lectores, este diseño se corresponde con la intención creativa de la novela: la madre y la hija se reconcilian; la cultura americana y la china se combinan e hibridan; el desequilibrio se esfume para dar lugar a la armonía. Además, esta escena fácilmente provocaría emoción entre los lectores.

T(5)

T(6)

T(7)

La portada de la edición de Altaya emplea una foto de una mujer china con *qipao*, vestido que estuvo de moda durante los años veinte y treinta del siglo pasado y hoy en día se ha convertido en un modelo femenino representativo de lo chino. A través de esta portada tampoco es posible establecer ninguna asociación con el contenido de la novela. Las últimas dos son de la versión de bolsillo. Obviamente, la figura que aparece en una de ellas es una mujer "oriental" en la vista occidental u orientalista: corresponde a la imagen de una mujer de Medio Oriente o del mundo árabe, pero no tiene nada que ver con China; la segunda ofrece una foto de tres chicas chinas vestidas con *qipao*.

Al contemplar el diseño de estas portadas de estas versiones castellanas, podemos apreciar que las editoriales españolas adoptan unas estrategias menos orientalistas y más conservadoras. Es decir, si bien se destacan las características étnicas de la obra, esto no se lleva a cabo de forma exagerada. Teniendo en cuenta que la sociedad española no ha experimentado tantas hibridaciones culturales, como es el caso de la americana, ni tampoco tiene un conocimiento extenso sobre China y su cultura, una portada con un fuerte color chino podría no llegar a despertar el interés de los lectores españoles sino producirles una sensación de alienación cultural que les incitara a descartar la lectura del libro.

b. Metatextos

Aunque en la obra original la autora introduce muchos términos y otros elementos cuturales chinos, en líneas generales, en ambas traducciones castellanas no hay ni un glosario general al final del libro ni un prólogo ni un epílogo. Tampoco detectamos notas de traductores o introducciones a la obra en las que se expliquen las dificultades encontradas en el proceso de traducción. Solo vemos una breve biografía sobre la autora en la versión de Jordi Fibla; en la otra no se da ninguna información añadida ni sobre la obra ni acerca de la autora. En torno a los traductores, aparte de sus nombres, que aparecen en la portada interior, no encontramos ninguna información. En cuanto al uso de notas al pie de página, en la traducción de Jordi Fibla aparecen nueve y en la de Miguel García Solà, cinco. Estos paratextos peritextuales parecen indicar que Jordi Fibla no quiere "ocultar" la diferencia y la distancia entre la cultura china, la americana y la española. En cambio, Miguel García Solà intenta hacer una versión más fluida y solamente añade notas como último recurso a la hora de realizar adaptaciones.

Normalmente, cuando un autor está creando una obra, muy pocas veces toma en consideración si posteriormente se traducirá a otras lenguas ni piensa en las dificultades que se produzcan en este proceso de trasvase. Sin embargo, los textos postcoloniales, en nuestro caso, la novela de Amy Tan, en cierto sentido constituyen en sí mismos una traducción cultural. Cuando la autora intenta transmitir un concepto de la cultura china a la americana, ya tiene en cuenta las dificultades que impedirían el entendimiento de sus lectores meta y hace ajustes adecuados en el proceso creativo. Por ejemplo, la autora inserta explicaciones a propósito de la mayoría de los términos chinos y transcripciones fonéticas del chino en el texto original. Esto puede facilitar la tarea a los traductores de otros idiomas occidentales. Sin embargo, también notamos que, en ciertas ocasiones, la escritora ha dejado implícitos algunos términos chinos, así se producirían confusiones o malentendidos entre los lectores de la cultura de llegada. Además, a veces el mismo culturema aparece en diferentes páginas no muy cercanas y la autora solo incluye la explicación o bien cuando la palabra se nombra por primera vez o bien cuando vuelve a aparecer (por ejemplo, en el caso de *waigoren*). En este caso, el lector ha de dejar de leer para buscar las explicaciones relacionadas, lo que interrumpe la continuidad de la lectura. De ahí que ciertos traductores asociados a teorías postcoloniales (Dora Sales 2007 y 2010, Malika Embarek 1999, Vidal y Martín Ruano 2008) decidan en ocasiones incluir un glosario general al final de los textos, que puede facilitar la lectura y evitar confusiones y al que el lector puede recurrir a voluntad, sin llamadas que, como ocurre con las notas al pie de páginas, interrumpan necesariamente su lectura.

4.3.2 Análisis textual de las traducciones①

a. Estilo general de las traducciones españolas

En el artículo titulado "Translating Bilinguality: Theorizing Translation in the

① Teniendo en cuenta que los traductores que realizaron las versiones castellanas son españoles, en el proceso de la traducción, tenían como lectores meta a los españoles sin tomar en consideración la diferencia cultural que existe entre la española y las de otros países hispanohablantes. Por lo tanto, cuando hacemos análisis textuales, en ciertas ocasiones, tomamos la situación de España como ejemplo.

Post-Babelian Era" (2002), Chan cita las reflexiones de Meir Sternberg sobre la traducción de los textos postcoloniales en que conviven y confluyen múltiples lenguas y culturas. Chan resume los planteamientos de Sternberg en una clasificación que establece tres modelos para transmitir el multilingüismo de las obras postcoloniales:

> the translator can either use one language and exclude interlingual tensions (he calls this "referential restriction"), or employ one language "artificially coupled with a polylingual tenor" ("homogenizing convention"), or resort to more than one language in order to replicate the polylingual diversity of the original ("vehicular matching") (Chan 2002: 51).

De acuerdo con el mismo autor (Chan 2002: 55), el primer modelo es estrictamente monolingüe, en el cual se elimina completamente la otredad; el segundo trata de establecer un sistema monolingüe alterado en el que se insertan características exóticas de otra lengua; el último sirve para producir una versión multilingüe en la que se mantiene el multilingüismo del texto original. Vemos que en las dos versiones españolas se mantiene la mayoría de las transcripciones fonéticas del chino que introduce la autora en el texto original. En este sentido, se puede decir que ambas versiones son textos multilingües.

Sin embargo, también notamos que los traductores optan por "procesar selectivamente" el lenguaje híbrido que "inventa" la autora y los elementos culturales chinos insertados en el texto original. Es decir, aunque en general en las versiones españolas de *The Joy Luck Club* se reserva en diferente medida este "multiculturalismo", los traductores han adoptado diferentes estrategias traslativas. Aunque cualquier actividad traductora implica cierto grado de manipulación, en general puede decirse que la primera versión está más cerca del texto original en la medida en que se mantienen mejor las características de ese nuevo inglés y se esfuerza por reflejar la intención creativa de la autora. Por su parte, la segunda versión resulta más familiarizada y fluida. En ella el traductor no solo neutraliza ciertas características lingüísticas de ese tercer código y ciertos elementos culturales chinos, sino que también omite algunas metáforas y simplifica ciertas descripciones vívidas que elabora la autora.

Quizá las diferencias en la elección de estrategias traductoras se deban a los diferentes públicos a los que está dirigida cada una de las versiones. Creemos que el traductor de la primera "confía" más en su lector meta considerando que el público será suficientemente tolerante frente a los fenómenos de la hibridación cultural y del multiculturalismo, mientras que la segunda parece dirigirse a un público más amplio, para el que la lectura tal vez solo es una forma de diversión en el tiempo de ocio. Además, la primera versión apareció en los años noventa, época en que las literaturas étnicas, sobre todo las escritas por autoras minoritarias, estaban experimentando un periodo de florecimiento. La traducción de este tipo de literatura contextualizada en dichas circunstancias supone en cierto sentido una promoción y canonización literarias, que en muchos casos da lugar a versiones que manifiestan más respeto por el texto original. Sin embargo, la segunda versión, que apareció diez años después, tiene por objeto divulgar a gran escala esta obra y conseguir más beneficios comerciales. Quizá las decisiones de la editorial hayan ejercido mucha influencia en la elección de estrategias traslativas del traductor. Con el fin de conseguir una mayor cuota en el mercado, las editoriales suelen preferir reproducciones fluidas en las que se hacen invisibles las huellas de la cultura étnica.

Quizá haya que agradecer a las reediciones de la primera versión el hecho de que esta obra forme parte de las obras canónicas de la literatura étnica en España o en general en el mundo hispánico. Sin duda, la canonización de esta traducción ejercerá influencia en las siguientes versions. En este sentido, resulta difícil que las traducciones posteriores estén libres de las "interferencias" producidas por las anteriores. Vemos que la segunda versión de *The Joy Luck Club*, en cierta medida, puede ser una versión simplificada, modificada e incluso corregida de la primera (por ejemplo, en la segunda versión, el traductor añade lo que el otro omite por negligencia [Tan 172]). De ahí que la segunda no solo remita al texto original, sino también a la versión previa. Hermans explica así esta relación dependiente de las versiones posteriores en relación con las preexistentes: "en tanto que es una (re)interpretación y una reelaboración del texto original, la segunda versión implica en cierto sentido una crítica de otra preexistente, lo que pone de manifiesto la naturaleza autorreflexiva de la actividad traductora (2002a: 128). Aunque el traductor de la segunda versión no lo explicita en notas aclaratorias, la elección de diferentes estrategias traslativas pone plenamente de manifiesto una diferente perspectiva de la que parte y las discrepancias en la posición discursiva y cultural que adopta frente al otro traductor.

Además, notamos que en la segunda versión se muestra de manera relevante la influencia que ejerce la cultura americana en la hispánica debido a la globalización, porque en ciertas ocasiones se emplean formas adaptadas de ciertos términos ingleses en el texto traducido, por ejemplo, "sándwiches", "míster" (Mr.), etc., que en la primera versión se traducen respectivamente como "bocadillo", "señor", etc.

Parece que la primera versión obtuvo una mejor acogida en el mercado; quizá por esta razón se dejó de publicar la segunda versión a partir de 2003.

Para iniciar el análisis en el plano microscópico, analizaremos primero la traducción del título de la novela. "The Joy Luck Club" es el nombre de la reunión que celebran regularmente los familiares y amigos íntimos. Suyuan, la madre de Jing-mei, es quien pone nombre a esta reunión. En la novela, Suyuan explica la elección de esta denominación con las siguientes palabras: "[a]nd each week, we could hope to be lucky. That hope was our only joy. And that's how we came to call our little parties Joy Luck" (Tan 1998: 25). Sabido es que "Joy", alegría, y "luck", que significa fortuna, son dos sustantivos; en inglés estándar este tipo de concatenación de sustantivos no resulta demasiado usual. No obstante, en chino, es un fenómeno frecuente, especialmente a la hora de denominar los locales o las instituciones. Por ejemplo, 福乐门, literalmente significa "fortuna, alegría y puerta", la puerta que conduce a la alegría y la fortuna, etc. Aquí, "The Joy Luck Club" también se forma de la misma manera. En la novela, la autora también alude a la particularidad de esta combinación, "joy luck", a través de Suyuan, que aclara que esta combinación es una invención de las madres y que para las hijas esta no existe en su vocabulario y no tiene ningún sentido: "They see that joy and luck do not mean the same to their daughters, that to these closed American-born minds 'joy luck' is not a word, it does not exist" (Tan 1998: 40).

En las dos traducciones españolas, *The Joy Luck Club* se traduce como *El club de la buena estrella*. Obviamente, la versión del título se realiza de manera familiarizada, reemplazándose la combinación de los dos sustantivos "joy" y "luck" por "la buena estrella". En español, la palabra "estrella", remite figurativamente a "sino, hado, destino" (*DRAE*) y especialmente se asocia a la buena suerte. En español, cuando se dice: "una persona ha nacido con buena estrella", se quiere expresar que a esta persona siempre la acompaña la buena suerte. Como esta versión se reeditó ocho veces hasta la publicación de la segunda versión casi diez años después, se da por sentado que los lectores ya están familiarizados con ese título. Para evitar confusiones, en la segunda versión se mantiene esta traducción domesticada.

A continuación, estudiaremos algunos ejemplos para ver las diferentes estrategias que adoptan los traductores a la hora de tratar cuestiones como las descripciones "redundantes" y los recursos retóricos.

1. The Hsus's house feels heavy with greasy odors. Too many Chinese meals cooked in a too

small kitchen, too many once fragrant smells compressed onto a thin layer of invisible grease (Tan 1998: 27).

Versión I: La casa de los Hsu está impregnada de olores pesados, grasientos. Demasiadas comidas chinas preparadas en una cocina minúscula, demasiados olores que fueron fragantes comprimidos en una capa delgada de grasa invisible (Tan 2009: 29).

Versión II: En la casa de los Hsu todo huele a grasa. La cocina es demasiado pequeña para preparar en ella tantas comidas chinas (Tan 2001: 30). (Seguida de omisión en el original)

2. ...the marble end table collapsed on top of its spindly black legs. Off to the side is the black vase, the smooth cylinder broken in half, the freesias strewn in a puddle of water (Tan 1998: 165).

Versión I: ...la mesita auxiliar de mármol se ha derrumbado sobre sus delgadas patas negras. A un lado está el florero negro, el suave cilindro roto en dos mitades y las fresias esparcidas sobre un charco de agua (Tan 2009: 217).

Versión II: ...la mesita de noche ha caído al suelo. A un lado está el florero negro partido en dos mitades y las fresias en medio de un charco de agua (Tan 2001: 206).

Al leer esta novela, no resulta difícil percibir que las descripciones realizadas por la autora son capaces de hacer visibles las escenas ante los lectores. En los dos ejemplos que hemos citado, notamos que los traductores mantienen diferentes actitudes hacia este lenguaje expresivo. En la versión de Jordi Fibla, el traductor mantiene el estilo creativo de la autora, mientras que en la otra se simplifican o se omiten ciertos detalles. En el ejemplo 1, la autora describe el olor pesado de la grasa que impregna la cocina. A través de una descripción detallada, el lector podría ver las múltiples capas de grasa que se superponen en la cocina. Sin embargo, en la segunda versión, esta descripción vívida se convierte en una narración simple que no es capaz de producir el mismo efecto contextual que provoca la autora en los lectores del texto original. En el ejemplo 2, la autora describe con detalle la mesita y el florero para poner énfasis en que los adornos puestos en la casa de Lena, hija de Ying-ying, no son muy prácticos sino solo "for looking, not even for good-looking" (Tan 1998: 243), como se queja Ying-ying posteriormente. La traducción simplificada no logra "reproducir" este tono enfatizado ni tampoco hacerse eco de la base del comentario hecho por Ying-ying que aparece en un capítulo posterior.

3. And I knew they were almost caught, two ducks leaning into the pot (Tan 1998:64).

Versión I: Supe que casi habían caído en la trampa, eran como dos patos inclinándose hacia la cazuela (Tan 2009:80-1).

Versión II: Me di cuenta de que estaban en un tris de caer en la trampa (Tan 2001:79).

4. Because what she does always comes as a shock, exactly like an electric jolt, that grounds

itself permanently in my memory (Tan 1998: 170).

Versión I: ...porque lo que ella hace me afecta siempre como una conmoción, exactamente como una sacudida eléctrica, que se instala permanentemente en mi memoria (Tan 2009: 224).

Versión II: ...porque cualquier cosa que ella haga me afecta profundamente y nunca puedo olvidarla (Tan 2001: 212).

Para que las descripciones sean más expresivas, la autora también adopta muchos recursos retóricos, entre los cuales desempeña un papel importante el uso de los símiles. Al estudiar los ejemplos 3 y 4, notamos que en la primera versión se mantienen todos los símiles que usa la autora, mientras en la otra el traductor se inclina a omitirlos y a simplificar las descripciones. En el ejemplo 3, An-mei compara a Huang Taitai y su hijo con dos patos que van a caerse en la cazuela no solo de manera humorística sino también irónica. En el ejemplo 4, con "an electric jolt" la autora intenta poner énfasis en la sensación permeable e inolvidable que producen las palabras de la madre en su hija. Obviamente, la omisión de los símiles en la segunda versión fracasa a la hora de transmitir las intenciones creativas de la autora y modifica el estilo de la obra original. Un lector monolingüe que no tiene acceso a ella creería que la sencillez y simplicidad son los rasgos que la caracterizan.

5. My throat filled with so much hope that it finally burst and blew out my husband's end of the candle (Tan 1998:60).

Versión I: Mi garganta se llenó con tanta esperanza que al final ésta se rompió y apagó el cabo de la vela correspondiente a mi marido (Tan 2009: 75).

Versión II: Era tanta la esperanza que me había embargado, que finalmente no pude evitarlo y apagué el cabo correspondiente a mi esposo (Tan 2001: 74).

En la cultura china, en ciertas ocasiones, especialmente en caso de los tabúes, la gente naturalmente suele expresarlos en forma indirecta, recurriendo a rodeos y eufemismos. En el ejemplo 5, An-mei sabía perfectamente que en la primera noche del matrimonio las velas que simbolizaban la eternidad matrimonial debían mantenerse encendidas hasta el amanecer. Sin embargo, por el odio que sentía hacia su suegra y su marido, An-mei quería que este matrimonio terminara cuanto antes y sopló la vela que representaba a su marido. En lugar de decir que fue ella misma quien apagó la vela, lo expresa de forma implícita echando la culpa a la "esperanza" que saltó de su garganta, con la excusa de que esa esperanza fue la responsable de esta desgracia. En la primera traducción, el traductor tiene en cuenta esa información cultural implícita en el texto traducido. Al contrario, en la segunda versión, el traductor “explicita” la autoría de este acto, revelando que An-mei cometió este error deliberadamente, aun a sabiendas de que no era correcto.

Aparte de los ejemplos arriba citados, notamos que, a la hora de traducir juegos de palabras, los traductores tienden a elegir estrategias totalmente distintas guíadas por diferentes ideologías o éticas traslativas. Jordi Fibla prefiere traducir de manera literal y luego añade notas al pie de página; al contrario, Miguel García Solà se inclina a transmitir este recurso retórico a través de la domesticación e incluso en ciertas ocasiones lo omite directamente.

6. She said she was feeding me this (rice porridge flavored with chicken broth) because I had the chicken pox and one chicken knew how to fight another (Tan 1998: 172).

Versión I: Dijo que me daba aquello (gachas de arroz perfumado con caldo de pollo) porque tenía la varicela y un pollo sabría cómo vencer a otro. *

* En inglés, *chicken*, pollo, y *chicken pox*, varicela. (*N. del t.*) (Tan 2009: 227).

Versión II: Cero traducción en la versión.

Sabido es que en inglés varicela se dice “chicken pox”. Aprovechándose de eso, en el ejemplo 6, la madre de Waverly elabora un juego de palabras diciendo que el pollo en las gachas de arroz puede vencer al pollo de “chicken pox”. En español, “pollo” y “varicela” son dos vocablos muy distintos con los cuales es difícil formar un juego de palabras parecido al de la autora en el texto original. Por lo tanto, el traductor de la primera versión añade una nota al pie de página para explicar a los lectores cómo se dice pollo y varicela en inglés. Sin embargo, en la segunda versión, el traductor omite completamente este recurso retórico. Los juegos de palabras a menudo se perciben como “intraducibles”, quizá por influencia de una concepción “instrumental” del lenguaje, frente a otra “hermenéutica” (Venuti 1998a) que podría favorecer acercamientos más creativos a la traducción.

7. At work, for example, when he would staple “FYI—For Your Information” notes to legal briefs and corporate returns that I had to review, he signed them at the bottom: “FYI—Forever You & I.” (Tan 1998: 175)

Versión I: En el trabajo, por ejemplo, cuando grapaba notas de «FYI, para tu información» en los informes legales y declaraciones de impuestos de las empresas que yo debía revisar, las firmaba al pie: «FYI, Tú y Yo para siempre».*

* En inglés, «For Your Information» y «Forever You & I»>. (N. del t.) (Tan 2009: 231).

Versión II: En el trabajo, por ejemplo, pegaba notas que rezaban «PSI, para su información» en los informes legales y las declaraciones de impuestos de las empresas que yo tenía que revisar, y las firmaba: «PSI, porque somos inseparables.» (Tan 2001: 219)

En el ejemplo 7, vemos que en inglés las letras iniciales de "For Your Information" y las de "Forever You & I" son iguales, es decir, las abreviaturas son "FYI". Aquí Rich transmite su amor a Waverly, que es su compañera de trabajo, aprovechando esta doble connotación de "FYI". En la primera traducción, el traductor mantiene la abreviatura inglesa y añade una nota al pie de página señalando el significado de esta abreviatura y aclarando en qué consiste este juego de palabras en inglés. En cambio, en la segunda versión se adopta una estrategia totalmente diferente: se sustituye la abreviatura inglesa por la española "PSI", explicándola como "para su información" y "porque somos inseparables". Sin duda, esta sustitución es una solución domesticadora eficaz que da lugar a un texto traducido fluido. Desgraciadametne, por esta domesticación los lectores de habla española pierden la oportunidad de acercarse a un elemento culturalmente específico que figura en el texto original y de percibir las diferencias que existen entre el inglés y el español. Por otro lado, la segunda traducción es muy creativa desde el punto de vista lingüístico y traductológico.

Al examinar los ejemplos 6 y 7, nos damos cuenta de que el ejecutor de la segunda traducción prefiere adoptar una estrategia domesticadora al transmitir la información que acarrea una intensa carga cultural con el fin de producir una versión transparente que suplante al original. Quizá, las notas al pie de página, que revelan la distancia que existe entre las culturas implicadas y los retos con que se enfrenta el traductor ante las lagunas culturales, constituyen la marca más notable que hace visibles la existencia del traductor y el acto de traducción. No obstante, probando que visibilidad e invisibilidad no son antinómicas, como puede sugerir la lectura de las obras de Venuti, lo cierto es que ciertas estrategias "visibles" pueden acrecentar la "invisibilidad" o infravaloración del traductor, al poner de manifiesto limitaciones, impuestas o autoasumidas, a la hora de gestionar la diferencia cutural.

8. "In America," she said, "you cannot say you want to live there forever. If you are Chinese, you must say you admire their schools, their ways of thinking. You must say you want to be a scholar and come back to teach Chinese people what you have learned."

"What should I say I want to learn?" I asked. …

"Religion, you must say you want to study religion," said this smart girl. "Americans all have different ideas about the religion, so there are no right and wrong answers. Say to them, I'm going for God's sake, and they will respect you." (Tan 1998:258).

Versión I: –En Estados Unidos no puedes decir que quieres vivir allí para siempre –me dijo–. Si eres china, debes decir que admiras sus escuelas, su manera de pensar, debes decir que quieres estudiar y luego regresar y enseñar a los chinos lo que has aprendido.

–¿Qué debo decirles que quiero aprender? ...

–Religión, debes decir que quieres estudiar religión –dijo aquella muchacha tan lista–. Cada norteamericano tiene una idea diferente sobre la religión, por lo que no hay respuestas correctas y erróneas. Diles que te interesa difundir la palabra de Dios y te respetarán (Tan 2009: 345).

Versión II: –En Estados Unidos no puedes decir que deseas vivir allí para siempre –me advirtió–. Si eres china, has de augurar que admiras sus escuelas, su modo de pensar, quieres estudiar y luego regresar a China y enseñar a tus compatriotas cuanto has aprendido.

–¿Qué debo explicarles que quiero aprender? ...

–Religión. Tienes que decir que quieres estudiar religión –repuso aquella muchacha tan lista–. Cada norteamericano tiene una idea diferente acerca de la religión, de manera que no existen respuestas correctas y equivocadas. Diles que te interesa difundir la palabra de Dios y te ganarás su respeto (Tan 2001: 325).

El ejemplo 8 puede ser un caso representativo que demuestra la estrategia domesticadora que adopta el traductor de la segunda versión. En el texto original, la autora “traduce” el chino que habla Lindo a la hora de “transmitir” las sugerencias que le hizo una chica para contestar debidamente a las preguntas hechas por funcionarios americanos. Nos damos cuenta de que la autora está “imitando” el modo y el tono de hablar de Lindo. Sabido es que tanto en chino como en inglés la repetición es un fenómeno frecuente; en cambio, los españoles o los hispanohablantes se inclinan a variar los verbos enunciativos. En el texto original, el verbo “say” aparece en total ocho veces y en la primera versión se mantiene este estilo de repetición. Sin embargo, en la segunda el verbo “decir” solo aparece tres veces. Para evitar la repetición, el traductor sustituye “decir” por “advertir”, “augurar”, “explicar” y “reponer” respectivamente según el contexto textual. Aunque para los lectores españoles la segunda versión, que está más cerca de las costumbres lingüísticas del español, “suene” más bonita, no logra “reproducir” el modo de hablar de Lindo o en general de la primera generación de los inmigrantes chinos.

Al traducir una obra de una literatura “minoritaria” en la que la selección léxica o las estrategias creativas acarrean una intensa carga ideológica y política, captar la intención creativa de los autores cobra suma importancia, porque la tarea esencial del traductor consiste en: “finding that intended effect *[Intention]* upon the language into which he is translating which produces in it the echo of the original” (Benjamin

[1923] 2000: 19; énfasis original). Por lo tanto, en ciertas ocaciones, no creemos que una traducción domesticada sea un medio adecuado para que los lectores de la cultura meta conozcan verdaderamente al Otro. Aunque una traducción totalmente respetuosa con el original no puede ser más que un ideal útopico en la medida en que cualquier actividad traslativa implica cierto grado de domesticación, una traducción "responsable", en términos de Benjamin, por lo menos "does not cover the original, does not black its light..." (Benjamin [1923] 2000: 21).

b. La domesticación de los elementos culturales americanos

La literatura postcolonial en sí misma constituye una traducción de nivel primario, en la que los autores étnicos transplantan su lengua y cultura étnica a las hegemónicas, por lo que la traducción de las obras de esta corriente literaria a otras lenguas es un trabajo traslativo de nivel secundario. Al verter este tipo de textos, que están en un estado intermedio entre la cultura étnica tradicional y la cultura del país de acogida, los traductores han de mediar entre por lo menos tres culturas, a saber: la cultura étnica, la cultura del país donde reside el autor y la cultura meta. En este sentido, en las actividades traslativas de segundo nivel cobra suma importancia cómo hacer la mediación entre las diversas culturas. La traducción de *The Joy Luck Club* al español puede servirnos como un ejemplo ilustrativo: los traductores españoles han de enfrentarse a tres culturas: la cultura china, la estadounidense y la española ohispánica.

En el texto original, la autora intenta poner de manifiesto los conflictos entre la lengua china y el inglés, entre la cultura china y la americana. En las versiones castellanas, los traductores se inclinan a gestionar esta tensión de la siguiente manera: transformarla en enfrentamientos entre la lengua española y la china, entre la cultura española y la china y mantenener los elementos chinos pero domesticar en diferentes grados ciertos factores de la cultura americana. A continuación, vemos algunos ejemplos:

9. There were <u>four stories</u>, one for each generation (Tan 1998: 54).

Tenía <u>planta baja y tres pisos</u>, uno para cada generación (Tan 2009:64).

Como es sabido, tanto en China como en los Estados Unidos se cuentan las plantas de edificios desde la que en España se llama la planta baja. Vemos que en las dos versiones, los traductores deciden adoptar estrategias domesticadoras, traduciendo "four stories" como "planta baja y tres pisos"①. Aparte de la manera en la que se cuentan las plantas de los edificios, los traductores también se apropian de las unidades de medición para adecuar estos elementos al modelo español. En los siguientes ejemplos, veremos que los traductores canjean las unidades de medición del sistema británico y americano (que usa "foot", "gallon", etc.) al sistema métrico, en el que se utiliza "metro", "litro", etc.

10. I stand five-foot-six… (Tan 1998: 272)

Versión I: Mido un metro sesenta y ocho... (Tan 2009: 366)

Versión II: Mido casi un metro setenta... (Tan 2001: 344)

11. I had stolen a half-gallon of strawberry ice cream from the freezer... (Tan 1998: 154)

Había cogido del frigorífico un envase de litro de helado de fresa... (Tan 2009: 202).

Aparte de los factores que hemos mencionado anteriormente, los sistemas educativos de España y de Estados Unidos son diferentes. En España, la educación básica de carácter obligatorio incluye la educación primaria, que cuenta con seis cursos, y la secundaria, que abarca en la actualidad cuatro cursos. En Estados Unidos, la educación primaria y la secundaria duran doce años, que los estadounidenses denominan "grados". En general, la clasificación de los periodos educativos adopta el modelo "6+3+3"②, es decir, la escuela primaria tiene seis cursos y la secundaria dura otros seis años, que se dividen en dos ciclos de tres años, que son "Junior High School" y "Senior High School". A continuación, veamos un ejemplo:

12. I was a sophomore at Galileo High in San Francisco… (Tan 1998: 267).

Versión I: Estudiaba el segundo curso en la escuela secundaria Galileo de San Francisco... (Tan 2009: 359).

Versión II: Estudiaba el segundo curso en el instituto Galileo de San Francisco... (Tan 2001: 337).

En este ejemplo, la protagonista dice que es una "sophomore" del Galileo High School. En inglés, "sophomore" se refiere a "a student in the second year of a course of study at a college or university" o a "a high school student in the 10th grade" (*Diccionario Oxford*). Obviamente, en este ejemplo, se adopta el segundo significado del término. Como los sistemas educativos son diferentes en España y en

① Si en las dos versiones se vierte de la misma manera, solo citamos la traducción de una versión.

② cf. http://www.dgb.sep.gob.mx/tramites/revalidacion/Estruc_sist_edu/Estud-ESTADOS_UNIDOS.pdf. Fecha de consulta: 20-08-2012.

Estados Unidos, en español no se puede encontrar un equivalente literal de "sophomore"; los traductores explicitan directamente el significado de esta palabra en los textos traducidos.

Aparte de lo que hemos citado anteriormente, en el texto original también aparecen otros elementos culturales americanos, por ejemplo, las marcas comerciales que sirven para referirse a productos alimenticios, tales como M & M's, Seven-Up, Good and Plentys, etc., los cuales son muy familiares para los lectores americanos pero en algunos casos resultarían desconocidos a los hispanohablantes. A continuación, veremos un ejemplo:

13. "I want you to think about a nickel's worth of candy money, or however much you eat each week –your Good and Plentys, your Necco wafers, your jujubes –and compare that to what you are about to see." (Tan 1998: 153)

Versión I: Quiero que penséis en cinco centavos de golosinas, a la cantidad que gastéis cada semana en caramelos, galletas, dulces...y comparéis eso con lo que ahora vais a ver (Tan 2009: 200)

Versión II: Pensad en cinco centavos de golosinas, o la suma que os gastéis cada semana en dulces, galletas, helados, y los comparéis con lo que vais a ver en un instante (Tan 2001: 190).

"Good and Plentys" es una marca comercial americana de caramelos de regaliz, "Necco Wafers" es un tipo de obleas hechas de caramelo y los "jujubes" en realidad son un tipo de golosina hecha de azufaifas. Hemos visto que los traductores omiten directamente las marcas comerciales de los productos y explicitan qué son con el fin de realizar una traducción más fluida. En la segunda versión, el traductor traduce el término "jujube" como "helado", equivalente que no parece muy exacto. En este ejemplo, vemos que prima la "universalización", en términos de Franco Aixelá ([1996] 2007), como estrategia.

Aunque hemos citado muchos ejemplos en los que los traductores o eliminan o se apropian de ciertos factores culturales americanos, hay que destacar que en ciertas ocasiones los transmiten tomando en consideración la intención creativa de la autora. En el siguiente ejemplo, Jing-mei enumeró los productos que había visto en la nevera de su habitación del Garden Hotel, donde se alojaba cuando viajó a China, con la intención de destacar el fuerte contraste entre la China moderna y la que construyó en función de la memoria de su madre. Los traductores mantienen las marcas comerciales americanas para transmitir esa sensación de sorpresa que sentía la protagonista.

14. I find a built-in wet bar with a small refrigerator stocked with Heineken beer, Coke

classic, and Seven-Up, mini-bottles of Johnnie Walker Red, Bacardi rum, and Smirnoff vodka, and packets of M&M's, honey-roasted cashews, and Cadbury chocolate bars. And again I say out loud, "This is communist China?" (Tan 1998: 277)

Encuentro un bar con un pequeño frigorífico y un surtido de cerveza Heineken, Coca-Cola y Seven-Up, botellines de Johnnie Walker etiqueta roja, ron Bacardi y vodka Smirnoff, paquetes de M&M, anacardos tostados con miel y tabletas de chocolate Cadbury. Y una vez más digo en voz alta:

– ¿Ésta es la China comunista? (Tan 2009: 373)

Esto prueba que domesticación y familiarización no son mutuamente excluyentes, sino que constituyen un continuum de posibilidades. El traductor, sobre todo el traductor literario, no puede tomar una decisión absoluta a la hora de elegir sus estrategias de traducción. En términos de Rutherford:

Ni siquiera el traductor más domesticador puede erradicar toda huella de la lengua y la cultura de origen; mientras que para el otro tipo de traductor existen distintos grados de extranjerización y según las diferentes posiblidades ofrecidas en cada contexto, cada cual extranjeriza algunas veces y otras veces se ve obligado a domesticar (2002: 216).

4.4 La traducción de la hibridación cultural

Sin duda alguna, *The Joy Luck Club* es una obra postcolonial ejemplar en la que se mantienen el multilingüismo y el multiculturalismo. Aunque aparentemente se trata de un texto monolingüe que se escribe en inglés, en realidad es "un inglés nuevo", como indica Achebe, es "still in full communion with its ancestral home, but altered to suit its new surroundings" (en Vidal 2010: 57). En otras palabras, la autora se apropia del inglés estándar o lo subvierte desde dentro a través de calcos, distorsiones morfosintácticas, sintaxis irregular, introducción del ritmo y cadencias del chino, etc., e inventa "*un estilo inclusivo* que abraza las dos lenguas" (Ekstrom en Vidal 2007b: 93). En esta "nueva" lengua se proyectan actitudes, creencias, la visión del mundo y el modo de vivir de los chinos. En muchas ocasiones, la autora también introduce el chino directamente en la obra mediante transcripciones fonéticas realizadas en letras romanas y mediante términos y refranes chinos que se trasvasan con una traducción literal. Además, cabe destacar que la autora ha renovado el género literario occidental *novela* incorporando en ella la oralidad que remite a la tradición autóctona. Obviamente, la hibridación lingüística y estilística, el multilingüismo y el multiculturalismo que presiden esta novela la colocan en un espacio *in-between.*

4.4.1 Las técnicas de *storytelling* de Tan

En primer lugar, analizaremos la introducción de la oralidad en el texto escrito realizada por la autora. Al estudiar las obras transculturales de José María Arguedas y Vikram Chandra, Dora Sales (2004: 348-366) comenta que una de las características más destacadas de las narrativas transculturales es el encuentro entre lo oral, que remite a la cultura autóctona y a la lengua vernácula, y lo escrito, que está vinculado con la cultura dominante y la lengua impuesta. La oralidad que se transmite en las narrativas transculturales no solo supone una reivindicación de la cultura popular sino que también funciona como vehículo que acarrea la memoria y el acervo cultural tradicional de una colectividad. Es decir, en las narrativas transculturales, la oralidad sirve de puente que conecta el pasado, el presente y el futuro de una etnia que ya se aleja de sus tierras natales. Este encuentro entre la oralidad y la escritura da forma a un nuevo modo literario que es híbrido y dinámico, porque:

> Traducir la voz a través de la letra supone transculturar la esfera oral desde la marginaridad impuesta por la hegemonía hasta la imaginación literaria que goza de libertad plena. Traducir la voz a través de la letra es superar un antagonismo que no cubre tanta distancia. Es revitalizar, rescatar y reintegrar ámbitos comunicativos que, en realidad, nunca han dejado de mirarse en el mismo espejo: el de la expresión humana (Sales 2004: 355).

La oralidad también constituye una de las características más destacadas de las obras de Amy Tan. Según ella, han sido las historias contadas por su madre y su abuela las que alimentan su inspiración creativa, en sus propias palabras: "I say the muse is my mother, the woman who gave me both my DNA and certain ideas about the world. Or I pay homage to my grandmother and say that it is she who inspired me to find my voice because she had lost hers so irrevocably" (Tan 2003: 250). Desde pequeña, Amy Tan escuchaba las historias que narraba su madre y ha heredado de ella la fuerte tradición oral del *storytelling*. En su libro, la autora emplea muchas técnicas narrativas tradicionales chinas que dan forma a una lengua expresiva, que es capaz de describir vivamente las características de diferentes personajes inmigrantes y sus movimientos interiores. En otras palabras, la autora transplanta las tradiciones narrativas orales chinas al inglés. Las principales técnicas que la autora adopta son: el recurso de onomatopeyas, el uso de interjecciones, tanto americanas como chinas, la inserción del estilo directo en las narraciones y el empleo del apóstrofe (que es una figura que consiste en dirigir la palabra con vehemencia en segunda persona a una audiencia imaginaria). A continuación, analizaremos con detenimiento la traducción de estas tradiciones orales.

a. La traducción de las onomatopeyas

Las onomatopeyas son la imitación o la recreación fonética de los sonidos de los fenómenos naturales, de los ruidos que producen los animales o de otras acciones no discursivas. En la creación literaria, las onomatopeyas constituyen un recurso potencial que es capaz de llevar al lector al tiempo y al sitio en que tuvo lugar un suceso o de hacer que la imagen vívida de una figura venga a la mente del lector, etc. Cada cultura tiene su propio sistema de onomatopeyas y en los casos extremos, los diferentes sistemas lingüísticos no comparten ninguna similitud al respecto. Aunque si estas onomatopeyas se eliminen el significado del texto no se ve afectado, se perderían las marcas peculiares de un sistema lingüístico o de una cultura; es más, se borraría determinada información identidaria que entrañan estos signos lingüísticos. A la hora de verterlos, los traductores han de tener con cuidado, porque, si no, correrían el riesgo de silenciar la voz de cierto grupo de seres postcoloniales.

En las obras de Amy Tan no solo se dan onomatopeyas del inglés americano, sino también otras del chino provenientes de las madres, transcritas por la autora con letras romanas. Aquí cabe resaltar que, dado que la autora no tiene la experiencia de vivir en China, en muchas ocasiones las onomatopeyas son "imitaciones" de lo que ha oído a su alrededor o son "invenciones" de acuerdo con su imaginación. En otras palabras, ciertas onomatopeyas "chinas" no existen en el sistema lingüístico del chino mandarín. Al observar los casos concretos, nos damos cuenta de que en las traducciones españolas, en general, los traductores adoptan cuatro modos para traducir las onomatopeyas: conservar las onomatopeyas originales; omitirlas; apropiarlas al modo español u omitir el sonido pero añadir elementos descriptivos como compensación. A continuación veremos algunos ejemplos:

15. I remember them because one lady made watery "*shrrhh, shrrhh*" sounds. When I was older, I came to recognize this as Peking accent, which sounds quite strange to Taiyuan people's ears. (Tan 1998: 50)①

① Ejemplos 15,16 y 47 se han empleados en el artículo"La retrotraducción de la literatura chinoamericana a la cultura china: Análisis comparativo de las versiones chinas de *The Joy Luck Club* de Amy Tan", *Entreculturas*, 2016.

Las recuerdo porque una de ellas producía unos sonidos acuosos, «*shrrhh, shrrhh*». Cuando crecí pude reconocerlos como el acento de Pekín, que resulta siempre muy extraño a oídos de las gentes de Taiyuan. (Tan 2009: 60)

En este ejemplo, las onomatopeyas "*shrrhh, shrrhh*" no son habituales en el inglés americano. "*Shrrhh, shrrhh*" debería ser la imitación de los sonidos retroflejos (*juan she yin*) y *er hua yin*, que se refiere al sufijo "*er*" que se añade a los sustantivos, sonidos especiales que solo existen en el chino mandarín y en algunos dialectos del Norte de China. Como la protagonista Lindo era de Taiyuan, cuyo dialecto no tiene estos sonidos, le parece muy rara la pronunciación de Huang Taitai. En las versiones españolas, los traductores mantienen intactas estas onomatopeyas, tomando en consideración que estos sonidos serían exclusivos de la cultura china.

16. Me? Oh, I hated the American air force officers who said habba-habba sounds to make my face turn red (Tan 1998: 22).

Versión I: En cuanto a mí, detestaba a los oficiales de las fuerzas aéreas norteamericanas, los que hablaban con aquellos sonidos incomprensibles que me hacían enrojecer (Tan 2009: 21).

Versión II: En cuanto a mí, aborrecía a los oficiales de las fuerzas aéreas de Estados Unidos; hablaban en una jerga incomprensible que hacía que enrojeciese de rabia. (Tan 2001: 23)

En este ejemplo, la onomatopeya "*habba-habba*" tampoco es habitual en inglés. Es, en realidad, una invención de la autora. En la novela, la madre de Jing-mei Woo, Suyuan Woo, usa "*habba-habba*" para describir el modo de hablar de los oficiales americanos cuando hablan inglés, idioma que le parece muy extraño. En las versiones castellanas, los traductores optan por omitir esta onomatopeya explicitando directamente lo que intenta transmitir la autora. Quizá aquí los traductores creyeran que, para un lector occidental, el sonido "*habba-habba*" sería demasiado raro para describir la pronunciación del inglés, idioma que resulta más familiar para ellos.

Aparte de las onomatopeyas especiales revestidas de sabor chino, la autora también usa muchas onomatopeyas provenientes del inglés americano con el fin de aumentar la vividez de las descripciones. Lamentablemente, estos sonidos son omitidos en las traducciones españolas. Quizá los traductores consideraran que estas onomatopeyas dificultarían la lectura de un lector de habla española y que afectarían a la fluidez del texto traducido. Aunque las versiones españolas avanzan con mucha idiomaticidad, se pierde el carácter vibrante de las descripciones que elabora la autora en el texto original. En otras palabras, la omisión de las onomatopeyas en cierta medida "oculta" el estilo creativo del texto original. He quí un ejemplo:

17. While thinking this, I was startled by a sudden *clang! clang! clang!* followed by music (Tan 1998: 225).

Versión I: Mientras pensaba tales cosas, me sobresaltó un súbito estrépito metálico seguido de música (Tan 2009: 299).

Versión II: Mientras pensaba esas cosas, oí un súbito sonido metálico seguido de música que me hizo dar un respingo (Tan 2001: 282).

Aparte de omitir o conservar las onomatopeyas, en muchas ocasiones, los traductores también las adaptan al modo español para poder evocar en el texto traducido el mismo efecto contextual que se produce en el texto original. El siguiente ejemplo nos dará una buena ilustración:

18. "Blow from the South," it murmured. "The wind leaves no trail." I saw a clear path, the traps to avoid. The crowd rustled. "*Shhh! Shhh!*" said the corners of the room (Tan 1998: 96).

«Sopla desde el sur», musitaba. «El viento no deja rastro». Vi un camino sin obstáculos, así como las trampas que debía evitar. La muchedumbre se movía y murmuraba. «¡Chis! ¡Chis!», decían las esquinas de la sala (Tan 2009:124).

En el ejemplo 18, "*shhh! shhh!*" sirve para imitar el flujo del viento, que en el capítulo "Rules of the Game" cuenta con una fuerza mágica y da instrucciones a Waverly Jong cuando juega al ajedrez. En las traducciones españolas, "*shhh! shhh!*" es sustituida por "¡chis! ¡chis!", sonidos más usados para describir el viento en español.

19. When the firecrackers went off, he cried loud –wah! –with a big open mouth even though he was not a baby. (Tan 1998: 52)

Versión I: Cuando empezaron los fuegos artificiales se puso a berrear, aunque ya no era un bebé. (Tan 2009:63)

Versión II: Cuando comenzaron los fuegos artificiales se puso a llorar a lágrima viva, y eso que ya no era un bebé. (Tan 2001:63)

En el ejemplo 19, la autora usa "wah" para describir cuánto llora el chico por miedo a los fuegos artificiales. En las dos versiones españolas, en lugar de mantener la onomatopeya original, los traductores optan por omitir el sonido y usan recursos compensatorios. En la primera traducción, el traductor elige el verbo "berrear", que se utiliza cuando “una persona, especialmente un niño, llora [...] con fuerza dando gritos” (*Diccionario Clave*); en la segunda, el traductor añade en el texto traducido “a lágrima viva” para compensar el efecto contextual que intenta lograr el texto original. En resumidas cuentas, la omisión de las onomatopeyas en cierta medida cambia el ritmo del texto y atenúa la vividez de las descripciones contextuales.

b. La traducción de las interjecciones

Las interjecciones, que funcionan como unidades independientes y siempre entrañan cierto tipo de entonación, a la par que expresan diferentes sentimientos o pasión de ánimo (por ejemplo, la alegría, la tristeza, el asombro, la admiración y el desprecio, etc.) del hablante, sirven para provocar la reacción del interlocutor. Al igual que las onomatopeyas, los diferentes idiomas cuentan con distintos sistemas de interjecciones. Por ejemplo, en español, “*¿eh*?” se puede utilizar como una forma interrogativa para pedir explicaciones acerca de lo que acaba de decir una persona; puede servir para confirmar si el interlocutor entiende bien lo que se ha dicho o preguntar si el interlocutor está de acuerdo con ello, etc. En chino, la palabra “*¿ah*?”, escrita como “*hanh*?” por la autora en la obra, tiene las mismas funciones. Otro ejemplo que puede citarse es “*ai-ya!*”, que aparece con frecuencia en *The Joy Luck Club*: se trata de una interjección típica china que se usa para expresar el asombro, la impaciencia, el desinterés o el desacuerdo con el interlocutor, etc., que corresponde a “¡bah!” o “¡Qué va!” en español.

En los textos postcoloniales, o, mejor dicho, en los textos bilingües o multilingües, a veces la interjección sirve como una marca que indica el cambio de códigos lingüísticos o para poner en evidencia la identidad especial de ciertos personajes. En *The Joy Luck Club*, las madres, quienes pertenecen a la primera generación de los inmigrantes, aunque se esfuerzan por expresarse en inglés, tienen dificultades para manejarlo bien y sufren muchas interferencias procedentes de su lengua materna. Cuando quieren expresar sentimientos íntimos, consciente o inconscientemente recurren a las interjecciones del chino. En este caso, las interjecciones ya no sirven simplemente para expresar una entonación, sino que funcionan como un signo que recuerda al lector los elementos chinos que forman parte de la identidad híbrida de las madres. En este sentido, la traducción de las interjecciones también es un reto al que el traductor ha de enfrentarse. A continuación, estudiaremos algunos casos interesantes:

20. “*Ai-ya*, why do you think these bad things about me?” Her face looked old and full of

sorrow. "So you think your mother is this bad. ... *Ai-ya!* She thinks I am this bad!" (Tan 1998: 181).

–*Ai-ya*, ¿por qué piensas tan mal de mí? –Su rostro parecía viejo y lleno de aflicción–. Entonces crees que tu madre es muy mala. ... *Ai-ya*! ¡Mi hija cree que soy tan mala! (Tan 2009: 240)

En el ejemplo 20, la madre de Waverly Jong dice "*ai-ya*" con indignación para protestar ante la acusación lanzada por su hija de obstaculizar su matrimonio con un americano. En las dos versiones, ambos traductores mantienen intacta la interjección original dándose cuenta de su singularidad y su función marcadora de la identidad del personaje. "*Ai-ya*" aparece con frecuencia en el texto original y es el único código interjectivo que se conserva completamente en las traducciones castellanas.

21. "Annh! Jewish mah jong," she says in disgusted tones. "Not the same thing." (Tan 1998: 33).

Versión I: –¡Bah! *Mah jong* judío –dice en tono de hastío–. No es lo mismo. (Tan 2009:37).

Versión II: –*Mah jong* judío... –masculla en tono de desagrado–. No es lo mismo (Tan 2001:38).

"*Annh*" es un sonido con el que Amy Tan imita los suspiros emitidos por las madres para refutar las ideas que les parecían ridículas y absurdas. En el ejemplo 21, ese "*annh*" quiere expresar el desprecio hacia el *mah jong* judío. Cuando Jing-mei preguntó cuál era la diferencia entre el *mah jong* chino y el judío, Tía Lin le contestó con una entonación de menosprecio convencida de que el *mah jong* judío no era un juego que requería tanta inteligencia como el chino. En la primera versión, el traductor sustituye "*annh*" por la interjección española "¡*Bah*!", que expresa el desprecio y el desinterés, y en la segunda se omite esta unidad interjectiva, pero para compensar esa pérdida de entonación se elige el verbo "mascullar", que significa "decir algo entre dientes y en voz baja" (*Diccionario Clave*).

22. "And that man, he raise his hand like this, show me his ugly fist and call me worst Fukien landlady. I not from Fukien. Hunh! He know nothing!" (Tan 1998: 200).

Versión I: Y ese hombre alzó la mano así, me enseñó su feo puño y me dijo que soy la peor casera de Fukien. Yo no procedo de Fukien. ¡Ah! ¡No sabe nada! (Tan 2009: 267).

Versión II: Y ese hombre me amenazó alzando un puño y me dijo que soy la peor casera de Fukien. Yo no soy de Fukien. Es un ignorante (Tan 2001: 252).

En el ejemplo 22, la madre de Jing-mei, Suyuan, se queja de sus inquilinos, que siempre confunden su origen y procedencia. Aquí, esta unidad interjectiva sirve para expresar la molestia o la irritación. En la primera versión, el traductor sustituye "hunh" por "ah", que normalmente se usa para expresar asombro en español. De esta manera, los lectores de la cultura de destino pierden la oportunidad de percibir la singularidad que caracteriza el modo de hablar de la primera generación de los inmigrantes chinos. En la segunda, el traductor omite completamente esta unidad léxica. Mención aparte merece la estandarización y neutralización de los rasgos lingüísticos no estándares con los que se pretende retratar el código restringido de una hablante de inglés no nativa de procedencia china, algo que comentaremos con más detalle en otros apartados.

23. *"You hang it here," said the mother, pointing to the wall above, "this mirror sees that mirror–* haule! *–multiply your peach-blossom luck."*

And the daughter looked–and haule! *There it was: her own reflection looking back at her.* (Tan 1998: 147).

Versión I: *–Cuélgalo ahí –dijo la madre, señalando la pared–. Este espejo ve al otro y, ¡hala!, multiplica la suerte para el florecimiento del melocotón.*

La hija miró y, ¡hala!, allí estaba: su propio reflejo la miraba (Tan 2009: 193-4).

Versión II: *–Cuélgalo aquí –indicó a su hija, señalando la pared–. Este espejo se mira en el otro y multiplica la suerte para que el melocotón florezca.*

La hija miró y, en efecto, allí estaba: su propio reflejo le devolvía la mirada. (Tan 2001: 183-4).

En el ejemplo 23, "haule" es la transcripción fonética del chino "好了", palabra formada por dos caracteres que tienen una función prágmatica similar a las expresiones "Está bien", "Vale" o "Ya está". En la primera versión, se sustituye "haule" por "¡hala!", interjección típica española para indicar sorpresa o para dar ánimos, mientras que en la segunda se omite "haule" y se añade la locución "en efecto" para que la frase sea coherente. Aunque estas sustituciones transmiten en diferente medida el significado pragmático de las interjecciones originales, el lector de las versiones españolas no sentirá la diferencia que existe entre las interjecciones pertenecientes a dos sistemas lingüísticos distantes. A través de los ejemplos que hemos estudiado en este apartado, vemos que la domesticación de las interjecciones en las versiones españolas en cierto sentido "diluye" los elementos étnicos que porta el texto original.

c. La traducción del estilo directo y el uso del apóstrofe

Otra técnica de la tradición china del *storytelling* que adopta Amy Tan es el uso del estilo directo en lugar del estilo indirecto, es decir, la autora inserta lo que dice o lo que piensa la narradora u otra persona diferente del hablante directamente detrás de locuciones como "*I/she said*", "*I/she thought*". Esta inserción no se indica ni mediante conjunciones ni con marcas de puntuación sino con el uso de la mayúscula en la letra inicial de la primera palabra de la frase. Esta técnica transmite al lector la impresión de que está interviniendo en persona en ese diálogo o de que está al lado de los personajes implicados en la conversación. En *The Joy Luck Club*, se ve una gran cantidad de estilo directo de este tipo, sobre todo cuando las madres son narradoras.

24. That person said, You ask for a house loan and they say no loan, ... I said, You already have a house! But still she was scared (Tan 1998: 30).

Versión I: Esa persona le dijo: «Pides un préstamo para una casa y te lo niegan, …». «¡Si ya tienes una casa!», le dije. Pero ella seguía asustada (Tan 2009: 33).

Versión II: Esa persona le dijo: "Si se te ocurriese pedir un préstamo para una casa, te lo denegarían…". Le dije que ya tenía una casa, pero ella seguía asustada (Tan 2001: 34).

25. But my therapist said, Why do you blame your culture, your ethnicity? (Tan 1998: 156)

Versión I: Pero mi terapeuta me preguntó por qué culpaba a mi cultura, mi raza (Tan 2009: 205).

Versión II: Pero mi terapeuta me preguntó: «¿Por qué usted culpaba a su cultura, a su raza?» (Tan 2001: 194).

Al analizar los dos ejemplos que hemos citado, se nota que los traductores tienen dos opciones: mantener el estilo directo, mediante el empleo de comillas; o convertir el estilo directo en indirecto. Vemos que ambos traductores utilizan estas dos maneras en diferentes casos. Quizá los traductores elijan las estrategias que les parecen adecuadas tomando en consideración el contexto en el que se sitúan los casos concretos con el fin de producir un texto meta más coherente y fluido. Sin embargo, notamos que tanto la sustitución del estilo directo por el indirecto como la conservación del estilo directo pero marcado por signos de puntuación hacen que el texto traducido "se vuelva" ortográficamente "correcto" y "normal". Además, el uso de las marcas de puntuación y de las oraciones subordinadas debilita el efecto producido por el cambio inmediato de hablante mediante el uso del estilo directo.

Aparte del estilo directo, el apóstrofe también es un recurso empleado con frecuencia en la tradición oral china. Con esta técnica, aunque el narrador o la narradora esté haciendo un monólogo, siempre siente como si estuviera ante un público e intentara hacer guiños a sus oyentes pidiendo sus opiniones sobre lo que está diciendo o provocándoles la misma sensación que tiene. Normalmente la segunda persona "tú" y su forma de respeto "usted" son los tratamientos más empleados en un apóstrofe.

26. And so, while everything seemed peaceful, I knew it was not. You may wonder how a small child, only nine years old, can know these things. Now I wonder about it myself (Tan 1998: 228).

Versión I: Y así, aunque todo parecía apacible, yo sabía que no lo era. Quizá te preguntes cómo una niña de solo nueve años puede saber esas cosas. Ahora yo misma me lo pregunto (Tan 2009: 303).

Versión II: Y así, aunque todo tenía aspecto de apacible, yo sabía que no lo era. Quizá alguien se pregunte cómo puede saber esas cosas una niña de tan solo nueve años. Yo también me lo pregunto ahora (Tan 2001: 286).

En español, cuando alguien intenta describir una situación en términos generales o un suceso que le puede pasar a cualquier persona, suele adoptar el modo impersonal u optar por utilizar la tercera persona con "uno" como sujeto. Aunque en la cultura de llegada también existe el apóstrofe como un recurso retórico, normalmente se usa con frecuencia en discursos en los que el hablante intenta transmitir su emoción o provocar la reacción del público. Vemos que en la primera versión del ejemplo 26 el traductor toma conciencia del uso especial del apóstrofe en el texto original y mantiene la segunda persona en el traducido, aunque a un lector hispanohablante le resulte un poco brusco este cambio de persona. Sin embargo, en la segunda versión, el traductor sustituye la segunda persona por la tercera. De esta manera, la traducción no se dirige tan directamente a los lectores y concuerda más con las costumbres expresivas españolas.

27. So I didn't have instant love for my future husband the way you see on television today (Tan 1998: 52).

Versión I: Como ves, no sentí un amor instantáneo hacia mi futuro marido, como hoy vemos que ocurre en los seriales de televisión (Tan 2009: 64).

Versión II: Así pues, no sentí un amor instantáneo hacia mi futuro marido, al contrario de lo que ocurre hoy en día en las series de televisión (Tan 2001: 63-4).

28. Some are seeds that are planted when you are born, placed there by your father and mother and their ancestors before them… (Tan 1998: 245).

…algunos son semillas plantadas en nosotros cuando nacemos por nuestros padres y sus antepasados… (Tan 2009: 328).

Aparte del uso del modo impersonal y de la tercera persona, "nosotros" también es una opción que los traductores suelen elegir. En los ejemplos 27 y 28, excepto la segunda versión del ejemplo 27, en la que se sustituye la segunda persona por "lo que ocurre", los traductores optan por utilizar la forma plural de la primera persona, *nosotros*. Teniendo en cuenta las costumbres de la cultura de destino, quizá con este modelo resulte más fácil provocar la reacción en los lectores meta.

Al analizar los ejemplos que hemos citado anteriormente, notamos que, aunque en ambas versiones se mantienen en diferente grado las formas expresivas de la tradición oral china, los traductores domestican en mayor o menor medida las peculiaridades estilísticas de la obra original para que el texto traducido no resulte tan exótico o extraño para los lectores meta. Los traductores siempre están negociando, mediando entre las culturas implicadas y haciendo concesiones para aliviar la tensión entre diferentes fuerzas culturales, lo que demuestra que no se puede definir la traducción postcolonial en términos binarios.

4.4.2 La traducción de los elementos chinos

Al traducir obras de las culturas minoritarias o marginadas a una cultura dominante, la carga cultural suele suponer desafíos y las dificultades se ven en todos los niveles textuales y en todos los aspectos socioculturales. Cuanto más marginada está la cultura minoritaria o cuanto más distancia hay entre las dos culturas implicadas, la carga informativa resulta más tamaña, incluso hasta un grado intolerable. Tymoczko ha enumerado las dificultades con las que el traductor ha de enfrentarse al intentar trasladar una cultura marginada a otra dominante:

> issues related to the interpretation of material culture (such as food, dress, tools) and social culture (including law, economics, customs, and so forth), history, values, and world view; problems with the transference of literary features such as genre, form, performance conventions, and literary allusions; as well as the inevitable questions of linguistic interface. For all these reasons the information load of translations of such marginalized texts is often very high –in fact it is at risk of being intolerably high. Because neither the cultural content nor the literary framework of such texts is familiar to the receiving audience, the reception problems posed by marginalized texts in translation are acute (1999b: 47).

En los apartados anteriores, hemos estudiado las estrategias para traducir cierto tipo de recursos retóricos que forman parte del estilo creativo de la autora. Vemos que el transplante de la oralidad china al inglés o la traducción de esta tradición oral a otros sistemas literarios, por ejemplo, el español, podría introducir innovaciones o transformaciones en el género literario occidental *novela*. En esta parte y en las posteriores, nos adentraremos en la transmición de los elementos chinos insertados en el texto original, los cuales se relacionan con valores tradicionales, costumbres, comida, alusiones literarias y mitológicas, etc. Franco Aixelá denomina estos elementos culturales insertados en el texto original "Culture-specific items (CSI)", que son:

> Those textually actualized items whose function and connotations in a source text involve a translation problem in their transference to a target text, whenever this problem is a product of the nonexistence of the referred item or of its different intertextual status in the cultural system of the readers of the target text ([1996] 2007: 58).

Empezaremos por los factores más específicos, tales como la traducción de los topónimos, antropónimos, conceptos típicos, comida, etc., y luego pasaremos a la traducción de la lengua híbrida que usa la autora y a factores ideológicos que condicionan la elección de las estrategias traslativas.

a. El cambio tipográfico entre el texto original y los textos traducidos

En el texto original, la autora introduce muchos términos chinos como marca de su cultura étnica, los cuales se pueden dividir en dos categorías: los términos ya familiares para los estadounidenses e incluidos en los diccionarios americanos (por ejemplo, "mah jong", que proviene del shanghainés o ningbonés; "yin" y "yang", términos filosóficos; "wonton", "chow mein", "dim sum", etc., nombres de comidas que provienen del cantonés); vocablos desconocidos para los americanos y no incluidos en los diccionarios (tales como *zongzi, chaswei, dyansyin, syaumei*, que son nombres de comidas, o *li, yuan*, unidades de medición y de moneda, etc). En cuanto a los términos de la primera categoría, que para los lectores americanos ya son tan conocidos que forman parte de su propia cultura, la autora los usa como palabras normales sin hacer ninguna indicación tipográfica ni dar ninguna explicación; en cuanto a los de la segunda categoría, la autora los marca en cursiva y luego añade explicaciones concisas y sencillas para facilitar el entendimiento a los lectores americanos.

Aunque a partir de las últimas tres décadas España viene acogiendo más y más inmigrantes de múltiples orígenes, en comparación con Estados Unidos donde se registran constantes contactos entre culturas de múltiples procedencias, todavía no tiene tanta experiencia en la gestión de los intercambios culturales y la fusión multicultural. Vemos que muchos términos que son familiares para un lector americano y figuran en diccionarios americanos resultan desconocidos a un lector español y le provocan una sensación exótica. Notamos que en las dos versiones españolas los traductores no solo mantienen los términos de la segunda categoría en cursiva, sino que también expresan conceptos pertenecientes a la primera de la misma manera, por ejemplo, *mah jong, wonton, chow mein, dim sum* para indicar su procedencia extranjera. Sin embargo, a veces el cambio tipográfico no siempre resulta eficaz para revelar el significado de ciertos términos. A pesar de que los lectores puedan hacer deducciones según el contexto, en muchas ocasiones fracasarán a la hora de pretenderlo, o bien por falta de información contextual, o bien porque el mismo término aparece en diferentes páginas y la autora solo lo explica una vez. Los siguientes ejemplos darán una buena ilustración al respecto:

29. "He is American," warned my mother, as if I had been too blind to notice. A *waigoren*." (Tan 1998: 117).

Versión I: –Es americano –me advirtió, como si hubiera estado demasiado ciega para darme cuenta–. Un *waigoren* (Tan 2009: 153).

Versión II: –Es americano –señaló, como si yo hubiera estado demasiado ciega para advertirlo–. Un *waigoren* (Tan 2001: 146).

30. "Last week," she said, … "the *waigoren* accuse me." She referred to all Caucasians as *waigoren*, foreigners (Tan 1998: 199).

Versión I: –La semana pasada el *waigoren* me acusó. –Se refería a todos los occidentales como *waigoren*, extranjeros– (Tan 2009: 266).

Versión II. La semana pasada –añadió, ... –el *waigoren* me acusó. –Cuando hablaba de personas de raza blanca se refería a ellos como *waigoren*, «extranjeros»– (Tan 2009: 251).

En la obra original, el término *waigoren* aparece en la página 117 (ejemplo 29) y la 199 (ejemplo 30). Cuando este término aparece por primera vez, la autora no añade ninguna explicación. En este caso, según el contexto, muy posiblemente un lector que no conoce el idioma chino deduzca que el *waigoren* equivaldría a *americano*. Sin embargo, el significado exacto de este término es "extranjeros", como explica la autora en el ejemplo 30. A través de estos dos casos, vemos que, aunque ambos traductores transmiten "fielmente" el texto original y deciden no introducir ninguna información extra en el texto traducido, un lector de las versiones castellanas podría hacer una asociación incorrecta. Además, con tantos términos insertados en el texto traducido, probablemente los lectores olviden dónde ha aparecido este término por primera vez. En este caso, vuelve a demostrarse la utilidad de un glosario general que facilitase la localización del significado de los términos con rapidez.

A veces, a través del uso de las marcas tipográficas, se ven las diferentes presuposiciones que hacen los traductores acerca del grupo de lectores meta. En los siguientes dos ejemplos, la autora introduce los conceptos "yin" y "yang" sin hacer ninguna marca tipográfica. En las versiones españolas, los dos traductores adoptan diferentes maneras: el traductor de la primera versión, creyendo que estos dos términos también son familiares para sus lectores, "traslada" las dos palabras intactas al texto traducido; al contrario, el traductor de la segunda traducción, suponiendo que los lectores meta todavía no tienen mucho conocimiento sobre la filosofía tradicional china, marca los dos términos en cursiva para explicitar su origen exótico.

31. ...we became inseparable, two halves creating the whole: yin and yang (Tan 1998: 117; énfasis nuestro).

Versión I: ...nos hicimos inseparables, dos mitades que creaban el todo: yin y yang (Tan 2009:154; énfasis nuestro).

Versión II: ...nos hicimos inseparables, las dos mitades de un mismo todo: *yin* y *yang* (Tan 2001:147; énfasis nuestro).

Lo que hemos estudiado en esta parte nos permite ver que aunque a veces las marcas tipográficas, sobre todo, la cursiva, constituyen una manera útil para indicar la procedencia exótica de ciertos términos, no resulta suficientemente eficaz para explicar de forma adecuada la información cultural implícita. En este caso, un glosario general o notas al pie de página pueden ser recursos válidos para transmitir a los lectores meta los correspondientes conocimientos culturales. No obstante, el traductor o la traductora ha de prestar atención a cómo gestionar la cantidad de información que aporta. Si elabora el texto explicativo de forma extensa, la traducción podría convertirse en una enciclopedia de las culturas étnicas que dificultaría la lectura y desanimaría a los lectores.

b. La traducción de nombres propios

Los nombres propios, que sirven para hacer referencia a individuos, lugares, instituciones sociales, etc., constituyen una parte imprescindible de una cultura. No es exagerado decir que los nombres propios representan la cultura de la que forman parte de manera condensada, porque en ellos se proyectan lo esencial de una cultura, la historia, las actitudes y creencias de la gente, la visión del mundo y el modo de vivir de un colectivo, etc. A la hora de traducirlos, se tiende a adoptar estrategias como la repetición o la transliteración, y también se ve una tendencia a una traducción lingüística en la que no se explicitan sus conotaciones culturales con el fin de aumentar la expresividad.

Sin embargo, según algunos teóricos de la traductología, como Tymoczko, esta manera "literal" provocará problemas, porque los nombres propios se caracterizan por la unicidad, la reconocibilidad y la memorabilidad. Por una parte, además del sentido semántico y de las funciones semióticas, deben ser memorables, porque sirven para designar lingüística y culturalmente objetos de manera única e irrepetible. Por otra, los nombres propios suscitan ortográfica y fonológicamente asociaciones únicas. O, mejor dicho, la forma ortográfica y la pronunciación fonética de un nombre propio sirven para establecer la asociación con un objeto único. ¿Cómo traducir estos términos que conceden importancia tanto a la forma ortográfica como al sonido? Parece que los traductores entran en un callejón sin salida:

> if the name is transferred orthographically, the name is lost because a new name is created phonologically; and if the name is translated, the name is lost because a new name is created orthographically or semantically (Tymoczko 1999b: 239).

A continuación, vamos a ver cómo tratan estos nombres propios los traductores de *The Joy Luck Club*.

Los topónimos

Sin duda alguna, los topónimos en muchas ocasiones no solo constituyen un signo que hace referencia a un país, un lugar o una calle, sino que también acarrean una profunda connotación histórica y cultural. En cierto sentido, la evolución de los topónimos permite ver los acontecimientos que han tenido lugar en la localidad, los cuales marcan la trayectoria de su transformación sociocultural a lo largo de la historia. Además, en el contexto postcolonial, los topónimos también cobran un nuevo sentido político e ideológico. El rechazo a los nombres que impusieron los excolonizadores ha llegado a ser una de las medidas de resistencia tomadas por los países excolonizados o los marginados contra el imperialismo y en favor de la independencia política y la consolidación de sus culturas nacionales.

Normalmente la traducción de los topónimos chinos a idiomas occidentales se realizó por la vía de la transcripción fonética. Sin embargo, esta transferencia no se llevó a cabo según la pronunciación de los chinos sino conforme a la de los occidentales. Con el transcurso del tiempo, estos topónimos "inadecuadamente" transmitidos se han convertido en formas "estándares" e incluso "oficiales" que designan los lugares chinos en estos idiomas. En este sentido, se puede decir que ha sido Occidente el que ha impuesto su versión de los topónimos chinos a China y al mismo tiempo ha silenciado sus propias voces. Por ejemplo, aunque, en los últimos años, Beijing, traducción fonética según su pronunciación en chino mandarín, va siendo conocida por los occidentales como la forma estándar que hace referencia a la capital de China, Peking o Pekín todavía goza de popularidad en los países angloamericanos o en el mundo hispánico. Hemos de destacar que los cambios morfológicos en la traducción de los topónimos chinos constituyen una reivindicación política. El uso cada día más frecuente de las traducciones "corregidas" de los topónimos chinos se debe a la elevación de la posición política de China en el mundo.

En la novela, como las historias de las madres se desarrollan en la China ambientada en la Segunda Guerra Mundial, los topónimos chinos se han convertido en puntos geográficos que marcan su itinerario hacia los Estados Unidos. Vemos que en la novela aparecen los siguientes topónimos: Shanghai, Kweilin, Nanking, Chungking, Taiyuan, Wushi, Ningpo, Tientsin, Peking, Tsinan, Petaiho, Hangchow, Toishan, Shenzhen, etc., que son nombres de ciudades; Shantung, Canton, Kwangsi, etc., que son los de provincias; también se ven calles como Huangshi Dong Lu, Weichang Lu, etc., y lugares de interés tales como Tai Lake, West Lake, Six Harmonies Pagoda, Monastery of the Spirits's Retreat, etc. En el último capítulo de la novela, "A Pair of Tickets", la autora también habla de los cambios morfológicos de los topónimos chinos que ponen de manifiesto las transformaciones que han tenido lugar en China:

> In less than three hours, we will be in Guangzhou, which my guidebook tells me is how one properly refers to Canton these days. It seems all the cities I have heard of, except Shanghai, have changed their spellings. *I think they are saying China has changed in other ways as well.* Chungking is Chongqing. And Kweilin is Guilin (Tan 1998: 268; énfasis mío).①

Hemos visto que, en ambas versiones españolas, al traducir los topónimos que no son muy conocidos para los lectores españoles o, en términos de Franco Aixelá, los nombres no "too strongly embedded in the intertextuality of the target language" ([1996] 2007: 68), los traductores copian al pie de la letra lo que usa la autora en el texto original; al tratar los nombres que hacen referencia a lugares chinos más o menos conocidos en los países de habla española, tales como Peking y Shenzhen, se

① Ejemplo empleado en "La retrotraducción de la literatura chinoamericana a la cultura china: Análisis comparativo de las versiones chinas de *The Joy Luck Club* de Amy Tan", *Entreculturas*, 2016.

adoptan formas apropiadas en español, escribiéndolos como Pekín y Shenze respectivamente. En cuanto a los nombres de lugares de interés, tales como Tai Lake, West Lake, Six Harmonies Pagoda, Monastery of the Spirits's Retreat, se traducen literalmente como Lago Tai, Lago Occidental, la pagoda de las Seis Armonías, el Monasterio del Retiro de los Espíritus.

Como los textos postcoloniales, en nuestro caso las novelas de Amy Tan, en cierto sentido "han surgido como resultado de un proceso traductor en el ámbito de la creación" (Sales 2004: 466), los topónimos chinos que emplea la autora en el texto original en realidad ya son su versión americana. Aunque biológicamente es china, prácticamente la autora conoce o describe China desde una perspectiva occidental. En este sentido, la traducción de estos términos chinos puede ser una señal que marca la parte americana de su identidad híbrida. Por lo tanto, aunque, como hemos dicho en los párrafos anteriores, estamos a favor de las estrategias resistentes al traducir los topónimos chinos, en este caso preferimos no verterlos según su pronunciación estándar del chino mandarín.

Los antropónimos

En *The Joy Luck Club*, la autora introduce muchos nombres chinos que encierran connotaciones especiales. Como es sabido, aparte de la lengua que habla una persona, su nombre también constituye una marca de su identidad cultural, porque cada cultura tiene su propia manera de construir los nombres. En la cultura china, cuando nace un bebé, sus padres o familiares siempre eligen caracteres con pronunciación melodiosa y que al mismo tiempo contienen significados prometedores con el fin de desear al recién nacido un futuro brillante o expresar el deseo familiar que aspiran colmar. En muchas ocasiones, los antropónimos chinos constituyen un significante en el que se combinan valores semánticos, semióticos y estéticos. Por la intensa carga cultural que llevan los antropónimos, al transmitirlos a otra cultura surgen muchos problemas.

Como hemos dicho anteriormente, la obra original en sí misma ya constituye una traducción. En este sentido, los nombres chinos que elige la autora en el texto original ya suponen una traducción según su entendimiento de la cultura china. Sin embargo, parece que la autora solo toma en consideración su significado semántico ignorando otros factores muy importantes que hay que tener en cuenta al elegir caracteres concretos, por ejemplo, la pronunciación de los ideogramas o el género de la persona a la que designa, etc. Al transferir estos nombres chinos, para los traductores de las versiones castellanas parece innecesario tomar en consideración los factores que ha ignorado la autora. Ambos traductores trasladan directamente a los textos traducidos las transcripciones fonéticas de estos nombres y sus correspondientes explicaciones que ha dado la autora, concediéndole toda la confianza sin poner en cuestión su autoridad y autenticidad como autora étnica.①

Aparte de los antropónimos chinos, las madres de la novela interpretan ciertos nombres occidentales desde el punto de vista chino. Aunque Lindo bautiza a sus dos hijos con nombres occidentales con la esperanza de que puedan integrarse bien en la sociedad americana, no puede escapar de la mentalidad china y elige nombres que, a su parecer, tienen sentidos especiales. En los siguientes dos ejemplos, veremos cómo Lindo descompone "Winston" y "Vincent" según la mentalidad china.

32. I named him <u>Winston</u> because I liked the meaning of those two words "wins ton." I wanted to raise a son who would win many things, praise, money, a good life. (Tan 1998: 265)

Versión I: Le puse Winston porque me gustaba el significado de esas dos palabras, «wins ton».* Quería criar un hijo que pudiera ganar muchas cosas, alabanzas, dineros, una buena vida.

* En inglés, «gana toneladas». (*N.del t.*) (Tan 2009: 355).

Versión II: Le puse por nombre Winston porque me gustaba el significado de esas dos palabras.* Quería criar un hijo capaz de ganar muchas cosas: elogios, dinero, una buena posición.

*En inglés, *win* significa «ganar», y *ton*, «tonelada». (*N.del t.*) (Tan 2001: 334)

33. Two years after Winston was born, I had your other brother, <u>Vincent</u>. I named him Vincent, which sounds like <u>"win cent,"</u> the sound of making money, because I was beginning to think we did not have enough (Tan 1998: 265).

Versión I: Dos años después del nacimiento de Winston, llegó tu otro hermano, Vincent. Le llamé Vincent, que suena como «win cent».* para hacer dinero, porque empezaba a pensar que no teníamos suficiente.

*En inglés «gana cientos». (*N.del t.*) (Tan 2009: 355)

Versión II: Dos años después de que naciese Winston, llegó tu otro hermano, Vincent. Le

① Aunque los factores ignorados por la autora al elegir los nombres para sus personajes no les han producido problemas a los traductores de las versiones castellanas, sí han traído dificultades a quienes retrotraducen esta obra al chino. En cuanto a lo relacionado con la retrotraducción, veánse Wang, C.Y. "La retrotraducción de la literatura chinoamericana a la cultura china: Análisis comparativo de las versiones chinas de *The Joy Luck Club* de Amy Tan", *Entreculturas*, 2016.

llamé Vincent* para que hiciera dinero, porque comenzaba a pensar que no teníamos bastante.

*Juego de palabras intraducible entre *win*, «ganar», y *cent*, «ciento». (*N.del t.*) (Tan 2001: 335)

Vemos que Lindo descompone los nombres occidentales Winston y Vincent como “Wins-ton” y “V(w)in-cent”. O, mejor dicho, a su parecer, “Winston” y “Vincent” son dos palabras que están compuestas de dos significantes. Aquí, la autora emplea los vocablos del inglés como materia prima y los reorganiza según la mentalidad china. Estos dos ejemplos demuestran plenamente la hibridez cultural de la obra y la identidad híbrida de la autora. En las versiones españolas, parece que los traductores no logran encontrar otro medio que añadir notas al pie de página para explicar a los lectores españoles en qué consiste este juego de palabras. Sin embargo, notamos que en la primera versión el traductor mantiene la forma descompuesta de los dos nombres en el texto traducido y en las notas solo explica el significado de estas formas. En cambio, en la segunda, el traductor elimina estas formas desconstruidas en el texto meta, las cuales solo aparecen en las notas al pie de página. Quizá, de esta manera, el traductor intente crear un texto meta más fluido y reducir la sensación de extrañeza provocada por estos modos de deshacer las palabras.

c. La traducción de los tratamientos

En la novela, los tratamientos chinos introducidos por la autora también constituyen una marca de la cultura étnica que llama la atención de los lectores occidentales. En la mayoría de los casos, la autora acompaña con explicaciones los tratamientos chinos, pero en ciertas ocasiones deja los términos sin explicar y espera que los lectores deduzcan a qué se refieren según el contexto. En el texto original, se ven los siguientes tratamientos: Popo, Lau Po, Baba, Ma, Syaudi, Jyejye, Aiyi, Meimei, Huang Taitai, Old Chong, etc.

Como la novela de Amy Tan en sí misma constituye una traducción, cuando introduce tratamientos como Syaudi, Jyejye, Aiyi, Meimei, la autora añade explicaciones detrás de ellos, lo que no solo facilita el entendimiento de los lectores occidentales sino también la traducción a otros idiomas occidentales. Parece que lo que necesitan hacer los traductores de otros idiomas occidentales es trasladar estos tratamientos al pie de la letra y traducir las correspondientes explicaciones. A continuación, veremos dos ejemplos:

34. He is Syaudi, your littlest brother (Tan 1998: 230)

Es Syaudi, tu hermanito (Tan 2009: 305)

35. *Jyejye, Jyejye*. Sister. Sister. (Tan 1998: 270)

Jyejye, Jyejye, hermana, hermana (Tan 2009: 363)

Hemos visto que el tratamiento "Ma" aparece muchas veces en el texto original y, al traducirlo, los traductores de las versiones españolas lo apropian al tratamiento español como "mamá". A pesar de que "Ma" sea la forma cariñosa para llamar a la madre y en cierto sentido equivalga a "mamá", cabe plantearse hasta qué punto sustituir "Ma" por "mamá" es una estrategia adecuada desde el punto de vista de la representación de identidades. Aquí en lugar de usar "mum" o "mummy", formas informales y cariñosas de "mother", la autora elige "Ma", que es el tratamiento propio de los chinos cuando llaman a sus madres, sobre todo cuando son adultos o mayores. Se puede decir que el tratamiento "Ma" sirve como una marca que indica la identidad étnica de las hijas de la novela. En este sentido, como respeto al sustrato cultural chino, en nuestra opinión sería mejor conservarlo intacto en los textos traducidos. A continuación, veremos dos ejemplos más acera del tratamiento "Ma":

36. "Ma!" I said sharply. "Ma!" I whined, starting to cry.

And her eyes slowly opened. She blinked. Her hands moved with life. "*Shemma*? Meimei-ah? Is that you?" (Tan 1998: 180).

–¡Mamá! –grité–. ¡Mamá! – Se me quebró la voz y empecé a llorar.

Ella abrió los ojos lentamente y movió las manos.

–*Shemma*? Ah, Meimei, ¿eres tú? (Tan 2009: 239).

El ejemplo 36 corresponde a la escena en la que Waverly acudió furiosa en búsqueda de su madre, debido a la actitud indiferente que ésta mantenía hacia su matrimonio con Ted. Sin embargo, cuando llegó a casa, vio que su madre permanecía dormida en el sofá con apariencia de estar muerta, y de repente se dio cuenta de su fragilidad y envejecimiento y sintió un gran miedo a perderla. Waverly acudió hasta donde estaba su madre y la llamó a gritos. Como hemos dicho anteriormente, dentro de un acercamiento identitario cabría la posibilidad de transmitir el tratamiento "Ma" literalmente en el texto meta.

37. So I would turn to my real mother and say, "Excuse me, Ma," and then I would turn to Huang Taitai and present her with a little goodie to eat, saying, "For you, Mother." (Tan 1998: 53)

Versión I: Entonces me volvía hacia mi madre verdadera y le decía: «Perdona, mamá», para dirigirme luego a Huang Taitai y ofrecerle una golosina, diciéndole: «Para ti, madre». (Tan

2009:64)

Versión II: Entonces me volvía hacia ella, mi verdadera madre y decía: «Perdona, mamá», para dirigirme luego a Huang Taitai y ofrecerle una pequeña golosina, con estas palabras: «Para ti, madre». (Tan 2001:64)

En el ejemplo 37, nos llama la atención el uso de los tratamientos "Ma" y "Mother". Lindo llama a su propia madre Ma y a Huang Taitai, su futura suegra, "Mother". En determinadas épocas antiguas chinas, para una mujer casada, sus suegros eran la autoridad absoluta de la casa y, como nuera, tenía que respetar y atenderlos incondicionalmente. Por lo tanto, Lindo llama a su suegra "Mother", tratamiento más formal que "Ma", para expresar respeto hacia ella. En las versiones, los traductores traducen estos dos tratamientos como "mamá" y "madre" respectivamente, lo que demuestra las diferentes formas de tratar a las dos señoras. Sin embargo, hemos visto que en las dos versiones Lindo trata a su madre y a su suegra de "tú", lo que de nuevo puede suscitar reservas en cuanto a la reconstrucción de las identidades y sus relaciones. En la época en la que se ambienta la novela, en la que regía la vida social el confucianismo, que defiende la jerarquía social y la cortesía feudal, normalmente los menores trataban a los mayores, incluso a sus propios padres, de usted. Además, como Huang Taitai proviene de una familia que goza de una posición social más alta que la de Lindo, según la costumbre china resultaría imposible que la tratase de tú. Por lo tanto, en una traducción que tuviese en cuenta estas facetas culturales sería mejor traducir las frases "Excuse me, Ma" y "For you, Mother" como "Perdone, Ma" y "Para usted, Madre".

38. In Popo's room my auntie protested, "Too late, too late," as my mother approached the bed. But this did not stop my mother. "Come back, stay here," murmured my mother to Popo. "*Nuyer* is here. Your daughter is back." (Tan 1998: 45)

Versión I: –Demasiado tarde, demasiado tarde –protestó mi tía en la habitación de Popo, mientras mi madre se acercaba a la cama. Pero sus palabras no la detuvieron.

–Ha vuelto, está aquí –murmuró mi madre a Popo–. *Nuyer* ha venido. Tu hija ha vuelto (Tan 2009:53).

Versión II: Mi tía, que estaba en el cuarto de Popo, comenzó a protestar («Demasiado tarde; demasiado tarde»), pero sus palabras no impidieron que mi madre se acercara a la cama.

–Ha regresado, aquí está –susurró mi madre, dirigiéndose a Popo–. *Nuyer* ha venido. Tu hija ha regresado (Tan 2001:54).

En este párrafo aparecen tres personajes: la tía, la madre y la abuela o Popo de An-mei. "*Nuyer*" en chino significa "hija" y al hablar con Popo, que está moribunda, la madre de An-mei se trata a sí misma de "*Nuyer*" y habla en tercera persona. La frase "Come back, stay here" es lo que dice la madre de An-mei a Popo para que su alma vuelva y se quede en casa, porque, según la tradición china, cuando una persona está en sus momentos agonizantes, su alma está intentando salir de su cuerpo. Por lo tanto, cuando una persona ya está luchando contra la muerte, sus familiares no dejan de invocar su nombre para que su alma se detenga a su lado. Por eso, se usa el modo imperativo de los verbos "come" y "stay". En las dos versiones, vemos que los traductores interpretan esta frase como "Ha vuelto, está aquí" o "Ha regresado, aquí está". Parece que los traductores toman a "*Nuyer*" como otra persona diferente de la madre de An-mei y consideran ese "Nuyer" como el sujeto de los verbos "volver" y "estar". Aunque en el texto original la autora intenta explicitar que "*Nuyer*" es "hija" con la frase "*Nuyer* is here. Your daughter is back", evidentemente los traductores se equivocan en la identificación entre "Nuyer" e "hija". Una traducción que prestase atención a la carga cultural de "Come back, stay here" podría ser "Vuelva, quédese aquí."

39. Mr. Chong, whom I secretly nicknamed Old Chong, was very strange… (Tan 1998: 136).

Versión I: El señor Chong, al que llamaba en secreto el abuelo Chong, era un hombre muy raro… (Tan 2009: 178).

Versión II: El señor Chong, a quien en secreto yo llamaba el Viejo Chong, era un hombre muy extraño... (Tan 2001: 170).

Aparte de los tratamientos entre los familiares, la autora también introduce otros que sirven para llamar a las personas que no tienen relaciones de parentesco. "Old Chong" es la traducción literal de "Lao Chong" en chino, que significa Viejo Chong (Chong es el apellido de una persona). El modelo "Lao+Apellido" es la forma típica china que designa a una persona mayor o a un joven que es muy amigo del hablante o a alguien con tono humorístico. Comparando las dos versiones, creemos que la traducción "el Viejo Chong" da mejor cuenta de estas connotaciones culturales, porque en este ejemplo, según Jing-mei, Mr. Chong "was very strange" (Tan 1998: 136) y lo llama "Old Chong" con un tono sarcástico. El "abuelo" de la primera versión tendería a entenderse, según el marco de referencia de la cultura de llegada, como una forma para expresar el cariño hacia una persona de mayor edad.

d. La traducción de la cultura culinaria y las comidas

La gastronomía o el arte culinario chino goza de gran fama a escala internacional y desempeña un papel fundamental en la cultura china. Sin duda alguna, en la obra de Amy Tan la cultura gastronómica china también constituye un punto llamativo que atrae la atención del público occidental. Sin embargo, tomando en consideración la gran diferencia que existe entre China y España u otros países hispanohablantes en cuanto a los ingredientes, condimentos y maneras de cocinar, la traducción de las comidas supone grandes retos.

40. The hostess had to serve special *dyansyin* foods to bring good fortune of all kinds –dumplings shaped like silver money ingots… (Tan 1998:23).

La anfitriona tenía que servir comida *dyansyin* especial para invocar la buena suerte en todos los aspectos de la vida: buñuelo en forma de lingotes de plata... (Tan 2009:23).

41. I remember it was once a lump of *syaumei*, a little dumpling I loved to eat (Tan 1998: 53).

Versión I: Recuerdo que una vez le di un pedazo de *syaumei*, una especie de budín relleno que me encantaba (Tan 2009:64).

Versión II: Me acuerdo muy bien de que en una ocasión le di un trozo de *syaumei*, un pastel relleno que yo encontraba delicioso (Tan 2001:64).

42. Three days before the lunar new year, she had eaten *ywansyau*, the sticky sweet dumpling that everybody eats to celebrate (Tan 1998: 239).

Tres días antes del nuevo año lunar había comido *ywansyau*, el viscoso budín dulce tradicional en esas fechas (Tan 2009:318).

43. As our mother sprinkled flour and rolled out small doughy circles for the steamed dumplings that would be our dinner that night, Vincent explained the rules… (Tan 1998:93).

Versión I: Mientras nuestra madre rociaba con harina y amasaba los pequeños círculos de pasta para el budín relleno que cenaríamos aquella noche, Vincent explicaba las reglas... (Tan 2009: 119).

Versión II: Mientras nuestra madre preparaba el pastel relleno que cenaríamos por la noche, Vincent explicaba las reglas... (Tan 2001: 114).

44. That's the day when everyone goes to the family graves. They bring hoes to clear the weeds and brooms to sweep the stones and they offer dumplings and oranges as spiritual food (Tan 1998: 63).

Versión I: Es el día en que todos visitan las tumbas de sus familiares fallecidos, provistos de hoces para cortar los hierbajos y escobas para barrer las lápidas, y ofrecen bolas de masa hervida y naranja como alimento espiritual (Tan 2009:79).

Versión II: Es el día en que todo el mundo visita las tumbas de sus familiares fallecidos, arrancan las malas hierbas, barren las lápidas y ofrecen bollos hervidos y naranjas a modo de alimento espiritual (Tan 2001:78).

En los ejemplos 40-44, la autora introduce comidas chinas tales como *dyansyin* (*dianxin*), *syaumei* (*shaomai*) y *ywansyau* (*yuanxiao*), usando el mismo término "dumpling". Este uso confuso trae muchos problemas a los traductores de las versiones españolas. "Dumpling", es "a small ball of DOUGH (a mixture of flour, fat and water) that is cooked and served with meat dishes" o "a small ball of PASTRY, often with fruit in it, eaten as a DESSERT" (Diccionario *Oxford*). Además, el *dumpling*, también hace referencia al *Jiaozi* chino. *Dyansyin* es un tipo de pastel cocido al vapor o al horno. En general contiene dulces, frutas, nueces o carne como relleno. Es una comida ligera que en español equivaldría a un "refrigerio", "tentempié", "piscolabis" o "merienda"; s*yaumei* es un tipo de panecillo redondo con una envoltura de masa, con carne picada como relleno y cocido al vapor; *ywansyau* es un tipo de albóndiga que tiene la envoltura de masa hecha de arroz glutinoso (*nuo mi*) y un relleno dulce y se come en la Fiesta de los Faroles (el día 15 del primer mes lunar, que también se llama la Fiesta de *Yuanxiao*).

En el ejemplo 40, se traduce "dumpling" como "buñuelo", que se define como "fruta de sartén que se hace de masa de harina bien batida y frita en aceite" (*DRAE*). Como hemos dicho antes, el *dyansyin* se hace al vapor o al horno, quizá en este caso la palabra "pastel" resulte más adecuada. En el ejemplo 41, la palabra "dumpling" aparece traducida como "budín" y "pastel" respectivamente en cada una de las versiones. El budín o pudín, término que proviene del inglés, *pudding*, se refiere al "dulce de consistencia pastosa, hecho con frutas y pan o bizcocho reblandecidos en leche" o la "comida no dulce de consistencia pastosa que se hace en un molde con diversos ingredientes" (*Diccionario Clave*). Aunque según la segunda definición, la palabra "budín" también puede ser una elección adecuada, se usa con frecuencia para referirse a los pasteles dulces, lo que confundiría a los lectores de la cultura de destino. En este caso, quizá el "panecillo" puede ser una opción alternativa. En el ejemplo 42, "el pastel redondo", que describe perfectamente la forma de *ywansyau*, podría resultar más explicativa o gráfica que la palabra "budín". En el ejemplo 43, como en el texto original se indica la manera de hacer esta comida, deducimos que ese "dumpling" es el s*yaumei* del ejemplo 41 u otro tipo de comida parecida, que en chino se llama "包子" (*baozi*), empanada con relleno de carne y verduras picadas cocido al vapor. En el ejemplo 44, según el contexto se percibe que esta comida se utiliza como ofrenda cuando la gente va al cementerio familiar para honrar la memoria de los familares fallecidos. De acuerdo con las costumbres chinas, aquí este "dumpling" podría ser un tipo de "*dyansyin*" del ejemplo 40, o el *syaumei* o *baozi* del ejemplo 41 y 43 o el *jiaozi*, raviolis con relleno de carne y verduras picadas. Por lo tanto, las traduciones tales como "bolas de masa hervida" y "bollos hervidos" provocarían confusiones a los lectores hispanohablantes.

45. the red-cooked eggplant and shredded pork (Tan 1998: 177).

Versión I: el plato de cerdo desmenuzado con berenjena (Tan 2009: 234).

Versión II: el guiso de cerdo con berenjena (Tan 2001: 221).

46. one of those soups steaming out of a carved winter melon (Tan 1998: 278).

Versión I: una de esas sopas humeantes vertida en medio melón ahuecado (Tan 2009: 374).

Versión II: una de esas sopas apetitosas servida en medio melón ahuecado (Tan 2001: 351).

En los ejemplos 45 y 46, se ve que "red-cooked" y "winter melon" son traducciones literales del chino "红烧" (*hong shao*) y "冬瓜" (*dong gua*). "Red-cooked" es un arte de la cocina china, que consiste en cocer carne o verduras a fuego lento con salsa de soja, la cual da un color rojo a los ingredientes. El "winter melon" en realidad es calabaza blanca, que en inglés se dice también "white gourd". En las dos versiones del ejemplo 45, los traductores optan por omitir la manera de preparar el plato. Quizá "la berenjena cocida con salsa roja de soja con cerdo desmenuzado" pueda ser una opción alternativa. En las dos versiones del ejemplo 46, se traduce "winter melon" simplemente como melón, que es totalmente diferente de la calabaza blanca. A través de estos dos ejemplos, hemos visto que, en cierto sentido, la autora ha convertido el inglés en "a kind of secret code that only multilinguals can translate and understand" (Gentzler en Vidal 2010: 69). También queda demostrado que si el traductor o la traductora no tiene suficiente conocimiento de la lengua y cultura de China, carecerá de la sensibilidad necesaria para identificar el sustrato cultural que transportan estas traducciones literales dadas por la autora en el texto original. La documentación (Sales 2005) aparece como un factor fundamental para la traducción ética de las narrativas transculturales.

e. La traducción de otros términos chinos

En los apartados anteriores hemos hecho un recorrido por la traducción de topónimos, antropónimos, tratamientos y comidas en las versiones españolas. A continuación, estudiaremos la traducción de algunos términos relacionados con ciertos conceptos culturales chinos importantes. En el texto original, a veces la autora los introduce directamente, marcándolos en cursiva. Estos signos indicados tipográficamente, sin duda, constituyen una señal explícita que advierte a los lectores de las versiones españolas la carga cultural e ideológica que llevan. Sin embargo, en muchas ocasiones, la autora también los inserta de manera implícita, traduciéndolos al inglés sin dejar ninguna marca tipográfica. En este caso, a veces los traductores de las versiones españolas no perciben estos conceptos ocultos. A continuación, estudiaremos un ejemplo:

47. My auntie, who had a very bad temper with children, told him he had no *shou*, no respect for ancestors or family, just like our mother (Tan 1998: 44).

Mi tía, que tenía muy mal genio con los niños, le dijo que carecía de *shou*, es decir, de respecto hacia los antepasados de la familia, como le ocurría a mi madre (Tan 2009: 51).

En el ejemplo 47, los traductores de las versiones castellanas "captan" el término explícito "*shou*". Como han depositado absoluta confianza en la autoridad de la autora y en la autenticidad de los elementos chinos descritos en la obra, trasladan literalmente los términos chinos insertados y traducen las correspondientes explicaciones, pasando por alto el hecho de que a veces ciertos vocablos que utiliza la autora no existen en chino, sino que son "invenciones" suyas. Según la explicación añadida por la autora, "*shou*" es el "respect for ancestors or family". Sin embargo, en el chino mandarín no existe ningún carácter que tenga este significado y se pronuncie de esta manena. Dado que la autora no maneja bien el chino, a veces comete "errores" desde el punto de vista de la cultura tradicional china. Por supuesto, estos "malentendidos", en cierto sentido, pueden ser nuevas creaciones de la autora y constituyen una interpretación suya de la cultura china desde una posición *in-between*①.

Aparte de la inserción de los términos chinos marcados tipográficamente, hay que prestar atención a ciertos conceptos implícitos a los que los traductores de las versiones españoles quizá no sean tan sensibles, o que a veces ni siquiera lleguen a detectar.

48. They still look troubled, as if something were out of balance. But they also look hopeful that what I say will become true. (Tan 1998: 41).

① Es una situación a la que ha de enfrentarse la mayoría de los autores diaspóricos. Por ejemplo, Esmeralda Santiago comenta en la introducción de la versión española de sus memorias *Cuando era puertorriqueña* que se ha dado cuenta de que el idioma que habla, el cual ella pensaba que era el español, es realmente el "espanglés", dialecto forjado del español y el inglés, en el que surgen muchas palabras "inventadas" que no existen en el inglés ni tampoco en el español. En sus propios términos: "Años atrás, si alguien me hubiese indicado los muchos espaglicismos en mi vocabulario, el bochorno me hubiese dejado muda. Hoy en día tengo que aceptar que este idioma inventado por necesidad es el que me permite expresarme a mi manera" (1994: xvii).

Versión I: Aún parecen inquietas, como si no las tuvieran todas consigo, pero también abrigan la esperanza de que mis palabras sean ciertas (Tan 2009: 48).

Versión II: Todavía parecen un poco intranquilas, como si no acabaran de confiar en mí pero confiando al mismo tiempo en que sea cierto lo que digo (Tan 2001: 48).

El concepto "balance" o, en español, "equilibrio" es una concepción filosófica china de importancia que introduce la autora en su obra. Las madres de "The Joy Luck Club", muy influidas por el pensamiento filosófico chino, están profundamente convencidas del equilibrio que proponen las teorías de *Fengshui* y de *Wuxing* (cinco elementos fundamentales constituyentes del universo y el cuerpo humano). El equilibrio también se puede entender como la armonía que se logra por la competencia y la interacción entre diferentes fuerzas o diferentes elementos que componen el universo. Por lo tanto, sería deseable reflejar este concepto chino en los textos traducidos. Sin embargo, desafortunadamente, en las versiones castellanas, se transmite la frase "as if something were out of balance" como "como si no las tuvieran todas consigo" y "como si no acabaran de confiar en mí" respectivamente, en las que no se ve ni pizca de este concepto chino. Quizá cabría proponer algo como "Aún parecen perplejas, como si algo no estuviera dentro del equilibrio".

49. "When you lose your face, An-mei," Popo often said, "it is like dropping your necklace down a well. The only way you can get it back is to fall in after it" (Tan 1998: 44).

Versión I: –Cuando alguien pierde su prestigio, An-mei –me decía Popo a menudo–, es como si el collar que lleva al cuello le cayera a un pozo. La única manera de recuperarlo es echarte de cabeza tras él (Tan 2009: 52).

Versión II: –Cuando alguien pierde su buen nombre, An-mei –solía decirme Popo–, es como si el collar que lleva colgado al cuello se le cayese a un pozo. Solo puede recuperarlo si se echa de cabeza tras él (Tan 2001: 53).

En la cultura china, el "面子" (*mianzi*), traducido literalmente como "face" en inglés o "cara" en español, hace referencia a la reputación, el prestigio o la honra de una persona o de una familia. "Perder la cara" significa manchar la buena reputación o ensuciar la honra personal o familiar. En la época china en que vivían las madres de la novela, una mujer tenía que mantener lealtad a su marido toda la vida, incluso cuando enviudara. Si una mujer viuda volvía a casarse con otro hombre, se la consideraba impura que deshonraba tanto a su propia familia como a la de su anterior marido. Además, ser concubina de alguien también se juzgaba como un acto que desprestigiaba a su propia familia. En la novela, vemos que la madre de An-mei incurrió en estos dos actos de deshonra al mismo tiempo. Por lo tanto, su propia madre la expulsó de casa, sin permitirle ver a la hija que era fruto del matrimonio anterior. En el ejemplo 49, los traductores explicitan lo que intenta transmitir el concepto "cara" como "prestigio", "buen nombre", etc. Aunque a los lectores españoles no les resulta difícil entender lo que procura expresar la autora, pierden la oportunidad de conocer que en la cultura china la "cara" es sinónimo de "honor", de "reputación" o de "honra", lo que podría haberse logrado mediante estrategias mixtas explicativas o traduciendo "face" como "cara" y añadiendo una nota al pie de página o en el glosario general para explicar a los lectores el uso especial de esta palabra en la cultura china.

En otras ocasiones, como en España y otros países hispanohablantes el vocablo "cara" no se usa de la misma manera que en la cultura china, se producirían confusiones.

50. "She has thrown her face into the eastward-flowing stream. Her ancestral spirit is lost forever." (Tan 1998: 216)

Versión I: Ha vuelto el rostro hacia la corriente que fluye del este. Su espíritu ancestral se ha perdido para siempre. (Tan 2009: 286)

Versión II: Ha girado el rostro en dirección a la corriente que fluye del este. Su espíritu ancestral se ha perdido para siempre. (Tan 2001: 270)

En el ejemplo 50, es posible que los traductores confundan el término "cara" referido a la honra con el que hace referencia al rostro facial. Aquí, la "cara" que aparece en la frase "She has thrown her face into the eastward-flowing stream" es la honra de una mujer o la lealtad de una mujer a su marido. Por lo tanto, traducciones como "Ha vuelto el rostro hacia la corriente que fluye del este" y "Ha girado el rostro en dirección a la corriente que fluye del este" cambian completamente lo que intenta expresar la autora en el texto original. Una traducción que tratase de restituir la carga cultural podría ser: "Ha tirado su cara, su honra, al río que corre hacia el este".

51. "She's not stupid," said my mother on one occasion, "but she has no spine." (Tan 1998: 30).

Versión I: –No es estúpida –me dijo mi madre en una ocasión–, pero no tiene temple (Tan 2009: 33).

Versión II: –No es tonta –me dijo mi madre una vez–, pero le falta decisión (Tan 2001: 34).

En inglés, la palabra "spine" se refiere a la "columna vertebral" o a las espinas de los animales acuáticos. En el ejemplo 51, se adopta el primer sentido. En chino, el equivalente de "spine" es "主心骨" (*zhu xin gu*), eje del esqueleto que sostiene todo el cuerpo, que simboliza la firmeza y la determinación con que actúa una persona. Si se dice "alguien no tiene la columna o la espina", significa que dicha persona no tiene su propio juicio sobre un asunto y le resulta fácil creer en lo que dicen los demás. En la primera versión, el traductor elige la palabra "temple", que se refiere a "fortaleza o valentía serenas para afrontar las dificultades" (*Diccionario Clave*), y en la segunda se usa la palabra "decisión", que pone énfasis en la resolución y la ausencia de vacilación a la hora de hacer algo. Aunque en las dos versiones españolas se explicita en diferente medida lo que intenta transmitir "spine", el concepto chino subyacente se pierde.

52. "Not know your own mother?" cries Auntie An-mei with disbelief. "How can you say? Your mother is in your bones!" (Tan 1998: 40).

–¿Que no conoces a tu propia madre? –grita tía An-mei, incrédula–. ¿Cómo puedes decir semejante cosa? ¡Llevas a tu madre en la sangre! (Tan 2009: 44)

53. Here is how I came to love my mother. How I saw in her my own true nature. What was beneath my skin. Inside my bones (Tan 1998: 48).

He aquí cómo llegué a amar a mi madre, cómo vi en ella mi propia naturaleza verdadera, lo que había debajo mi piel, en el meollo de mis huesos (Tan 2009: 57).

En los ejemplos 52 y 53, vemos el uso especial del concepto "bone". En la cultura china, si se quiere expresar que una cosa ya se convierte en una parte imprescindible de alguien o que algo ya está profundamente impregnado en el cuerpo o en el pensamiento de alguien, se dice que "algo ya está en sus huesos". En el ejemplo 52, aunque Jing-mei creía que nunca había llegado a conocer bien a su madre, An-mei, amiga íntima de Suyuan, insiste en que madre e hija constituyen un conjunto y que, quiera admitirlo o no, tanto el pensamiento como las características físicas de la madre están inscritos profundamente en la hija. Por lo tanto, An-mei concluye: "Your mother is in your bones!". En el ejemplo 53, la hija se da cuenta de que su verdadera naturaleza lleva la herencia de su madre, usando la frase "Inside my bones" para enfatizar este lazo indisoluble entre madre e hija.

En español, también hay muchas frases hechas a partir de la palabra "hueso", por ejemplo, "(calado o empapado) hasta los huesos", que significa estar muy mojado; "dar en hueso", que es fallar a la hora de hacer algo; "en los huesos", que describe a una persona que está muy delgada, etc. Quizá por evitar confusiones, en el ejemplo 52, los traductores sustituyen la frase "in/inside the bones" por "llevar ... en la sangre", locución castellana que indica lo innato e hereditario. Aunque esta sustitución en cierto sentido transmite lo que intenta expresar la autora en el texto original, elimina del texto traducido la connotación que está encerrada en el concepto "hueso" en la cultura china. A diferencia de las estrategias traslativas elegidas en el ejemplo 52, en ambas versiones del ejemplo 53, se mantiene el término "hueso" pero a él se añade "el meollo" para evitar posibles confusiones producidas por las frases hechas castellanas compuestas de la palabra "hueso".

Aparte de los conceptos especiales que hemos mencionado anteriormente, la autora también introduce la teoría de "los Cinco Elementos" (*Wu Xing*), según la cual el universo está compuesto de cinco elementos fundamentales, los cuales son: el metal, la madera, el agua, el fuego y la tierra. En determinadas épocas, los chinos identificaban el año de nacimiento de una persona no solo con los doce animales sino también con estos cinco elementos. En aquel entonces, se creía que por la combinación del animal y el elemento se podía prever el destino de una persona. Por lo tanto, cuando una pareja quería casarse, era necesario averiguar sus años de nacimiento para ver si los dos iban a ser una buena combinación. A continuación, veamos un ejemplo al respecto:

54. "An earth horse for an earth sheep. This is the best marriage combination." (Tan 1998: 50).

Versión I: –Un caballo de tierra para una oveja de tierra. Ésta es la mejor combinación para un matrimonio (Tan 2009: 61).

Versión II: –Un caballo para una oveja. Esa es la mejor combinación para un matrimonio (Tan 2001: 61).

Vemos que, en la primera versión de este ejemplo, las partes "earth horse" y "earth sheep" son traducidas en "caballo de tierra" y "oveja de tierra" respectivamente. Aunque se conserva el modo combinado que marca el año de nacimiento de los novios, para un lector hispanohablante al que le falta el correspondiente contexto cultural, una simple traducción literal quizá no sea suficientemente capaz de transmitir bien estos conceptos culturales. Además, esta traducción produciría confusiones entre los lectores de habla española, quienes establecerían una asociación con locuciones como "caballo de tierra", que sirven para indicar la naturaleza terrestre de estos animales comunes y corrientes. Quizá por esta razón, en la segunda versión se omite el elemento "earth" y solo se mantiene la figura de los animales, signos del horóscopo chino que quizá les resulten más familiares a los lectores hispanohablantes.

A través de los ejemplos que hemos estudiado en este apartado, nos damos cuenta de que un traductor ideal de los textos postcoloniales no solo debe ser bilingüe o bicultural, sino que también ha de conocer bien la cultura étnica y de otras que están implicadas en las obras híbridas. Tomando en consideración que la traducción, en cierto sentido, construye la representación de una obra original o de un autor en la cultura meta, cabe exigir a los traductores de los textos postcoloniales mayor responsabilidad, como sugiere Tymoczko:

> In the process the translator contends with fundamental ethical and ideological issues, for the resulting cultural translation will constitute an image of the source culture that will function as reality; thus, in a sense through language the translator *creates* the source culture for the receptor audience. The more marginalized the source culture, the heavier these responsibilities are for the translator, the more influential the representation (1999b: 182).

f. La traducción de *chengyu*

Amy Tan también introduce en su novela muchos "成语" (*chengyu*), locuciones chinas, que normalmente están compuestas de cuatro caracteres. A veces, la autora inserta la transcripción de estas frases hechas y luego explica qué significan, pero otras veces solo coloca una traducción literal. Notamos que en las versiones castellanas, los traductores son muy conscientes de la importancia de estas locuciones y en la mayoría de los casos las conservan en los textos traducidos. Por lo que respecta a los *chengyu*, veremos algunos ejemplos:

55. *Chunwang chihan*: If the lips are gone, the teeth will be cold. Which means, I suppose, one thing is always the result of another (Tan 1998: 149).

Chunwang chihan: si los labios desaparecen, los dientes tendrán frío, cuyo significado, supongo, es que una cosa siempre es resultado de otra (Tan 2009: 195).

56. …her friend wrote back and said this was impossible, <u>like looking for a needle on the bottom of the ocean</u> (Tan 1998: 285).

...la amiga le respondió diciéndole que era tan imposible <u>como buscar una aguja en el fondo del océano</u> (Tan 2009: 384).

57. "I was so beside myself, ask my son, almost <u>turned heaven and earth upside down trying to think of a way</u>!" (Tan 1998: 276).

Versión I: –Me puse furiosa, pregúntale a mi hijo. <u>¡Menudo jaleo armé tratando de encontrar una solución!</u> (Tan 2009: 371).

Versión II: –Que te diga mi hijo lo furiosa que me puse. <u>¡Me devané los sesos intentando encontrar una solución!</u> (Tan 2001: 348).

Vemos que en los ejemplos 55-57, la autora introduce tres *chengyu*: "唇亡齿

寒" (*chu wang chi han*), "大海捞针"(*dahai lao zhen*) y "翻天覆地"(*fan tian fu di*). En el ejemplo 55, la autora traduce literalmente la locución tras introducir el *chengyu* representado en letras romanas. En las versiones españolas se mantienen tanto la transcripción fonética como la explicación. En el ejemplo 56, Tan transmite literalmente las locuciones chinas al inglés. La frase "大海捞针" o "look for a needle on the bottom of the ocean" significa que es muy difícil e incluso imposible conseguir llevar a cabo determinado proyecto. El español también cuenta con una frase con el mismo significado, que es "buscar una aguja en un pajar". Sin embargo, como los traductores toman conciencia plena del uso deliberado de esta locución china, en las versiones la vierten literalmente sin hacer ninguna domesticación. En el ejemplo 57, la locución "翻天覆地" implica que el cielo y la tierra se invierten; en sentido figurado, se refiere a un acontecimiento estremecedor o titánico o a alguien que hace todo lo posible para conseguir un fin. Respecto a este último sentido, en español también encontramos una frase similar, que es "mover cielo y tierra". En las dos versiones españolas no se conserva esta frase hecha china ni tampoco se utiliza su homóloga española.

En diferentes culturas, se construyen locuciones o proverbios de manera distinta. En estas unidades lingüísticas se reflejan actitudes, creencias, la visión del mundo, etc., de diferentes colectivos. La introducción de construcciones idiomáticas procedentes de otra cultura también constituye un medio eficaz para enriquecer nuestro propio sistema cultural. Desde esta perspectiva, sustituir las locuciones o frases idiomáticas de una cultura ajena por equivalentes no parece una manera adecuada, como también sugiere Larbaud al comentar la traducción de los proverbios:

> Of course, a proverb may have its equivalents in other languages, but…these equivalents do not *translate* it. To translate is not to search for equivalences. The desire to replace ignores, furthermore, the existence in us of a *proverb consciousness* which immediately detects, in a new proverb, the brother of an authentic one: the world of our proverbs is thus augmented and enriched (en Berman [1985] 2000: 287).

Rutheford (cf. 2002: 227-228) emplea una estrategia a caballo entre la domesticación y el extrañamiento en su traducción de los refranes de Sancho en *El Quijote*: inventa refranes que, no obstante, se construyen imitando la forma, retórica y cadencias de los refranes en inglés (por ejemplo: traduce "A dineros pagados, brazos quebrados" como "The money paid, the work delayed"). También las escritoras de identidades híbridas como Julia Álvarez, Esmeralda Santiago o Rosario

Ferré (cf. Martín Ruano 2007c: 124-129) utilizan técnicas muy creativas para la transmisión y traducción de paremias en sus obras, que van desde la literalidad en la lengua de llegada hasta la apropiación creativa, transgresora incluso, de estas unidades fraseológicas. Por ejemplo, Esmeralda Santiago transmite los refranes de su cultura de origen de manera literal, traduciendo el refrán "Barco que no anda, no llega al puerto" al inglés como "A ship that doesn't sail, never reaches the port" y vertiendo la frase "De Guatemala a Guatepeor" al inglés como "From Guatemala to guate-worse" (citado por Martín Ruano 2007c: 126; 128). Éstas son soluciones con que tratan de buscar alternativas en el espacio del *entre*: no en la cultura original, ni en la cultura de llegada, sino en un espacio intermedio, el de una creatividad que conjuga la familiaridad y el extrañamiento.

4.4.3 La traducción de los "Englishes" que usa la autora

Amy Tan conoce perfectamente la importancia de la lengua como una de las herramientas más eficaces para transmitir la identidad cultural. En sus obras, deja que el inglés funcione como un vehículo cargado de las características del idioma chino, la cultura china y las experiencias de los chinoamericanos, empleando todos los modos de hablar inglés con los cuales estaba familiarizada desde pequeña. La autora enumera los "Englishes" con que escribe su primer libro de la siguiente manera:

> I began to write stories using all the Englishes I grew up with: the English I spoke to my mother, which for lack of a better term might be described as 'simple'; the English she used with me, which for lack of a better term might be described as 'broken'; my translation of her Chinese, which could certainly be described as 'watered down'; and what I imagined to be her translation of her Chinese if she could speak in perfect English, her internal language, and for that I sought to preserve the essence, but neither and English nor a Chinese structure. I wanted to capture...her intent, her passion, her imagery, the rhythms of her speech and the nature of her thoughts (Tan 2003: 279).

Aquí los "Englishes" que plantea la autora coinciden con la división que proponían los autores de EWB entre el "English" y los distintos "englishes". Inspirándose en Lecercle, Venuti (1995) liga estas variaciones lingüísticas producidas en las lenguas dominantes o el uso "minoritario" de las lenguas "mayoritarias" al concepto de "remainder", que revela la inestabilidad del sistema lingüístico y la heterogeneidad lingüística y cultural. También podemos decir que las literaturas escritas en las lenguas minoritarias o en las variantes minorizadas de las lenguas mayoritarias en sí mismas liberan un "remainder" que es portavoz de la hibridación lingüística y cultural. En nuestro caso, la literatura chinoamericana, mediante su apropiación minorizada de la lengua inglesa, saca partido de un *remainder* que recuerda la existencia de experiencias individuales y colectivas que resultan exóticas con respecto a la americana y que acarrea las reivindicaciones políticas e ideológicas de la etnia china en la sociedad americana.

Aquí merece la pena mencionar que, a pesar de que Amy Tan use tantos "Englishes" en su obra, sabe controlar bien el grado de la adaptación. A la hora de escribir, Amy Tan siempre toma a su madre como su lector meta. Por lo tanto, aunque se aprovecha de muchas técnicas para crear un idioma híbrido, en general el lenguaje que usa es sencillo y expresivo, y el interlenguaje que "imita" del chino es claro y conciso y no dificulta el entendimiento. Esto quizá pueda explicar por qué las obras de Amy Tan han recibido tan buena acogida.

Aunque las obras de Amy Tan resulten más suaves y más fáciles de ser aceptadas por la sociedad dominante, su estilo y el lenguaje con que escribe, en cierto sentido, llevan una fuerte carga política e ideológica y ponen de manifiesto una intención reivindicativa. Así, habla, ya en nombre de su madre, ya de toda la primera generación de los inmigrantes chinos que sufrieron injustos tratamientos en la sociedad americana, con el fin de exigir igualdad y respeto para todas las etnias que viven en tierras americanas. Desde muy pequeña, Amy Tan fue testigo directo de las discriminaciones que sufrió su madre en la sociedad americana por su uso imperfecto del inglés. La autora comentaba en su colección de ensayos *The Opposite of Fate*: "people in department stores, at banks, and in restaurants did not take her seriously, did not give her good service, pretended not to understand her, or even acted as if they did not hear her" (Tan 2003: 274). Aunque al principio la autora se avergonzaba de su madre e incluso pensaba que la imperfección lingüística de esta se debía a otros déficits en el plano del pensamiento, con el transcurso del tiempo se fue dando cuenta del sufrimiento de su madre. Decidió así dedicarse a la escritura de sus libros con el fin de hacer reivindicaciones en su nombre y de hacer oír su voz, silenciada por la sociedad americana.

Según confiesa Amy Tan, a ella misma le desagradan profundamente e incluso le molestan los adjetivos que se usan para describir el inglés que habla su madre, tales como "broken, fractured or limited". Para la autora, el inglés que habla su madre no es nada limitado, en tanto refleja con claridad su punto de vista y su particular visión del mundo. En sus obras, la autora logra "reflejar" vivamente ese inglés que habla su madre. Amy Tan moldea, o, mejor dicho, "chiniza" el inglés estándar desde dentro con el fin de fabricar un lenguaje híbrido y subversivo que contrarresta el poder dominante y lucha contra la discriminación racial que sufre la etnia china en Estados Unidos. Este inglés "chinizado" que se realiza mediante la introducción de la estructura sintáctica, el ritmo, algunos términos del chino mandarín, etc., evidencia "una forma de vida" que "es posible en las fracturas de una lengua hegemónica" (Mignolo 2003: 340). A través de este lenguaje híbrido, se ve la fuerte repulsión que siente su madre hacia la cultura americana, que para ella es impuesta y extranjera, como también se nota el afecto que la autora profesa a su madre y a su cultura étnica.

En el inglés hablado por la primera generación de los inmigrantes chinos, el chino, su lengua materna, siempre produce múltiples interferencias. A diferencia de las lenguas indoeuropeas, el chino carece de cambios morfológicos en persona, tiempo, género, número y caso. En general, se puede decir que en chino solo se usa el modo infinitivo de los verbos. El tiempo y el modo de una oración se expresan mediante la añadidura de los correspondientes adverbios y partículas auxiliares. Además, el chino es una lengua de mucha flexibilidad, lo que se demuestra en los siguientes aspectos: no se rige por normas rigurosas de los artículos; en muchas ocasiones, la coherencia textual se consigue por mecanismos semánticos implícitos; el uso de conectores no es obligatorio; la forma plural y singular de los sustantivos son iguales, etc.

En consonancia con estas características del chino, notamos que la falta de concordancia gramatical constituye una de las singularidades de este inglés chinizado que hablaban los primeros inmigrantes chinos. Además, también constituyen sus importantes características las confusiones en el uso de pronombres y pronombres posesivos del inglés, la omisión de preposiciones, estructuras cortas y concisas, etc. Al traducir este lenguaje poscolonial de *The Joy Luck Club*, aunque los traductores de las versiones españolas lo somete a la apropiación en diferente medida, en general nos parece que el traductor de la primera versión se inclina a acercar a los lectores meta al texto original intentando imitar la estructura de las frases chinas, el tenor del habla y mantener ciertas características del inglés chinizado, etc.; el traductor de la segunda prefiere producir un texto meta más fluido, neutralizando algunas características del Chinglish con el fin de reducir la sensación exótica que crea este tercer código en los lectores de habla española. A continuación, estudiaremos algunos ejemplos interesantes:

58. "Of course, it's not best house in neighborhood, nor million-dollar house, not yet. But it's good investment." (Tan 1998: 38)

Versión I: Claro que no es la mejor casa del barrio, no es una casa de un millón de dólares, todavía no, pero sí una buena inversión... (Tan 2009: 44).

Versión II: Claro que no es la mejor casa de la vecindad, no vale un millón de dólares, al menos por el momento, pero se trata de una buena inversión... (Tan 2001: 44).

En el ejemplo 58, en toda la oración no se usan ni artículos definidos ni indefinidos. En las versiones españolas, aunque los traductores imitan las estructuras cortas empleadas en el texto original, se añaden los correspondientes artículos omitidos intencionadamente en el original. Es decir, ambos traductores "embellecen" en cierta medida ese lenguaje "limitado" en los textos traducidos.

59. "Is shame you fall down nobody push you," said my mother (Tan 1998: 96).

Versión I: –Vergüenza es caerte si nadie empuja –sentenció mi madre (Tan 2009: 123).

Versión II: –Vergüenza es caerte cuando nadie empuja –sentenció mi madre (Tan 2001: 118).

60. "Because then I cannot see you and you will fall down and cry and I will not hear you." (Tan 1998: 87).

Versión I: –Porque si lo haces no podré verte y cuando te caigas y llores no te oiré (Tan 2009: 111).

Versión II: –Porque si lo haces no podré verte, y cuando te caigas y llores no te oiré (Tan 2001: 107).

En el ejemplo 59, además de la supresión del conector gramatical y del artículo indefinido, también se nota el uso irregular del infinitivo de "push", que no concuerda con el sujeto "nobody". En las versiones españolas, los traductores "agregan" conjunciones tales como "si" o "cuando" para que las frases sean más coherentes y fluidas. Sin embargo, al tratar el ejemplo 59, los traductores "perturban" el orden normal de la frase y eliminan intencionadamente el artículo indefinido "una", traduciéndola como "Vergüenza es caerte...", en lugar de "Caerte es una vergüenza". En el ejemplo 60, llama la atención el uso redundante de "and". En total, esta conjunción aparece tres veces y en toda la oración escasea marca de puntuación. Para imitar la estructura construida en el texto original, en las versiones castellanas, se conservan las primeras dos "and", pero se convierten las frases "you will fall down and cry" y "I will not hear you", coordinadas en el texto original y conectadas por otra "and", en una oración compuesta subordinada temporal que concuerda más con las convenciones lingüísticas españolas de la norma culta.

Además, en la primera versión, el traductor no introduce ninguna marca de puntuación para que el tono y el ritmo originales se puedan mantener en el texto traducido.

61. “Stay! Stay!” she has insisted.

“No, no. It´s just that we were walking by,” I said.

“Already cooked enough for you. See? One soup, four dishes. You don´t eat it, only have to throw it away. Wasted!” (Tan 1998: 176).

Versión I: –¡Cenad con nosotros! –insistió.

–No, no, solo pasábamos por aquí y...

–Ya he hecho suficiente comida. ¿Veis? Una sopa para cuatro. Si no la tomáis, a la basura. ¡Una pérdida! (Tan 2009: 233).

Versión II: –¡Quedaos a cenar! –insistió.

–No, solo pasábamos por aquí y...

–Hay comida suficiente. He preparado sopa; si no os quedáis tendré que tirarla. ¡Sería una lástima! (Tan 2001: 220).

Esta conversación se desarrolla entre Waverly Jong y Tía Su cuando Waverly va a visitarla con su novio Rich. Aunque Tía Su habla inglés, se ve que la estructura de sus frases se corresponde con la del chino, por ejemplo, sus oraciones compuestas por sustantivos, tales como “One soup, four dishes”, la omisión del sujeto en “Already cooked enough for you” y la falta de conector en “You don’t eat it, only have to throw it away”. En la primera versión, el traductor intenta mantener el ritmo del texto original, usando frases cortas y concisas, por ejemplo, “Si no la tomáis, a la basura. ¡Una pérdida!”. Gracias a tales maniobras, esta versión transmite mejor el tono original que la otra. En todo caso, ambos traductores embellecen en cierta medida el inglés roto que habla Tía Su. Aquí cabe mencionar que, en la primera versión, la traducción de “one soup, four dishes” contiene una equivocación cultural. Con “one soup, four dishes” se refiere a la cena compuesta de una sopa y cuatro platos. Obviamente, en la primera versión, el traductor comete un error al interpretar esta información como el reparto de una sopa entre cuatro personas. En la segunda, el traductor elimina esta información para evitar confusiones. Creemos que la traducción de las frases de este estilo en las versiones españolas se realiza de forma conservadora, en terminología de Lefevere (1997). Tomando como base la primera versión de este ejemplo, quisiéramos ofrecer otra versión modificada:

–¡Quedaos! ¡Quedaos! –insistió.

–No, no, solo pasábamos por aquí y...

–Ya he hecho suficiente comida. ¿Veis? Una sopa, cuatro platos. No los tomáis, a la basura. ¡Una pérdida!

Aparte de los diálogos cortos, en la obra original también se leen párrafos enteros narrados por las madres en su lengua "fracturada", además de traducciones que realiza la autora imitando el modo de hablar de los chinos. Estos fragmentos textuales pueden resultar más complicados que las frases cortas e individuales, porque los traductores han de saber encontrar un equilibrio entre lo exótico y lo doméstico para que el texto traducido no resulte incomprensible a los lectores meta.

62. "This American rules," she concluded at last. "Every time people come out from foreign country, must know rules. You not know, judge say, Too bad, go back. They not telling you why so you can use their way go forward. They say, Don't know why, you find out yourself. But they knowing all the time. Better you take it, find out why yourself." (Tan 1998: 94).

Versión I: Estas son reglas norteamericanas –concluyó, y en su inglés, tan deficiente cuando tenía que decir más de tres palabras, nos explicó–: Cuando vas a país extranjero, debes conocer reglas. Juez dice: no las conoces, pues lástima, vuelve a tu país. No te dicen por qué, y así no sabes manera para seguir adelante. Te dicen: no sabemos por qué, tú mismo descubres. Pero ellos saben desde principio. Así que mejor aceptas y descubres tú mismo (Tan 2009:120).

Versión II: Reglas norteamericanas –concluyó, y en su inglés deficiente nos explicó–: Cuando vas a un país extranjero, debes conocer las reglas. El juez dice: «¿No las conoces?» Lástima, vuélvete a tu país. Nadie te dice por qué, y así no sabes el modo de seguir adelante. Te dicen: «Descúbrelo tú mismo». Pero ellos lo saben desde principio. Así que mejor acéptalo e intenta descubrirlo (Tan 2001:115).

Aparte del uso del estilo directo, el ejemplo 62 también se caracteriza por la "agramaticalidad", materializada en problemas de concordancia de número y persona, la omisión de los artículos, verbos, auxiliares, preposiciones, la falta de conectores, etc. Hemos visto que, en ambas versiones, los traductores "embellecen" el texto original corrigiendo en diferente medida los errores gramaticales. Para producir un efecto contextual similar al que el inglés "roto" provoca en el texto original, en la primera versión se refleja la omisión intencionada de artículos: "Cuando vas a (un) país extranjero, debes conocer (las) reglas", "(El) Juez dice", "no sabes (la) manera para seguir adelante". Al contrario, en la segunda, el traductor los ha recuperado para que la frase sea más fluida. Además, para reducir la sensación de extrañeza que produciría esta agramaticalidad entre los lectores hispanohablantes, los traductores añaden explicaciones en los textos traducidos: en la primera versión, un comentario de considerable longitud sobre su competencia lingüística ("en su inglés, tan deficiente cuando tenía que decir más de tres palabras"), y en la segunda, una versión más reducida de éste ("en su inglés deficiente").

En este ejemplo, también destacamos la traducción de las siguientes tres frases: 1) "You not know, judge say, Too bad, go back"; 2) "Don't know why, you find out yourself"; 3) "Better you take it, find out why yourself". La característica más notable de la primera frase consiste en el uso de la estructura corta, la omisión de las conjunciones y la ausencia de los pronombres. Aunque en ambas versiones se mantiene la estructura concisa y el estilo directo (en la segunda versión, el traductor ajusta en parte el estilo directo excluyendo la frase "Lástima, vuélvete a tu país"), ambos traductores domestican el texto original de alguna manera, por ejemplo, utilizando el pronombre "las" para referirse a "las reglas", que aparecen en el comienzo de este párrafo, y, en la primera versión, añadiendo la conjunción "pues", para que la traducción sea más coherente. En cuanto a la segunda frase, en la primera versión el traductor no usa ni conectores ni pronombres, traduciéndola como "no sabemos por qué, tú mismo descubres". En ella se recrean las características del "Chinglish" que habla la narradora. A diferencia de esta versión, en la segunda el traductor adopta una manera domesticada transmitiéndola simplemente como "Descúbrelo tú mismo". En torno a la traducción de la tercera frase, tomando en consideración la coherencia, ambos traductores optan por añadir conectores como "así que", "y (e)". Comparando las dos versiones de esta frase, notamos que en la primera el traductor no introduce ningún pronombre para que el lector pueda percibir esa imperfección lingüística que intenta "imitar" la autora en el texto original; al contrario, en la segunda, con la inserción de pronombres, aunque el texto traducido resulta más coherente para los lectores hispanohablantes, se eliminan interferencias de la mentalidad china que está encerrada en esa forma irregular del inglés que se usa en el texto original y también la condición híbrida.

Aparte de los "errores" gramaticales, los defectos en la pronunciación también son una de las características del "inglés roto". Por ejemplo, la madre de Rose no es capaz de pronunciar el sonido "th" del inglés y por lo tanto no puede distinguir las palabras "faith" y "fate". Rose piensa que la "faith", que, según su madre, constituye su sostén espiritual, en realidad es siempre "fate", el fatalismo chino.

63. She said it was faith that kept all these good things coming our way, only I thought she said "fate," because she couldn´t pronounce that "th" sound in "faith." (Tan 1998: 121)

Versión I: Decía que la <u>fe</u> era lo que posibilitaba todas las cosas buenas con que nos encontrábamos en la vida, pero yo entendía «destino», porque ella no sabía pronunciar el sonido «th» de la palabra «fe». *

* En inglés: *faith*, fe y *fate*, destino (*N. del t.*) (Tan 2009:158).

Versión II: Para ella la fe es la razón de todas las cosas buenas con que topamos en la vida, pero como en inglés «fe» y «destino» se pronuncian de forma muy parecida, yo creía que ella se refería a esto último (Tan 2001:150-1).

En inglés las palabras "faith" y "fate" tienen pronunciaciones parecidas. Sin embargo, en español sus correspondientes equivalentes, "fe" y "destino", morfológica y fonéticamente no tienen ninguna similitud. En la primera versión, se da una traducción literal y añade una nota al pie de página para explicar a los lectores hispanohablantes cómo se dicen "fe" y "destino" en inglés, mientras que, en la segunda, para evitar utilizar notas que interrumpan la lectura, el traductor hace una domesticación, explicitando en el texto traducido directamente lo que quiere decir la autora. Las estrategias difieren, pero en ambas las reflexiones metalingüísticas se hacen en los límites de la lengua inglesa.

64. "Why can you talk about this with a psyche-atric and not with mother?"

"Psychiatrist."

"Psyche-atricks," she corrected herself.

"A mother is best. A mother knows what is inside you," she said above the singing voices.

"A psyche-atricks will only make you *hulihudu*, make you see *heimongmong*." (Tan 1998: 188)

Versión I: –¿Por qué puedes hablar de esto con un sique-átrico y no con tu madre?

– Psiquiatra.

– Siqui-átrico –se corrigió–. Una madre es mejor. Una madre sabe lo que hay dentro de ti.

–Alzó la voz para hacerse oír por encima de las voces que cantaban–. El siquiátrico solo te volverá *hulihudu*, te hará ver *heimongmong* (Tan 2009: 250).

Versión II: –Vaya, con tu madre no puedes hablar del tema, pero puedes hacerlo con un pisquiatra...

–Se dice psiquiatra.

–Da igual cómo se diga. Una madre siempre es mejor. Una madre siempre sabe lo que hay en el interior de su hija –añadió alzando la voz por encima de las voces que cantaban–. El pisquiatra solo te hará *hulihudu*, te hará ver *heimongmong* (Tan 2001: 236).

En este ejemplo, la palabra exacta que quiere decir An-mei, la madre de Rose, es "psychiatrist". Sin embargo, no solo tiene dificultades para pronunciarla bien, sino que también la confunde con el adjetivo "psychiatric". Aunque su hija, Rose, le corrige diciéndole que la forma correcta es “psychiatrist”, An-mei no consigue recordarla y vuelve a pronunciarla de manera incorrecta como “psyche-atricks”. La autora realiza cambios ortográficos en la forma estándar de “psychiatrist” para imitar la pronunciación defectuosa de An-mei. En la primera versión, el traductor inventa la palabra “sique-átrico” como sustituto de “psyche-atric” y luego “siqui-átrico”, que corresponde a la forma aún más incorrecta “psyche-atricks”, usada por An-mei en el texto original. En la segunda, el traductor inventa la forma irregular de “psiquiatra”, “pisquiatra” como correspondencia a “psyche-atric” y luego sustituye la frase “‘Psyche-atricks,’ she corrected herself” por “da igual cómo se diga” en el texto traducido. De esta manera, el traductor no solo evita inventar otra forma irregular de “psiquiatra” sino que también añade al texto traducido una entonación de impaciencia que no se encuentra en el texto original. Frente al ejemplo anterior, en este se busca una solución al reto que plantea el original sacando partido de los recursos expresivos de la lengua meta.

Vemos que cuando habla An-mei, de vez en cuando hace inconscientemente un cambio de códigos lingüísticos; dicho de otro modo, suele soltar palabras en chino cuando le parece imposible expresar bien ciertos conceptos en inglés. En este ejemplo, aparecen dos palabras del chino, “*hulihudu*” y “*heimongmong*”, que Rose “had never thought about in English terms” y según ella son dos términos que se emplean para describir “a sensation that only Chinese people have” (Tan 1998: 188). Aunque en este párrafo que hemos citado la autora no da ninguna explicación sobre estos términos chinos, en las líneas siguientes explicita sus significados respectivamente: “I suppose the closest in meaning would be ‘confused’ and ‘dark fog’” (Tan 1998: 188). En cuanto a la traducción de las palabras chinas que se insertan en esta conversación, ambos traductores optan por mantenerlas intactas en los textos traducidos.

Aparte de los defectos gramaticales y pronunciaciones incorrectas, los errores de este inglés roto también se manifiestan en el mal uso de ciertas palabras. Primero, veremos un ejemplo en que se toma el sustantivo “spouse” como verbo.

65. It said: “A house is not home when a spouse is not at home.”

The next day he asked me in English, “Lindo, can you spouse me?” And I laughed at him and said he used that word incorrectly. (Tan 1998: 264)

Versión I: Decía: «Una casa no es un hogar si no hay en ella una desposada».

Al día siguiente me preguntó en inglés:

–Lindo, ¿quieres desposearme?

Me eché a reír y le dije que no decía bien la palabra. (Tan 2009: 355)

Versión II: Rezaba: «Una casa no es un hogar si en ella no hay una esposa».

Al día siguiente me preguntó en inglés:

–Lindo, ¿quieres *casearte*?

Solté una carcajada y le dije que no estaba pronunciando bien la palabra (Tan 2001: 334).

Hemos extraído este ejemplo de la escena en la que el novio de Lindo le pide la mano cuando los dos acaban de llegar a Estados Unidos. En ese momento, como Lindo solo habla chino mandarín y su novio cantonés, apenas pueden entenderse entre ellos y se comunican con gestos corporales y con las pocas palabras inglesas que acaban de estudiar en la escuela de idiomas. Lindo, que trabaja en una fábrica de tartas de la suerte, descubre una notita en la que se lee: "A house is not home when a spouse is not at home". Para insinuar a su novio que ya llega el momento propicio para su unión matrimonial, le deja leer esta papeleta. Al día siguiente, su novio le pide a Lindo que se case con él usando incorrectamente la palabra "spouse" que aparece en la nota. La palabra "spouse" en el inglés solo se usa como sustantivo, con significado de "cónyuge" en español. Obviamente, el novio de Lindo usa mal este sustantivo como verbo.

En la primera versión, el traductor elige "desposada" para sustituir a "spouse" y más adelante reemplaza ese uso incorrecto por una forma errónea de "desposarse", con el fin de dar una impresión a los lectores meta de que el hablante ha cometido un error en el uso del verbo. Además, como "desposada" y "desposear" son dos palabras morfológicamente parecidas, ambas guardan una relación referencial. En la segunda versión, el traductor elige la palabra "esposa" para la primera "spouse" y en adelante la sustituye por el verbo "casearse", variante equivocada de "casarse", para dar a conocer al lector el error gramatical del original. Sin embargo, etimológica y morfológicamente el sustantivo "esposa" y el verbo "casarse" no tienen relación. Quizá un lector hispanohablante no perciba que este mal uso del verbo "casarse" se debe a la indirecta que aparece en el papelito de la suerte.

En la obra, la autora no solo introduce el inglés roto que hablan las madres sino que también traduce lo que dicen los chinos a un "inglés simple", imitando su entonación y su modo de hablar. Como hemos dicho anteriormente, ese inglés simple es la lengua familiar que habla Amy Tan con su madre consciente o inconscientemente: la autora "inventa" esta forma para que la comunicación entre su madre y ella se lleve a cabo con éxito. En sus obras, la autora se aprovecha de este lenguaje familiar para destacar las características del chino.

66. “Oh Taitai, you’ve already arrived! How can this be?”

“What a shame! No one to greet you! Second Wife, the others, gone to Peking to visit her relatives. Your daughter, so pretty, your same look. She’s so shy, eh? First Wife, her daughters… gone on a pilgrimage to another Buddhist temple… Last week, a cousin’s uncle, just a little crazy, came to visit, turned out not to be a cousin, not an uncle, who knows who he was…” (Tan 1998: 224)

Versión I: –¡Oh, Taitai, por fin has llegado! ¿Cómo es posible?

–¡Qué vergüenza! ¡Nadie ha ido a recibirte! Segunda Esposa está en Pekín, visitando a unos parientes. Tu hija es muy bonita, muy parecida a ti. Es muy tímida, ¿verdad? Primera Esposa y sus hijas... han ido de peregrinaje a otro templo budista... La semana pasada, un tío del primo, un hombre un poco raro, vino de visita y luego resultó que no era primo ni tío, a saber quién era... (Tan 2009: 297).

Versión II: –¡Taitai, al fin ha llegado! –exclamó con voz áspera. ¿Cómo es posible?

–¡Qué vergüenza! ¡Nadie ha ido a recibirla! La segunda esposa está en Pekín, visitando a unos parientes. Su hija es muy bonita, Taitai, muy parecida a usted, y por lo que veo muy tímida, ¿verdad? La primera esposa y sus hijas han ido en peregrinación a otro templo budista... La semana pasada, un tío del primo, un hombre un poco extraño, nos hizo una visita y luego resultó que no era tío ni primo. A saber quién era... (Tan 2001: 281).

A diferencia del inglés roto que se caracteriza por la agramaticalidad, el modo simple se destaca por su “incompletividad”. Es decir, el inglés simple es una forma simplificada del inglés estándar. Aunque se ve la omisión de ciertos elementos oracionales y el uso de estructuras cortas, en general no se cometen errores de concordancia gramatical ni de tiempos verbales. Obviamente, aunque ambos traductores han mantenido estructuras oracionales concisas en los textos traducidos, completan en diferente medida las frases fragmentarias del texto original. Sin embargo, en las dos versiones también se ven sutiles diferencias. En la primera se usa el tratamiento “tú” y en la segunda “usted”. En este caso, nos parece que “usted” sería la mejor opción, tomando en consideración las diferentes posiciones sociales entre las interlocutoras, quienes son respectivamente la sirvienta y la dueña. También notamos que, en el comienzo de la segunda versión, para destacar la entonación con que habla la sirvienta, el traductor añade la frase “exclamó con voz áspera”, que no existe en el texto original. Quizá el traductor crea que de esta manera se compensa en cierto sentido lo que se pierde por el embellecimiento lingüístico efectuado en el texto traducido.

Por los ejemplos que hemos citado anteriormente, notamos que Amy Tan, a partir de su condición *in-bewteen*, toma el inglés, la lengua de poder, como "the expressive vehicle of a minority" (Sales en Martín Ruano y Vidal 2004: 83). La autora crea un inglés "minorizado" en el que se encierran experiencias individuales y colectivas, actitudes, creencias, puntos de vista, la visión del mundo, el modo de ser, etc., de unos seres *in-between* y se refleja su identidad híbrida. Con este lenguaje, Amy Tan condena los tratos injustos sociales que ha sufrido su madre y hace oír la voz silenciada y olvidada de la primera generación de los inmigrantes chinos. En este sentido, este uso del lenguaje *in-bewteen* o del "tercer código" constituye un "acto político" (Venuti 1998b: 138) y un acto de resistencia.

Al analizar la traducción de los ejemplos que hemos citado, notamos que, aunque en ciertas ocasiones los traductores son conscientes de las estrategias subversivas empleadas por la autora para "modelar" el lenguaje del poder, por lo general adoptan medidas conservadoras tomando en consideración la aceptación de los lectores meta. Sin embargo, creemos que en muchas ocasiones los traductores deberían ser más atrevidos poniendo en práctica estrategias más "aventuradas" , esto es de hecho apreciar la capacidad de tolerancia del público al que se dirigen, porque los lectores postcoloniales serán suficientemente capaces de consentir la existencia de otras voces, de recibir y respetar de forma adecuada al Otro. Por lo que respecta a eso, Tymoczko hace el siguiente comentario:

> translators often compromise cultural translation much more than they need to, vitiating their own agency and empowerment in the process. They are also often more timid in their representations than is required, undertaking less cultural transfer than they might and underestimating the ability of their audiences to tolerate, learn from, and engage with cultural difference and newness (2007: 258).

En cuanto a la traducción del código híbrido por el que destacan los autores poscoloniales, quizá la estrategia minoritaria o resistente formulada por Venuti resultaría eficaz. Según él, el traductor ha de reproducir los factores "abusivos" del texto original en la traducción. Por otra parte, teniendo en cuenta las implicaciones políticas que están inscritas en esta "anormalidad" lingüística, la fidelidad abusiva puede ser una estrategia eficaz para poner en cuestionamiento la autoridad y la autenticidad de las lenguas de poder. A pesar del énfasis especial que pone en esta técnica traslativa resistente, Venuti también indica que ésta no tiene necesariamente el objetivo de ayudar a la literatura minoritaria a adquirir una posición dominante ni de establecer una nueva forma estándar o un nuevo canon literario, sino que más bien se concibe como una modalidad que intenta promover la innovación cultural, mejorar el entendimiento de la diferencia cultural al hacer proliferar las variaciones dentro del inglés y al disolver las dicotomías y jerarquías. En cuanto a la traducción del tercer código inventado por los autores chinoamericanos, quizás esta estrategia resistente pueda ser una opción alternativa que permite que la otredad se infiltre en la cultura dominante.

4.4.4 Factores ideológicos en la traducción

Los factores ideológicos consciente o inconscientemente condicionan o determinan tanto la elección de la estrategia general para traducir una obra como las concretas en cada paso traductor. Estas selecciones en cierto sentido ponen de manifiesto la postura política, las tendencias ideológicas, la actitud de un traductor hacia determinada cultura, porque, en términos de Calzada: "All language use is…ideological. Translation is an operation carried out on language use. This undoubtedly means that translation itself is always a site of ideological encounters (which often turn 'sour')" (Calzada 2003: 2). A continuación veremos algunos ejemplos interesantes.

67. "Chinese people do many things," she said simply. "Chinese people do business, do medicine, do painting. Not lazy like American people. We do torture. Best torture." (Tan 1998:91).

Versión I: –Los chinos hacen muchas cosas –se limitó ella a decir–. Los chinos hacemos negocios, medicinas, pintura... Torturamos, sí, y mejor que nadie (Tan 2009:117).

Versión II: –Los chinos hacen muchas cosas –se limitó a responder mi madre–. Los chinos sabemos de negocios, de medicina, de pintura... No somos holgazanes como los americanos. También torturamos, sí, y en eso nadie nos supera (Tan 2001:112).

68. She had never swum a stroke in her life, but her faith in her own *nengkan* convinced her that what these Americans couldn't do, she could (Tan 1998: 126).

No había nadado en toda su vida, pero la fe en su *nengkan* la convenció de que podía hacer lo mismo que hacían aquellos norteamericanos (Tan 2009:165).

En la traducción de los ejemplos 67 y 68, se ve la actitud hacia la cultura norteamericana que mantiene el traductor. En el texto original, frases como "Not lazy like American people" y "what these Americans couldn't do, she could" hacen patente el orgullo étnico con que las protagonistas valoran su laboriosidad y su perseverancia. En la primera versión del ejemplo 67, parece que el traductor cree que la frase "Not lazy like American people" no es una evaluación adecuada para los americanos y la elimina en el texto traducido; en cambio, en la segunda versión esta oración sí se transmite. En cuanto al ejemplo 68, ante la frase "what these Americans couldn't do, she could", parece que los traductores españoles comparten el mismo pensamiento de que los chinos no son capaces de realizar lo que los americanos no pueden lograr hacer y en las versiones la neutralizan como "podía hacer lo mismo que hacían aquellos norteamericanos". Con las sutiles modificaciones introducidas en las versiones de estos dos ejemplos, nos damos cuenta de que los traductores de las versiones españolas en cierto sentido defienden discursivamente la superioridad de la cultura americana sobre la china.

69. She and Auntie An-mei were dressed up in funny Chinese dresses with stiff stand-up collars and blooming branches of embroidered silk sewn over their breasts (Tan 1998: 28).

Versión I: Ella y tía An-mei se ponían unos curiosos vestidos chinos con rígidos cuellos alzados y ramas floridas de seda bordada y cosida sobre el pecho (Tan 2009: 30).

Versión II: Ella y la tía An-mei se ponían unos bonitos vestidos chinos con cuellos rígidos y altos y floridas ramas de seda bordada y cosida sobre la pechera (Tan 2001: 31).

No solo la traducción de frases completas sino también la de ciertas palabras hacen patentes las actitudes que mantienen los traductores hacia una cultura. En el ejemplo 69, como Jing-mei nació y creció en América, según el punto de vista occidental que hace suyo, la ropa china que vestían su madre y la tía An-mei le resulta muy "funny". En inglés, "funny" tiene dos sentidos principales: "amusing" o "strange". Obviamente, en este ejemplo confluyen los dos significados y posiblemente la autora da prioridad al segundo. En la primera versión, el traductor elige el adjetivo "curioso" para enfatizar la rareza de los vestidos, mientras que, en la segunda, se emplea el adjetivo "bonito". Quizás el traductor piense que la hija no debe "despreciar" su propia cultura y "corrige" los prejuicios que mantiene Jing-mei sobre la cultura china. De esta manera, la rareza y la ridiculez que provocan los vestidos chinos en Jing-mei quedan eliminadas en el texto traducido. Como hemos dicho anteriormente, en esta obra la autora intenta explorar en profundidad su propia trayectoria de identificación como chinoamericana: se trata de un proceso que se desarrolla desde el rechazo total de su cultura étnica hasta la aceptación y la final reconciliación entre la cultura china y la norteamericana. En el ejemplo 69, la autora procura transmitir la actitud de oposición que tenía Jing-mei hacia la cultura china cuando era niña. La sustitución del adjetivo "funny" por "bonito" correría el riesgo de borrar esta intención creativa de la autora.

70. Nor anyone who's as soft and squishy and lovable as you are (Tan 1998: 155).

Versión I: Ni ninguna tan suave, tan dulce, tan adorable como tú (Tan 2009: 204).

Versión II: Ni ninguna tan tierna, dulce y <u>seductora</u> como tú (Tan 2001: 194).

Con esta frase, Harold trata de adular a Lena, hija de padres chinos inmigrantes, durante su noviazgo. Partiendo de un punto de vista occidental, Harold cree que Lena, que tiene una belleza oriental, le resulta muy especial. Quizá la palabra española que corresponde a "lovable" sea el adjetivo "encantador". Vemos que, en la primera versión, el traductor elige "adorable" para subrayar las cualidades positivas que inspiran la admiración y el cariño. Sin embargo, en la segunda, el traductor opta por el adjetivo "seductor", que pone énfasis en las características físicas. Quizá esta selección léxica del traductor está influida por los estereotipos de las mujeres asiáticas, como Madame Butterfly o Lady Dragon, que resultan muy exóticas y tienen una fuerza irresistible para los hombres occidentales. Hasta cierto punto, esta traducción también refuerza este estereotipo negativo de las mujeres asiáticas en la cultura de llegada.

4.5 Reflexiones sobre la traducción de la literatura diaspórica china

Los ejemplos que hemos analizado detenidamente nos permiten corroborar que la traducción no puede ser una actividad objetiva y neutral, porque, por una parte, es imposible que el traductor o la traductora se libere de las circunstancias económicas, políticas, culturales o ideológicas, etc., en las que se halla y, por otra, traducir es un proceso que constantemente exige tomar decisiones. Con esto en mente, y con el aval de las últimas teorías traductológicas, somos de la opinión de que, a pesar de que la traducción siempre implique cierto grado de manipulación y reescritura, al traducir las obras postcoloniales en las que se mantienen el multilingüismo y el multiculturalismo, los traductores han de conocer bien las intenciones y estrategias creativas que marcan la identidad híbrida de los autores postcoloniales y que acarrean una intensa carga ideológica. Amy Tan ha comentado su cuidadosa elección lingüística con las siguientes palabras:

> I choose my words carefully, with much anguish. They are, each and every one, significant to me, by virtue of their meaning, their tone, their place in the sentence, their sound and rhythm in dialogue or narrative, their specific associations with something deeply personal and often secretly ironic in my life (2003: 302).

Afirmaciones como estas son un acicate para que el traductor o la traductora trate de hacer todo lo posible para evitar al máximo la "interferencia" de las circunstancias que le rodean, con el fin de tomar en consideración y respetar, en la medida de lo posible, en el nuevo contexto, las intenciones creativas de los autores, que permean todos los niveles del texto y se manifiestan en su elección de vocablos, sus estrategias creativas, estructuras textuales, etc.

Los ejemplos que hemos estudiado en este capítulo también permiten ver que este tipo de textos postcoloniales subvierten la univocidad, la estabilidad y la autoridad del texto original en el sentido tradicional. En este tipo de textos en que se enfrentan y se complementan diferentes lenguas, la traducción es intrínseca del texto original, lo que hace que la distinción entre el original y la traducción se vuelva cada vez más borrosa. En otras palabras, los textos postcoloniales se sitúan en un espacio *in-between* donde la creación y la traducción están mezcladas e infiltradas. En este sentido, la traducción de los textos postcoloniales no se puede definir en términos binarios.

A la luz de esta circunstancia, cabe postular, como hacen también autores como Rutherford (2002), que al traducir textos multilingües y multiculturales, adoptar solamente estrategias exotizantes o domesticadoras no resultará muy eficaz para transmitir adecuadamente la intensa carga cultural e ideológica que acarrean los códigos lingüísticos empleados en los textos poscoloniales. La traducción domesticadora o fluida, a pesar de que pueda conseguir más cuota de mercado y permitir que el texto traducido llegue a un público más amplio, pretende producir un discurso transparente en el que no solo se elimina la crucial intervención del traductor en el texto extranjero sino que también se borra la particularidad lingüística y cultural de este, codificándolo con los valores, creencias, representaciones sociales de la lengua dominante y manipulando la otredad del texto original según las ideologías dominantes. Esta estrategia tal vez reforzaría la hegemonía cultural de las lenguas dominantes. Por el contrario, la traducción exotizante, aunque produce un discurso heterogéneo que obliga a lo estándar y lo canónico del centro a ceder a la diversidad y la particularidad de lo marginado, resistiéndose a la imposición imperialista de los valores dominantes y a la hegemonía cultural angloamericana, posiblemente también fortalecería los estereotipos preconcebidos sobre las culturas minorizadas y exagerar la otredad de lo marginal.

Tomando en consideración la ambivalencia de las obras chinoamericanas de la que hablamos en el segundo capítulo, una traducción con rasgos exóticos incrementaría la probabilidad de lecturas orientalizadas e irremediablemente agravaría la autoorientalización ya iniciada por algunos autores chinoamericanos, lo que no sería favorable a la pretensión de construir una representación respetuosa de la cultura chinoamericana o la cultura china en el mundo occidental. Además, la estrategia exotizante podría dar a luz un texto lingüísticamente complicado que dificultaría el entendimiento de los lectores meta, de manera que en último extremo no lograría hacer llegar la voz de la reivindicación política e ideológica de los autores minorizados a un público amplio. Un texto traducido no solo ha de ser fiel al texto original sino también a la cultura meta. Gracias a esta "doble lealtad" (Venuti 1998a: 46) a la que se debe la traducción ideal, el traductor se ha convertido en "un agente que no es ni un traidor ni un embajador cultural sino ambas cosas a la vez" (Vidal 2010: 102). En este sentido, el traductor o la traductora no solo tiene que respetar y mostrar a los lectores meta la otredad de la cultura de partida, sino que también ha de tomar en consideración el mercado, los umbrales de la adecuación y de la aceptabilidad, así como las expectativas de los editores y de los lectores meta, etc. Por todas estas razones, la traducción postcolonial no se puede realizar simplemente de manera familiarizadora o domesticadora sino a través, necesariamente, de una combinación de ambas estrategias, como indica Tymoczko:

> Like postcolonial literary works, the orientation of translations in such a context is not either/or (source language or target language, source culture codes or target cultural codes) but typically both/and. Tactical and shifting, opportunistic and improvising, like the modes of guerrilla warfare, translation choices are context-bound and governed by larger movements of cultural appropriation and resistance (1999b: 296).

Como hemos estudiado en este capítulo, en el que comparamos las dos versiones castellanas de *The Joy Luck Club*, aunque en general la versión de Jordi Fibla es más exótica y la de Miguel García Solà, más domesticadora, en ambas se adoptan en diferente medida las dos estrategias para equilibrar las ganancias y las pérdidas en el texto traducido. La extranjerización y la domesticación no se oponen de forma absoluta y necesitan modularse convenientemente a fin de lograr fórmulas contextuales eficaces de respeto cultural. Por eso autores como Vidal, Carbonell, Sales, etc., opinan que, si bien traducir es, en cierto sentido, domesticar, hemos de evitar una domesticación extrema que elimine completamente la otredad de las culturas minoritarias; si bien es necesario recurrir de vez en cuando a estrategias extranjerizantes con el fin de romper las limitaciones lingüísticas y culturales de la lengua de llegada, hay que evitar una extranjerización excesiva que impida el entendimiento del público lector de la cultura meta. Es decir, "no es cuestión de extranjerizar o de domesticar a secas sino de potenciar una de estas dos tendencias, en la inevitable y continua interacción de ambas que es cualquier traducción" (Rutherford 2002: 217). En este sentido, puesto que traducir implica tomar posiciones por opciones concretas, en contrapunto con la tendencia actual dominante, en cuanto a la traducción de la literatura postcolonial estamos totalmente de acuerdo con Rutherford: hay que "potenciar la extranjerización en la mayor medida posible", porque, según el mismo autor, "la función principal de la traducción literaria es exponer la lengua y la cultura propias a lo ajeno, y de esta manera enriquecerlas" (Rutherford 2002: 217).

La traducción es el resultado que emerge de la competencia entre las diferentes fuerzas culturales, políticas e ideológicas que están detrás de estas voces. Cómo traducir estos textos que se caracterizan por la heterogeneidad y la hibridación lingüísticas y culturales sin ceder en las versiones resultantes al poder que asumen las lenguas y cultura dominantes ni reforzar los estereotipos que pesan sobre los pueblos minoritarios supone, hoy en día, un gran reto para los traductores. En este sentido, como recuerda Vidal (2010), la traducción plantea problemas desde el plano de la ética. Parece adecuado recomendar a los traductores postcoloniales asumir una actitud de escucha hacia todas las culturas implicadas en la obra original, de forma que emprendan una mediación "adecuada" entre los procesos de la identificación y la diferenciación; de ahí que, según Dingwaney y Maier, la traducción, una forma especial de lectura, se realice a partir de una interacción dialéctica entre la identificación y la diferencia. Alertan estas autoras de que es muy peligroso que la traducción se oriente simplemente hacia una dirección:

> An uncritical assumption of identity is, [...] a mode of appropriation. [...] reading this way relies on the stereotypes one culture utilizes to understand, and domesticate, (an)other. An uncritical assumption of difference, which presumes that (an)other is never accessible, allows readers to abandon, indeed exonerates them from, the task of ever reading cross-cultural texts. Deployed solely, each category produces an impasse (Dingwaney y Maier 1995b: 312).

Basándose en esta argumentación, las autoras formulan una situación ideal para la traducción de los textos híbridos: "That is, translation, ideally, makes familiar, and thereby accessible, what is confronted as alien, maintaining the familiar in the face of otherness without either sacrificing or appropriating difference" (1995b: 304). Ese ideal requiere que la traducción haya de ser realizada en un espacio *in-between*, que es fértil e inquietante al mismo tiempo, porque es donde las culturas marginadas se van alienando del centro para menoscabar la autoridad de las culturas dominantes a través de la reivindicación lingüística, cultural e ideológica; es también donde el centro, consciente plenamente de la existencia de las periferias, empieza a ponerse en cuestión y a reflexionar sobre su modo habitual de pensar y vivir.

Por último, queremos poner énfasis en la contingencia y la provisionalidad de la traducción. En términos de Bauman, la traducción "es un proceso continuo, un *diálogo* inacabado e inconcluyente, destinado a permanecer así" (en Vidal 2010: 31). Por lo tanto, los criterios tradicionales con que se valoraban las traducciones, tales como la fidelidad y la equivalencia, centrados en el nivel lingüístico, deben dejar paso a la consideración de los factores macroscópicos, tales como la política, la cultura y la ideología, que condicionan e incluso determinan las elecciones de los traductores. No podemos decir simplemente que una traducción es buena o mala sin tomar en consideración las circunstancias donde se halla. El presente capítulo ha tratado de dar cuenta de esta interacción entre lo contextual y lo textual, lo macroscópico y lo microscópico, y de reflexionar sobre las implicaciones de las distintas opciones que los traductores adoptan.

Capítulo V. Nuevas vías en la traducción de los textos postcoloniales

> What is always already at stake in the translation process is neither the visibility vs the invisibility of the translator nor the ethical aim of translation *per se*, but rather the translator's own ethical code, his or her responsibility and engagement with respect to the choices for which he or she opts and the aesthetic, ideological and political meanings these choices generate (Lane-Mercier 1997: 63).

Todos los estudios que hemos realizado en los capítulos anteriores nos permiten afirmar que las teorías tradicionales de la traducción no bastan para explicar ni para solucionar desde una postura comprometida con la interculturalidad los nuevos retos que surgen a la hora de traducir los textos postcoloniales, que se caracterizan por la hibridación lingüística y cultural derivada de su naturaleza traducida. En este capítulo, con la ayuda de algunas propuestas teóricas en los estudios de traducción que surgen después del "giro cultural", quisiéramos explorar estrategias traductoras nuevas y alternativas que tal vez sean más eficaces a la hora de traducir las narrativas transculturales. Como punto de partida, ponemos énfasis en la función subversiva de la traducción postcolonial como discurso contra la imposición (neo)imperialista. Centraremos la atención en las propuestas que cabe adscribir al "giro del poder" formulado por Tymoczko y Gentzler, y que aunarían a autores que advierten que los traductores han de ser plenamente conscientes de la compleja red de relaciones asimétricas de poder que está detrás de los códigos lingüísticos y toma la traducción como una herramienta eficaz de resistencia en la era postcolonial. Entre los estudiosos que destacan como representantes ejemplares de este giro figuran autores como Venuti o Niranjana, etc. También repasaremos algunas propuestas dentro del "giro ecológico" de la traducción, que se haría eco de los movimientos ecológicos no eurocéntricos propuestos por intelectuales tercermundistas, entre los cuales se encuentra Spivak, que centra su atención en los estudios de los subalternos/as insistiendo en que la traducción debe formar parte del proyecto pedagógico postcolonial. Como veremos en las siguientes páginas, las propuestas de estos autores nos arrojarán luz sobre algunas vías que pueden tomarse en el futuro para desarrollar prácticas traductoras que puedan aplicarse a la literatura diaspórica china o la china en lengua española.

5.1 La traducción, un arma que sirve para subvertir la autoridad del original

En la línea de ciertos autores adscritos al giro cultural, una serie de estudiosos concede importancia al papel activo que desempeñan los traductores a la hora de construir un contradiscurso capaz de subvertir las representaciones estereotipadas de las culturas marginas en la cultura dominante. Aunque en nuestra era postcolonial, la traducción ya no está a la sombra del original, no podemos pasar por alto el hecho de que la traducción no siempre tiene lugar entre culturas que ocupan posiciones iguales, ni tampoco consiste siempre en un intercambio libre ni se salda con la transmisión neutral de información. Además, los estudios de traducción en buena medida se desarrollan dentro del marco teórico occidental① y parten de las representaciones y conocimientos occidentales sobre otras culturas marginadas. En este contexto, Niranjana, partiendo de una perspectiva tercermundista, indica en muchas ocasiones que la traducción en el contexto (pos)colonial sirve como cómplice de los colonizadores, y como tal construye y refuerza las versiones hegemónicas del Otro no occidental:

> In creating coherent and transparent texts and subjects, translation participates-across a range of discourses-in the *fixing* of colonized cultures, making them seem static and unchanging rather than historically constructed. Translation functions as a transparent presentation of something that already exists, although the "original" is actually brought into being through translation (Niranjana 1992: 3).

Sin embargo, hay que destacar que el poder colonial no solo es una fuerza represora que impide u obstaculiza la evolución de una cultura y una sociedad, sino que también cuenta con una dimensión innovadora que provoca o introduce en la

① En un sugerente artículo, Sebnem Susam-Sarajeva (2002) denuncia el sistema neocolonial que regula la producción de las teorías en los estudios de traducción. En opinión de esta autora, y como comenta con ella también Martín Ruano (2003b: 246), lo Otro proporciona "'materias primas' (traducciones, paratextos, ejemplos) que el centro selecciona y maneja, y que después distribuye elaboradas, transformadas por su maquinaria teórica".

sociedad o en el sistema cultural, tanto dominante como dominado, cambios y transformaciones. Si bien en el proceso de la traducción la intervención del poder es inevitable, la traducción también tiene una función doble, represora e innovadora, sobre todo en el caso de la traducción de los textos marginados a las culturas dominantes: aunque, en ciertas ocasiones, puede servir para eliminar o domesticar las particularidades del Otro, imponiéndole los valores, puntos de vista e ideologías del mundo dominante, en otras es capaz de dar a conocer a los lectores una serie de elementos culturales de los grupos marginados, apropiándose del espacio de la cultura dominante para expresar las necesidades de las culturas dominadas y liberando múltiples voces e identidades heterogéneas en un espacio más abierto. Es decir, la influencia que ejerce la traducción puede ser conservadora o transgresora. En otras palabras, mientras que el colonizador puede aprovecharse de la traducción para representar, reescribir o moldear las culturas de los colonizados en beneficio de la dominación colonial, los sujetos postcoloniales también pueden valerse del mismo proceso con el fin de liberarse a sí mismos de la subyugación cultural, política e ideológica del poder colonial.

Tymoczko (1999b) también pone énfasis en la función subversiva de traducción en el contexto postcolonial. En su opinión, la traducción postcolonial no solo debe servir para luchar contra la degradación de las culturas étnicas por parte del colonizador sino que también ha de asumir la responsabilidad de subvertir los estereotipos establecidos por el poder dominante. En el contexto postcolonial, el traductor, involucrado en un complejo proceso manipulativo de los textos originales, ha de tener como objetivo reconstruir con responsabilidad unas imágenes e identidades culturales políticas perdidas, contribuir a la autodefinición, elevar la autoestima y consolidar la autodeterminación de los grupos marginados. Ciertamente, para ello debe dar un salto desde el marco epistemológico y ontológico occidental a fin de crear un conjunto de valores y conocimientos propios a través de los cuales conocer el mundo de manera alternativa.

En el contexto postcolonial, la traducción funciona como un arma de resistencia que no solo provoca la tensión entre la lengua de poder y las periféricas sino que también subvierte las bases metafísicas occidentales sobre las cuales se asientan el discurso colonial y el poder colonizador. Es decir, al traducir los textos postcoloniales a culturas dominantes, se ponen en cuestionamiento las suposiciones dominantes sobre raza, género, clase, cultura y nación. La traducción postcolonial pretende construir un discurso alternativo capaz de perturbar las tradicionales oposiciones binarias y las jerarquías preestablecidas por el poder colonial (por ejemplo, colonizador y colonizado, hegemonía y subordinación, texto original y traducción, etc.). En este sentido, la traducción, que cobra una función descentralizadora y desestabilizadora, intenta crear un espacio abierto para dar cabida a otras perspectivas, otros puntos de vista, otros conjuntos de valores, otras experiencias individuales y colectivas, otras posiciones, etc. Bajo estas orientaciones teóricas, la traducción de la literatura diaspórica china o la china puede realizarse con el fin de contribuir a romper las imágenes estereotipadas sobre los chinos; si desean ponerse al servicio de esta meta, los traductores han de mantener una actitud que les haga receptivos a reconocer, aceptar y respetar sinceramente la diferencia cultural.

Por ponerlo en otros términos, se puede decir que, en lugar de primar las habituales estrategias domesticadoras y fluidas, la traducción postcolonial puede fomentar el entendimiento y el encuentro, e incluso puede promover choques violentos para revelar los abismos infranqueables y las diferencias irreducibles entre las culturas implicadas en el proceso de la traducción. En este sentido, el traductor se ha convertido en "un actor social y político que toma partido ante cuestiones éticas, estéticas e ideológicas, por cuanto deliberadamente asume un papel de mediador, de in(ter)ventor cultural, de gestor de la diversidad cultural" (Martín Ruano 2007a: 42). Con el desplazamiento de los enfoques investigadores hacia la relación asimétrica de poder entre el colonizado y el colonizador, la función fundamental de la traducción emerge como creadora de imágenes y representaciones de una cultura en otra, como estrategia de resistencia al régimen colonial, etc. Por todo ello, los estudios de la traducción experimentan un "power turn" (Gentzler y Tymoczko [2002] 2007: xxviii). La traducción ya no constituye simplemente una creación textual sino más bien un acto público que trae consigo profundas implicaciones políticas e ideológicas.

En esta misma línea de acercamiento a la traducción, cabe citar a autores como Venuti y Niranjana, quienes insisten en el papel decisivo que desempeña la extranjerización como herramienta de resistencia contra la imposición imperialista del Primer Mundo a la hora de traducir los textos marginados a las culturas dominantes. Ciertamente, esta estrategia no está exenta de críticas: por una parte, corre el riesgo de dificultar la composición textual e impedir el entendimiento y, por otra, trae como consecuencia unas texturas lejanas al "translationese" fluido que, al hacer gala de cierto grado de anormalidad, destacan la "normalidad" o "superioridad" de la cultura meta. Además, la extranjerización ha sido criticada como una estrategia potencialmente elitista, que se dirige a un público limitado y no a una audiencia amplia; solo tiene éxito en el seno de una clase muy bien educada que es consciente de la heterogeneidad cultural y que mantiene ya de por sí una actitud tolerante hacia formas lingüísticas "anormales". Para otros públicos lectores menos cultivados, la traducción extranjerizada correría el riesgo de reforzar las representaciones estereotipadas de las culturas que son consideradas inaccesibles.

Como factor adicional, cabe mencionar que Venuti formula la traducción minoritaria desde una perspectiva cultural dominante y, de hecho, la mayoría de sus traducciones se realiza desde las culturas minoritarias a la dominante, en concreto, a la cultura americana. Aunque, en este caso, la exotización o la traducción minoritaria sea una estrategia eficaz que se resiste a la política del *melting-pot,* tal vez no sería adecuada para la traducción que se realiza en dirección inversa, es decir, de las culturas dominantes a las marginadas. Debido a la relación asimétrica de poder, las culturas subalternas ya están inundadas de elementos lingüísticos y culturales impuestos por las culturas dominantes. La extranjerización acelera la "invasión cultural" y, por lo tanto, puede no resultar favorable para establecer o reforzar las propias formas culturales y las identidades autóctonas. Además, también notamos que, si se adopta la traducción extranjerizada, en cierto sentido se limita la productividad y la creatividad de la actividad traductora.

Hay que destacar que cuando Venuti afirma que la traducción exotizante "must do wrong at home, deviating enough from native norms to stage an alien reading experience" (1995: 20), no solo está exigiendo a los traductores que reconstruyan los textos marginados en un discurso heterogéneo, fragmentario y discontinuo en la cultura de destino, sino que también está exhortando a que el traductor seleccione los textos extranjeros excluidos por los cánones literarios dominantes. Estos criterios de selección no solo son capaces de invalidar los códigos culturales que prevalecen en la cultura meta sino que también sirven como una forma de resistencia contra el etnocentrismo y la hegemonía cultural. En este último punto, no podemos estar más de acuerdo con lo que dice Venuti. Vemos que en la actualidad, al seleccionar las obras que tratan de temas relacionados con China, las editoriales españolas prefieren las obras diaspóricas chinas creadas por autoras, lo que demuestra que los criterios de selección se basan en una ideología que busca una otredad absoluta e incluso extremista, o un sabor exótico y orientalista.

Una aproximación ética a la traducción quizá pase por descartar estas orientaciones preestablecidas en beneficio de los intereses dominantes y atreverse, en su lugar, a seleccionar o recomendar a las editoriales obras excluidas por la cultura hegemónica. Para conocer una cultura en profundidad, no es suficiente leer las obras que ven esta cultura desde fuera o desde una perspectiva sola sino que también es necesario estudiar o analizar las obras que cuentan las realidades desde dentro. Tampoco es sensato limitarse a traducir las obras premiadas, hay que saber apreciar otras creadas por autores jóvenes de menor prestigio que representan a la nueva generación china o a la cultura emergente en China.

Como hemos visto, en este mundo en el que tanto protagonismo ostentan la traducción y los seres traducidos, no solo la aspiración de mantener la pureza de la cultura dominante sino también la de recuperar las raíces no contaminadas se convierten en ideales utópicos. O sea, procurar el nativismo o el intento de establecer una identidad nacional pura ya es una misión imposible. En fin, la hibridación es inevitable. La asimilación nacionalista o nativista, igual que la traducción etnocéntrica, suprime las diferencias, la heterogeneidad y la hibridación. En este sentido, ni la traducción exotizante ni la domesticadora demuestra ser ya suficiente en el contexto postcolonial.

5.2 La traducción, una herramienta que crea un ambiente ecológico para las culturas marginadas

Spivak, una figura de relevancia en los estudios postcoloniales, centra su atención en las obras de los escritores del Tercer Mundo o pertenecientes a los grupos subalternos. Desde una perspectiva marxista, deconstructivista y feminista, la autora analiza en profundidad cómo el poder colonial construye la representación canon o silencia las voces de los subalternos/as. Spivak no solo se interesa por estudiar en qué consisten los mecanismos utilizados por el dominante y cuáles son las estrategias que adopta para disimular u ocultar su intención imperialista, sino que también pretende buscar nuevas alternativas tanto en los estudios literarios como en las estrategias traductoras con el fin de construir contrahistorias y discursos contrahegemónicos que sean capaces de recuperar las voces silenciadas.

Igual que Bhabha, que critica la falacia del multiculturalismo, Spivak denuncia la hipocresía de la llamada "Revolución Verde" y alberga el sueño de hacer realidad un futuro ecológicamente emancipado y sexualmente democratizado, lo cual se hace eco del Movimiento ecológico no-eurocénrico. Spivak, traductora de *De la grammatologie* de Derrida y muy influida por sus pensamientos deconstructivistas, pone en duda la autoridad y la estabilidad del texto original e insiste en la (inter)textualidad infinita y la naturaleza provisional del texto. Cada nueva producción textual remite a otras ya existentes y cada lectura de un texto precedente puede servir de prólogo al próximo. En este sentido, el texto no es una entidad unitaria, sino que tiene significado siempre en tránsito (en sentido temporal y espacial). Desde la perspectiva de la traducción, cada interpretación de una obra contribuye a la construcción de "un simulacro de la original" (Spivak 1997 [1967]: xii). Las diferentes versiones de un texto están sometidas a una inestable serie intertextual y cada una forma parte de esta cadena textual infinita. Por lo tanto, en su opinión, no hay por qué poner en duda la "originalidad" de la traducción o la "autoridad" del traductor.

Spivak también pone de relieve la función retórica del lenguaje. En su opinión, lo que la lengua intenta expresar no siempre está organizado semióticamente por los signos lingüísticos, sino que, en muchas ocasiones, toma forma bajo el control de muchos factores extralingüísticos que se ponen en funcionamiento por el agente encargado de transmitir este mensaje. Entonces, para conocer verdaderamente las singularidades de una lengua o para obtener la sensibilidad propia a una cultura minoritaria, hay que conceder más importancia a la dimensión retórica de su lengua. Para ser suficientemente sensibles a esta retórica, los traductores han de conseguir una relación de intimidad con el texto original y tomar la traducción como "the most intimate act of reading" (Spivak [1992] 2000: 398). Según ella, solo cuando el traductor se rinde (*surrender*) al texto original, puede tener en cuenta lo que está alrededor de las palabras o fuera de ellas, algo que permite la dimensión retórica de la lengua de salida. Hay que poner de manifiesto la especificidad y la singularidad del texto original (por ejemplo, la ambigüedad, juegos de palabras o registros de las palabras elegidas por los autores) en la traducción; es decir, hay que respetar la retórica del texto original aun cuando resulte muy diferente de las normas estéticas de la cultura meta, aunque esta estrategia corra el riesgo de marginalizar a la traductora o a la lengua del texto original e impida el consumo inmediato de la traducción (cf. Simon 1997: 469).

Si pasamos por alto la importancia de la función retórica de una lengua, sobre todo, en el caso del lenguaje que emplean los autores postcoloniales, ayudamos a establecer una construcción neocolonial de los seres subalternos o marginados.

Como hemos visto en el capítulo IV, para crear un lenguaje vívido y expresivo, Amy Tan no solo trasplanta la oralidad que remite a la cultura china dentro del género literario occidental de la novela, sino que también elabora juegos de palabras, metáforas, frases humorísticas, etc. Si no somos muy conscientes de estas técnicas creativas adoptadas por la autora y las simplificamos u omitimos, perjudicaremos el estilo creativo, desviaremos el texto resultante de la intención creativa del texto original e incluso excluiremos ciertos aspectos culturales e ideológicos que porta la obra original y la relegaremos a una posición inferior y marginada.

Imaginary Maps nos ofrece una ilustración clara sobre las estrategias adoptadas por Spivak a la hora de traducir la literatura de las escritoras tercermundistas y la ideología que orienta sus elecciones en cuanto a las técnicas traslativas. En primer lugar, notamos que las obras traducidas por Spivak siempre se acompañan de extensos paratextos de carácter crítico. En *Imaginary Maps*, Spivak no solo elabora un prefacio, una nota de la traductora y un epílogo sino que también organiza una conversación con la autora. Con estos paratextos, Spivak pretende llevar a cabo la contextualización de todas las voces que aparecen en el libro: la voz de autora y la de la traductora (Simon 1997: 470). En otras palabras, este libro sale a la luz no simplemente como una traducción sino también como un trabajo crítico complementado por los comentarios realizados tanto por la traductora como por la autora, lo que deja clara la postura ética que Spivak mantiene en el ejercicio: "Spivak proposes an ethics of translation based on the responsibility of the translator to be self-conscious and self-critical" (Simon 1997: 474). Estos paratextos no solo constituyen una dimensión complementaria y diseminada del original que sirve para asegurar su supervivencia, sino que también hacen visibles a la traductora y su intervención en sentido político.

Al estudiar las versiones castellanas de *The Joy Luck Club*, hemos visto que, aunque en ambas se usan notas al pie de página, no se ha dejado espacio para otro tipo de paratextos, tales como prólogos, epílogos, notas introductorias o finales de los traductores, glosarios, etc. Aunque en la versión de Jordi Fibla, el traductor siempre intenta poner de manifiesto el estilo y la intención creativa de la autora, vemos que la pérdida tanto lingüística como cultural es visible. Como indica Tymoczko (2000: 24), las traducciones son inevitablemente parciales, porque los traductores, a causa de las limitaciones culturales, políticas e ideológicas de que adolecen, no son capaces de transmitir toda la información que acarrea el texto original, tanto explícita como implícita, de modo que cada versión en realidad constituye una interpretación propia de un traductor o una traductora a partir de un ángulo o una posición especial. En este sentido, los recursos paratextuales podrían ser una medida de utilidad que servirían para que la representación de la obra original y la imagen del autor y su cultura étnica reflejadas en el texto traducido fueran más completas o más adecuadas, porque esta ampliación textual añadida es capaz de ayudar a conocer en profundidad tanto las circunstancias socioculturales donde se producen las obras originales como las que dan lugar a las correspondientes traducciones.

En la actualidad, igual que Spivak, frente a la complejidad de los textos postcoloniales, cada día más traductores sienten la necesidad de emplear recursos paratextuales para ofrecer información extra a los lectores meta que pertenecen a otra cultura lejana y no tienen experiencias diaspóricas semejantes, guiados por el fin último de facilitar el entendimiento y la aceptación de las obras postcoloniales en otras culturas. Por ejemplo, Liliana Valenzuela, traductora de algunas obras de Sandra Cisneros, Dora Sales, traductora de autores postcoloniales como Vikram Chandra, Manju Kapur, Vandana Sigh y Alison Wong entre otros, África Vidal y Martín Ruano, traductoras de Shobhaa Dé, etc., añaden una *Nota de la traductora* al final del libro para introducir a los autores y sus obras, ofrecer a los lectores información extendida sobre el contexto histórico y cultural donde se ambientan las historias y explicar las singularidades del lenguaje que emplean los autores y las estrategias traductoras, etc.

Hay que destacar que al traducir *Cuando la tierra se vuelve de plata* de Alison Wong, autora de origen chino que nació y vive en Nueva Zelanda, aparte de la nota de la traductora, Dora Sales también elabora notas intertextuales para explicar a los lectores las expresiones y otros aspectos culturales chinos que podrían provocar confusiones. Además, la traductora también añade un glosario general al final del libro en el que documenta los términos especiales a los que recurre la autora en el texto original para facilitar la consulta de los lectores que se interesen por la cultura china y la indígena de Nueva Zelanda. De este modo, las imágenes tanto de las obras como de los autores que todavía no son tan conocidos y provienen de culturas lejanas se reciben de una manera relativamente completa en la cultura de destino.

Creemos que el uso de este tipo de paratextos en las versiones castellanas de *The Joy Luck Club* o de otras obras diaspóricas chinas o chinas podría servir para recordar a los lectores meta la "extrañeza" que van a sentir cuando lean estas novelas. Sin embargo, hay que destacar que, en nuestra opinión, este tipo de paratextos debe ser utilizado con el objetivo de "show how the original text works on its own terms, within its own grid, rather than to tell readers only what it is 'like' or even 'most like' in their own cultures" (Bassnett y Lefevere [1998] 2001: 11). De esta manera, los traductores podrían probar estrategias más atrevidas, sobre todo a la hora de traducir el tercer código que "inventan" los autores como Amy Tan, con el fin de hacer justicia a las características del modo de hablar de los chinoamericanos. Rutherford también es partidario firme de las estrategias más atrevidas, declarando: "podemos atrevernos a mantener un fuerte sentido de alteridad en nuestras traducciones. La modestia es el peor enemigo del traductor" (2002: 218). Si bien las lenguas constituyen el vehículo que acarrea las particularidades de diferentes identidades, la traducción sirve para transmitirlas en el texto traducido y mostrarlas a los lectores de la cultura de destino. Si se neutralizan, reducen o eliminan por completo los rasgos de este idioma híbrido, la traducción se convertirá en "a betrayal of the democratic ideal into the law of the strongest" (Spivak [1992] 2000: 400) y serán menos visibles, incluso hasta el punto de resultar opacas las singularidades de diferentes identidades culturales. De esta manera, como comenta Spivak, "the literature by a woman in Palestine begins to resemble, in the feel of its prose, something by a man in Taiwan" ([1992] 2000: 400).

Aunque hemos venido destacando la importancia del uso de paratextos a la hora de traducir la literatura postcolonial, creemos que es preciso mantener una actitud prudente y evitar el abuso de estos textos complementarios. Según Spivak, en ciertas ocasiones, las notas al pie de página son culpables, porque no solo constituyen una indicación de un distanciamiento tanto en la dimensión cultural como en la sentimental sino que también refuerzan los prejuicios preexistentes, tales como la convicción extendida: "all that 'third world' texts need is a glossary" (Spivak 2005: 95). Este tipo de afirmaciones está en consonancia con la idea de que las culturas de los países tercermundistas o de los grupos minoritarios son inescrutables y de que Occidente y Oriente están en una absoluta oposición, etc. Por lo tanto, los traductores de la literatura diaspórica china o de la literatura china han de tener mucho cuidado cuando elaboran las explicaciones en torno a los términos chinos insertados. Por una parte, hay que evitar la tendencia a hacer una versión como si fuera un diccionario enciclopédico de la cultura china; por otra, tratar con cautela los elementos que portan connotaciones culturales que pueden provocar malentendidos.

En cuanto al lenguaje que emplea la traductora, si tomamos la traducción de las historias de Mahasweta Devi como ejemplo, vemos que Spivak opta por traducir la obra original a un inglés de estilo de "the rootless American-based academic prose" (Spivak [1995] 1996: 273). Este lenguaje innovador puede orientar u obligar a los lectores del Primer Mundo a descubrir la otredad del original o a enfrentarse con ella. Spivak inventa un lenguaje *in-between* introduciendo las características sintácticas del bengalí en el inglés americano. Como traductora que vierte a partir de lenguas no occidentales, Spivak, muy consciente del gran poder homogeneizador del inglés, pone en cuestión la estrategia de traducir las lenguas híbridas creadas por los subalternos a un inglés arcaico y torpe, porque esta decisión implica una actitud negativa hacia este tercer código: se tienen por variedades inferiores y subordinadas que carecen de legitimidad. Spivak denomina esta manera de traducir realizada desde una posición hegemónica "translation-as-violation" (Spivak 1999: 162). Para evitar esta tendencia, los traductores/as del tercer mundo han de mantener una actitud de vigilancia. Por la misma razón, los traductores de la literatura chinoamericana, aunque puedan adoptar estrategias atrevidas al traducirla en español, deben esforzarse por crear un lenguaje intermedio cómodo con rasgos ingleses así como chinos.

En el contexto postcolonial, la traducción constituye una de las medidas de resistencia más poderosas: los traductores se han convertido en agentes manipuladores, que son capaces de construir imágenes e identidades y forjar conocimientos en función de principios propios mediante la traducción. Ésta se puede entender como un discurso en sentido foucaultiano. Tomando en consideración el importante papel que desempeña la traducción, los ejecutores no deben hacer de ella necesariamente una herramienta de represión y exclusión de la otredad sino que pueden emplearla como un arma en la lucha por establecer un ambiente justo y de igualdad donde puedan competir, negociarse e interrelacionarse distintas culturas. De esta manera, se puede ayudar a que las diferentes culturas se conozcan y se respeten verdaderamente las unas a las otras.

5.3 Revisión de los conceptos de fidelidad y equivalencia: hacia evaluaciones contextualizadas de la traducción

Bajo la influencia de la desconstrucción y el postmodernismo (que se caracterizan por la heterogeneidad, la indeterminación y la apertura tanto temporal como espacial), la autoridad y la unicidad del autor y del texto original y la estabilidad del sentido se ven desafiadas: "todo texto es inestable, híbrido, plural" y "[d]etrás de un texto siempre hay otro, muchos" (Vidal 1998: 150). De esta manera, se libera la traducción de su posición secundaria y se lee como un texto de pleno derecho. Las traducciones que hemos analizado pueden revisitarse con estos conceptos: son reescrituras de las obras de Amy Tan que, a su vez, beben necesariamente de otras fuentes y se han reconstruido en otro contexto cultural donde, por otra parte, funcionan al margen de él, como textos autónomos.

Según los conceptos postmodernistas, el significado de un enunciado o la interpretación de un texto cambia según varían las circunstancias socioculturales donde se halla el receptor y la posición política o ideológica que asume. A veces un mismo texto tendrá diferentes interpretaciones que incluso se contradicen las unas a las otras. Es decir, el significado es "culturalmente contingente" (Vidal 2007a: 63). En este sentido, el traductor se convierte en "a true author, by determining what the implicit meanings of the final version are and also those of the original version" (Álvarez y Vidal [1996] 2007a: 4). Gracias a la indeterminación del significado y la intertextualidad de los textos, podemos decir que Amy Tan es, en definitiva, si tomamos en consideración las versiones tan distintas de ella que emergen de diferentes lecturas, múltiple y contradictoria.

Siguiendo a Benjamin, muchos teóricos, tales como Lefevere (1997), Tymoczko (2007), Bassnett ([1996] 2007), etc., destacan la independencia de la traducción con respecto al original, poniendo de relieve que, más que depender del texto original, la traducción garantiza la supervivencia de éste. En otras palabras, "translations confer (renewed) meanings on source texts and without a translation texts die" (Tymoczko 2007: 48). Esta afirmación también libera la traducción de su posición tradicionalmente secundaria y subordinada e incluso la eleva a una posición superior al original. Sin duda alguna, en el caso de la literatura chinoamericana se percibe que el trasvase de estas obras en esencia traducidas a otras lenguas amplía su ámbito de recepción y sus significaciones, a la par redunda en un mayor estatus de los textos originales. Sin ir más lejos, el hecho de que Amy Tan sea una autora tan célebre depende, en buena medida, de las traducciones de sus obras a otras lenguas, con independencia de las disimilitudes que estas traducciones presenten frente al original.

Tomando en consideración los diversos factores que intervienen en el proceso de la traducción, no se pueden evaluar las prácticas traductoras simplemente en virtud de una definición de equivalencia considerada en el plano lingüístico. La pluralidad de factores estudiados a lo largo de los capítulos precedentes en relación con la literatura diaspórica china o la literatura china nos hace conscientes de que hay que poner en cuestionamiento los criterios tradicionales sobre una "buena" traducción, los cuales aprecian una equivalencia absoluta y una correspondencia unívoca. Hay que preguntarse: ¿en qué nivel se establece la equivalencia: formal, funcional, cultural y/o ideológico? También hemos de poner en duda el concepto de fidelidad, que hoy en día es relativo: cabe preguntarse a quién debe ser fiel el traductor ¿al escritor, al lector, a sí mismo, al mecenas o a todos a la vez?

Evidentemente, no podemos analizar la traducción de manera estática y simplificadora. Como hemos visto en el capítulo IV, los diversos traductores de *The Joy Luck Club* han elegido diversas estrategias traductoras. Este proceso de la toma de decisiones muestra la dependencia del resultado final en cada una de las versiones de un número de factores, tanto textuales como contextuales. No podemos llegar a una conclusión tajante declarando qué traducción es buena y cuál es mala sin considerar a la vez tantos factores contextuales que rodean a estas soluciones. Cada traductor parte de unos postulados distintos y está sujeto a unas circunstancias específicas, propias del contexto en el que se halla. En otras palabras, cada versión es una opción históricamente determinada y es el resultado de la mediación o negociación entre diversas fuerzas culturales, poéticas e ideológicas. Estas versiones, aun con sus limitaciones, nos han aportado experiencias maravillosas que nos ayudarán en las futuras prácticas traductoras de narrativas transculturales.

No obstante, si hemos de seguir adelante, si hemos de seguir avanzando en la búsqueda de nuevos horizontes para la traducción de los textos postcoloniales, podremos integrar en las estrategias de la traducción nuevas variantes que hayan cobrado importancia en la práctica. En un nuevo contexto donde se celebren la heterogeneidad y la hibridación culturales, los traductores tenemos que ser capaces de crear un ambiente abierto donde las diferentes culturas puedan encontrarse, comunicarse y negociarse las unas con las otras, sin la eliminación total de la otredad ni la reclamación purista por las raíces no contaminadas. En estos parámetros que tratan de conciliar lo uno y lo diverso, lo propio y lo ajeno, en el marco del pluralismo cultural, podemos seguir buscando artes distintas para la traducción ética: para traducir al Otro y también para traducirnos a nosotros mismos. No en vano, este proceso traslativo no solo constituye el camino por el que nos acercamos al Otro sino también el método más eficaz para conocer en profundidad nuestra propia identidad:

> cuando uno se acerca a lo Otro con una actitud de escucha, voluntad de aprendizaje y capacidad de autoexigencia, *descubrir lo diferente* implica a su vez *descubrirse diferente*. Cuando lo marginal concurre en pie de igualdad, lo dominante descubre, por primera vez, su propia especificidad (Martín Ruano 2007b: 15).

Para concluir…

> Evidenciar que, para muchos de nosotros, la traducción es nuestra forma de ser y estar en el mundo, que no somos meros transmisores de palabras, que nuestra ética está (tiene que estar) por encima de presiones que desenfocan la esencia de nuestra tarea: hacer posible la transmisión de creaciones que se han elaborado, la mayor parte de las veces, desde el corazón y las entrañas. Eso merece un compromiso, una responsabilidad (Sales 2009: XIV).

Basándonos en el estudio de la traducción de la literatura diaspórica china que hemos acometido tanto desde la perspectiva literaria como desde la traductológica en los capítulos anteriores, nos parece necesario destacar como fundamentales las siguientes conclusiones: los textos postcoloniales en los que los escritores postcoloniales trasvasan su cultura étnica a la dominante en sí mismos constituyen traducciones caracterizadas por la hibridación cultural; la traducción interlingüística de estas "traducciones" va siempre más allá del nivel lingüístico, y en este proceso traslativo los factores extratextuales, tales como la política, la ideología, las instituciones enmarcadas en la red compleja de las relaciones asimétricas de Poder, etc., desempeñan un papel cada vez más importante a la hora de determinar la reproducción, la aceptación o el rechazo de las obras literarias; más aún, en una era en la que aún existen la desigualdad y la jerarquización entre diferentes lenguas y culturas, insistir en una traducción ética cobra una importancia capital.

Nos parece también muy importante resaltar que los traductores, sobre todo los que operan desde el Primer Mundo, han de tomar conciencia de que la traducción es uno de los métodos más eficaces para construir la representación de una cultura en la sociedad que la recibe, una recomendación que resulta especialmente importante cuando se trata de obras que provienen de las culturas "marginadas". Como también opina África Vidal (2012), creemos que han de asumir la responsabilidad de reconstruir el texto original en un espacio donde se van disolviendo las dicotomías ya establecidas y donde se ponen en cuestionamiento y se desafían el mito de la autoridad y la supremacía de Occidente. Esta traducción ética debe ser capaz de demostrar la otredad de las culturas "marginadas" en sus propios términos sin someterlas a los valores y criterios dominantes ni ocultar el brillo de las obras originales.

Tomando en consideración el papel importante que desempeña la traducción a la hora de construir la representación de una cultura en otra ajena y la situación favorable de la que goza la literatura diaspórica china frente a la literatura de China en el mercado de los países de habla española de la traducción, podemos también advertir que la construcción de la imagen de China y de su cultura en el mundo hispánico depende en altos grados de las obras de los diásporas. Dado que en estas creaciones literarias suele haber huellas de la tradición orientalista, se puede decir que en la actualidad China todavía está estereotipada como un país atrasado e incluso misterioso en el ámbito hispano. Para reconstruir la imagen de China exacta y verdadera, la selección de las obras a traducir tiene que realizarse fuera de la sombra de la ideología dominante occidental y desprenderse de los cánones de antaño; en el plano microscópico, en cuanto al proceso traductor, proponemos también emplear un lenguaje que no oculte la otredad del original y unas estrategias enriquecedoras que sean capaces de introducir nuevos elementos culturales en la cultura meta a fin de fomentar la comunicación transcultural. Esto está en línea de la propuesta de Gentzler, que se muestra a favor de "a form that imports the foreign into the target text, thus allowing the receiving language to grow" (2008: 38).

Con la ayuda de las propuestas teóricas de los estudios de traducción que surgen después del "giro cultural", por ejemplo, el giro de poder y el giro ecológico, hemos recalcado la función subversiva que asume la traducción postcolonial como discurso contra la imposición (neo)imperialista. Entre las medidas alternativas de las que puede sacarse partido en la traducción, hemos destacado la elaboración de paratextos, tales como prefacios, epílogos, notas del traductor o de la traductora, etc. Por supuesto, en nuestra opinión, estos textos complementarios no deberían servir como una plataforma desde la cual el centro o el dominante divisa a las periferias o los dominados, sino como un espacio abierto donde tomen forma nuevas posiciones enunciativas que dejan oír la voz propia de los autores marginados.

Tomando en consideración las características de la literatura postcolonial y los factores extratextuales que intervienen en el proceso de la traducción, somos muy conscientes de que la equivalencia y la fidelidad, dos criterios tradicionales por los cuales se evalúan las traducciones, solo son un ideal utópico. Reiteramos la importancia de seguir buscando nuevas fórmulas de una traducción ética por las que se reconstruya la representación de los subalternos en sus propios términos, se reivindique su propia voz y se reinscriban sus culturas en un espacio abierto verdaderamente "ecológico" en el que se encuentren, se negocien y se conozcan en pie de igualdad y respeto mutuo todas las culturas.

Por las limitaciones de tiempo y de espacio, esta obra deja de lado muchos factores que merecen una investigación más específica y profunda. Además, la elaboración de este libro nos ha permitido ir descubriendo nuevas perspectivas desde las que se podrían desarrollar otros estudios innovadores sobre la traducción tanto de la literatura chinoamericana como de la literatura de China. Apuntamos, en este sentido, las siguientes cuestiones: ¿cómo se traduce el tercer código que inventan de manera más subversiva los autores chinoamericanos nacionalistas? Nos referimos, por ejemplo, al interlenguaje creado por Louis Chu, Frank Chin, Gus Lee, en el que introducen respectivamente cadenas del dialecto cantonés, elementos culturales de otros grupos étnicos que viven en Estados Unidos. ¿Cómo se transmite el intenso conocimiento contextual que está implícito en las obras de Mo Yan?; ¿cómo lo solucionan los traductores de las versiones castellanas existentes? De manera más general, ¿qué beneficios puede traer consigo el aumento de la traducción directa de las obras de la literatura china en España?; ¿cómo puede llegar a establecer sus propios criterios el círculo editorial español a la hora de seleccionar las obras de la literatura china, si es que desea dejar de ser tan dependiente de la cultura angloamericana o de la francesa?, etc. Todas estas son nuevas fuentes de inspiración que, sin duda, nos servirán como fuerza motriz para futuras investigaciones.

BIBLIOGRAFÍA

Álvarez, Román (ed.) (2002) *Cartografías de la traducción: Del post-estructuralismo al multiculturalismo.* Salamanca: Ediciones Almar.

Álvarez, Román y M. Carmen África Vidal (eds.) ([1996] 2007) *Translation, Power, Subversion.* Beijing: Foreign Language Teaching and Research Press.

Álvarez, Román y M. Carmen África Vidal ([1996] 2007a) "Translating: A Political Act" en Román Álvarez y M. Carmen África Vidal (eds.) *Translation, Power, Subversion.* Beijing: Foreign Language Teaching and Research Press, pp.1-9.

Anzaldúa, Gloria (1987) *Borderlands/La Frontera: The New Mestiza.* San Francisco: spinsters/aunt lute.

Arbillaga, Idoia (2003) *La literatura china traducida en España.* Murcia: Universidad de Alicante.

Ashcroft, Bill, Gareth Griffiths y Helen Tiffin (1989) *The Empire Writes Back. Theory and practice in post-colonial literatures.* Londres y Nueva York: Routledge.

Baker, Mona (2006) *Translation and Conflict. A Narrative Account.* Londres y Nueva York: Routledge.

Bandia, Paul (2006) "African Europhone Literature and Writing as Translation: Some Ethical Issues" en Theo Hermans (ed.) *Translating Others.* Manchester: Jerome, pp. 349-361.

Bassnett, Susan ([1996] 2007). "The Meek or the Mighty: Reappraising the Role of the Translator" en Román Álvarez y M. Carmen África Vidal (eds.) *Translation, Power, Subversion.* Beijing: Foreign Language Teaching and Research Press, pp. 1-24.

Bassnett, Susan ([1998] 2001) "The Translation Turn in Cultural Studies" en Susan Bassnett y André Lefevere (eds.) *Constructing Cultures. Essays on Literary Translation.* Shanghai: Shanghai Foreign Language Education Press, pp. 123-140.

Bassnett, Susan y André Lefevere (eds.) (1990) *Translation, History & Culture.* Londres: Cassell.

Bassnett, Susan y André Lefevere ([1998] 2001) *Constructing Cultures. Essays on Literary Translation.* Shanghai: Shanghai Foreign Language Education Press.

Benjamin, Walter ([1923] 2000) "The Task of the Translator" en Lawrence Venuti (ed.) *The Translation Studies Reade*. Nueva York y Londres: Routledge, pp.15-26.

Berman, Antoine ([1985] 2000) "Translation and the Trials of the Foreign" en Lawrence Venuti (ed.) *The Translation Studies Reader*. Nueva York y Londres: Routledge, pp. 284-297.

Bhabha, Homi (1996) "Culture's In-Between" en Stuart Hall y Paul du Gay (eds.) *Questions of Cultural Identity*. London: SAGE, pp. 53-60.

Bhabha, Homi ([1994] 2004) *The Location of Culture*. Londres y Nueva York: Routledge (versión de Routledge Classics).

Carbonell, Ovidi (1999) *Traducción y cultura. De la ideología al texto*. Salamanca: Ediciones Colegio de España.

Carbonell, Ovidi ([1996] 2007) "The Exotic Space of Cultural Translation" en Román Álvarez y M. Carmen África Vidal (eds.) *Translation, Power, Subversion*. Beijing: Foreign Language Teaching and Research Press, pp. 79-98.

Chambers, Iain (1994) *Migración, cultura, identidad*. Buenos Aires: Amorrortu editors.

Chan, Leo Tak-Hung (2002) "Translating Bilinguality: Theorizing Translation in the Post-Babelian Era" en *The Translator*, vol. 8, no. 1, pp. 49-72.

Chan, Jeffery Paul, Frank Chin, Lawson Fusao Inada y Shawn Wong (eds.) (1974) *Aiiieeeee!: An Anthology of Asian-American Literature*. Washington, D.C.: Howard University Press.

Chan, Jeffery Paul, Frank Chin, Lawson Fusao Inada y Shawn Wong (eds.) (1991) *The Big Aiiieeeee!: An Anthology of Chinese American and Japanese American Literature*. Nueva York: Penguin.

Cheng, Aiming, Yi Shao y Jun Lu (eds.) (2010) 《20世纪美国华裔小说研究》 (*Estudios de las novelas chinoamericanas del Siglo XX)*. Nanjing: Press of Nanjing University.

Cheung, King-kok (1997) "Re-viewing Asian American Literary Studies" en King-kok Cheung (ed.) *An Interethnic Companion to Asian American Literature*. New York: Cambridge University Press, pp. 1-36.

Chin, Frank (1991) "Come All Ye Asian American Writers of the Real and the Fake." en Jeffery Paul Chan, Frank Chin, Lawson Fusao Inada y Shawn Hsu Wong (eds.) *The Big Aiiieeeee!: An Anthology of Chinese American and Japanese American Literature*. Nueva York: Penguin, pp.1-92.

Clifford, James (1999) *Itinerarios transculturales*. Mireya Reilly de Fayard (trad.).

Barcelona: Gedisa.

Dingwaney, Anuradha (1995) "Introduction: Translating 'Third World' Cultures" en Anuradha Dingwaney y Carol Maier (eds.) *Between Languages and Cultures. Translation and Cross-cultural Texts.* Pittsburgh y Londres: University of Pittsburgh Press, pp. 3-15.

Dingwaney, Anuradha y Carol Maier (eds.) (1995) *Between Languages and Cultures. Translation and Cross-cultural Texts.* Pittsburgh y Londres: University of Pittsburgh Press.

Dingwaney, Anuradha y Carol Maier (1995b) "Translation as a Method for Cross-Cultural Teaching" en Anuradha Dingwaney y Carol Maier (eds.) *Between Languages and Cultures. Translation and Cross-cultural Texts.* Pittsburgh y Londres: University of Pittsburgh Press, pp. 303-324.

Even-Zohar, Itamar (1999a) "Factores y dependencias en la cultura. Una revisión de la Teoría de los Polisistemas." en Montserrat Iglesias Santos (ed.) *Teoría de los polisistemas.* Madrid: Arco, pp. 23-52.

Even-Zohar, Itamar (1999b) "Planificación de la cultura y mercado." en Montserrat Iglesias Santos ed. *Teoría de los polisistemas.* Madrid: Arco, pp. 71-96.

Even-Zohar, Itamar (1999c) "El nacimiento de una cultura hebrea nativa en Palestina: 1882-1948." en Montserrat Iglesias Santos (ed.) *Teoría de los polisistemas.* Madrid: Arco, pp. 183-205.

Franco Aixelá ([1996] 2007) "Culture-Specific Items in Translation" en Román Álvarez y M. Carmen África Vidal (eds.) *Translation, Power, Subversion.* Beijing: Foreign Language Teaching and Research Press, pp. 52-78.

Gallego Roca, Miguel (1994) *Traducción y literatura: ante las obras traducidas.* Madrid: Jucar.

Genette, Gerard (1997) *Paratexts: Thresholds of Interpretation.* Cambridge: Cambridge University Press.

Gentzler, Edwin (2008) *Translation and Identity in the Americans.* New Directions in Translation Theory. Londres y Nueva York: Routledge.

Hall, Stuart y Paul du Gay (eds.) (1996) *Questions of Cultural Identity.* London: Sage.

Hall, Stuart (1994) "Cultural Identity and Diaspora" en Patrick Williams y Laura Chrisman (eds.) *Colonial Discourse & Postcolonial Theory: A Reader.* Nueva York: Columbia University, pp. 392-403.

Hall, Stuart (1996) "Introduction: Who Needs the Identity?" en Stuart Hall & Paul du Gay (eds.) *Questions of Cultural Identity*. London: Sage, pp. 1-17

Heilbron, Johan (2010). "Structure and Dynamics of the World System of Translation" disponible en http://portal.unesco.org/culture/en/files/40619/12684038723Heilbron.pdf/Heilbron.pdf. Fecha de consulta: 02-05-2012.

Hepworth, Candida N. (1999) "Chicano/a Literature: 'An Active Interanimating of Competing Discourses'." en Deborah L. Madsen (ed.) *Post-Colonial Literature: Expanding the Canon*. Londres: Pluto, pp. 164-179.

Hermans, Theo (ed.) (1985) *The Manipulation of Literature. Studies in Literary Translation*. Londres y Sidney: Crook Helm.

Hermans, Theo (1999) *Translation in Systems. Descriptive and System-oriented Approaches Explained*. Manchester: St. Jerome Publishing.

Hermans, Theo (2002a) "La traducción y la importancia de la autorreferencia" en Román Álvarez (ed.) *Cartografías de la traducción: Del post-estructuralismo al multiculturalismo*. Salamanca: Ediciones Almar, pp. 119-139.

Hermans, Theo (ed.) ([2002] 2007) *Crosscultural Transgressions. Research Models in Translation Studies II: Historical and Ideological Issues*. Beijing: Foreign Language Teaching and Research Press.

Hermans, Theo (ed.) (2006) *Translating Others*. Manchester: St. Jerome.

Hernández, Rebeca (2007) *Traducción y postcolonialismo. Procesos culturales y lingüísticos en la narrativa postcolonial de lengua portuguesa*. Granada: Comares.

House, Juliane, M. Rosario Martín Ruano y Nicole Baumgarten (eds.) (2005) *Translation and the Construction of Identity*. Seúl: IATIS.

Huang, Guiyou y Bing Wu (eds) (2008) *Global Perspectives on Asian American Literature*. Beijing: Foreign Teaching and Research Press.

Hurtado Albir, Amparo (2001) *Traducción y traductología: Introducción a la traductología.* Madrid: Cátedra.

Hwang, David Henry ([1988] 2008) "Act One de M. Butterfly" en Yingguo Xu (ed.) *An Anthology of Chinese American Literature*. Tianjin: Editorial de la Universidad de Nankai, pp. 361-384.

Iglesias Santos, Montserrat (ed.) (1999) *Teoría de los polisistemas*. Madrid: Arco.

Jacquemond, Richard (1992) "Translation and Cultural Hegemony: the Case of French-Arabic Translation" en L. Venuti (ed.) *Rethinking Translation: Discourse Subjectivity Ideology*. Londres: Routledge, 139-158.

Jen, Gish (1991) "Challenging The Asian Illusion" en *The New York Times* (el 28 de noviembre) disponible en http://www.nytimes.com/1991/08/11/arts/challengingthe-asian-illusion.html?pagewanted=all&src=pm. Fecha de consulta: 20-11-2011.

Kim, Elaine (2006) *Asian American Literature: An Introduction to the Writings and Their Social Context*. Beijing: Foreign Language Teaching and Research Press.

Kingston, Maxine Hong (1980) *China Men*. Nueva York: Ballantine.

Kingston, Maxine Hong (1982) "Cultural Mis-reading by American Reviewers" en Guy Amirthanayagam (ed.) *Asian and Western Writers in Dialogue: New Cultural Identities*. Londres: Macmillan, pp. 55-65.

Kingston, Maxine Hong (1989) *The Woman Warrior: Memories of a Girlhood among Ghost*. Nueva York: Vintage International Edition.

Kingston, Maxine Hong (2009) *La mujer guerrera. Memorias de una adolescente entre fantasmas*. Begoña Simal (trad.) Barcelona: ElCobre

Lambert, José (1999a) "Aproximaciones sistémicas y la literatura en las sociedades multilingües" en Montserrat Iglesias Santos (ed.) *Teoría de los polisistemas*. Madrid: Arco, pp. 53-70.

Lane-Mercier, Gillian (1997) "Translating the Untranslatable: The Translator's Aesthetic, Ideological and Political Responsibility". *Target* 9, pp. 43-68.

Lefevere, André (1985) "Why Waste Our Time on Rewrites? The Trouble with Interpretation and the Role of Rewriting in an Alternative Paradigm" en Theo Hermans (ed.) *The Manipulation of Literature. Studies in Literary Translation*. Londres y Sidney: Crook Helm, pp. 215-243.

Lefevere, André (ed.) (1992) *Translation/History/Culture. A Sourcebook*. Londres y Nueva York: Routledge.

Lefevere, André (1997) *Traducción, reescritura y la manipulación del canon literario*. África Vidal y Román Álvarez (trad.). Salamanca: Colegio de España.

Lefevere, André ([1998] 2001) "Chinese and Western Thinking on Translation" en Susan Bassnett y André Lefevere (eds.) *Constructing Cultures. Essays on Literary Translation*. Shanghai: Shanghai Foreign Language Education Press, pp. 12-24.

Li, David Leiwei (1992) "The Production of Chinese American Tradition: Displaying American Orientalist Discourse" en Shirley Geok-lin Lim y Amy Ling (eds) *Reading the Literatures of Asian American*. Philadelphia: Temple UP, pp. 319-331.

Li Yiyun (2007) *Los buenos deseos*. Laura Martín de Dios (trad.). Barcelona: Random House Mondadori, S.A.

Lim, Shirley Geok-lin y Amy Ling (eds.) (1992) *Reading the Literatures of Asian American*. Philadelphia: Temple UP.

Lim, Shirley Geok-lin (1997) "Immigration and Diaspora" en King-kok Cheung (ed.) *An Interethnic Companion to Asian American Literature*. New York: Cambridge University Press, pp. 289-311.

Lim, Shirley Geok-lin (2000) *Asian-American Literature: An Anthology*. Chicago: NTC/Contemporary Publishing Group, Inc.

Ling, Amy (1990) *Between Worlds - Women Writers of Chinese Ancestry*. New York: Pergamon Press, Inc.

Lu, Wei (2005) *Deconstruction and Reconstruction through Interpolation: A Postcolonial Reading of Chinese American Literature*. Tesis Doctoral no publicada.

Madsen, Deborah L. (ed.) (1999) *Post-Colonial Literature: Expanding the Canon*. Londres: Pluto.

Malena, Anne (2003) "Presentation". *Traduction et (im)migration* (nº. monográfico), TTR, 16: 2, 9-13.

Martín Lacarta, Maialen (2008) "La traducción indirecta de la narrativa china contemporánea al castellano: ¿síndrome o enfermedad?" disponible en http://www.traduccionliteraria.org/1611/art/marin.htm. Fecha de consulta: 25-04- 2012.

Martín Lacarta, Maialen. 2012. *Mediación, recepción y marginalidad: las traducciones de literatura china moderna y contemporánea en España*. Tesis doctoral. Institut National des Langues et Civilisations Orientales y Universitat Autònoma de Barcelona.

Martín Ruano, M. Rosario (2003b) "Una (re)visión de la mirada sobre lo otro: el discurso crítico de los estudios de traducción y sus límites" en África Vidal Claramonte, Juan Crespo y Rosario Martín (eds.) *Panorama actual de la investigación en traducción e interpretación*. Granada: Atrio, pp. 241-255.

Martín Ruano, M. Rosario y África Vidal Claramonte (2004) "Asymmetries in/of Translation: Translating Translated Hispanicism(s)" en *TTR: traduction, terminologie, redaction*, vol.17, no. 1, pp. 81-105.

Martín Ruano, M. Rosario (2007a) "El 'giro cultural' de la traducción: perspectiva histórica, conflictos latentes y futuros retos" en Emilio Ortega Arjonilla (ed.) *El giro cultural de la traducción*. Berna: Peter Lang, pp. 39-57.

Martín Ruano, M. Rosario (2007b) "Introducción: hacia nuevas éticas de la traducción en la era post-babélica" en África Vidal Claramonte. *Traducir entre culturas: poderes, diferencias, poderes, identidades*. Berna: Peter Lang, pp. 7-24.

Martín Ruano, M. Rosario (2007c) "Reflexiones metateóricas en torno al trasvase de paremias: aportaciones críticas a partir de la literatura y la traducción híbridas" en Guadalupe Ruiz Yepes y Cristina Valderrey Reñones (eds.) *Traducción y cultura: la paremia*. Málaga: ENCASA, pp. 115-160.

Mehrez, Samia (1992) "Translation and the post-colonial experience: the francophone North Africa text" en L. Venuti (ed.) *Rethinking Translation: Discourse Subjectivity Ideology*. Londres: Routledge, pp. 120-138.

Mignolo, Walter D. (2003) *Historia locales/diseños globales: colonialidad, conocimientos subalternos y pensamientos fronterizo*. Juan María Madariaga y Cristina Vega Solís (trad.). Madrid: Ediciones Akal.

Niranjana, Tejaswini (1992) *Siting Translation: History, Post-structuralism and the Colonial Context*. California: University of California Press.

Ortega Arjonilla, Emilio (ed.) (2007) *El giro cultural de la traducción*. Berna: Peter Lang.

Peña, Salvador (1997) "El traductor en su jaula: hacia una pauta de análisis de traducciones" en Esther Morillas y Juan Pablo Arias (eds.) *El papel del traductor*. Salamanca: Colegio de España, pp. 19-58.

Peña, Salvador (1999) "Gracias a Babel" en Miguel Hernando de Larramendi y Juan Pablo Arias (eds.) *Traducción, emigración y culturas*. Cuenca: Ediciones Universidad Castilla-La Mancha, pp. 179-183.

Riccardi, Alessandra (ed.) (2002) *Translation Studies: Perspectives on an Emerging Discipline*. Cambridge: Cambridge University Press, pp. 10-23.

Rovira-Esteva, Sara y Amelia Sáiz López (2005) "La traducción de la literatura femenina china y la construcción cultural de género" disponible en http://www.fti.uab.es/interasia/documents/Saiz-La%20traducci%F3n%20de%20la%20literatura%20femenina%20china%20y%20la%20construcci%F3n%20cultural%20de%20g%E9nero.pdf. Fecha de consulta: 25-04-2012.

Rutherford, Jonathan (ed.) (1990) *Identity: Community, Culture, Difference*. London: Lawrence and Wishart.

Rutherford, Jonathan (1990) "The Third Space. Interview with Homi Bhabha" en Jonathan Rutherford (ed.) *Identity: Community, Culture, Difference*. London: Lawrence and Wishart, pp. 207-221.

Rutherford, John (2002) "La domesticación de don Quijote" en Román Álvarez (ed.) *Cartografías de la traducción: Del post-estructuralismo al multiculturalismo*. Salamanca: Ediciones Almar, pp. 215-232.

Rushdie, S. (1991) *Imaginary Homelands*. New Delhi: Penguin y Granta.

Said, Edward (1990) *Orientalismo*. Trad. por María Luisa Fuentes. Madrid: Libertarias/Prodhufi, S.A.

Said, Edward (1993) *Culture and Imperialism*. Nueva York: Vintage.

Sales, Dora (2004) *Puentes sobre el mundo. Cultura, traducción y forma literaria en las narrativas de transculturación de José María Arguedas y Vikram Chandra*. Berna: Peter Lang.

Sales, Dora (ed.) (2005) *La biblioteca de Babel: Documentarse para traducir*. Granada: Comares.

Sales, Dora (2007) "Nota de la traductora" en Vikram Chandra. *Juegos sagrados*. Barcelona: Mondadori, pp. 1065-1072.

Sales, Dora (2009) "Prólogo: Crear y recrear desde la frontera" en María López Ponz *Traducción y literatura chicana: nuevas perspectivas desde la hibridación*. Granada: Comares, pp. XI-XV.

Sales, Dora (2011) "Nota de la traductora" en Alison Wong. *Cuando la tierra se vuelve de plata*. Doras Sales (trad.). Madrid: Siruela, pp. 357-365.

Santiago, Esmeralda (1994). *Cuando era puertorriqueña*. Nueva York: Vintage Español.

See, Lisa (2006) *Snow Flower and the Secret Fan*. Nueva York: Random House.

Simal González, Begoña (2000) *Identidad étnica y género en la narrativa de escritoras chinoamericanas*. La Coruña: Universidade da Coruña.

Simon, Sherry (1999) "Translating and interlingual creation in the contact zone: border writing in Quebec" en Susan Bassnett y Harish Trivedi (eds.) *Postcolonial Translation Theory*. Londres y Nueva York: Routledge, pp. 58-73.

Simon, Sherry (1997) "Translation, Postcolonialism and Cultural Studies" en *Meta*, XLII. 2, pp. 462-477

Spivak, Gayatri Chakravorty ([1967] 1997) "Translator's Preface" en Jacques Derrida. *Of Grammatology*. Baltimore, MD: Johns Hopkins University Press, pp. 8-74.

Spivak, Gayatri Chakravorty ([1992] 2000) "The Politics of Translation" en Lawrence Venuti (ed.) *The Translation Studies Reader*. Nueva York y Londres: Routledge, pp. 397-416.

Spivak, Gayatri Chakravorty (1993) "Can the Subaltern Speak?" en Patrick Williams y Laura Chrisman (eds.) *Colonial Discourse and Post-Colonial Theory: A Reader*. Hertfordshire: Prentice Hall/ Harvester Wheatsheaf, pp. 66-111.

Spivak, Gayatri Chakravorty ([1995] 1996) "Translator's Preface and Afterword to Mahasweta Devi, *Imaginary Maps* (1994)" en Donna Landry y Gerald Maclean (eds.) *The Spivak Reader*. Nueva York y Londres: Routledge, pp. 267-285.

Spivak, Gayatri Chakravorty (1999) *A Critique of Post-Colonial Reason. Toward a History of the Vanishing Present*. Cambridge, Mass.: Harvard University Press.

Spivak, Gayatri Chakravorty (2005) "Translating into English" en Sandra Bermann y Michael Wood (eds.) *Nation, Language, and the Ethics of Translation*. Princeton: Princeton University Press, pp. 93-110.

Stallaert, Christiane (2004) *Perpetuum mobile: entre la balcanizacion y la aldea global*. Barcelona: Anthropos.

Sui Sin Far ([1909] 1991) "Leaves from the Mental Portfolio of an Eurasian" en Jeffery Paul Chan, Frank Chin, Lawson Fusao Inada y Shawn Hsu Wong (eds.) *The Big Aiiieeeee!: An Anthology of Chinese American and Japanese American Literature*. Nueva York: Penguin, pp.111-123.

Susam-Sarajeva, Şebnem ([2002] 2007) "A 'Multilingual' and 'International' translation Studies?" en Theo Hermans (ed.) *Crosscultural Transgressions. Research Models in Translation Studies II: Historical and Ideological Issues*. Beijing: Foreign Language Teaching and Research Press, pp. 192-207.

Tan, Amy (1991) *The Kitchen God's Wife*. New York: Ivy Book.

Tan, Amy (1996) *The Hundred Secret Senses*. Nueva York: Ivy Book.

Tan, Amy (1998) *The Joy Luck Club*. Londres: Vintage.

Tan, Amy (2001) *El club de Buena estrella*. Miguel García Solà (trad.) Barcelona: Plaza & Janés Editores, S.A. (Debolsillo)

Tan, Amy (2001a) *The Bonesetter's Daughter*. Nueva York: Ballantine.

Tan, Amy (2003) *The Opposite of Fate: Memories of a Writing Life*. Nueva York: Penguin.

Tan, Amy (2006a) *Saving Fish From Drowning*. Nueva York: Ballantine.

Tan, Amy (2009). *El club de Buena estrella*. Jordi Fibla (trad.) Barcelona: Planeta, S.A.

Tymoczko, Maria (1995) "The Metonymics of Translating Marginalized Texts" en *Comparative Literature*, No. 47, vol.1, pp. 11-24.

Tymoczko, Maria (1999a) "Post-colonial writing and literary translation" en Susan Bassnett y Harish Trivedi (eds.) *Postcolonial Translation Theory*. Londres y Nueva York: Routledge, pp. 19-40.

Tymoczko, María (1999b) *Translation in a Postcolonial Context*. Manchester: St.

Jerome.

Tymoczko, Maria (2000) "Translation and Political Engagement" en *The Translator*. Vol. 6, no.1, pp. 23-47.

Tymoczko, Maria (2007) *Enlarging Translation, Empowering Translators*. Manchester: St. Jerome.

Tymoczko, Maria y Edwin Gentzler (eds) ([2002] 2007) *Translation and Power*. Beijing: Foreign Language Teaching and Research Press.

Valenzuela, Liliana (2003) "Nota a la traducción: el revés del bordado" en Sandra Cisneros. *Caramelo*. Barcelona: Seix Barral, pp. 539-544.

Vega, María José (2003) *Imperios de papel. Introducción a la crítica postcolonial*. Barcelona: Crítica.

Venuti, Lawrence (ed.) (1992) *Rethinking Translation: Discourse Subjectivity Ideology*. Londres: Routledge.

Venuti, Lawrence (1995) *The Translator's Invisibility*. Londres: Routledge.

Venuti, Lawrence (1997) *Writing a Minor Literature*. Lliçó inaugural del curs acadèmic 1997-98 de la Facultat de Traducció i Interpretació, Universitat Pompeu Fabra.

Venuti, Lawrence (1998a) *The Scandals of Translation*. Towards an ethics of difference. Londres: Routledge.

Venuti, Lawrence (1998b) "Introduction" en Lawrence Venuti (ed.) *Translation & Minority (special issue)*, *The Translator*, vol.4, no. 2, pp.135-144.

Venuti, Lawrence (ed.) (2000) *The Translation Studies Reader*. Nueva York y Londres: Routledge.

Venuti, Lawrence (2000a) "Translation, Community, Utopia" en Lawrence Venuti (ed.) *The Translation Studies Reader*. Nueva York y Londres: Routledge, pp. 468-488.

Vidal Claramonte, África (1998) *El futuro de la traducción: últimas teorías, nuevas aplicaciones*. Valencia: Alfons el Magnànim.

Vidal Claramonte, África (2007a) "Después del giro cultural de la traducción" en Emilio Ortega Arjonilla ed. *El giro cultural en los estudios de traducción*. Frankfurt: Peter Lang.

Vidal Claramonte, África (2007b) *Traducir entre culturas: diferencias, poderes, identidades*. Frankfurt: Peter Lang.

Vidal Claramonte, África y M. Rosario Martín Ruano (2008) "Nota de las traductoras: Traducir el Babel contemporáneo" en Shobhaa Dé *Noches de*

Bollywood. Barcelona: Booket.

Vidal Claramonte, África (2010) *Traducción y asimetría*. Frankfurt: Peter Lang.

Vidal Claramonte, África (2012) "The Map is not the Territory: Towards a Minor Translation" en *Perspectives: Studies in Translatology*. Vol. 20. Issue 3 (Translational encounters in a globalized world), pp. 269-284.

Vidal Claramonte, África y M. Rosario Martín Ruano (eds.) (2013) *Traducción, política(s), conflictos: legados y retos para la era del multiculturalismo*. Granada: Comares.

Wang, Chenying (2014) "La traducción de la literatura chinoamericana: Análisis comparativo de las dos versiones castellanas de *The Joy Luck Club* de Amy Tan" en *Sendebar*, no. 25, pp. 173-196.

Wang, Chenying (2015) "La traducción de la literatura diaspórica china en España" en *Clina*, vol. 1, no.2, pp. 51-68.

Wang, Chenying (2016) "La traducción de la literatura china en España" en *Estudios de traducción,* vol. 6, pp. 65-79

Wang, Chenying (2016) "La retrotraducción de la literatura chinoamericana a la cultura china: análisis comparativo de las versiones chinas de *The Joy Luck Club* de Amy Tan" en *Entreculturas,* no. 7 y 8, pp. 67-91.

Wang, Lili (2008) "Chinese American Manhood in Gus Lee's *Tiger's Tail*" en Guiyou Huang y Bing Wu (eds.) *Global Perspectives on Asian American Literature*. Beijing: Foreign Teaching and Research Press, pp. 225-238.

Wang, Guanglin (2004) *Being and Becoming*. Tianjin: Nankai University Press.

Wong, Alison (2009) *As the Earth Turns Silver*. NZ: Penguin.

Wong, Alison (2011) *Cuando la tierra se vuelve de plata*. Doras Sales (trad.). Madrid: Siruela.

Wong, Jade Snow ([1950] 2002) *The Fifth Chinese Daughter*. Taiyuan: Editorial de Educación de Shanxi.

Wong, Sau-ling Cynthia (1997) "Chinese American Literature" en King-kok Cheung (ed.) *An Interethnic Companion to Asian American Literature*. New York: Cambridge University Press, pp. 39-61.

Wong, Sau-ling Cynthia y Stephen H. Sumida (eds.) (2001) *A Resource Guide to Asian American Literature*. New York: The Modern Language Association of America.

Wu, Bing y Lili Wang (eds.) (2009) 《华裔美国作家研究》(*Estudios en los autores chinoamericanos*). Tianjin: Universidad de Nankai.

Wu, Bing (2008) "Reading Chinese American Literature as 'Introspection Literature'" en Guiyou Huang y Bing Wu (eds.) *Global Perspectives on Asian American Literature*. Beijing: Foreign Teaching and Research Press, pp. 32-45.

Wu, Bing (2009a) "导论" (Introducción) en Bing Wu y Lili Wang (eds.) 《华裔美国作家研究》(*Estudios en los autores chinoamericanos*). Tianjin: Editorial de la Universidad de Nankai, pp. 1-42.

Wu, Bing (2009c) "黄玉雪：第一位走红的华裔女作家" (Jade Snow Wong: la primera autora chinoamericana que se hace famosa en EE. UU.) en Bing Wu y Lili Wang (eds.) 《华裔美国作家研究》(*Estudios en los autores chinoamericanos*). Tianjin: Editorial de la Universidad de Nankai, pp. 82-106.

Xu, Yingguo (ed.) (2008) *An Anthology of Chinese American Literature*. Tianjin: Nankai University Press.

Yen, Huei Lan (2016) *Toma y Daca: Transculturación y presencia de escritores chino-latinoamericanos*. West Lafayette: Purdue University Press.

Yin, Xiao-huang (2000) *Chinese American Literature since the 1850s*. Chicago: University of Illinois.

Yu, Ning (2009b) "多元与统一：李健孙小说创作的得与失" ("Diversificación y unificación: pérdidas y ganancias en las novelas de Gus Lee") en Bing Wu y Lili Wang (eds.) 《华裔美国作家研究》(*Estudios en los autores chinoamericanos*). Tianjin: Editorial de la Universidad de Nankai, pp. 198-209.

Zhao, Wenshu (2008) "Why Is There Orientalism in Chinese American Literature" en Guiyou Huang y Bing Wu (eds.) *Global Perspectives on Asian American Literature*. Beijing: Foreign Teaching and Research Press, 295-305.

赵振江，滕威 (2015)《中外文学交流史——中国与西班牙语国家卷》. 济南：山东教育出版社.

Anexos

Anexo I: Obras de la literatura diaspórica china publicadas en español (1980-2015)[1]

Autores chinoamericanos:

Sui Sin Far*[2] (1996). *Páginas del archivo mental de una euroasiática.* Rosalía Baena y Rocío Davis (trad.). León: Universidad de León. [Título original: *Leaves from the Mental Portfolio of an Eurasian*, memorias publicadas en 1909, idioma original: inglés].

LIN, Yutang (1980/1984/1987/2004). *La importancia de vivir.* Román A. Jiménez (trad.). Barcelona: Edhasa. [Título original: *The Importance of Living*, colección de ensayos publicada en 1937, idioma original: inglés].

—(1994). *La importancia de vivir.* Román A. Jiménez (trad.). Barcelona: Apóstrofe.

—(1996). *La importancia de vivir.* Román A. Jiménez (trad.). Barcelona: Altaya.

—(2002/2006). *La importancia de vivir.* Román A. Jiménez (trad.). Barcelona: RBA Coleccionables.

LIN, Yutang (2008). *La familia del barrio chino.* León Mirlas (trad.). A Coruña: Ediciones del Viento, S.L. [Título original: *Chinatown Family*, novela publicada en 1948, idioma original: inglés].

LIN, Yutang (1996). *La emperatriz Wu.* León Mirlas (trad.). Barcelona: Altaya. [Título original: *Lady Wu*, biografía histórica publicada en 1957, idioma original: inglés].

LIN, Yutang (1961). *Pekín imperial.* Barcelona: Argos. [Título original: *Imperial Peking: Seven Centuries of China* (1960), idioma original: inglés].

[3]**LIN, Yutang (1961). *Mi patria y mi pueblo.* Román A. Jiménez (trad.). Buenos Aires: Sudamericana. [Título original: *My Country and My People*, colección de ensayos publicada en 1935, idioma original: inglés].

**LIN, Yutang (1961/1981/1984). *La importancia de vivir.* Román A. Jiménez.

---

① Ordenamos las obras según la fecha de su publicación y los países donde residen los autores.

② Las autoras que llevan el signo "*" son eurochinas.

③ Las obras de Lin Yutang que están marcadas por el signo "**" se publicaron en América Latina.

(trad.). Buenos Aires: Sudamericana.

**—(1985/1988/1990). *La importancia de vivir*. Román A. Jiménez. (trad.). México, D.F.: Hermes.

**LIN, Yutang (1944/1946). *Un Momento en Pekín*. Rosa de Toryho (trad.). Buenos Aires: Sudamericana. [Título original: *Moment in Peking*, novela publicada en 1939, idioma original: inglés].

**LIN, Yutang (1986). *Una hoja de la tormenta*. Atanasio Sanchez (trad.). Santiago: Andrés Bello. [Título original: *Leaf in the Storm*, novela publicada en 1941, idioma original: inglés].

**—(1979). *Una hoja de la tormenta*. Atanasio Sanchez (trad.). Bogotá: Ediciones Nacionales.

**—(1988). *Una hoja de la tormenta*. Atanasio Sanchez(trad.). México, D.F.: Hermes.

**LIN, Yutang (1980). *La familia del barrio chino*. León Mirlas (trad). Buenos Aires: Sudamericana.

**—(1988). *La familia del barrio chino*. León Mirlas (trad). Santiago de Chile: Andrés Bello.

**LIN, Yutang (1952/1953/1958/1964). *La viuda, la monja, la cortesana*. Buenos Aires: Hermes. [Título original: *Widow, Nun and Courtesan: Three Novelettes From the Chinese Translated and Adapted by Lin Yutang* (1951), idioma original: inglés].

**LIN, Yutang (1955/1959). *La oportunidad de Eurídice*. Buenos Aires: E. Hermes. [Título original: *Looking Beyond*, novela publicada en 1955, idioma original: inglés].

**LIN, Yutang (1957). *La emperatriz Wu*. León Mirlas (trad.). Buenos Aires: Sudamericana.

**LIN, Yutang (1959/1961). *El nombre secreto*. trad. por Román A. Jiménez (trad.). Buenos Aires: Sudamericana. [Título original: *The Secret Name*, crítica política publicada en 1958, idioma original: inglés].

**LIN, Yutang (1964). *La vida en China*. México: Joaquin Mortiz. [Título original: *The Chinese Way of Life*, colección de ensayos publicada en 1959, idioma original: inglés].

**LIN, Yutang (1960). *De pagano a cristiano*. Miguel de Hernani (trad.). Buenos Aires: Sudamericana. [Título original: *From Pagan to Christian,* crítica publicada en 1959, idioma original: inglés].

**LIN, Yutang (1962). *Poenía Roja*. Josefina Martinez Alinari (trad.). Buenos Aires: Sudamericana. [Título original: *The Red Peony*, novela publicada en 1961, idioma original: inglés].

**LIN, Yutang (1963). *Los placeres de un disconforme*. Buenos Aires: Sudamericana. [Título original: *The Pleasure of a Nonconformist*, colección de ensayos publicada en 1962, idioma original: inglés].

**LIN, Yutang (1964). *Enebro Loa*. Román A. Jiménez (trad). Buenos Aires: Sudamericana. [Título original: *Juniper Loa*, novela publicada en 1963, idioma original: inglés].

**LIN, Yutang (1965). *La fuga de los inocentes*. Buenos Aires: Sudamericana. [Título original: *The Flight of Innocents*, novela publicada en 1964, idioma original: inglés].

Obras Escogidas:

**(1955). *Obras Escogidas de Lin Yutang* (Tomo I). Roman Jimenez, Miguel Hernani y Leon Mirlas (Trad.). Buenos Aires: Sudamericana. [El volumen incluye: *Un momento en Pekín, Una hoja en la tormenta* y *La familia del barrio chino*].

**(1957). *Obras Escogidas de Lin Yutang* (Tomo II). Roman Jimenez, Miguel Hernani y Leon Mirlas (Trad.). Buenos Aires: Sudamericana. [El volumen incluye: *La importancia de vivir, Mi patria y mi pueblo, Entre lágrimas y risas* (*Between Tears & Laughter*, 1943), *Con lanzas por almohada a la espera del alba* (*The Vigil of a Nation,* 1944), *Un genio alegre* (*The Gay Genius*, 1947)].

**(1961). Obras Escogidas de Lin Yutang (Tomo III). Roman Jimenez, Miguel Hernani y León Mirlas (Trad.). Buenos Aires: Sudamericana. [El volumen incluye: *La viuda, la monja, la cortesana, Barba rizada y otros famosos relatos chinos* (*Famous Chinese Short Stories,*1952), *La emperatriz Wu, La Sabiduría de Laotse* (*The Wisdom of Laotse,* 1948), *El portón rojo, La oportunidad de Eurídice*].}

KINGSTON, Maxine Hong (2009). *La mujer guerrera: Memorias de una adolescente entre fantasmas*. Barcelona: El Cobre. [Título original: *The Woman Warrior: Memoirs of a Girlhood among Ghosts*, ficción autobiográfica publicada en 1976, idioma original: inglés].

LORD, Bette Bao (1983). *Luna de primavera.* Aníbal Leal Fernández (trad.). Barcelona: Círculo de Lectores, S.A. [Título original: *Spring Moon: a novel of China*, novela publicada en 1981, idioma original: inglés].

ZHANG, Xinxin y Sang Ye (1989). *El hombre de Pekín*. M. Dolors Folch (trad.). Sabadell: Ausa. [Título original: 《北京人，一百个普通人的自述》, reportaje publicado en 1986, idioma original: chino, traducido del chino].

CHENG, Nien (1998). *La dama de Shanghai*. J. A Bravo (trad.) Madrid: Mr Ediciones. [Título original: *Life and Death in Shanghai*, autobiografía publicada en 1987, idioma original: inglés].

TAN, Amy (1990/1995). *El club de la buena estrella*. Jordi Fibla (trad.). Barcelona: Tusquets Editores. [Título original: *The Joy Luck Club*, novela publicada en 1989, idioma original: inglés].

—(1994). *El club de la buena estrella*. Jordi Fibla (trad.). Barcelona: Salvat Editores, S.A.

—(1994/1995). *El club de la buena estrella*. Jordi Fibla (trad.). Barcelona: RBA Coleccionables.

—(1995/2001). *El club de la buena estrella*. Jordi Fibla (trad.). Barcelona: Círculo de Lectores, S.A.

—(1997). *El club de la buena estrella*. Jordi Fibla (trad.). Barcelona: Editorial Planeta, S.A. (Vol. 37 de Clásicos contemporáneos internacionales)

—(2001/2002/2003). *El club de la buena estrella*. Miguel García Solá (trad.). Barcelona: Random House Mondadori (Versión de bolsillo).

—(2001). *El club de la buena estrella*. Miguel García Solá (trad.). Barcelona: Plaza & Janés Etidores, S. A. (Versión de bolsillo).

—(2007/2008/2009). *El club de la buena estrella*. Jordi Fibla (trad.). Barcelona: Editorial Planeta, S.A.

—(2008). *El club de la buena estrella*. Jordi Fibla (trad.). Barcelona: Ediciones Altaya, S.A. (Vol. 3 de Vivencias de mujer).

**—(1990). *El club de la buena estrella*. Jordi Fibla (trad.). Bogotá: Tusquets Editores.

SLEDGE, Linda Ching (1994). *El imperio celeste*. Soledad Giralt y María Gomis Bertrand (trad.). Barcelona: El Aleph Editores, S.A . [Título original: *Empire of Heaven*, novela publicada en 1990, idioma original: inglés].

TAN, Amy (1991/1994/2002). *La esposa del dios de fuego*. Jordi Fibla (trad.). Barcelona: Tusquets Editores. [Título original: *The Kitchen God's Wife*, novela publicada en 1991, idioma original: inglés].

—(1992). *La esposa del dios de fuego*. Jordi Fibla (trad.). Barcelona: Círculo de Lectores, S.A.

—(1997). *La esposa del dios de fuego.* Jordi Fibla (trad.). Barcelona: Ediciones Orbis, S.A.

—(2003). *La esposa del dios de fuego.* Albert Solè (trad.). Barcelona: Random House Mondadori (Versión de bolsillo).

—(2007). *La esposa del dios de fuego.* Jordi Fibla (trad.). Barcelona: Editorial Planeta, S.A.

TAN, Amy (1992). *La dama de la luna.* Jordi Fibla (trad.). Barcelona: Tusquets Editores. [Título original: *The Moon Lady,* lectura infantil publicada en 1992, idioma original: inglés].

—(1992). *La dama de la luna.* Jordi Fibla (trad.). Barcelona: Círculo de Lectores, S.A.

CAO, Guanlong (2001). *El desván: memorias del hijo de un terrateniente chino.* María Teresa de los Ríos de Francisco (trad.). Madrid: Amaranto Editores, S.L. Ediciones Turpial, S.A. [Título original: 《阁楼上下》, memorias publicadas en 1993, idioma original: chino, traducida del inglés].

NG, Fae Myenne (1995). *Un padre de papel.* Irene Saslavsky Niedermann (trad.). Barcelona: El Aleph Editores, S.A. [Título original: *Bone,* novela publicada en 1993, idioma original: inglés].

MIN, Anchee (1995). *Azalea roja.* Rosa Arruti Illarramendi (trad.). Barcelona: Círculo de Lectores, S.A. [Título original: *Red Azalea,* novela autobiográfica publicada en 1994, idioma original: inglés].

—(1996). *Azalea roja.* Rosa Arruti Illarramendi (trad.). Barcelona: Ediciones B, S.A.

—(2002). *Azalea roja.* Rosa Arruti Illarramendi (trad.). Barcelona: RBA Coleccionables.

—(2011). *Azalea roja.* Rosa Arruti Illarramendi (trad.). Barcelona: Debolsillo.

TAN, Amy (1995). *Los cien sentidos secretos.* Jordi Fibla (trad.). Barcelona: Tusquets Editores (volumen 262 de la colección Andanzas). [Título original: *The Hundred Secret Senses,* novela publicada en 1995, idioma original: inglés].

—(1996). *Los cien sentidos secretos.* Jordi Fibla (trad.). Barcelona: Círculo de Lectores, S.A.

—(1997). *Los cien sentidos secretos.* Jordi Fibla (trad.). Barcelona: Tusquets Editores (volumen 72 de la colección Fábula).

—(2000). *Los cien sentidos secretos.* Jordi Fibla (trad.). Barcelona: RBA Coleccionables.

—(2002). *Los cien sentidos secretos.* Jordi Fibla (trad.). Barcelona: Tusquets

Editores.

—(2003). *Los cien sentidos secretos.* Albert Solè (trad.). Barcelona: Random House Mondadori (Versión de bolsillo, 03-2003, volumen 3 de la colección Biblioteca Amy Tan).

—(2003). *Los cien sentidos secretos.* Albert Solè (trad.). Barcelona: Random House Mondadori (Versión de bolsillo, 10-2003).

—(2007). *Los cien sentidos secretos.* Jordi Fibla (trad.). Barcelona: Editorial Planeta, S.A.

CHANG, Pang Mei Natasha (1996). *Pies vendados y traje occidental.* Pilar Giralt Gorina (trad.). Barcelona: Editorial Seix Barral, S.A. [Título original: *Bound Feet & Western Dress*, memorias publicadas en 1996, idioma original: inglés].

LIU, Aimee E.* (1998). *La montaña de las nubes.* J. A. Bravo (trad.). Barcelona: Círculo de Lectores, S.A. [Título original: *Cloud Mountain,* novela autobiográfica publicada en 1997, idioma original: inglés].

—(1998). *La montaña de las nubes.* J. A. Bravo (trad.). Madrid: Mr Ediciones.

SEE, Lisa* (1998). *La telaraña china.* Gemma Rovira Ortega (trad.). Barcelona: Plaza & Janés Editores, S.A. [Título original: *Flower Net,* novela publicada en 1997, idioma original: inglés].

—(1999). *La telaraña china.* Gemma Rovira Ortega (trad.). Barcelona: Círculo de Lectores, S.A.

—(2001). *La telaraña china.* Gemma Rovira Ortega (trad.). Barcelona: Random House Mondadori (Versión de bolsillo).

YEN MAH, Adeline (2000). *Hojas que caen.* Omar López Vergara (trad.). Madrid: Ediciones Alfaguara. [Título original: *Falling Leaves*, autobiografía publicada en 1997, idioma original: inglés].

—(2001). *Hojas que caen.* Omar López Vergara (trad.). Madrid: Punto de Lectura, S.L.

HA, Jin (2002). *En el estanque.* Fibla, Jordi (trad.) Barcelona: Tusquets Editores [Título original: *In the Pond,* novela publicada en 1998, idioma original: inglés].

—(2007). *En el estanque.* Fibla, Jordi (trad.) Barcelona: Quinteto, S.L.

HA, Jin (2000). *La espera.* Fibla, Jordi (trad.). Barcelona: Tusquets Editores. [Título original: *Waiting,* novela publicada en 1999, idioma original: inglés].

—(2002). *La espera.* Fibla, Jordi (trad.). Barcelona: Quinteto, S.L.

SEE, Lisa (2002). *La trama china.* Silvia Komet Dain (trad.). Barcelona: Debolsillo. [Título original: *The Interior,* novela publicada en 1999, idioma original: inglés].

QIU, Xiaolong (2012). *Muerte de una heroína roja.* Alberto Magnet Ferrero (trad.). Barcelona: Tusquets Editores [Título original: *Death of a Red Heroine,* novela detectivesca publicada en 2000, idioma original: inglés].

TAN, Amy (2001). *La hija del curandero.* María Eugenia Ciocchini Suárez (trad.). Barcelona: Plaza & Janés Editores, S.A. [Título original: *The Bonesetter's Daughter,* novela publicada en 2000, idioma original: inglés].

—(2000/2005). *La hija del curandero.* María Eugenia Ciocchini Suárez (trad.). Barcelona: Editorial Planeta DeAgostini, S.A.

—(2002). *La hija del curandero.* María Eugenia Ciocchini Suárez (trad.). Barcelona: Random House Mondadori (Versión de bolsillo volumen 2 de la colección Biblioteca Amy Tan).

—(2002). *La hija del curandero.* María Eugenia Ciocchini Suárez (trad.). Barcelona: Círculo de Lectores, S.A.

—(2002/2003/2004). *La hija del curandero.* María Eugenia Ciocchini Suárez (trad.). Barcelona: Random House Mondadori (Versión de bolsillo).

MIN, Anchee (2001). *Madame Mao.* Aurora Echevarría Pérez (trad.). Barcelona: Mondadori. [Título original: *Becoming Madame Mao,* novela publicada en 2001, idioma original: inglés].

—(2002). *Madame Mao.* Aurora Echevarría Pérez (trad.). Barcelona: RBA Coleccionables.

HA, Jin (2002/2005). *Sombras del pasado.* Fibla, Jordi (trad.) Barcelona: Tusquets Editores. [Título original: *The Crazed,* novela publicada en 2002, idioma original: inglés].

QIU, Xiaolong (2009). *Visado para Shanghai: una nueva aventura del inspector Chen, el protagonista de Muerte de una heroína roja.* Carmen Camps (trad.). Barcelona: Books4pocket. [Título original: *A Loyal Character Dancer,* novela detectivesca publicada en 2002, idioma original: inglés].

—(2012). *Visado para Shanghai.* Carmen Camps (trad.). Barcelona: Tusquets Editores.

CHEN, Da (2005). *El guerrero errante.* Francisco Martín Arribas (trad.) Barcelona: RBA LIBROS [Título original: *Wandering Warrior*, novela publicada en 2003, idioma original: inglés].

TAN, Amy (2004). *En contra del destino.* Bettina Blanch Tyroller (trad.) Barcelona: Plaza & Janés Editores, S.A. [Título original: *The Opposite of Fate: A Book of Musings,* colección de ensayos publicada en 2003, idioma original: inglés].

—(2005). *En contra del destino.* Bettina Blanch Tyroller (trad.) Barcelona: Random House Mondadori (Versión de bolsillo).

CHANG, Lan Samantha (2005). *Herencia.* Víctor V. Úbeda (trad.). Madrid: Kailas Editorial, S.L. [Título original: *Inheritance: A Novel,* novela publicada en 2004, idioma original: inglés].

HA, Jin (2007). *Despojos de Guerra.* Noemí Sobregués Arias (trad.). Barcelona: Tusquets Editores. [Título original: *War Trash,* novela publicada en 2004, idioma original: inglés].

MIN, Anchee (2004). *La ciudad prohibida.* Teresa Camprodón Alberca (trad.). Barcelona: Grijalbo. [Título original: *Empress Orchid,* novela histórica publicada en 2004, idioma original: inglés].

—(2004). *La ciudad prohibida.* Teresa Camprodón Alberca (trad.). Barcelona: Random House Mondadori (Versión de bolsillo).

—(2005). *La ciudad prohibida.* Teresa Camprodón Alberca (trad.). Barcelona: Círculo de Lectores, S.A.

QIU, Xiaolong (2009). *Cuando el rojo es negro*. María Fernández Gutiérrez (trad.). Córdoba: Editorial Almuzara. [Título original: *When Red is Black,* novela detectivesca publicada en 2004, idioma original: inglés].

—(2010). *Cuando el rojo es negro*. María Fernández Gutiérrez (trad.). Barcelona: Books4pocket

LI, Yiyun (2007). *Los buenos deseos*. Laura Martín de Dios (trad.) Barcelona: Editorial Lumen, S.A. [Título original: *A Thousand Years of Good Prayers*, colección de cuentos publicada en 2005, idioma original: inglés].

SEE, Lisa (2006/2007/2008/2012). *El abanico de seda.* Gemma Rovira Ortega (trad.). Barcelona: Publicaciones y Ediciones Salamandra, S.A. [Título original: *Snow Flower and the Secret Fan,* novela publicada en 2005, idioma original: inglés].

—(2008). *El abanico de seda.* Gemma Rovira Ortega (trad.). Barcelona: Quinteto, S. L.

—(2008). *El abanico de seda.* Gemma Rovira Ortega (trad.). Barcelona: Ediciones Altaya, S.A.

TAN, Amy (2006/2007/2008). *Un lugar llamado nada.* Claudia Conde (trad.). Barcelona: Editorial Planeta, S.A. [Título original: *Saving Fish from Drowning,* novela publicada en 2005, idioma original: inglés].

QIU, Xiaolong (2009). *El caso de las dos ciudades*. José Luis Moreno Ruiz (trad.). Córdoba, Almuzara. [Título original: *A Case of Two Cities,* novela detectivesca publicada en 2006, idioma original: inglés].

YAN, Geling (2011). *La novena viuda.* Nuria Pitarque (trad.) Barcelona: Ediciones Alfaguara. [Título original: 《第九个寡妇》, novela publicada en 2006, idioma original: chino, traducida del chino].

MIN, Anchee (2008). *La última emperatriz.* Teresa Camprodón Alberca (trad.). Barcelona: Círculo de Lectores, S.A. [Título original: *The Last Empress,* novela histórica publicada en 2007, idioma original: inglés].

—(2008). *La última emperatriz.* Teresa Camprodón Alberca (trad.). Barcelona: Grijalbo.

—(2009). *La última emperatriz.* Teresa Camprodón Alberca (trad.). Barcelona: Debolsillo.

QIU, Xiaolong (2010/2011). *Seda roja.* Victoria Ordóñez Diví (trad.). Barcelona: Tusquets Editores [Título original: *Red Mandarin Dress,* novela policiaca publicada en 2007, idioma original: inglés].

SEE, Lisa (2008/2011). *El pabellón de las peonías.* Gemma Rovira Ortega (trad.). Barcelona: Publicaciones y Ediciones Salamandra, S.A. [Título original: *Peony in Love,* novela publicada en 2007, idioma original: inglés].

YAN, Geling (2012). *Las flores de la guerra.* Nuria Pitarque (trad.) Barcelona: Ediciones Alfaguara. [título original: 《金陵十三钗》, novela publicada en 2007, idioma original: chino, traducida del chino].

HA, Jin (2012). *El escritor como migrante.* Jaime Blasco Castiñeyra (trad.). Madrid: Vaso Roto. [Título original: *The Writer as Migrant,* colección de ensayos publicada en 2008, idioma original: inglés].

LI, Yiyun (2010). *Las puertas del paraíso.* Laura Martín de Dios (trad.) Barcelona: Editorial Lumen, S.A. [Título original: *The Vagrants*, novela publicada en 2009, idioma original: inglés].

QIU, Xiaolong (2011). *El caso Mao.* Victoria Ordóñez Diví (trad.). Barcelona: Tusquets Editores. [Título original: *The Mao Case,* novela policiaca publicada en 2009, idioma original: inglés].

SEE, Lisa (2010). *Dos chicas de Shanghai.* Gemma Rovira Ortega (trad.). Barcelona: Publicaciones y Ediciones Salamandra, S.A. [Título original: *Shanghai Girls,* novela publicada en 2009, idioma original: inglés].

QIU, Xiaolong (2011). *A causa del doctor Zhivago.* Zulema Erika Couso Ben-Mizzian (trad.). Barcelona: Sd.edicions. [Título original: *Doctor Zhivago,* novela publicada en 2010, idioma original: inglés].

MIN, Anchee (2012). *La perla de China*. Ángeles Leiva Morales (trad.). Barcelona: Grijalbo. [Título original: *Pearl of China: A Novel*, novela publicada en 2010, idioma original: inglés].

LI, Yiyun (2013). *Muchacho de oro, muchacha esmeralda*. Laura Martín de Dios (trad.). Barcelona: Galaxia Gutenberg, S.L. [Título original: *Gold boy, emerald girl*, colección de cuentos publicada en 2010, idioma original: inglés].

SEE, Lisa (2013). *Sueños de felicidad*. Efrén del Valle Peñamil (trad.). Barcelona: B de Bolsillo (Ediciones B). [Título original: *Dreams of Joy*, novela publicada en 2011, idioma original: inglés].

TAN, Amy (2014). *El valle del asombro*. Claudia Conde (trad.). Barcelona: Editorial Planeta, S.A. [Título original: *The Valley of Amazement*, novela publicada en 2013, idioma original: inglés].

MIN, Anchee (2015). *La buena lluvia sabe cuándo caer.* Ángeles Leiva Morales (trad.). Barcelona: Grijalbo. [Título original: *The Cooked Seed: A Memoir*, memorias publicadas en 2013, idioma original: inglés].

SEE, Lisa (2015). *Las muñecas chinas*. María Victoria Morera García (trad.). Barcelona: B de Bolsillo (Ediciones B). [Título original: *China Dolls*, novela publicada en 2014, idioma original: inglés].

Autores que viven en Gran Bretaña:

MO, Timothy (1995). *Agridulce*. Maribel de Juan Guyatt (trad.) Barcelona: Editorial Anagrama, S.A. [Título original: *Sour Sweet*, novela publicada en 1982, idioma original: inglés].

MO, Timothy (1988). *Una posesión insular*. Flórez Alvarez, José M.-Pérez, Angela (trad.) Barcelona: Edhasa. [Título original: *An Insular Possession*, novela publicada en 1986, idioma original: inglés].

CHANG, Jung (1993/2001/2003/2010) *Cisnes salvajes: tres hijas de China.* Gian Castelli Gair (trad.). Barcelona: Circe. [Título original: *Wild Swans: Three Daughters of China*, biografía publicada en 1991, idioma original: inglés].

—(1994). *Cisnes salvajes: tres hijas de China.* Gian Castelli Gair (trad.). Barcelona: Círculo de Lectores, S.A.

MO, Timothy (1992). *La redundancia del valor.* Maribel de Juan Guyatt (trad.) Barcelona: Editorial Anagrama, S.A. [Título original: *The Redundancy of Courage*, novela publicada en 1991, idioma original: inglés]

HONG, Ying (1998). *El verano de la traición*. Lola Díez Pastor (trad.). Barcelona:

Plaza & Janes. [Título original: 《背叛之夏》, novela publicada en 1995, idioma original: chino, traducida del chino].

HONG, Ying (2005). *Hija del río*. Ana Herrera Ferrer (trad.). Barcelona: El Aleph Editores, S.A. [Título original: 《饥饿的女儿》, novela publicada en 1997, idioma original: chino, traducida del inglés].

HONG, Ying (2004). *K, el arte del amor*. Ana Herrera Ferrer (trad.). Barcelona: El Aleph Editores, S.A. [Título original: *K*, novela publicada en 1999, idioma original: chino, traducida del inglés].

—(2006). *K: el arte del amor*. Ana Herrera Ferrer (trad.). Barcelona: Quinteto, S.L.

XUE, Xinran (2003/2007). *Nacer mujer en China: las voces silenciadas.* Ana Sofía Pascual Pape (trad.). Barcelona: Emecé Editores. [Título original: 《中国好女人们》, colección de entrevistas publicada en 2003, idioma original: chino].

—(2004). *Nacer mujer en China: las voces silenciadas.* Ana Sofía Pascual Pape (trad.). Barcelona: Círculo de Lectores, S.A.

—(2004). *Nacer mujer en China : las voces silenciadas.* Ana Sofía Pascual Pape (trad.) . Barcelona: RBA Coleccionables.

**—(2003). *Nacer mujer en China: las voces silenciadas.* Ana Sofía Pascual Pape (trad.). Buenos Aires: Emecé.

LIANG, Diane Wei (2004). *El lago sin nombre: el impactante testimonio de una mujer en la China moderna.* Montserrat Batista Pegueroles (trad.). Madrid: Ediciones Maeva. [Título original: *Lake with No Name*, autobiografía publicada en 2004, idioma original: inglés].

XUE, Xinran (2005). *En las montañas sagradas.* Claudia Conde (trad.). Barcelona: Emecé Editores. [Título original: *Sky Burial*, novela publicada en 2004, idioma original: inglés].

CHANG, Jung y Jon Halliday (2006). *Mao, la historia desconocida.* Amado Diéguez Rodríguez y Victoria Gordo del Rey (trad.). Madrid: Taurus Ediciones. [Título original: *Mao: The Unknown Story*, biografía publicada en 2005, idioma original: inglés].

LIANG, Diane Wei (2009). *Mariposas para los muertos.* Lola Díez Pastor (trad.). Barcelona: Debolsillo. [Título original: *Paper Butterfly*, novela publicada en 2008, idioma original: inglés].

—(2008). *Mariposas para los muertos.* Lola Díez Pastor (trad.). Madrid: Ediciones Siruela, S.A.

LIANG, Diane Wei (2009). *El ojo del jade.* Lola Díez Pastor (trad.). Barcelona:

Debolsillo. [Título original: *The Eye of Jade*, novela publicada en 2008, idioma original: inglés].
—(2008). *El ojo del jade.* Lola Díez Pastor (trad.). Madrid: Ediciones del Prado, S.A.
—(2008). *El ojo del jade.* Lola Díez Pastor (trad.). Madrid: Ediciones Siruela, S.A.
MA, Jian (2008). *Pekín en coma.* Jordi Fibla (trad.). Barcelona: Mondadori. [Título original: 《北京植物人》, novela publicada en 2009, idioma original: chino, traducida del inglés*].

Autores que viven en Francia:

YA, Ding (1988). *El sorgo rojo.* Enrique Sordo (trad.) Barcelona: Ediciones Destino, S.A. [Título original: *Le Sorgho rouge*, novela autobiográfica publicada en 1987, idioma original: francés, traducida del francés].
—(1989). *El sorgo rojo.* Enrique Sordo (trad.) Barcelona: Círculo de Lectores, S.A.
—(2008). *El sorgo rojo.* Enrique Sordo (trad.) Barcelona: Editorial Planeta, S.A.
YA, Ding (1989). *Los herederos de los Siete Reinos.* Enrique Sordo (trad.) Barcelona: Ediciones Destino, S.A. [Título original: *Les Héritiers des sept royaumes*, novela publicada en 1988, idioma original: francés, traducida del inglés].
GAO, Xingjian (2001). *La montaña del alma.* Liao Yanping y José Ramón Monreal Salvador (trad.). Barcelona: Ediciones del Bronce. [Título original: 《灵山》, novela publicada en 1989, idioma original: chino, traducida del francés*].
—(2001) *La montaña del alma.* Liao Yanping y José Ramón Monreal Salvador (trad.). Barcelona:Círculo de Lectores, S.A.
—(2005) *La montaña del alma.* Liao Yanping y José Ramón Monreal Salvador (trad.). Barcelona:Editorial Planeta DeAgostini, S.A.
YA, Ding (1991). *El juego del agua y del fuego.* Enrique Sordo (trad.) Barcelona: Ediciones Destino, S.A. [Título original: *Le Jeu de l'eau et du feu*, novela publicada en 1990, idioma original: francés, traducida del francés].
GAO, Xingjian (2007). *Contra los ismos.* Sara Rovira Esteva (trad.). Barcelona: El Cobre. [Título original: 《没有主义》, crítica publicada en 1995, idioma original: chino].
SA, Shan (2001). *La puerta de la paz celeste.* Manuel Serrat Crespo (trad.) Barcelona: Ediciones del Bronce [Título original: *Porte de la paix céleste*, novela publicada en 1997, idioma original: francés, traducida del francés].

GAO, Xingjian (2002) *El libro de un hombre solo*. Xin Fei y José Luis Sánchez (trad.). Barcelona: Círculo de lectores. [Título original: 《一个人的圣经》, novela publicada en 1998, idioma original: chino, traducida del francés*].

—(2003) *El libro de un hombre solo*. Xin Fei y José Luis Sánchez (trad.). Barcelona: Ediciones del Bronce.

—(2005). *El libro de un hombre solo*. Xin Fei y José Luis Sánchez (trad.). Barcelona: Planeta-De Agostini.

DAI, Sijie (2001). *Balzac y la pequeña costurera china*. Manuel Serrat Crespo (trad.). Barcelona: Salamandra. [Título original: *Balzac et la Petite Tailleuse chinoise*, novela publicada en 2000, idioma original: francés, traducida del francés].

—(2001). *Balzac y la pequeña costurera china*. Manuel Serrat Crespo (trad.). Barcelona: Círculo de lectores.

—(2005). *Balzac y la pequeña costurera china*. Manuel Serrat Crespo (trad.). Barcelona: Planeta-De Agostini.

GAO, Xingjian (2003). *En torno a la literatura*. Laureano Ramírez Bellerín (trad.). Barcelona: El Cobre. [Título original: 《文学的理由》等文章, palabras del Premio Nobel de Literatura en 2000, idioma original: chino, traducida del chino].

SA, Shan (2002). *La jugadora de go*. Manuel Serrat Crespo (trad.) Barcelona: Ediciones del Bronce (del francés). [Título original: *La Joueuse de Go*, novela publicada en 2001, idioma original: francés, traducida del francés].

—(2005). *La jugadora de go*. Manuel Serrat Crespo (trad.) Barcelona: Editorial Planeta DeAgostini, S.A.

DAI, Sijie (2005/2007). *El complejo de Di*. José Antonio Soriano (trad.). Barcelona: Salamandra. [Título original: *Le Complexe de Di*, novela publicada en 2003, idioma original: francés, traducida del francés].

SA, Shan (2005). *Emperatriz*. Manuel Serrat Crespo (trad.) Barcelona: Emecé Editores. [Título original: *Impératrice*, novela publicada en 2003, idioma original: francés, traducida del francés].

GAO, Xingjian (2003). *Una caña de pescar para el abuelo*. Laureano Ramírez (trad.). Barcelona: Ediciones del Bronce. [Colección de relatos: 《给我老爷买鱼竿》(1989) y 《周末四重奏》(1996), idioma original: chino, traducida del catalán].

DAI, Sijie (2012). *Tres vidas chinas*. Lluís Maria Todó (trad.). Madrid: La Esfera de los Libros, S.L. [Título original: *Trois vies chinoises*, novela publicada en 2011, idioma original: francés].

Los autores que viven en España:

ZHANG, Qin (2000). *Sueño del mediterráneo.* Madrid: Chang Kung, Miguel (Autor-Editor). [Título original: 《地中海的梦》, publicada en 1999，idioma original: chino] (publicada en chino).

ZHANG, Qin (2003). *Ensueños de amor: entre culturas en contraste*. Madrid: Hua Xin Bao Semanal Chino (publicada en chino).

ZHANG, Qin (2006). *Ensayos Qin Xin.* Madrid: Huaxinnews, S.L. [Título original: 《琴心散文集》, colección de prosas publicada en 2006 en China, idioma original: chino].

ZHANG, Qin (2011). *Armonía celeste*. Miguel Chang (trad.) Madrid: Zhang Fu, Quin (Autor-Editor). [Título original: 《田园牧歌》, publicada en 2005, idioma original: chino] (del chino).

Otros autores:

BEI, Dao (1990). *Olas*. Dolors Folch Fornesa (trad.). Barcelona: Edicions 62, S.A. [Título original: 《波动》, novela publicada en 1983[①]，idioma original: chino, traducida del chino].

YING, Chen (1998). *La ingratitud.* Barcelona: Publicaciones y Ediciones Salamandra, S.A. [Título original: *L'ingratitude*, novela publicada en 1995, idioma original: francés, traducida del francés (Canadá)].

WANG, Lulu (1999/2004). *El teatro de los lirios*. Isabel-Clara Lorda Vidal (trad.) Barcelona: Tusquets Editores [Título original: *Het lelietheater*, novela semi-autobiográfica publicada en 1997, idioma original: neerlandés].

—(2000). *El teatro de los lirios*. Isabel-Clara Lorda Vidal (trad.) Barcelona: Círculo de Lectores, S.A.

LI, Cunxin (2010). *El último bailalín de Mao*. Olga Marcos (trad.). Madrid: Kailas. [título original: *Mao's Last Dancer*, autobiografía publicada en 2003, idioma original: inglés](Australia).

WONG, Alison (2011). *Cuando la tierra se vuelve de plata*. Dora Sales Salvador (trad.). Madrid: Siruela. [Título original: *As the Earth Turns Silver*, publicada en 2009, idioma original: inglés] (escritora chinoneozelandesa).

ZHANG, Ling (2012). *El sueño de la montaña del oro.* Javier Altayó (trad.).

① Esta novela y su versión inglesa se publicaron en 1983 por la editorial de la Universidad China de Hong Kong (The Chinese University of Hong Kong).

Barcelona: Ediciones Destino, S.A. [Título original: *Gold Mountain Blues*, novela publicada en 2009, idioma original: inglés] (Canadá).

Anexo II: Obras de la literatura china traducidas al español (1980-2015)①

Literatura clásica (de las dinastías Ming y Qi):

WU, Chenen (2006). *Viaje al Oeste: las aventuras del Rey Mono*. Enrique P. Gatóny e Imelda Huang Wang (trad.). Madrid: Ediciones Siruela, S.A. [Título original: 《西游记》, novela que apareció alrededor de mediados del siglo XVI (en la dinastía Ming), traducida del chino].

ANÓNIMO (2010). *Jin Ping Mei.* (Tomo I). Alicia Relinque Eleta (trad.). Girona: Editorial Atalanta. [Título original: 《金瓶梅》, novela que apareció alrededor de finales del siglo XVI (en la dinastía Ming), traducida del chino].

ANÓNIMO (2011). *Jin Ping Mei.* (Tomo II). Alicia Relinque Eleta (trad.). Girona: Editorial Atalanta. (traducida del chino).

P'U, Sung-ling (2004). *Cuentos de Liao Zhai*. Laura A. Rovetta y Laureano Ramírez Bellerín (trad.). Madrid: Alianza Editorial, S.A. [Título original: 《聊斋志异》, novela que apareció alrededor de 1680 (en la dinastía Qing), traducida del chino].

WU, Jingzi (1991). *Los mandarines.* Laureano Ramírez (trad.). Barcelona: Editorial Seix Barral, S.A. [Título original: 《儒林外史》, novela que apareció alrededor de 1750 (en la dinastía Qing), traducida del chino].

CAO, Xueqin (2010). *Sueño en el pabellón rojo: memorias de una roca.* José Antonio García Sánchez y Zhao Zhenjiang (trad.). Barcelona: Galaxia Gutenberg y Círculo de Lectores, S.A. [Título original: 《红楼梦》, novela que apareció alrededor de 1784 (en la dinastía Qing), traducida del chino].

LIU, E (2004). *Los viajes del buen doctor Can.* Eds. por Juan José Ciruela Alférez y Javier Martín Rios (eds.). Gabriel García-Noblejas Sánchez-Cendal (trad.).

① En esta bibliografía, ordenamos las obras según el orden cronológico de su publicación en China y las clasificamos en tres etapas históricas: la literatura china clásica (antes de 1917), la moderna (1917-1949) y la contemporánea (después de 1949). Al final de la información bibliográfica de cada obra, apuntamos el idioma a partir del cual se realiza la traducción. Sin embargo, en cuanto a la lengua de partida de ciertas obras, la base de datos del Ministerio de Educación y Cultura no nos aportó información exacta y tuvimos que recurrir a la tesis doctoral de Maialen Marín Lacarta, *Mediación, recepción y marginalidad: las traducciones de literatura china moderna y contemporánea* (2012), que nos ofreció documentaciones específicas y fiables.

Madrid: Ediciones Cátedra, S.A. [Título original: 《老残游记》, novela que apareció alrededor de finales de la dinastía Qing), traducida del chino].

Literatura moderna (1917-1949):

LU, Hsun (1971/1980). *Diario de un loco.* Sergio Pitol (trad.). Barcelona: Tusquets Editores. [Colección de relatos: 《狂人日记》 (*Diario de un loco*, 1918) y 《阿 Q 正传》 (*La verídica historia de A Q,* 1921-1922), traducida del inglés*][1].

LU, Xun (1991). *La verídica historia de A Q.* Ernesto Posse (trad.). Madrid: Compañía Europea de Comunicación e Información. [Título original: 《阿 Q 正传》, novela publicada durante 1921 y 1922, traducción indirecta sin indicar el idioma intermedio*].

JIANG, Guangci (2014). *El joven de la vida errante.* Piñero Martínez, B. (trad.). Madrid: Hermida Editores S.L. [Título original: 《少年漂泊者》, novela publicada en 1926 y traducida del chino].

YU, Dafu (2014). *La oveja descarriada.* Piñero Martínez, B. (trad.). Madrid: Kailas. [Título original: 《迷羊》, novela publicada en 1926, traducida del chino].

DING, Ling (2014). *El diario de la señorita Sofía en el hospital.* Barlow, T. E., Díez Ruiz, T. y Fontal Rueda, Y. (trads.). Barcelona: Edicions Bellaterra. [Título original: 《莎菲女士的日记》, novela publicada en 1927 y traducida del chino e inglés].

BA, Jin (1981). *La familia.* M. Teresa Guzmán Ponce (trad.). Barcelona: Bruguera, S.A. (1. ed.) [Título original: 《家》, novela publicada en 1931, traducida del chino].

BA, Jin (1986). *La familia Kao*[2]. Taciana Fisac (trad.). Madrid: Ediciones SM. (segunda edición, traducida del chino).

SHEN, Congwen (2010). *Calma.* Maialen Marín Lacarta (trad.). Barcelona: Ediciones Alpha Decay, S.A. [Título original: 《静》, novela publicada en 1932, traducida del chino].

SHEN, Congwen (2013). *La ciudad fronteriza.* McDougall, B.S., Marín Lacarta, M. y Fontal Rueda, Y. (trads.). Barcelona: Edicions Bellaterra [Título original: 《边城》, novela publicada en 1936, traducida del chino e inglés].

LAO, She (2011). *El camello Xiangzi.* Blas Piñero Martínez (trad.). A Coruña: Ediciones del Viento, S.L. [Título original: 《骆驼祥子》, novela publicada en

① Según los estudios de Maialen Marín Lacarta, este libro está compuesto de dos relatos diferentes. Según la primera fuente, la traducción se realiza directamente del chino. Sin embargo, Marín Lacarta indica que en realidad es una traducción indirecta camuflada y la lengua de partida sería el inglés.

② Versión abreviada de *La familia* para la colección juvenil *Gran Angular* (cf. Marín Lacarta 2012: 180).

1936, traducción del chino].

LU, Xun (2001/2009). *Contar nuevo de historias viejas*. Laureano Ramírez Bellerín (trad.). Madrid: Ediciones Hiperión, S.L. [Título original: 《故事新编》, colección de cuentos publicada en 1936, traducida del chino].

LAO, She (2005). *Historia de mi vida*. Javier Barrado Gracia (trad.). Madrid: Amaranto Editores, S.L. [Título original: 《我这一辈子》, novela publicada en 1937, traducción del francés *].

QIAN, Zhongshu (1992/2009). *La fortaleza asediada*. Taciana Fisac (trad.). Barcelona: Editorial Anagrama, S.A. [Título original: 《围城》, novela publicada en 1947, traducida del chino].

LU, Xun (2008). *Diario de un demente y otros cuentos*. Néstor Cabrera López (trad.). Madrid: Editorial Popular, S.A. [Antología de relatos, traducida de *Selected Stories of Lu Xun* que se publicó en 1954]①.

LAO, She (2009). *La casa de té*. Pedro San Ginés y Belén Cuadra Mora (trad.). Granada: Editorial Comares, S.L. [Título original: 《茶馆》, novela publicada en 1957, traducción del chino].

YÜ, Ta-fu (2000). *Diez grandes cuentos chinos*. Poli Délano (trad.). Barcelona: Editorial Andrés Bello.②

Literatura contemporánea (después de 1949 fundación de China Nueva):

AISIN-GIORO, Pu Yi (1975/1990). *El último emperador*③. Jesús Ruiz (trad.)

① La información específica de los relatos recogidos en esta antología está extraída de la *ficha 49* del estudio de Marín Lacarta (2012:232).

② Aquí solo colocamos la información que hemos encontrado en la base de datos de libros editados en España. Según esta fuente, la lengua de partida de la versión española es el chino, lo que nos parece poco fiable. En cuanto al mismo libro, Marín Lacarta ha documentado información específica en el *Apéndice I* de su tesis doctoral: Yu Dafu; Lao She, et al. (2000), *Diez grandes cuentos chinos*, traducido del inglés y del francés por Poli Délano y Luis Enrique Délano, Barcelona-Buenos Aires-México D.F.-Santiago de Chile, Andrés Bello [reedición de (1971) Diez grandes cuentos chinos, Santiago (Chile), Quimantú].

③ En China, la primera edición de este libro que salió a la luz en 1960 publicó lo que escribió Pu Yi y en 1964 se dio a conocer otra versión reeditada con el mismo título: Pu Yi fue el narrador y Li Wenda redactó el libro. En cuanto a la lengua de partida de la versión española, la información ofrecida por la base de datos de libros editados en España es demasiado confusa: por ejemplo, según esa fuente, la versión publicada en 1975 por parte de la editorial Caralt se realizó del francés, mientras que, cuando la misma versión se reeditó en 1990, la lengua de partida se convirtió en chino. Además, notamos que el traductor de la versión de Caralt publicada en 1975/1990 y de la de Círculo de Lectores es la misma persona, pero los correspondientes idiomas a partir de los que se hizo la traducción fueron el chino y el alemán; en la versión de Globus Comunicación no se indica ninguna información acerca de la traducción. Deducimos que la traducción de este libro al español se realizaría a partir de la versión alemana traducida por el sinólogo Richard Schirach.

Barcelona: Caralt Editores, S.A. [Título original: 《我的前半生》, autobiografía publicada en 1964, traducción del alemán].

—(1988). *Yo fui el último emperador de China*. Richard Schirach (trad.). Barcelona: Caralt Editores, S.A.

—(1988). *Yo fui el último emperador de China*. Jesús Ruiz Ruiz (trad.). Barcelona: Círculo de Lectores, S.A.

—(1994). *El último emperador*. Madrid: Globus Comunicación, S.A..

WANG, Anyi (2012). *Amor en una colina desnuda*. Miguel Sautié López (trad.). Madrid: Editorial Popular [Título original:《荒山之恋》, novela publicada en 1980 y 1986, traducida del francés].

GU, Hua (1989). *Hibisco*. Ramón Alonso Pérez (trad.), Barcelona: Caralt. [Título original: 《芙蓉镇》, novela publicada en 1981, traducida del francés].①

ZHANG, Jie (1995/2011). *Galera*. Isabel Alonso (trad.). Tafalla: Txalaparta Argitaletxea, S.L. [Título original: 《方舟》, novela publicada en 1982, traducida del chino].

TIE, Ning (1989). *La blusa roja sin botones*. Taciana Fisac (trad.). Madrid: Ediciones SM [Título original: 《没有纽扣的红衬衫》, novela publicada en 1983, traducida del chino].

FENG, Jicai (1998/2009). *Que broten cien flores*. Iñaki Preciado y Emilia Hu (trad.). León: Everest. [Título original: 《感谢生活》, novela publicada en 1985, traducida del chino].②

HAN, Shaogong (2008). *Pa pa pa*. Yao Yung Qing (trad.). Madrid: Kailas Editorial, S.L. [Título original: 《爸爸爸》, novela publicada en 1985, traducida del chino].

WANG, Anyi (1996). *Baotown*. Herminia Dauer (trad.). Barcelona: Juventud. [Título original: 《小鲍庄》, novela publicada en 1985, traducida del inglés].

ZHANG, Xianliang (1992). *La mitad del hombre es la mujer*. Iñaki Preciado y Emilia Hu (trad.). Madrid: Siruela. [Título original: 《男人的一半是女人》, novela publicada en 1985, traducida del chino].

WANG, Anyi (2012). *Amor en un pequeño pueblo*. Orlando Zuloeta Rodríguez

① Según la base de datos de libros editados en España, esta obra se tradujo del japonés. Sin embargo, de acuerdo con Marín Lacarta, la versión española se realizó del francés (cf. Marín Lacarta 2012: 199).

② Según la base de datos de libros editados en España, esta obra se traduce del alemán. Sin embargo, en función de la información ofrecida por los traductores y los estudios de Marín Lacarta, se habría traducido directamente del chino.

(trad.). Madrid: Editorial Popular. [Título original: 《小城之恋》, novela publicada en 1986, traducida del francés].

WANG, Anyi (2012). *Amor en un valle encantado*. Miguel Sautié López (trad.). Madrid: Editorial Popular [Título original: 《锦绣谷之恋》, novela publicada en 1986, traducida del francés].

CHI, Li (2007). *Triste vida*. María Carmen Espín García (trad.). Barcelona: Belacqva de Ediciones y Publicaciones S.L. [Título original: 《烦恼人生》, novela publicada en 1987, traducida del chino].

MO, Yan (1992/2002/2012). *Sorgo rojo*. Ana Poljak (trad.). Barcelona: El Aleph Editores, S.A. [Título original: 《红高粱家族》, novela publicada en 1987, traducida del inglés].

MO, Yan (2008). *Las baladas del ajo*. Carlos Ossés Torrón (trad.). Madrid: Kailas Editorial, S.L. [Título original: 《天堂蒜薹之歌》, novela publicada en 1988, traducida del inglés].

SU, Tong (2009). *Mi vida como emperador*. Domingo Almendros (trad.). Barcelona: JP Libros. [Título original: 《我的帝王生涯》, novela publicada en 1989, traducida del inglés].

WANG, Shuo (2002). *Haz el favor de no llamarme humano*. Gabriel García-Noblejas Sánchez-Cenda l (trad.). Madrid: Ediciones Lengua de Trapo. [Título original: 《千万别把我当人》, novela publicada en 1989, traducida del chino].

—(2008). *Haz el favor de no llamarme humano*. Gabriel García-Noblejas Sánchez-Cendal (trad.). Madrid: Punto de Lectura, S.L.

MO, Yan (2010). *La república del vino*. Cora Tiedra (trad.). Madrid: Kailas. [Título original: 《酒国》, novela publicada en 1992, traducida del inglés].

YU, Hua (2010). *¡Vivir!* Anne-Hélène Suárez (trad.) Barcelona: Editorial Seix Barral, S.A. [Título original: 《活着》, novela publicada en 1993, traducida del chino].

HAN, Shaogong (2006). *Diccionario de Maqiao*. Claudio Molinari (trad.). Madrid: Kailas Editorial, S.L. [Título original: 《马桥字典》, novela publicada en 1995, traducida del inglés].

YU, Hua (2014). *Crónica de un vendedor de sangre*. Suárez, A. H. (trad.). Barcelona: Seix Barral. [Título original: 《许三观卖血记》, novela publicada en 1995 y traducida del chino]

MO, Yan (2007). *Grandes pechos, amplias caderas*. Mariano Peyrou Tubert (trad.). Madrid: Kailas Editorial, S.L. [Título original: 《丰乳肥臀》, novela publicada en

1996, traducida del inglés*].

XU, Xing (2004). *Aventuras y desventuras de un pícaro chino*. Roser Berdagué (trad.). Barcelona: Roca. [Título original:《剩下的都属于你》, novela publicada en 1996, traducida del francés].

WANG, Anyi (2010). *La canción de la pena eterna*. Carlos Ossés Torrón (trad.). Madrid: Kailas Editorial, S.L. [Título original: 《长恨歌》, novela publicada en 1996, traducida del inglés].

A, Lai (2003). *Las amapolas del emperador*. María Eugenia Ciocchini Suárez (trad.). Madrid:Maeva. [Título original: 《尘埃落定》, novela publicada en 1998, traducida del inglés].

MO, Yan (2011). *Shifu, harías cualquier cosa por divertirte*. Cora Tiedra (trad.). Madrid: Kailas. [Título original: 《师傅越来越幽默》, novela publicada en 1998, traducida del inglés].

XU, Xiaobin (2010). *La niña de papel*. María Carmen Espín García (trad.). Barcelona: Mosaico de Gen. [Título original: 《羽蛇》, novela publicada en 1998, traducida del chino].

ZHANG, Jie (2009). *Faltan palabras*. Jorge Rizzo (trad.). Barcelona: Miscelánea。[Título original: 《无字》, novela publicada en 1998, traducida del italiano].

BI, Feiyu (2007). *Qingyi, ópera de la luna*. Paula Ehrenhaus (trad.). Barcelona: Verdecielo Ediciones, S.L. [Título original: 《青衣》, novela publicada en 1999, traducida del chino].

WEI, Hui (2002). *Shanghai baby*. Romer Alejandro Cornejo y Liljana Arsovska (trad.). Barcelona: Círculo de Lectores, S.A. [Título original: 《上海宝贝》, novela publicada en 1999, traducida del chino].

—(2002/2003/2004/2008). *Shanghai baby*. Romer Alejandro Cornejo y Liljana Arsovska (trad.). Barcelona: Editorial Planeta, S.A.

—(2005). *Shanghai baby*. Romer Alejandro Cornejo y Liljana Arsovska (trad.). Barcelona: Editorial Planeta DeAgostini, S.A.

**—(2003). *Shanghai baby*. Romer Alejandro Cornejo y Liljana Arsovska (trad.). Buenos Aires: Booket.

BI, Feiyu (2007). *Las feroces aprendices Wang*. Joan Artés Morata (trad.). Barcelona: Verdecielo Ediciones, S.L. [Título original: 《玉米》, novela publicada en 2001, traducida del francés].

CHUN, Sue (2003). *La muñeca de Pekín*. Barcelona: El Aleph Editores, S.A. [Título original: 《北京娃娃》, novela publicada en 2002, traducida del chino].

JIANG, Rong (2008). *Tótem lobo*. Miguel Antón (trad.). Madrid: Alfaguara [Título

original: 《狼图腾》, novela publicada en 2004, traducida del inglés].
WANG, Gang (2009). *El profesor de inglés*. Isabel Murillo Fort (trad.) Madrid: Espasa Libros, S.L. [Título original: 《英格力士》, novela publicada en 2004, traducida del inglés].
WEI, Hui (2005/2007). *Casada con Buda*. Ainara Munt y Xu Ying (trad.). Barcelona: Emecé Editores. [Título original:《我的禅》, novela publicada en 2004, traducida del inglés*].
YAN, Lianke (2015). *Los besos de Lenin*. Belén Cuadra Mora (trad.). Madrid: Automática. [Título original: 《受活》, novela publicada en 2004 y traducida del chino].
YAN, Lianke (2008). *Servir al pueblo*. Ana Herrera Ferrer (trad.) Madrid: Ediciones Maeva. [Título original: 《为人民服务》, novela publicada en 2005, traducida del francés*].
YU, Hua (2009). *Brothers*. Vicente Villacampa Armengol (trad.). Barcelona: Editorial Seix Barral, S.A. [Título original: 《兄弟》, novela publicada en 2005, traducida del inglés*].
MO, Yan (2009). *La vida y la muerte me están desgastando*. Carlos Ossés Torrón (trad.). Madrid: Kailas Editorial, S.L. [Título original: 《生死疲劳》, novela publicada en 2006, traducida del inglés].
YAN, Lianke (2013). *El sueño de la aldea Ding*. Cuadra Mora, B. (trad.). Madrid: Automática Editorial 2013. [Título original: 《丁庄梦》, novela publicada en 2006 y traducida del chino].
LI, Shixian y Qinxiang Wang (2015). *Mi marido Puyi: el último emperador de China*. Zhang, H. (trad.). Madrid: Editorial Popular. [Título original: 《我的丈夫溥仪》, memorias publicadas en 2007 y traducidas del chino].
MO, Yan (2013) *¡Boom!*. Yifan Li. (trad.). Madrid: Kailas. [Título original: 《四十一炮》, novela publicada en 2008 y traducida del chino].
MO, Yan (2012). *Cambios*. Anne-Hélène Suárez Girard (trad.). Barcelona: Seix Barral. [Título original: 《变》, novela publicada en 2009, traducida del chino].
MO, Yan (2011). *Rana*. Yifan Li (trad.). Madrid: Kailas. [Título original: 《蛙》, novela publicada en 2009, traducida del chino].
MO, Yan (2015). *Trece pasos*. Juan José Ciruela Alférez (trad.). Madrid: Kailas. [Título original: 《十三步》, novela publicada en 2009 y traducida del chino].
HE, Jiahong (2012). *Crimen de sangre*. Trad. por Orlando Zuloeta Rodríguez. Madrid: Editorial Popular. [Título original: 《血之罪》, novela publicada en 2010

y traducida del francés].

MO, Yan (2014). *El suplicio del aroma de sándalo*. Piñero Martínez, B. (trad.). Madrid: Kailas 2014. [Título original: 《檀香刑》, novela publicada en 2010 y traducida del chino].

MAI, Jia (2014). *El don*. Claudia Conde (trad.). Barcelona: Club Círculo de Lectores. [Título original: 《解密》, novela publicada en 2014 y traducida del inglés].

Autores de Hong Kong y Taiwán:

LEE, Lilian[①] (1993/1997). *Adiós a mi concubina*. Victor Pozanco (trad.). Barcelona: Ediciones B, S.A. [Título original: 《霸王别姬》, novela publicada en 1985, traducida del inglés].

—(1994). *Adiós a mi concubina*. Victor Pozanco (trad.). Barcelona: Círculo de Lectores, S.A. (del inglés).

—(2011). *Adiós a mi concubina*. Victor Pozanco (trad). Barcelona: Zeta Bolsillo.

LEE, Lilian (1995/1997). *La última princesa de Manchuria*. Víctor Pozanco (trad.). Barcelona: Ediciones B, S.A. [Título original: 《满洲国妖艳——川岛芳子》, novela publicada en 1990, traducida del inglés].

—(1996). *La última princesa de Manchuria*. Víctor Pozanco (trad.). Barcelona: Círculo de Lectores.

—(2010). *La última princesa de Manchuria*. Víctor Pozanco (trad). Barcelona: Zeta Bolsillo.

Shih Shu-Ching[②] (2009). *La ciudad de la reina*. María Elena López Fernández (trad.). Madrid: El Tercer Nombre. [Título original: 《香港三部曲》, trilogía compuesta por tres novelas: 《她的名字叫蝴蝶》(1993)、《遍山洋紫荆》(1995)、《寂寞云园》(1997), traducida del inglés].

Xu, Xi[③] (2009). *Acostumbrada a un cielo extraño*. Enrique Redondo Quintana (trad.). Madrid: Kailas. [Título original: *Habit of a Foreign Sky*, publicada en 2010, idioma original: inglés].

Obras chinas traducidas en México:

WANG, Meng (1985/2002). *Cuentos*. Duan Ruochuan (trad.). México: El Colegio de México, Centro de Estudios de Asia y África.

---

① Autora y guionista de Hong Kong.

② Autora taiwanesa.

③ Autora de Hong Kong.

ZHANG, Ailing (2007). *Amor en la ciudad en ruinas*. Liljana Arsovska y Chen Zhi (trads.). México, D.F.: El Colegio de México, Centro de Estudios de Asia y Africa. [Título original: 《倾城之恋》, traducido del chino].

ZHANG, Jie (2007). *Esmeralda*. Lien-tan Pan e Indira Añorve Zapata (trad.). México, D.F.: El Colegio de México, Centro de Estudios de Asia Y África. [Título original: 《祖母绿》, traducido del chino].

GU, Hua (2000). *Mujeres virtuosas del arenal de las ocas amorosas*. Chen Zhiyuan (trad.) (con la revisión de Romer Cornejo y Rosina Conde). México: El Colegio de México, Centro de Estudios de Asia y África. [Título original: 《倾城之恋》, traducido del chino].

Cuentos cortos publicados en la revista *Estudios de Asia y África*:

CHEN, Yuanbin (2003). *La demanda de los Wan*. Chen Zhi y otros (trad.). *Estudios de Asia y África*, vol. XXXVIII, núm. 1, enero-abril, México D.F.: El Colegio de México, A.C., pp. 157-202. [Título original:《万家诉讼》, 陈源斌, traducido del chino].

LIU, Qingbang (2007). *La vida de la ciudad*. Liliana Arsovska (trad.). *Estudios de Asia y África*, vol. XLII, núm. 1, enero-abril, México D.F.: El Colegio de México, A.C., pp. 179-193. [Título original: 《城市生活》, 刘庆邦, traducido del chino].

BI Shumin (2010). *El atuendo celestial no tiene costuras*. Chen Xiaohang (trad.) (con la colaboración de Liljana Arsovska). *Estudios de Asia y África*, vol. XLV, núm. 2, México D.F.: El Colegio de México, pp. 407-421. [Título original: 《天衣无缝》, 毕淑敏, traducido del chino].

XIAO Hong (2010). *Las manos*. Tu Xiaoling (trad.) (con la colaboración de Liljana Arsovska). *Estudios de Asia y África*, vol. XLV, núm. 3, septiembre-diciembre, México D.F.: El Colegio de México, pp. 699-714. [Título original: 《手》, 萧红, traducido del chino].

QIAO, Ye (2011). *Por un poco de calor*. Liljana Arsovska (trad.). *Estudios de Asia y África*, vol. XLVI, núm. 2, mayo-agosto, México D.F.: El Colegio de México, pp. 365-375. [Título original: 《取暖》, 乔叶, traducido del chino].

LIU, Zhenyun (2015). *Tapu*. Liljana Arsovska (trad.). *Estudios de Asia y África*, vol. L, núm. 1, enero-abril, México D.F.: El Colegio de México, pp. 171-201. [Título original: 《塔铺》, 刘震云, traducido del chino].

YE, Zhaoyan (2016). *El amante Lu Hanming*. Liljana Arsovska (trad.). *Estudios de Asia y África*, vol. LI, núm. 1, enero-abril, México D.F.: El Colegio de México, pp. 163-175. [Título original: 《情人鲁汉明》，叶兆言，traducido del chino].

TIE, Ning (2016). *El sombrero de Irina*. Liljana Arsovska (trad.). *Estudios de Asia y África*, vol. LI, núm. 1, enero-abril, México D.F.: El Colegio de México, pp. 176-188. [Título original: 《伊琳娜的礼帽》，铁凝，traducido del chino].

QIAN, Zhongshu (2016). *Ventanas*. Alfonso Araujo (trad.). *Estudios de Asia y África*, vol. LI, núm. 1, enero-abril, México D.F.: El Colegio de México, pp. 189-197 [Título original: 《窗》，钱钟书，ensayo traducido del chino].